# 观心宝石

李永生 著

北方文艺出版社

**图书在版编目（CIP）数据**

观心宝石 / 李永生著 . —— 哈尔滨：北方文艺出版
社，2019.1
ISBN 978-7-5317-4401-6

Ⅰ . ①观… Ⅱ . ①李… Ⅲ . ①长篇小说 – 中国 – 当代
Ⅳ . ① I247.5

中国版本图书馆 CIP 数据核字 (2018) 第 239894 号


**观心宝石**
Guanxin Baoshi
作　者 / 李永生

责任编辑 / 王　爽　王丽华　　　　　　封面设计 / 锦色书装
出版发行 / 北方文艺出版社　　　　　　网　址 / www.bfwy.com
邮　编 / 150080　　　　　　　　　　　经　销 / 新华书店
发行电话 / ( 0451 ) 85951921 85951915
地　址 / 哈尔滨市南岗区林兴街 3 号

印　刷 / 廊坊市海涛印刷有限公司　　　开　本 / 880×1230　1/32
字　数 / 302 千　　　　　　　　　　　印　张 / 12.5
版　次 / 2019 年 1 月第 1 版　　　　　印　次 / 2019 年 1 月第 1 次印刷
书　号 / ISBN 978-7-5317-4401-6　　　定　价 / 58.00 元

# 目　录

# 第一章　初恋是杯苦酒

有一句话，说没有经历过失恋的男人不是一个完整的男人；有一首诗，说爱的田园里只有一次繁华，两句话放在一起看上去似乎是一对矛盾的命题。

北上的列车喘着粗气，像一条长长的灯火巨龙奔驰在茫茫无边的夜色里。

硬座车厢。林阳把胳膊肘支在茶桌边上，手托着下巴望着漆黑一片的窗外。入夜后，车厢里的气氛变得单调了起来。周围的乘客大多都已昏昏睡去，除了列车轮轨间的摩擦撞击声，偶尔也会响起一阵忽高忽低的鼾声和个别旅客轻轻地交谈声。毫无困意的他就这样一动不动地陷入沉思里，漆黑的车窗上映出了这张年轻的棱角分明的面孔。

按那句老话，林阳今生只能做一个所谓完整的男人了。虽然身边同学间的恋情最终是劳燕分飞、各奔东西者居多，但那段夭折的刻骨铭心的初恋还是会经常固执地闪回在他的心头，叠影重重，挥之不去。

领了工作派遣证和户口迁移证后没在学校多留，林阳就匆忙离校了。因为感情生活的波折，他选择了快些离开。那座林木丰茂、景致怡人的校园是他青春成长的欢乐之处，也是他初恋夭折的伤心之地。

周围的同学和朋友们没有想到，甚至连林阳和宋雪娃自己也没有想到，两个大学时海誓山盟的恋人会在临近毕业时变得形同陌路。

算起来时间并不太长，两个人是在大三上学期的时候好起来的。大学的前二年虽然同在一班，但两人真正的交集并不太多。宋雪娃是班上的文艺委员，是个典型的活跃分子，几乎所有的活动中都能见到她的身影，大会小会上都能听到她用一口标准的北京话在侃侃而谈。林阳对宋雪娃的感觉就是一个学习一般、喜欢抛头露面的北京妞儿。

林阳非党员也非团员，对学习和读课外书之外的事情基本不感什么兴趣，别说是系里和学生会了，就是在班里也连个小组长都没当过；偶尔会对政治热心一下吧，不是与时下的政治理念背道而驰，就是出点难题令政治课的老师倍受难堪。

要说抛头露面呢，这林阳偶尔也会抛头露面一把，但除了那个艺术范儿的形象吸引一下身边理工科们的眼球，直来直去的性格、不假思索的语言能引起众人的哄笑之外，几乎总是不合时宜，可以说是一无是处。

这两届学生是新中国教育史上极富特色的群体。首先是学生的出身经历各不相同，入学前他们是工人、农民、知青、军人，还有高中应届毕业生，各种身份一应俱全。无论是坐在课堂上、站在队列里，还是走在校园的林荫路上，只要搭眼一看，几乎可以准确地知道哪一位同学的出身何许。其次是年龄参差不齐。因为众所周知的政治运动，中国的高考招生中断了十年之久，高考一经恢复，十年积攒下的考生像开闸后的洪水一样，一拥而至。大到当年的老高三，小到时下的应届生，哪个不渴望着抓住这难得的机会从此改变自己的前途和命运呢？最后的结果就是一个班里的同学从十五六岁到三十挂零几乎应有尽有。有侄儿辈的，有叔叔辈的，有兄弟辈的，拉出来像一个不规则的数列。宋雪娃和林阳都属于这个数列的中间部位，比小的大，比大的小。

让宋雪娃对林阳刮目相看，是从三年级刚开始的一次电机答疑课。

教电机课的柴老师是一个中年教授，精明、干练，课讲得炉火纯青又绝不枯燥。不像有的老师一堂课手不离教学笔记，不是读笔记就是抄笔记，柴老师上课从来不带教学笔记，也许压根儿就没有什么教学笔记，总是拿着半盒粉笔就来上课。流畅的表达、漂亮的板书、工整的图表，再加上有趣的奇闻逸事，以及和同学间的课堂互动，让同学们觉得津津有味，对柴老师自然是佩服得五体投地。

可就是让同学们如此佩服的柴老师在那天答疑课上，竟被林阳提的一个问题给问住了。面对着黑板上的等值电路，柴老师上齿咬着下唇沉吟了片刻，一脸坦荡地笑了，随即对林阳说："问题问得好！你别说，还真把我一下给问住了。这种问题别人从来没提出来过，我也从来没想过，要推导一下。那这样，为了不耽误大家的时间，这个问题先放一下，我课下推一遍再回答你好吗？"

教室里涌过一阵小小的骚动，同学们从各个方向瞬间把目光投向了林阳。宋雪娃心想，这个家伙看来还真是有点儿深藏不露！

而让两个人最终走到一起的媒介是学校广播台。

学校的广播台由校党委宣传部负责管理，说是管理，其实就是在编制上有两个宣传部的干事挂名，日常工作诸如采访、编辑、播音、节目录制、音乐播放、电影消息等等，都由各系各年级的一些学生轮流值班。林阳和宋雪娃都因为普通话说得标准，被系里选送到了广播台负责播音。

最初在广播台里两个人不在一个班次，后来为了学生轮岗串课方便，就统一做了一次调整，林阳、宋雪娃是同系同班，自然就落在了值班的同一时段。两个人之间的故事至此方算是拉开了序幕。

在这之前宋雪娃也收到过男生不同方式的示爱，有明里的表白也有隐约的暗示，但她都用沉默做了统一的回应。宋雪娃的妈妈是搞艺术的，是位舞蹈家。人都说有其母必有其女，这话是有一定的道理。虽然读的是理工科大学，但宋雪娃的身上却体现出十足的艺术气质和天分，当然也包括看人观物的视角和眼光。

广播台播音最为繁忙的时段是每天下午五点至七点这一段。当操场上噼噼啪啪的跑步声和击打篮球、排球的声音零乱地响起，教室里自习的同学就坐不住了，纷纷收拾书包起身离去。课还没有上完的人也开始向窗外不时张望，四下环顾。一天之中最轻松的时刻就这样开始了。

有的时候因为现场播音会耽误晚饭，林阳和宋雪娃就会跑到学校门外的面馆里吃上一碗阳春面。等面的时候，两个人有时会玩玩古诗词接龙的游戏，当然宋雪娃肯定不是林阳的对手，她还常常对此耿耿于怀。那时社会上经常流传某某人身上具有特异功能，两个人也拿纸片写上字相互来猜，结果是令人大失所望，猜得连边儿都不沾。宋雪娃说："看来我们都是寻常人，特异功能与我们无缘了。"林阳哈哈一笑："你想什么呢？我要有特异功能还能在这儿读书？"单独在一起的时间多了，聊的内容自然无所不及，一来二去两人的关系慢慢地开始有了一些温度。

宋雪娃告诉林阳，这世界上差一点儿就没有什么宋雪娃了。父亲当年被划成了"右派"，母亲和父亲在内蒙古劳动改造的时候生了自己。当时父母正赶着羊群转场，也许是因为母亲过于劳累，离预产期还有两个月她就出生了。风雪弥漫的草原上人迹罕至，是父亲给母亲接生的，用挂在身上的蒙古腰刀割断了脐带，然后父亲脱下身上的羊皮袍子把妻子和自己的新生女儿裹了又裹，赶着勒勒车一路颠簸，总算找到了一座冒着热气的蒙古包。说来也是命大，都说早产儿七活八不活，而八个月出生的她居然奇迹般地活了下来。因为出生在雪地里，所以父母给她起名叫雪娃。

林阳听了很感动，感叹说苦难中的情爱才是人间的真爱。宋雪娃冲林阳竖起拇指说了句时常挂在嘴边儿的口头禅："那当然！"

　　校园里如云似锦的杜鹃花开了又谢了。日子过得湖水般平静没有波澜，两个人间的温度既没有升高也没有冷却。直到宋雪娃的一次意外生病拉近了两人的距离，使两人的关系骤然升温。

　　那天两个人在广播台值晚五点至七点的班。接班的时候宋雪娃的脸色就不太好。林阳是个心细的人，当时还问了宋雪娃一句："你没事吧？""没事儿！"宋雪娃回答得轻描淡写。结果勉强播完了稿子，她就腹痛得直不起腰了。面色泛黄，前额上也沁出了一层汗水。林阳把播音室的钥匙扔给了值机的同学，扶起宋雪娃就走。走了几步宋雪娃就走不动了，林阳二话没说，背上她就一路小跑到了校医院。检查之后，医生说有可能是肠痉挛，也可能是急腹症，用了解痉的药之后要留院观察。林阳向医生询问了几句，又来到宋雪娃的病床边。打过针的宋雪娃看上去好像好多了，神态平静，脸上也有了些血色。林阳端详了一下宋雪娃的脸说："嗯，你好像问题不大了，刚才血象报告出来了，白细胞不是很高，刚超了正常值。不过医生说还得留院观察一下。解痉的针会引起口渴，你多喝点水，能眯就眯一会儿。我现在回去，叫你们宿舍的同学把你的洗漱用具都送来。"

　　林阳把水杯放好抽身要走，右手却被宋雪娃的手紧紧地抓住了，回身看时，宋雪娃正凝视着自己，目光中充满了依恋和深情。于是他就拉了把椅子，在病床旁边陪宋雪娃坐了下来。

　　林阳这时觉得，她是依恋也好，依靠也好，抛开男人应有的英雄气概不谈，男人一定要在一个女人需要的时候挺身而出，才是个真正的男人。

　　在这之后，两个人算是真正的恋人关系了，对外也不再是躲躲闪闪、若即若离。有意思的是，林阳身上倒还存有几分矜持，而宋雪娃则尽显着北方女孩子一旦拥有了爱情之后的热情和张扬。

同学们出去郊游的时候，宋雪娃会在身上背上两个装满开水的军用水壶，有人问起时她会一脸得意地说："我这是给我那位背的。他呀，那肚子娇贵着呢，一点儿生水都不能喝。"宋雪娃说的是实话，她自己渴了半晌也没动这水壶里的水，后来碰到山泉了，就用手捧着喝了一大顿，而把水壶里的开水留给了林阳。

每逢林阳因为感冒什么的身体稍有不适，自己还没怎么在意，宋雪娃却一边像数落孩子一样地数落着，一边尽显着女朋友的关怀备至，又是帮助打饭又是送来暖袋，拿走要洗的衣服。有一次还开了一桶菠萝罐头，特地用宿舍里的电炉加了热，然后用毛巾包上捧着，一路小跑送到了林阳自习的教室。

那个暑假，林阳和学生读书会里马列班的几个要好的同学去陕北老区，搞了一次关于老区农民生活现状的社会调查，因为同行的都是男生，夹着个女生会有许多不便，宋雪娃就没有一同前往。回来后由林阳执笔，几名同学联名写了一份《关于陕北农民生活现状的社会调查报告》，宋雪娃自是第一读者。领教了报告中文笔的犀利和问题的尖锐，宋雪娃认真地凝视着林阳的眼睛说："我爱的人果然不仅是一个阳光男生，还是一位有理想、有抱负和担当的大男人！"

热恋中的林阳自然也是感觉甚好，有时觉得自己像个大男人，有时觉得自己像个大男孩。

纷争起于四年级上学期在北京的一次工厂实习。当时宋雪娃觉得这场实习真是天赐良机，让林阳早早就能见上未来的岳父岳母。

这之前自己有了男朋友的事儿，宋雪娃已经分别跟父母在信里透露了一些，也介绍了林阳的一些个人情况。

宋雪娃有个很有意思的习惯，给父母的信从来都是分开写，不像大多数同学给家里写信那样，开头的称谓是"父母大人""敬爱的父母二老""想念的爸爸妈妈"，在宋雪娃看来，这样都算是不敬和怠慢。她的信要么就是写给父亲的，要么就是写给母亲的，而且每次寄家信都要写两封，再装在一个信封里寄走。弄得父母拆了宋雪娃的信封就是一阵你抢我夺。父亲经常抢到了信纸一展开又冲着妻子喊："喂，快换过来，拿错了，这封是你的！"

在宋雪娃看来，分别写信是表示郑重、表示贴切。父亲母亲是一家人但不是一个人，他们有各自的思维模式和表达方式，硬把两个人捆绑在一起，自己省点儿时间省点儿事，但说话要同时顾及两个人，可能最后一个也没顾及好。况且就自己本身而言，有些东西是希望和父亲交流的，也有些东西是要和母亲沟通的。比如说向他们介绍林阳，向父亲就介绍林阳的气质修养，还有勤奋好学、精明优秀；向母亲呢，就多说林阳的英俊潇洒、细心专注和体贴周到，比如那次背自己去医院的故事。父母都表示说只要你看好，作风正派、性格安分，我们基本没有什么意见。同学之间确立恋爱关系也有一定的好处，那就是经过四年的朝夕相处，无论是人品、性格，还是修养、喜好都相互比较了解。母亲在信里还着重关心了具体的问题，那就是毕业时的分配去向。母亲希望女儿毕业能分回北京，当然如果两人这恋爱关系彻底明确，希望未来的女婿也能一起分到北京，别再弄个两地分居、天各一方。那牛郎织女的日子说起来又是信又是诗地充满了诗意，但过起来实际问题多多，就不那么舒服清爽了。

星期天，宋雪娃的母亲早早就跑到了菜市场，到了下午吃饭的时候已经是鸡鸭鱼肉弄了一大桌子。

父亲宋路遥和林阳聊得也还投机，宋路遥很惊诧，林阳一个理工科的学生能有那么深厚的哲学和文学功底。谈到思维模式，林阳还大谈了一通形象思维和逻辑思维的辩证关系，二者如何渗透、如何交互，最后如何得以双重地飞跃。宋路遥笑了，眼前这位女儿的男朋友也算是一表人才，兴趣广泛，知识丰富，据妻子介绍还对女儿好，除了话多，有点儿夸夸其谈之外，还真没有什么可以挑剔之处。宋路遥心中暗自赞许女儿的眼光不错。

吃饭之前宋路遥还把林阳领到自己的书房，挥毫泼墨写了一幅字送给了林阳。那是杜甫的《望岳》的最后两句："会当凌绝顶，一览众山小。"

林阳接在手里的时候动情地表示："谢谢叔叔，这是对我的期望和鞭策，林阳一定铭记在心。"

在宋路遥发表了一番热情洋溢的祝酒词后，宋家一家人其乐融融的酒筵就正式开始了。

宋雪娃的母亲接着也表态说："我们雪娃多次介绍过林阳，今天见面一看果然是个好小伙子，不仅对我们雪娃好，而且才思敏捷、精明强干，难怪你们柴老师能给你那么高的评价。希望你们两人能相互学习，相互帮助，共同提高，共同进步。"如此，父亲母亲的态度就都有了。林阳也彬彬有礼地表示了谢意。

气氛是在酒过几巡的后半场开始急转直下的。

当时被酒和好话一起弄得有些飘飘然的林阳，觉得这个家庭的氛围还是很不错的，两位长者对自己不仅明确了态度而且还欣赏有加，这让他彻底收起了忐忑，开始很泰然地面对这个温馨的家庭。于是他就无所顾忌地打开了话匣子。

说了一大堆故事都没有什么问题。当林阳讲起了自己给系里写的那封关于政治课的建议信，以及系总支梁书记和辅导员一起找自己谈话的故事时，气氛一下子僵住了。

林阳讲得神采飞扬，宋路遥夫妇听得却是惊心动魄，心有余悸！

不知是酒的缘故还是兴奋的缘故，一向精明的林阳竟然没有看出来饭桌上的气氛发生了巨大的变化，还在继续他的滔滔不绝。

　　他大讲历史虚无主义，从反右及"文革"的种种冤案说到真理的属性，还扬扬得意地讲起了不久前搞的那次社会调查，以及后来写给学校党委和省委的《调查报告》。待到林阳打住话题时，宋雪娃父母的脸上不知什么时候早已变成了阴云密布。

　　林阳这又是故事又是理论的滔滔不绝，着实把宋路遥夫妇吓得不轻。尤其是宋路遥，大半生都在被批判、被改造的他太清楚这些意味着什么了。当年自己也就因为多说了几句话换回了大半生的惨痛教训，搭上了自己的年华、事业不说，害得自己的妻子女儿差点儿就死在了内蒙古草原的冰天雪地。那次幸亏苍天有眼，让妻子女儿都平安顺利地活了下来，否则他自己也一定不活了，就用给妻子接生时割断脐带的那把蒙古腰刀割断手腕上的动脉，然后仰面躺在草原上，看着绣满流云的天空像一床轻柔澄澈的丝被慢慢地落下来，把自己的身躯覆盖。也许可能还会下一阵小雨，那是苍天为他这样一个柔弱又不幸的生命流下的眼泪。

　　是，现在平反了、复职了，但那些被废弃和荒芜了的人生岁月呢？有谁会对此负责任？有谁能帮自己找回来？"夕阳无限好，只是近黄昏。"今天不是黄昏也是大半个黄昏了，而之前那么多本该朝气蓬勃的日子，那些由于理想和努力本可成就的事业，都因自己一时的热血激昂而付之东流，这样的人生教训还不够沉重吗？

　　宋路遥之所以一不让女儿随父亲学哲学，二不让女儿随母亲学艺术，而让文学艺术天分俱佳的女儿学了理工科，就是不愿看到自己的女儿在某一天会重蹈自己人生的覆辙。而没有料到的是女儿找的男朋友竟然比他自己当年有过之而无不及！看来必须得干涉女儿的这段恋情了，宋路遥可不想将来再让自己的外孙或外孙女生在雪地里、草地里、山路上，总之是那些不该出生的地方，弄得大人孩子都命悬一线。

"赌钱输掉了，也许还有翻身的机会，人生输掉了就没机会翻盘。即使是翻了盘，那也是事过境迁、时过境迁了，还有意思吗？"这是宋路遥留给林阳最后的忠告。

一场本来充满欢愉的家庭宴席到这里曲终人散。林阳在宋家留给宋雪娃父母的印象从一个文气书生到一个危险分子，仅仅用了半顿饭的时间。

旁观的宋雪娃看出了问题，送林阳走的时候一路埋怨："你这个满嘴跑火车的家伙，你干吗和他们说那么多！还提你的当年勇，还提你的政治见解，你知道他们这辈子是怎么过来的吗？一场场没完没了的运动早就把他们弄怕了！知道不？"愤愤然的宋雪娃一路埋怨，惊得醒了酒的林阳一脸的无可奈何。

实习结束返校后，林阳收到了宋雪娃父母的来信。信中明确表示从父母的角度他们觉得两人不合适，因而不同意两人的恋爱关系，希望林阳能理解，与宋雪娃就此了断，并且不要对她纠缠不休。

林阳似乎已经预感到了这样的结局，所以看了信后心里很平静，只是对那句"不要对宋雪娃纠缠不休"颇有微词。

这一段时间，林阳的心是苦涩的，他甚至开始讨厌自己那张扬的性格。一定是自己那天张扬得太过分了，以至于雪娃的父母连让自己申辩、解释、保证的机会都不给。他是从心里爱着雪娃的，不愿看到自己爱的人心灵受到伤害，而让雪娃违背父母的意愿甚至和父母之间产生裂隙，对她而言无疑就是一种莫大的伤害。思来想去，这杯自己酿就的苦酒只好由自己喝下。

宋雪娃试图说服父母，然而却没有任何效果。面对母亲一封封信里那些滴血洒泪的回忆和规劝，她最后不得不无奈地选择了放弃。

宋雪娃一脸凝重地对林阳说："我这辈子也不会恋爱结婚了。"

林阳轻声说了句"不会的"，随即低下头下意识地用鞋子碾踏着地上的沙砾。他明白这就是自己这场初恋的结局。

一天下午，系团总支书记王老师找到林阳，说校党委宣传部的曹勇部长带信儿来请他下班前到他办公室去一趟。林阳听了心里顿时明白了个大概。他知道学校党委宣传部的曹部长是宋雪娃父亲的大学同学，宋雪娃入学后曹部长还来宿舍看过她几次，这四年来他也一直对老同学的孩子关照有加。宣传部部长找他一个普通的学生，那还能有什么呢？

曹部长很是客气，让座后还给林阳倒了杯水。

曹部长一边端详着林阳的脸一边微笑着说："虽然我们没见过面，但是我早就知道你的名字了。"

"知道我？"林阳一脸的惊诧。

"没错，我看过你执笔的那篇写老区农民生活现状的调查报告。嗯，有见地，也很尖锐，更难能可贵的是文章出自一群大三的学生之手。"

"曹老师过奖了，真是不好意思……"林阳面孔泛红，把目光移向了别处。

"要有实事求是的精神嘛，好就是好。小伙子不错！"

然后曹部长拉开抽屉拿出一个信封，从中取出一封折好的信交到林阳手上说："你看，是这样，你同班同学宋雪娃的父亲是我的大学同学，他们有封信寄到我这儿了，让我转交给你。"

这之前林阳一直对宋雪娃父母的考虑深表理解，说他们谨小慎微也好，说他们出尔反尔也好，都不是他们的错，谁能接受自己的女儿选择一个被认为不靠谱的男人呢？然而此刻，他的心里却掠过了一丝反感甚至是鄙视，何必要这样呢？该说的都说清楚了，宋雪娃也明确表了态。而今一定要再写一封信通过校领导转交，这个中的意思不是不言自明吗？

林阳把信装进上衣口袋，冲曹部长笑了："没问题！请曹老师转告宋叔叔和阿姨，我一定按他们的意思办。"

"那就好，那就好！我会把你今天的表态告诉我的老同学。你在你们系里有什么事情如果需要我帮忙的，就来找我，不要客气啊！"曹部长是个绝顶聪明的人，不愧是做政治工作的领导，对林阳和宋雪娃的事只字未问也只字未提，而这背后的意思林阳早已是心领神会。

两个月后，毕业分配在即。林阳在应届毕业生工作分配志愿书上，把三个志愿的地点一口气都填成了老家。

## 第二章　别被人当枪使

日子像唱歌一样有节有拍地过去了。

不经意间林阳来这家部属的设计研究院工作已经是一年有余。日子倒是过得很轻松，不过也感觉不到更多的理想和激情。

这家成立于建国初期的设计研究院，是标准的国家事业单位、行业里的龙头大牌。因为当年是苏联援建的项目，所以从楼宇的建筑风格、内部结构，到科研设计的流程制度以及技术标准，都无处不体现着苏式的印记。院里的设计任务和科研任务都是由部里直接下达的指令性计划，员工有工作就干，没有工作就闲起来，甚至有工作也可以闲起来，那日子过得真叫一个无忧无虑、悠哉悠哉。也正因为如此，没有竞争机制，没有危机意识，再加上那些复杂又充满恩恩怨怨的人际关系，导致了人浮于事、消极怠工、钩心斗角、拉帮结派，甚至损公肥私的事情在院里到处发生、比比皆是。其实林阳所能看到的还只是冰山一角，他只是机电处的一名普通设计员，还接触不到上层领导间的那些权力和利益的争斗博弈，而眼下所看到的这些就足以让这个刚刚踏入社会的年轻人瞠目结舌了。

机构臃肿、人员庞杂、效率低下、风气一般，这是林阳对这个单位的概括性总体评价。而因为年轻气盛又满脑子理想主义的他，怎么也不会想到自己走向社会的第一份工作竟是如此的环境。他也曾和几个比较谈得来的同事私下里表达过自己的意见和看法，不过大家都不以为然又几乎异口同声地劝他算了，别想那么多，这不是个别单位的问题。几十年的积弊和陈俗即使现在马上刹车，巨大的惯性也会让这部老爷车沿着原来的轨迹继续运行下去。何况刹车并不是谁想踩都可以踩的，最起码这东西不在我辈的脚下。

"你没见在位的都是什么人啊，一个个粘上毛比猴都精！林阳就凭你那直来直去、口无遮拦的性格，还想和他们这些老奸巨猾的人混到同一辆战车上？"同事老马经常这样开导林阳。老马和林阳同在一个工程项目组，是林阳来院里后的第一个师傅，当然在项目组里也是他的主任设计。

老马是"文革"前的老中专生，专业理论水平不见得怎么高，但论现场经验和动手能力却是把一流的好手，而最重要的是老马久经沙场有过大风大浪的历练。一项工程从可行性研究到初步设计，从工程设计到现场调试，老马经常是从头至尾地或负责或参与。尤其是工程到了安装调试阶段，偌大的工程谁也不能保证凡事精准没有漏洞，一旦问题出现，设计单位、生产单位、施工单位、监理单位就开始互相推诿互相扯皮了。其实目的只有一个，那就是推卸责任！每当这时候，老马就开始展示他大将的风采了。你推诿我也推诿，你扯皮我也扯皮，你较真儿我也较真儿，当然了还有你讲道理我也讲道理。谁也不知道老马那矮墩墩的身材能顶得起多少类似的重负。从院里到处里的领导都对老马尊重有加，不仅因为他是名老同志，一定程度上也是因为他能打能拼、能打赢现场的技术官司，令领导们脸上有光。

其实，林阳刚来院里的时候老马并不看好他。一个是觉得林阳太秀气，说话过于文质彬彬。其实说起来林阳也很尊重他，但是越是尊重，老马觉得这师徒间越有距离感，没有他心中认同的那种师徒关系的劲儿。但是后来这种感觉随着时间的推移被渐渐地淡化了，老马甚至觉得这个徒弟不仅是可塑之才，也是一可交之人。就是为人太透明了，透明得有时甚至叫人心痛。再一个就是林阳在一些工程技术问题上经常会不分场合地发表意见，而这些意见有时会和老马的意见相左而令他颇为难堪。可碍于师徒的情面，老马又不好多说什么。

有一次在院里开设计、制造、施工、运行的四方设计协调会，刚刚出差回来的林阳作为设计院的人员来参会。当时设计院和制造厂在一个谐波处理的方式上存在分歧，林阳坐在角落里静静地听着。在双方争执不休的时候，林阳也不知道在哪儿拿了两根粉笔就上台了，很快在黑板上画出了一张谐波的矢量分析图来。接下来照图分析，口若悬河、洋洋洒洒，结果却是支持了制造厂的方案！

意见开始倒向一边，这次制造厂赢了。

老马气得出了一身透汗。

制造厂的黄总笑眯眯地看着林阳说："不简单啊，小伙子！头脑清晰、表达准确，最重要的是只对技术不对关系，难能可贵呀。"接着又把头转向老马，"老马，名师出高徒嘛。"

老马一脸尴尬嘿嘿地笑着："名师不敢，高徒是真啊！哈。"

事后老马找到林阳谈，说："你对系统的方案、参数有意见都可以，不过得先跟我说呀。你说一个单位搞出两种意见来，咱们是一家人，你却支持了别人，你这不是让我尴尬吗？"

林阳说："师傅，我还真没想那么多。我觉得设计协调会嘛，就是要协调的呀。既然是协调，那就怎么对工程有利怎么来了。不过我以后注意了，有问题咱们内部先协调。"

然而没过多久，林阳又放炮了。这回不是当着外单位人的面儿，而是在院里总工办召开的工程设计汇报会上，当着主管设计的副院长、总工程师、总设计师，还有二十几个与会者的面儿。林阳不仅对设计内容的质量提出了异议，甚至还指责了院里的技术复核和审定制度！居然还说这样的问题不应该由一个普通设计员提出来，方案送交有三审制度，各个环节的人员都各负其责了吗？不知这些审核、审查、审定的名字是怎么签上去的？

与会的领导都面面相觑，没置可否也没有回答。会场上出现了一阵死一样的沉寂。

坐在旁边的老马大吃一惊：天哪，这不是把矛头指向了处长和总师吗？这孩子是怎么回事呢？是初生牛犊不怕虎？是个性里爱显摆、爱张扬、爱出风头，还是存心和我老马过不去？你林阳是我的徒弟，你这么干，知道的说那是你的性格，天不怕地不怕我行我素，不知道的还不认为你林阳是我老马借机向领导发难的枪？

想到这里，一个念头在老马的脑海里突然闪现了一下：如果林阳被认为是我老马投向领导的枪，那么这枪会不会也是别人投向我老马的呢？

再想想林阳平日里的周边关系，老马觉得自己想的也不是没有道理。

老马心想的这个别人就是他的副手，项目组的副主任设计卢琪。

于是老马决定要和林阳认真地谈谈了。

几天后的下班时分，老马截住了正要往外走的林阳。

"这么急着走，要去哪儿啊？"老马问。

"嘿嘿，师傅，我这每天宿舍食堂办公室三点一线的还能上哪儿？这不这会儿肚子抗议了！"林阳笑着一边扣着棉衣的扣子，一边扬了扬手里的饭盒。

"我就知道你是三点一线，所以也没提前告诉你。别去食堂了，我也收摊子马上走。上我家去，今天你骆姨给你做了几个菜，我也借你的光当一次近水楼台哈。"老马说着从林阳的手上拿下了饭盒。

老马说的骆姨就是老马的太太骆青霜，是院里房产处的管理员，大家都喊她小骆。小骆可能是因为比老马小了几岁吧，真应验了那句小媳妇厉害的老话了，把老马管得是服服帖帖。在家里小骆是说一不二的主儿，老马就只有唯命是从了。久而久之老马俯首帖耳，小骆威名远扬。

老马每月的工资连工资条一起上缴，一分不少。小骆倒也不小气，不像别的女人把钱管得很死，只给丈夫一个工资的零头作为一个月的烟酒钱。小骆每个月拿出老马工资的三分之一交给他带在身上做压兜钱。给的钱是不少，但是有约法三章：这钱一不许买烟抽，二不许在外喝酒，当然更不许花在别的女人身上。可是作为男人不抽烟，不喝酒，更没有情人儿，那口袋里装钱干什么用呢？后来老马想出个好办法，老婆给的这些钱一部分送到银行里攒起来，另一部分现金放在身上以备不时之需。等钱多了，又恰逢有什么出差任务时，老马就用这些钱买点礼物和当地的土特产带回来。特产由家人享用，礼物自然都是媳妇的了。小骆对这些衣服、香水、首饰之类的礼物喜欢有加，常常是撒一阵娇，报以老马几个热情的媚眼。这时小骆会一面欣赏着她的宝贝礼物，一面透着几分得意和娇嗔说："唉，小媳妇就是好啊，有人心疼！"她时刻忘不了提示老马：她是小媳妇。

充满爱意的礼物、温馨如梦的小家、浪漫微醺的小酒，再加上久别胜新婚的缠绵，老马会连续几天都被弄得昏昏沉沉。

从老马家出来，已经接近午夜了，林阳走在空无一人的大街上。

雪不知是什么时候下起来的，纷纷扬扬，世界已经变成了一座洁白的宫殿。无数雪花像飞舞的精灵般从天上飘落。而这些精灵一旦进入了街灯的笼罩，便折射出五颜六色的光彩，好像每片雪花都穿上了舞台的戏装。从云端到地面，飞舞也好，坠落也好，这都是最后的旅程。雪花们一定是要在这最后的舞台上，为自己飘飞舞动的生命作一个华丽的谢幕。

林阳这样想着，一边走一边凝视着被白雪和灯光映衬得微红的夜幕。北方长大的林阳从小就非常喜欢冬天，喜欢冰雪，喜欢冬天里那玉树琼花、冰莹雪晶的世界，以至于大学毕业分配时毫不犹豫地选择了回到故乡工作。这究竟是因为故乡的冬天，是因为年迈的父母，是因为夭折的初恋，还是几者兼而有之，连他自己也说不清。

在老马家喝了一个晚上的酒，林阳已经有了几分醉意。人很兴奋，脚下软绵绵的，他喜欢这种小醉的感觉：翩翩起舞、飘飘欲飞。脚下的积雪随着脚步快慢有节奏地响着，像在演绎着一段音乐的变奏。

今天晚上小骆弄了六个小菜，三凉三热。老马拿出一瓶从江苏出差带回来的双沟大曲，说："茅台老窖我这儿没有，这双沟据说也算是地方名酒，咱俩今晚就它了啊。"林阳说："师傅，已经不错了，您还不知道我的外号叫一元糠麸吗？"

"知道，当然知道。我不光知道你叫一元糠麸，我还知道曲波的外号叫横路敬三，柳宏的外号叫人格太次郎。不过有一点我不明白，你们这帮小伙子怎么外号都是日本名字？"老马一边说一边给两只杯子都斟满了酒。

"哈哈哈，师傅这些外号可是说来话长，您要是不怕絮烦，我就一个一个讲给您听。"

"算了，我也不想知道这些外号是怎么来的了。今晚上咱俩要说的都是正事儿。怎么样，先走一个？"

"走一个！"两人碰了下杯子，一饮而尽。

几杯白酒下肚，两个人的脸都红了，话也越说越多。老马肯定了林阳的工作，也对他的不管不顾太过直率的为人处世风格提出了批评。

老马说："照理说你是我工作上、业务上的徒弟，有些超越了工作范畴的事情，比如说如何为人处世，我是可管可不管的。但是咱们师徒相处得相当不错，看你的单纯经历和我行我素天不怕地不怕的性格，还有你待人那一脸的诚恳，我觉得不管呢，心里还真有些过意不去！"

"那您当然得管了，您以为这师傅这么好当啊！"林阳嘻嘻地笑着举杯和老马又干了一杯。

"你来院里就一直在我手底下，干了这么长时间。我刚才说了咱们师徒相处得相当不错。你是个实实在在、表里透明的人，工作上进，待人也诚恳，连我两个儿子马太和马可都说你好，说我这批徒弟里就数你最好。"

林阳笑了。老马说："我说得可是千真万确没有一点水分，不信你可以问我老婆小骆。"

林阳又笑了，笑得甚至有点腼腆，说："师傅您想哪儿去了，我怎么能不相信师傅您的话呢？我是觉得我没有大家想的那么好。"

"林阳你为人不错这件事儿不容置疑。我老马不敢说是阅人无数，不过在这社会里摸爬滚打、上下努力、左右逢源得也是一老油条了，看个人还看不准？你们这一届我收了三个徒弟，这么长时间了，谁什么样我清楚着呢。那袁清琏整天点头哈腰、虚头巴脑，业务不行吧又不肯专研。你说你牌子不亮吧，这是先天性的，咱们单位在乎这个也不在乎这个，我老马就不是什么名牌大学。工作上、业务上的能力很大程度上在于后天的努力。这小袁牌子不行、能力不行，那你工作上有点热情也行啊，结果是热情也没有！你说亏了你上大学前还是设计院的老人儿！咱们是设计研究部门，做的是工程设计，是课题研究，不靠业务能力，不去脚踏实地，今天去搞搞院团委的演讲比赛，明天去参加下处的工会活动，有意思吗？我就不信那团委工会的活儿能当饭吃？再就是他那副精于算计的神态，林阳不知道你有没有感觉，我觉得小袁脑袋里好像装了部计算机，时时都在算计。你跟他说句话也好，问他个事儿也好，他都不会立马回答你，目光要停留在你脸上延迟个三秒五秒再开始说话。你要是碰上了件难事儿，那双眼睛一开眨，得，三五秒钟就不够用了！"

"哈哈，师傅您观察得细致入微，模仿得也出神入化！这么好的观察能力怎么还干这一行啊，应该去当小说家，要么当导演也行！"林阳调侃着。

"怎么样？我说得没错吧？"老马更来了精神。

"再说那柳宏吧，那也是早被我看透的主儿。你说柳宏你一个学应用数学专业的，凭什么关系进的咱们院里我也就不多说了。硬塞给我这么个专业不对口的徒弟，我也就只好硬着头皮带着，不能指望这样的徒弟将来能给我独当一面。业务上我倒没怎么指望他，寻思让他搞搞一般性的工程管理，专业性不强，不成事儿也别误事儿就行了。结果怎么样？三个字：不着调！柳宏这孩子倒是嘴甜，都工作了，你在单位里给那些年长些的叫师傅不挺好吗？可他一口一个叔、一口一个姨地叫着，让人觉得甜腻腻的。再说像秦华那样的女同志总共也没大他几岁，他一口一个秦姨地叫，我看秦华就很不舒服。女同志谁愿意人老辈大呀？"

"来，咱们再走一个，走一个接着说你啊。"两人碰了下酒杯又一饮而尽。

"不是我说你啊，你最大的问题就是没有心眼儿，人太透明。活在社会里没有点儿城府是不行的，性格直来直去你自己觉得不累了，但社会不容你，周围不容你啊。"

林阳不住地点头。

老马透露了那次在工程汇报会上林阳抨击院里的三审制度形同虚设，到会的领导都面面相觑但没有发作。事后有的领导大为光火，甚至拍着桌子骂林阳猖狂。还有的说林阳纯粹是不知天高地厚，说他才干了几天，他们都干了三十年了！还有的领导满是狐疑地看着老马，一脸的意味深长："老马，你徒弟不是在表达你的意思吧？"

林阳没有想到自己碰到了技术问题，看到了管理漏洞后的几句实话，居然惹出来这么多的麻烦，还让师傅老马跟着受委屈，心里觉得过意不去，于是一反往日的话唠样儿，垂下头去自顾喝酒不说话了。

老马又讲了一阵子如何应付社会，如何左右逢源，如何管好嘴巴夹起尾巴做人，最后委婉地告诉林阳之所以说了这么多，目的就是不要被人当枪使。不讲策略、胡乱放炮，最后的结果是徒弟出师不利、马失前蹄，师傅也落个难辞其咎，最后倒是有人从中渔翁得利。

林阳知道老马说的渔翁指的是卢琪，感觉喝了一晚上的酒，到最后这儿好像才切入了正题，心中不由得叹了口气：这社会上的关系真够复杂，小小设计处、小小设计组就有这么多的明争暗斗。

两人干掉了最后一杯酒，老马用一句关乎哲学的话结束了这一个晚上的畅饮和恳谈。老马说："哲学里从量变到质变中间有一个重要的环节就是度。不管做什么，把握住度很是重要。做人直率透明是好事儿，但不能过分，在度以下是大智若愚，过了度就没有智慧了，那就是全愚！"

这话让林阳听了个振聋发聩！

酒足饭饱、教诲听罢已经快半夜了，林阳起身告辞。老马把大半盘吃剩的牛肉腱子给林阳打包带上了，然后跷起脚在林阳耳边小声来了一句："咱以后不一定非吃牛羊肉啊，想吃什么你就说，我什么都能做。明白啦？"

林阳笑了，在老马腰上捶了一把："我早就知道！"

# 第三章　岁月也曾蹉跎

老马和卢琪间的矛盾其实已经是由来已久了，这要追溯到"文革"时代。

卢琪是"文革"中清华大学的毕业生。满族，出身于晚清的一个官宦家庭。

据说卢琪的祖父曾经是清末兵部的大员兼军机处的领班章京。因为出身血统纯正又谙熟官场规则，再加上写得一手好文章，仕途还算是顺风顺水。就在卢氏准备大展宏图之际，武昌城密集的枪声宣告了这个经营了两百多年的王朝从此落下了帷幕。卢氏也和其他人一样谢幕落妆，告别了和诸位军机大臣们亲密接触、谈笑风生的日子，从三品大员变成一介平民百姓。好在北洋军队是以逼清帝退位的方式完成了政权更迭，清廷的各阶层官员基本上没有遭到什么政治清算，卢氏不菲的家资得以保全。虽然没有了官场的风光，但日子过得也还是怡然自得、有滋有味。

卢琪就是卢氏三子的小女。

接下来的几十年，风风雨雨、乱乱治治、兴兴衰衰，卢氏经历了北洋政府、军阀割据、中华民国以及中华人民共和国等时期。然而不管是哪个政权，对于曾经风光无限的八旗子弟早已是时过境迁、繁华落尽。经历了人生波峰浪谷、尝尽了人生苦辣酸甜的卢氏得到了一个人生结论，那就是："政治以及和政治相关的玩意儿都玩不得。""书仍堪读，官不可为。"这是卢氏暮年时对子孙们的叮咛和嘱托。

从高居庙堂到深隐江湖，从门庭若市到门可罗雀，从锦衣玉食到粗茶淡饭，巨大的生活落差并没有消减卢氏那顽强的生命力，他一口气活了九十三岁。

卢琪依照祖父大人的叮咛嘱咐，从中学时代就开始了不问政治的日子，尽管那是一个政治风云激荡，政治无所不在、无所不及的时代。考大学时文、史、哲成绩优异的卢琪却报考了清华大学的电力系。尽管平日里对数理化的兴趣和所费之功远不及文史哲，卢琪却还是以当年的最高分进入了清华大学。这也足以见得她的绝顶聪明。

在新生开学典礼上，主持典礼的副校长在即席讲话中谈了清华人的一贯理想，谈了理论与实践、政治与业务的相互关系，以及如何做又红又专的新时代清华人。说到新生的水平和质量，在赞美清华的录取分数线居全国理工科第一且绝对分数不断上升时，突然说出了今年新生的状元是电力系电力系统专业的卢琪同学。然后校长抬头环顾一下会场："卢琪同学在哪？请站起来，让大家认识一下。"坐在后排的卢琪红着脸腼腆地站了起来。同学们纷纷回过头去，接下来是一片嘘声和惊叹："噢，状元居然是个漂亮的小女生！"

然而按"祖父思想"尽力回避政治远离运动的平静日子在大一的下学期就被彻底打破了，这是卢琪万万没想到又不得不接受的现实，因为一场为期十年的政治运动已徐徐拉开了帷幕。

把本来按祖父教诲已经决意远离政治的卢琪快速裹挟进政治旋涡的，是一张同班同学的大字报。

那是一个天气炎热的中午。喧嚣的校园每天只有在中午和深夜才有这么难得的安静。高音喇叭不叫了，代替的是一阵阵单调的蝉鸣。卢琪有午睡的习惯，那些正常的日子里，每天吃过午饭她都要或独自或与同学三五成群地在校园里散步二十分钟，然后回到宿舍小睡一会儿。卢琪觉得中午的休息非常重要，无论下午是上课还是自习，只要中午哪怕有半个小时的小睡也能保证下午的精力充沛、力量倍增。而今天等待卢琪的肯定不是一个平静的下午了。

中午回来卢琪刚躺下，就被同宿舍的尉迟婕叫了出去，尉迟婕告诉卢琪一个令她震惊又惶然的消息。

"卢琪你上大字报了！"

"瞎说吧你？我就一学生，一不是领导，二不是教授，怎么会呢！"卢琪一脸的茫然。

"千真万确！我骗你干吗？我刚从系里回来亲眼看见的，就贴在教学楼前厅左墙最显眼的地方！"

卢琪甩下了尉迟婕急匆匆向教学楼跑去。

果然，她曾经的担心变成了现实。而卢琪无疑成了修正主义苗子的典型。当然大字报的主人也念念不忘在这里公开卢琪剥削阶级家庭的出身，又把她的分数和出身还有校长的讲话，用阶级观点进行了一番上纲上线的联系和分析。

卢琪只觉得一阵天旋地转。那大字报上的文字一瞬间变成了无数个从未见过的光怪陆离的小动物，一下子从垂立的纸面上跑了出来并且把自己团团围住。那些小动物用各不相同的嘴巴和牙齿在她身上撕咬着。卢琪奋争、搏斗但是无济于事，身上已是伤痕累累。

卢琪扑向墙壁，手上黏黏的，贴那张大字报的糨糊还没有干透，于是她就动手想把这些可恨的东西揭掉。然而在她举手之间，手腕却被一只更有力的手捏住拉了回来。

回身一看，是自己的恋人潘志平。

"你发疯了？大字报你也敢揭？不怕被扣上一顶反革命的帽子？"

卢琪一看潘志平，收了手，心里顿觉一阵委屈，眼泪一下子就下来了。

"走，赶紧跟我走！"潘志平拉着卢琪跑出了教学楼。

　　这个下午卢琪第一次在既非节日亦非假日的日子离开了校园，和男友跑到圆明园里转悠了整整一个下午。祖父的那句远离政治的遗训也就是在这个下午被卢琪彻底否定了。

　　面对轰轰烈烈的运动和形形色色的批判，为保全自身，卢琪不得不和从前的心境告别，同时加入批判者的阵营。

　　再下来，卢琪为表示自己革命的彻底性，接着贴出声明，宣布和自己的剥削阶级家庭彻底划清界限。而更令人匪夷所思的是尽管距离毕业分配还有三年的时间，卢琪却高调宣布毕业后绝不留京，以示与剥削阶级家庭的彻底决裂。她表示届时一定听从党和祖国的安排，到边疆去、到祖国最需要的地方去、到革命斗争最艰苦的地方去……

　　按当时阶级成分划分的标准，出身于剥削阶级家庭的同学并不是少数，而这其中一个大二女生能够革命得如此彻底自是令各路造反组织刮目相看。于是卢琪作为剥削阶级后代被改造好的典型，作为被团结和结合的对象，沉浮于各派组织，游说于后来的三年。于是卢琪名人依旧。

　　本来已经沉沦过半，如果不是圆明园的那个下午与男友想到奋起自卫反戈一击，结局真就是不得而知了。事实已经否定了祖父的遗言，不是政治靠不住，而是必须靠政治。关键问题是要站对队。

　　如此说来，革命真正触及了卢琪的灵魂。

　　毕业时本来有水电部、电科院、中国核动力研究院等单位的分配名额，但卢琪都没有报名。她知道，那些单位要么是国家机关，要么是涉及国家的国防建设，单位的密级都是非常高的。就凭自己的出身，政审肯定是无法通过，与其被拒脸上无光或者栖居小庙委曲求全，还不如报一个外地相对比较好但密级程度一般的国家单位，这样既可以有一个不错的去处，又兑现了自己大二时的誓言。

一个月后，着一身洗得发白的军装，短发齐耳、面色潮红、背一绣有"为人民服务"字样的帆布书包，卢琪就英姿飒爽地到院里报到了。

机电设计处是一个四百多人的大处，一次系统和二次系统加起来有十一个设计室。因为运动的问题，积了两届毕业生同时分配，那年与卢琪一起分到处里的有三十七名大学生。那么多新来的学生，男男女女人欢马叫的，加上当时生产停顿无设计可做，新人都在处里集中学习，老马也分不出个谁是谁来。

直到半年后的一次对漏网右派的批判会，才让老马注意到了那个圆脸短发、戴白边眼镜、讲一口北京话在台上发言的女孩卢琪。

半年的集中学习对这些新人而言几乎一无所获。因为没有设计工作可做，自然也不需要各个处室、设计单位间的相互联系。整天就是学毛选、学马列、学社论，工间的时候打打球、做做操，约好了打牌下棋的就在午饭后溜之大吉。这样的日子无形中让这三十多名新人相对封闭了起来。老同志习惯称他们为新人儿，时间一久，为了对等，他们也称老同志为老人儿，于是分成了新老两个群体。

新人里有大学时代的造反派、保守派，也有中间派和逍遥派。然而不论是什么派别，也不论什么观点，在这里几乎都被重新清零，原因就是他们都一样是初来乍到，都一样是集中学习的新人儿，都一样不懂院里的历史。

不过卢琪，是个例外。

来院里不久，卢琪就沿袭着大学时代的风格，开始了继续革命的生涯。

朗朗动听节奏起伏的诵读、逻辑分明刚柔并济的批判，还有那一口标准的京腔京韵，很快就引起了各方的注意。再加上一次次积极向组织靠拢的思想汇报，卢琪很快被任命为机电处新同志学习的召集人。三十七人的队伍不算大，但也顶得上大学时的一个班了。机电处这一行三十七位新人中竟没有一个是学生党员。假如有，哪怕是一位，情况也许就不是这样了。

二次设计室的老主任叫黄慎甫，是当年中央大学的毕业生，很有一番资历。据说还在解放军兵临城下的前两年，黄慎甫就已经是中央大学学生地下党的一个负责人了。老先生曾经很多次不无骄傲地告诉别人，是自己接受党的任务和党组织一起在中华人民共和国成立前夕，藏匿将要被迫南飞的教授，保护实验室的仪器设备和图书馆的图书资料，组织学生护校防止特务的破坏，和千千万万翘首期盼的市民们一起迎来了南京的解放。

就是这样一个历史鲜活、政治闪亮的人、竟然在一夜之间变成了漏网叛徒。

叛徒，自然属于变节者一类。

因为在各种学习和批判上的优秀表现以及向党组织的积极靠拢，卢琪破例离开了新人学习班而进入了老人儿之列，俞卫东点将，卢琪进入了清队专案组。

深冬的一天，专案组那边传来消息，说黄慎甫好像要不行了，拒绝吃饭，还一口一口地吐血。老马想起这位共事多年的老先生不由得有些神色黯然。其实老马对黄慎甫从前的印象并不是非常好，甚至还有过那么几次与老黄顶牛的经历。

有一次老马出差回来去院里报销差旅费，找室主任在报销单据上签字。室里的书记和主任都在，行政上的事儿老马当然要找主任签了。老黄接过老马的报销单据先是粗略地看了一下，然后开始一张一张详数贴在单据上公共电汽车那些一毛两毛的收据，用笔把每列的小计标上，然后拉开抽屉拿出个算盘来，再把这些小计累加在一起。然后是火车费、住宿费、补助费一样不少，又掐着手指算了算老马的出差天数，最后把总数记在一张纸上，再翻过报销单据核对一下老马算好的总数，抬头扶了扶眼镜冲老马笑了："老马你算得很精准，一分不差！"这才在主管栏里签下了名字。老马心想：你老黄至于这样吗？这对手下也未免太不信任了！共事这么久，谁是什么人品你还不知道？我老马还能在一天补助费上，在几毛钱的车票上做文章吗？老马终于忍无可忍了，嘴上说"一分不差就好、一分不差就好"，劈手在老黄手里抢下报销单据夺门而去。老黄一脸愕然，书记在旁哈哈大笑："你这个老黄啊，至于那么较真儿吗？"

不高兴归不高兴，但老马承认：老黄是个绝对正派的好人，只是有点儿迂，甚至还有点儿轴。

听说老黄被折磨得吐血了，想想和老黄曾经共事的日子，再想想专案组给提供的那些一日三餐，老马就动了恻隐之心。他让妻子小骆熬了一锅烂粥，在粥底放了块五香酱牛肉，就给囚在专案组的黄慎甫送去了。临出门妻子小骆把粥交给老马时一脸关切地问："这样能行吗？"

老马说："有什么不行！人都快折腾死了，送碗粥吃还能治我个罪？就算老黄真是叛徒也得讲革命人道主义啊！再说我也不怕，咱是三代贫农，我怕谁？"

专案组的看守小头目接过粥打开锅盖看了又看，然后交给另一名看守命令："检查一下！"又面无表情地对老马说，"东西留下了，人不能见，你可以走了。"

老马做梦也没想到送给老黄的那锅稀粥竟会让自己引火烧身！

为此老马被隔离审查了四个多月，原因是看守们在粥底捞出了一大块酱牛肉。经过严谨、缜密的分析，再结合老黄抗拒的态度，他们认为这是老马给老黄发出的暗号，叫老黄一撸（酱）到底！

而后来传出来，这"一撸到底"的天才分析居然是出自卢琪的瞬间灵感。

事后卢琪也感到后悔，其实就是自己当时的一句玩笑话，无奈俞卫东抓住不放，非要在上面大做文章，只是苦了老马。

自那时起老马就得出了一个结论：卢琪这小女子人品有点问题。以前认为她那近乎狂热的积极只是一种小小的机会主义表现。都在年轻时活过，年轻人特有的心态老马是充分理解的，但凡事要有原则。老马的原则是：你可以要求进步，但不可以为此整人。

老马对卢琪结论性的认识就在这时形成了。在老马看来，选择了政治投机无疑是等于选择了与真诚无缘。

# 第四章 "太次郎"和"一元糠麸"

柳宏的外号，不像林阳的"一元康麸"、曲波的"横路敬三"那样可以当面叫。柳宏的外号"人格太次郎"，大家只是背地里叫一下，而且只叫后面三个字"太次郎"。原因不仅是老马说过的他那张甜腻腻的嘴，还有他这人说话办事不太靠谱儿、不够实在，在不长的时间里就出了很多糗事。而且这些不实在的表演又比较低劣，根本无须琢磨，一眼就可以看透。

柳宏身材高挑、面孔白皙，长着一双笑眯眯的凤眼，论长相绝对算得上是一表人才了，是一标准的美男子。

柳宏和林阳同在老马的设计组里。因为老马分配给林阳的是系统校核、调试编制等相对重要的工作，而柳宏则由于专业的原因另干一些无关紧要的工作，这让柳宏心里有些不爽。而善于察言观色的他也嗅出了老马与卢琪间的某种面和心不和。于是柳宏自然地倒向了卢琪。其实这也很正常，完全出于一种人性的自然。

柳宏完成的工作到了老马的手里，总要被挑剔地找出一些或大或小的问题来，哪怕是一个错别字、一个箭头标注宽度，都会被老马认真画上一个红圈，再在旁边工整地注释上。

而到了卢琪手里情况就不一样了，总会得到"不错不错，干得不错""小伙子聪明"这样的夸奖。年轻人谁不喜欢听赞许之声呢？

柳宏于是在卢琪面前更加乖巧。

卢琪说儿子的数学总也学不好，柳宏就说："卢姨你忙，顾不过来，你把他带来，我给他补习，你别忘了咱是数学专业的呀。"卢琪聊天时说家里一盆君子兰养了好几年，也不见开花，不知是花土的原因还是什么别的原因。第二天早晨柳宏就在上班前赶到卢琪家里，不但送去了君子兰的专用花土，还附上一盆新分出来的"和尚头"。为这"和尚头"，柳宏在爱花如命的父亲那儿整整磨了半个晚上。

卢琪在一段时间里还是很满意自己这个会来事儿的徒弟的，人前人后地对徒弟充满了溢美之词。

不知什么时候，柳宏成了他卢姨家的座上宾。

卢琪的丈夫叫王国海，是院情报室的英文翻译。

当年卢琪在清华的男友潘志平在毕业的前一年就与她分道扬镳了。原因是潘志平有一次喝醉了酒，跟一堆朋友说："这样斗来斗去有什么意思？既没有希望也没有前途。你们看看那些政治风云人物都是什么嘴脸！我是因为敬佩着当年梅贻琦、叶企孙这样的大师才报考清华的，而今天太让人失望了！"

都说醉话不当真，但在那个特殊的年代是醉话也当真！当时在场的一个朋友第二天就揭发了潘志平，接下来的事情就可想而知了。而卢琪当时在政治上正如日中天，迫于压力，她不得不忍痛割断了这段为期两年多的初恋。

卢琪是在革命降温、生产抬头，各行各业开始整顿的时候，嫁给了英语翻译王国海的。

这王国海平时爱喝两口儿，有时柳宏去家里赶上饭口，两口子就把柳宏留下来一起吃饭小酌几杯。一次推杯换盏间王国海得知柳宏还没有女朋友，就私下里和老婆商量给柳宏介绍一个。

"是，柳宏这小伙子挺不错的，这两天我也在琢磨这个事儿。"卢琪把擦完脚的毛巾扔给丈夫，惬意地靠在被摞儿上，顺手抓起了本床头书扫了几行又放下了。

"哎，要么给他介绍下陈总的女儿陈小欢怎么样？我看小欢那孩子挺好，比柳宏小一届，念的是师大历史系。"卢琪说的陈总是院里的副总工程师陈士良。

"陈总家的小欢？那孩子倒是挺老实，不过个子不高、长相平平，外表和柳宏有点儿不太配吧。再说陈小欢是学历史的，这一文一理的能有共同语言吗？"王国海迟迟疑疑。

"我说王国海，你什么意思呀，你是不是觉得你和我没有共同语言啊？"

"你看你这个人，说酸就酸，说柳宏的事儿呢，怎么又扯到咱们身上了？"王国海嘴上嘟嘟囔囔，不过还是殷勤地倒掉了卢琪的洗脚水。

这么多年来，卢琪一直不愿意听到谁谁两口子是一个专业啦，谁谁夫妻是大学同学啦这样的话题。她害怕听到这些，因为听到这些，她不由自主地想起潘志平，想起她那发生在大学时代，于一个春日里萌发又在一个秋夜中夭折了的初恋。

两个人你一言我一语地斗嘴，但是最后还是达成一致：把柳宏介绍给陈士良的女儿陈小欢。当然，成败难料，但是也没有关系，成了自然双方皆大欢喜，不成陈老总也会领受我们的一番好意。而这不正是媒人想要的吗？

于是卢琪亲自出马找了陈士良，向陈总坦陈了对其女小欢的关心，又详述了柳宏的个人情况。陈士良首肯的同时表示了对卢琪的感谢。于是在一个礼拜六的晚上，柳宏和陈小欢在卢琪家里见了面。

山南海北地聊了一通，茶水也凉了，切成小块的苹果开始长出斑。一阵静场之后陈小欢起身告辞。小欢是个有分寸的姑娘，知道这种见面一旦出现了静场，就意味着时间到了，没必要再故意挑起一个什么新的话题。

卢琪挽着小欢的手，柳宏起身微笑着和卢琪夫妇一起下楼把陈小欢送到了楼门口。

卢琪望着陈小欢渐渐远去的背影转过脸来问柳宏："感觉怎么样？"

"挺好的，卢姨。小姑娘大大方方，说起话来还挺有思想，一看就是很有家教的那种。"

"哦，那就好！"卢琪一脸的神采飞扬。

"刚才下楼的时候我问了一下小欢，她说对你感觉很好。下次我给你们约好时间和地点，我就没什么事儿了，后面就看你们自己的了！"卢琪很兴奋，似乎看到了陈老总赞许的目光和由衷的微笑。

"不急，卢姨。先别急着定约会，这事儿我还要和我爸妈商量一下。这件事儿我爸妈还不知道呢！"

"那当然，那是必须的！儿女的终身大事怎么能不和父母商量呢？这样，什么时候下一次见面你定，到时候你告诉我，我把话传过去就好了。"

"行，卢姨，就按你说的办。"柳宏爽快地答应着。

接下来，两周多的时间过去了。柳宏一如既往地上班下班，也不见个动静，于是卢琪急了，截住柳宏劈头就问：

"怎么样了，小柳？和你爸妈说了吧？赶快定时间啊，人家那边还等信儿呢！"

"卢姨，不好意思啊，我还没来得及跟你说呢，我爸妈对这件事儿好像有点想法，觉得我和陈小欢有点不太合适。他们主要是觉得陈小欢学的是历史专业，说学历史回头也就当一中学教师吧。中学教师太累了，要是再当一班主任，那家都顾不过来了。还有就是我们这一文一理的，专业差得太远，不一定有共同语言……我……"柳宏开始支支吾吾。

"柳宏，这就是你的不对了。你家里父母不同意这很正常，你自己不同意也没关系，你早说呀，你直说不就完了吗？我都给人家回话说就等你定时间了，结果你拖了这么久才说你父母不同意，你让我怎么交代呀！"

柳宏见卢琪变了脸，连忙改口说："卢姨，要不这样吧，我跟她处处吧，处一两个月再分手，这样你也好跟她家里有个交代。"

卢琪抬起头紧盯着柳宏的脸，盯了一会儿好像要发作，最后却叹了口气说："你让我想想吧。"

卢琪与丈夫研究了半个晚上，认为柳宏太不靠谱的同时也觉得不能按他说的方式处理。先别说柳宏的嘴靠得住靠不住，单说这样的方式不等于是欺骗、戏耍人家陈小欢吗？万一哪一天陈士良弄清了真相，他们不是合谋欺骗吗？最关键的是这被骗的对象是如日中天的陈老总！届时不用陈老总怪罪，他们自己都会弄得灰头土脸、无法面对，那可就真是事与愿违了。

最终卢琪编了一个柳宏的父母是日本战争遗孤，全家要去日本省亲定居的故事委婉地回复了陈士良。回复的理由充分而得体。

这件事儿算过去了，不过卢琪对柳宏的为人处世开始画起了问号。

相亲的事儿没过几天，这倒霉的柳宏又一次出了洋相。

院里有个约定俗成的习惯：周末基本都是大半天工作，一般是午后再干一个多钟头就基本都歇了。把绘图仪、计算器、铅笔橡皮都放进抽屉，没画完的图纸用一张大大的蓝图纸苫起来。接下来可以谈天说地，可以喝喝茶水、看看报纸，有的谋划着第二天去哪家商场闲逛，有的惦记着晚上朋友的饭局，总之谁也没心思再关注工作，只等那犹如大赦令般的下班铃声。

那个周末，柳宏、林阳、曲波、袁清琏他们几个和以往一样，在周末的下午跑到实验室里打起了克朗棋。那玩意儿虽然没有台球玩起来那么优雅、讲究、高贵，但在受力分析、角度计算、力度掌控方面一点儿也不比台球差，最重要的是玩起来一样上瘾！

本来这已是几位棋友每当周末的保留节目了，棋瘾大发时甚至都听不见下班的铃声以至于错过了食堂的晚饭。但那天也不知怎么回事，刚玩了一局就闯进来了干部处、劳资处的劳动纪律联合检查组。

检查组的小个子头目说："上班时间打克朗棋，被我们抓了现行吧？都是什么部门的？"

林阳、曲波、袁清琏都相继报出了机电设计处二次室的名号。轮到柳宏了，他灵机一动就耍起了小聪明。他说："对不起，师傅，我是外单位的。"

小头目手里拿了根没有点燃的香烟在鼻孔前闻着，目光停留在柳宏的脸上。

"外单位？什么单位啊？"

"我是旁边理工大学的学生。"柳宏一边赔着笑脸一边掏着口袋，似乎要掏学生证之类的东西，结果却什么也没掏出来。

小头目挥挥手："行了，别掏了！你们把棋子装起来，拿上棋盘和旗杆跟我走！"

一行四人在检查组的"押解"下，穿过篮球场进了院办大楼。小头目回过身来说："下面你们去接受处理，机电处的三个去劳资处。"又指着柳宏说，"你，一个外单位的跑到我们院里来扰乱职工的正常工作，那就不是批评教育的问题了，你跟我走，到公安保卫处接受调查和处罚！"柳宏的腿一下子就软了，赶紧用求助的眼神看着林阳。

林阳拍着小头目的肩膀说："师傅，你听我说，这哥们儿也是咱们院里的，我们几个都在一个室。我们来院里的时间不长，也不懂这些规矩。他现在也知道瞎编不对，您就高抬贵手。再怎么说咱们还不都在这设计院的同一个屋檐下，抬头不见低头见的！"

小头目仍旧不肯通融："嘿，你小子还一套一套的，怎么着是老江湖了吧？老江湖就更应该懂内外有别的道理吧？啊？人家自己都说是外单位的了，你用什么证明他不是？我告诉你，这样的人我见多了，弄公安处去，关上一天就一准儿说实话了。"

小头目撂狠话的时候冲林阳挤了挤眼睛，林阳心领神会，心里一块石头落了地。

最后劳资处长出面把哥儿几个批评了一通，柳宏哭了鼻子，纪检组没收了克朗棋，他们也没再写什么检查。不同的是林阳他们三个是自行回去的，而柳宏是由机电处领导出面领回的。

处里为此还发了批评通报。对此，林阳一副满不在乎的表情："不就是通报吗？有什么关系，这又不算什么丑闻，好汉做事好汉当，我认了！"

老马一脸严肃地指着林阳喊："你是不是觉得自己很光彩？"

倒是柳宏，因为谎称自己是外单位的又吓哭了鼻子的事儿被传了出去，弄得有些灰头土脸，很没面子。

柳宏的糗事不断，弄得师傅卢琪无可奈何。


进了腊月，天气开始一天冷过一天。西北风不时卷着大片的雪花光临这座北国的都市。那些原本错落有致的建筑仿佛一夜之间被白色抹平，迎风的树桠、树干也被白雪糊上了厚厚的一层，看上去如同一片片冬日里的白桦林。整个世界一下变得单调又不失内涵，俨然是一幅印象派的画作。

下午上班时，卢琪来找林阳，说："小林你下班晚走几分钟，我跟你说点事儿。"

"好的，没问题。是要给我介绍女朋友？"

"净想美事儿！等着吧！"卢琪手指头点着林阳的脑袋。

下班人走空后卢琪过来，拉了一把椅子坐在林阳的图版前。卢琪先和林阳说了一阵工作号里的问题，接下来从提包里拿出了一沓英文资料递给林阳。林阳看了下标题，是几篇关于保护系统的文章。

卢琪说："我家老王那儿接了点儿翻译活儿，是外单位的。我挑了几篇给你拿来了。反正你现在一没成家，二没有女朋友，下班后闲着也闲着，不如干点翻译的活儿，一来给大学学的那些专业英语派上点用场也不至于忘掉，二来还能给自己赚点外快。你看怎么样？"

林阳随手翻着那沓资料说："可以呀，活儿我可以干，钱就不要了，就算我帮你们家王老师啦！"

"那可不行。社会主义的分配原则就是按劳取酬嘛，你这家伙不能提前进入共产主义啊！"卢琪笑着调侃着。

"再说，就是因为有报酬而且报酬不菲，我才想起让你弄的。"这句话卢琪说得格外认真。

按工作内容的划分，柳宏归卢琪带，林阳归老马带，但同一工程项目，同一科研课题工作中的交叉、衔接、配合自然必不可少。打交道的时间久了，卢琪也觉得林阳这小伙子不错，幽默、热情、精明强干，身上带着一种天然的亲切。说到这种亲切感呢，还有另一种原因，那就是林阳身上很多地方存在些当年潘志平的影子。正是这个原因让卢琪对林阳有着一种复杂的感觉。

平日里无论是对工作还是对时政，林阳侃侃而谈发表见解的时候，卢琪总是认真地听着，用欣赏的目光看着这位与众不同又似曾相识的小伙子，有时她也参与其中。在卢琪看来，不同于那些新来不久的大学生，林阳无论在专业理论上、表达能力上，还是在为人处世上，都透着一种超年龄的成熟。她早已不把林阳当作新人来看待了。

处里新来的那么多男男女女的大学生，加上还有那么多各级领导和同事的儿子尚无女友，女儿待字闺中，于是红媒引线之事穿梭不断，但卢琪从未给林阳介绍过一次。也有别的处室的媒婆媒公们打起林阳的主意，若是向卢琪说起情况时，卢琪总是耐着性子把对方的条件听完后告诉来者："够呛，我看算了吧！那小伙子心太高！"于是来者也就知难而退了。

这会儿林阳翻阅着那沓资料，发白的灯光照着那个线条十足的侧影。卢琪看着看着思绪一下子恍惚了起来。一样的灯光、相似的身影，卢琪仿佛一下子回到了十几年前的清华园，那些个暴风雨来临之前屈指可数的宁静之夜。

卢琪和潘志平好了之后，为了避开别人的视线，晚上两个人经常会跑到外系的教室去晚自习。今天是机械系，明天是热工系，说起来像是在打游击，而白天见了面却都视若无睹完全跟陌生人似的。

潘志平是杭州人，喜欢吃甜食，卢琪就在周日从家里回来时带上一些糖果、果脯、京八件什么的，晚自习时悄悄地塞给潘志平。潘志平往往拿到手就吃，卢琪就故作嗔怪地一巴掌打在他的手上说："德行，就知道吃，连个谢字都没有！"

于是潘志平就笑着用他那口杭州普通话说："我就知道，在你这里不谢也不对，谢了也不对，反正都不对，那我就索性不谢了呀。"一脸的顽皮。

自习的时候，卢琪偶尔会侧过脸去看看潘志平，看看他那个线条分明的侧影和专心致志的神情。两个人会在自习教室待到最后，一直到看门的老师傅挨个教室喊"同学们请回了，马上要熄灯了"方才离开。

然而遗憾的是，两个人的初恋却没有修成正果。都说"有情人终成眷属"，但在有的时代却是有情人难成眷属。

"我看了下，没什么问题。要求什么时候交稿啊？"林阳的声音把卢琪从刚才的恍惚中拉了回来。

"没、没关系，看你的时间，干完为止吧。"卢琪答应着。

"好嘞。"林阳把资料装进提包，又把一本《英汉科技词典》也放进去，然后关掉办公室的电源和卢琪一起走出了办公楼。

卢琪看了下手表说："呀，食堂没饭吃了吧？走，上我家去对付一顿吧！"

林阳摇摇手："不啦，我今天想回家看看我爸妈，有一周多没看见他们了。"

"呵，你这大孝子，难能可贵呀！"卢琪向林阳竖了竖大拇指。

两人道别，卢琪目送着林阳的身影渐渐地湮没在浓重的夜雾中。

# 第五章　分家！分家！分家！

老马这几天心思有些重，常常会端坐在办公桌旁若有所思，右手的无名指和小指还不断有节奏地敲击着桌面。其实也不光是老马，所有的科研和设计人员都会因为一件事情而思虑重重，那就是院里要机构改革了。据说这次的一项重要改革就是要把科研和设计两个部分彻底分开，成立研究分院和设计分院。分院是人、财、物、科研课题、工程设计等等完全独立的二级法人。而这样的改革势必会带来巨大的人事变动，想想谁能对此无动于衷呢？

过去的科研和设计基本上是不分家的。有人做着工程的主任设计，同时也是一个科研项目的项目负责人，有人是科研部分的课题负责人，又兼着某一工程项目的主任设计。老马、卢琪都是属于这种科研设计同时兼顾的"双料人"。

在"文革"后期恢复生产、行业整顿的那段日子里，院里集中拿到了一批系统内的科研课题。"文革"让业务工作停滞了好多年，而听说终于有技术工作、业务工作可做了，大家的态度和表现都十分积极踊跃。这一方面是因为那么多年的运动，让人们几乎身心疲惫不堪；另一方面，政治嗅觉敏感些的人，会意识到一个问题：接下去，一切会以发展为重了。

老马就是在这个时候担任起了两个课题的负责人。

小型课题一般是一至两年的完成周期，大型的课题则要两至三年甚至更久。受欢迎的往往是那些小型课题，时间短、见效快。半年科研，半年中试，半年运行加鉴定，最多也就一年半的时间吧，学术和政治成果双丰收！

一夜之间，许多年无人问津的技术业务一下子变得炙手可热。能不热吗？这些工程技术人员受了那么多年的专业教育，最初的兴趣都在业务上。几年下来，政治上变得麻木了，业务兴趣的回归是自然的事情。何况按当时的口号，做业务工作也是时代政治的需要，院办公楼的前厅上挂着红色条幅："政治工作是一切业务工作的生命线。"可见二者的相辅相成。而且有了课题就有了经费，就可以调研出差，可以游山玩水，可以以买实验元器件的名义买进自己想要的电视机元件，也可以以记录试验波形数据的名义买来照相机以及胶卷和相纸。那时候人们欲望的阈值并不高，能想到的好处油水也就这么多了。

室里所接课题的科研人员基本已经配备齐全，只有老马和于承业两个小组人员尚未配齐。

卢琪的业务工作也没有着落。那些年除了大革命就是大批判，运动一个回合接着一个回合，卢琪留给别人的印象就是一个地道的政治专业户。其实卢琪这些年也钻研了一些业务，只是不在明面上而已。有人看见她在《毛选》的红塑料封皮里包着《科技英语》，有人走近时卢琪便十分自然地把书合上。当然谁也不可能拿过来检查一下。

凭卢琪的基础，再加上聪慧的天资和个人努力，成为一个课题的负责人是绰绰有余的。也许是她以往的政治表现让人印象过于深刻，也许还有什么别的原因，她申报的承接课题申请竟然就是没有获批。

卢琪把退回来的课题申请报告捧在胸前，在家里来回踱着步子，想着来院里这些年的桩桩件件，心里一团乱麻。耳边响起了一阵混乱的和声："我错了？你错了？要么他们错了？要么时代错了？到底谁错了？"恍惚之际，新婚不久的丈夫王国海在喊："你都快走了一个晚上了，快脱了睡吧！唉，我都躺下半天了！"

作为课题独立负责人的事情泡汤了，那就只能以课题参加人的身份出现了。卢琪面对的只有两个选择，要么加入老马的课题组，要么加入于承业的课题组。而这对卢琪是艰难的选择。

于承业是"文革"前的调干生。不同于保送生，调干生尚未进入大学就已经带着一头鲜亮的政治光环了。同样是不需要入学考试，保送生的身份只是品学兼优的学生，而调干生则在入大学之前已是各行各业中的干部了，是党重点培养的对象。更重要的是这些凤毛麟角的调干生，几乎清一色地拥有着相当显赫的家庭政治背景，于承业也不例外。于承业的父亲曾经是铁道部一个司的司长，后来到一个铁路枢纽局做铁路局长，标准的司局级。

设计院里的人们大多出身于平头百姓之家，所以出身于干部家庭就成了当时于承业的一张镀金的名片。若单位里有个什么普查、登记之类的报表，你看吧，家庭出身一栏里填有贫农、中农、地主、城市职员、工人、资本家等五花八门的词，于承业在家庭出身栏里却赫然、端正而又充满霸气地写着"革命干部"，有时简写成"革干"。

干部子弟、名牌大学的调干生，头上的光环令人炫目，同时也成了于承业骄横的资本。于承业爱搞小圈子，课题组里上到副组长下到实验室的工人，一定都要是自己人。而且两个副组长李安凤、苏铁茹也都是自我感觉良好的干部子弟，用他们的话说叫"有共同语言"。还有一个特点，就是他的课题组成员是以女同志居多。这一点也充分体现了于承业的个人喜好：见到了漂亮女人就迈不开步！

尽管于承业的课题组里人员尚有空缺，而且于承业也向卢琪抛出过橄榄枝，主动征求过她的意见，甚至明确表示如果她同意可以让她做课题组的副组长。但是卢琪思来想去还是没有接受这份"热心"的邀请。

卢琪第一看不惯于承业、李安凤这些人整日里高高在上、扬扬自得的嘴脸，第二剥削阶级家庭出身的自己落入一个大都为革命干部家庭出身的人的圈子，即使自己能力再强，虎落平阳的结果也可想而知。还有一个更重要的原因就是于承业在男女关系、个人作风方面实在是声名狼藉。于承业与前妻刘之冰离婚后一直单身，这期间从未中断过各式各样风流韵事的传闻，以至于假如一段时间没有新的传闻，大家倒觉得不正常了。于承业对卢琪倒是敬重有加，见了面总是满脸堆笑、客客气气。

大批判那阵子卢琪红遍全院，那正是于承业的父亲被打倒之时。面对青春勃发、英姿飒爽、风头正劲的卢琪，一个走资派的儿子是不敢报以什么奢望和企求的，多少次看年轻漂亮、京腔京韵、伶牙俐齿的卢琪在台上侃侃发言，于承业只能躲在角落里，垂下眼帘，自叹命运，自惭形秽。

然而不久，喝醉了酒的命运之神突然造访，把拿走了的好运又还给了于承业：他的父亲被解放出来继续工作了。于是于承业一夜之间又回到了从前的优越日子，又开始以革命干部的子弟自居。

卢琪是个绝顶聪明的人，深知如果进了同一课题组，因为工作问题、技术问题、管理问题等等难免要整天在一起打交道，甚至还要一起出差。而这打交道之人又是大家公认的声名狼藉，如果有人七说八说那还就真的有口难辩了。再说凭于承业的为人，为达目的自己编造点儿什么花边故事来故意传播也不是没有可能。

老马的课题组倒是可以考虑，但是卢琪和老马之间有着一层心照不宣的隔阂。那年清队运动时老马给生病的老主任黄慎甫送饭，因为卢琪的一句"一辈到底"，老马被审查了四个多月。事情虽已过去多年，但老马和卢琪却都没有把这件事情忘记。老马就是自从那次得出了结论，认为卢琪人品一般。卢琪呢？一句信口胡诌害得老马四个多月没有自由，自己始料不及的同时也怀有一种深深的负疚。本应对老马有个道歉，但是嘴硬的卢琪就是一直拖着没有说出口。现在问题来了，赶在要进老马的课题组之时去找老马为几年前的事情道歉，去说那时"我太年轻，不懂事"，是不是显得太过功利？是不是显得有些不够真诚？

卢琪最终也没有找老马谈，而是找了二次室主管科研的姜主任。老姜觉得上次没批准卢琪的项目申请，似乎处理得已经有些偏颇，为了给卢琪些心理平衡，二话没说就把她编在了老马的课题组，而且还明确为课题组的副组长。

老马接到了姜主任的电话，嘴上答应着好好，却掩遮不住一脸的愤然。本来领导给自己安排个助手是一件无可非议的事情，老马心里过不去的是为什么偏偏是卢琪！老马忘不了清队时卢琪灵感闪现的一句话令自己付出的代价。再说卢琪私下里也没有提前和自己打个招呼，这不分明是不把我老马放在眼里吗？于是老马对卢琪就采取了表面上接受，暗地里孤立的政策。

卢琪终于有事可做了，于是在实验室里一天忙到黑。当年在一片风声鹤唳中为了自保而不得不投身政治的她和许多人一样，最初并不想在政治上捞上一把什么稻草；只是想通过革命的方式、政治的手段来获取保全自己的屏障，而后来却被推上了一部完全不能由自己操控的疯狂战车。而现在这部战车逐渐慢了下来，斗争也接近偃旗息鼓，得以自保的人们也许会回首反思这些年来自己究竟失去了些什么。

对卢琪而言，这些年来最大的一次失去就是潘志平。

实验室里那特殊的气氛，那些设备仪表、数据波形，让卢琪倍感亲切的同时还萌生一种穿越的感觉。在轻微的电磁振荡声和各色指示灯的闪烁中，卢琪有时会恍然觉得又回到了大学一年级，回到了清华园中的那间普通物理实验室。她和潘志平的恋情就是缘起于此。

那是"文革"的前夜，大学的教学秩序还没有被重创，一切如常。有一次，卢琪由于痛经十分厉害而耽误了自己班的物理实验，只好插入同系发配电班里补做。在工科大学，像普通物理这样的基础课都属于共同课，全系五个专业一百六十多个学生同在一间阶梯教室上课。大家来也匆匆、去也匆匆，再加上入学的时间不长，除了要在一起搞活动、开生活会的本班同学之外，相互也不怎么认识，偶然的印象也不过是课间休息的时候不期打个照面而已。但大家对卢琪的印象是个例外，因为卢琪是在开学仪式上被校长隆重介绍过的高考女状元！

那天卢琪插班补做电学实验，发配电班的同学已经两人一组占好了实验台。卢琪东望望、西看看正一筹莫展的时候，潘志平过来了。

潘志平像老熟人儿一样地对卢琪说："卢琪是来补做实验吧？我那里空，你和我一台吧。"不是标准的普通话，却很有磁性，充满了平静、大方和自信。

"好的，谢谢啊。"卢琪绽开了笑脸。

两个人的动作超出意料地默契：一个接线，一个校对，一个读表，一个记录，然后填写实验报告。其他台的同学们都还在七嘴八舌毫无头绪的时候，卢琪和潘志平已经大功告成。

至此两个人就算真正相互认识了。

这个下午，卢琪觉得身心有一种难以言明的愉悦，也就是从这个下午，一场美丽但没有结局的爱情徐徐拉开了帷幕。

从那时开始直到这段爱情不幸夭折，两人的身影出现在月光下的校园、晚自习的教室，还有假日里的圆明园、昆明湖……也许这些地方都留下过两个人卿卿我我的身影，但卢琪心中最难忘的竟是那间让两人结缘的物理实验室。

老马的孤立政策没有奏效，卢琪在课题组里很快就活跃了起来。毕竟卢琪年轻、热情又是一个漂亮的女性，在个人魅力和亲和力上决不会输给一个刻板较真儿的老夫子。

还有就是卢琪的做人方式。课题组里有人请假如果找的是卢琪，肯定是不问缘由地一路绿灯。有人在实验室领料单上填上二十个胶卷和十盒相纸，用途写的是实验记录，卢琪明知道这纯粹是为了私用，因为实验记录根本用不了那么多的胶片，却大笔一挥毫不犹豫地在领料单上签下了自己的名字。这样的副组长，组员们能不念她的好吗？久而久之，这课题组长与副组长基本上是平起平坐、平分秋色了。

根据中央工作会议精神，国家的基本建设加速提上日程，一连串的工程项目的设计任务在很短的时间内压了下来，呈集中喷发的态势。科研课题组全部改为科研设计一肩挑，老马和卢琪这个组接受的任务是葛家岩电站保护系统的施工设计，这一对恩怨未了、貌合神离的搭档只好顺其自然地继续合作下去。

老马一直为科研和设计分开的事情绞尽脑汁，结果却还是一筹莫展。权衡利弊，两者各有各的好处，各有各的问题，令人难以取舍。自己带的课题已经结项在即，马上交出去那些夜以继日得来的果实岂不归了别人？那就留在科研推掉设计吧，设计那边又是国家级的重点工程，未来也会为其申报国家科技进步奖。更何况自己已在主任设计的位置上干了有四五年的光景，哪个报告、哪本设计、哪张图纸、哪次调试不包含着自己的心血？现在要说放下，还真有些难以割舍的情结。

在老马绞尽脑汁、心烦意乱的时候，身边还有一个人也正在为同一件事情而心神不定、左右为难，这就是林阳。

成立分院的事情已经沸沸扬扬好一阵子了。虽然人们众说纷纭、莫衷一是，但总的一条是明确的，那就是分是必定的了，关键是怎么个分法。对于个人而言，这次选择无疑就是选择了未来的工作方向。

　　林阳料定，这次没有什么意外的话科研与设计分离，原有的两摊工作，老马和卢琪各挑一摊几乎是已成定局。林阳这样的估计不无道理，本来二人就是正副手的关系，分开后各自独挑一摊也无可非议。再说两摊工作都在进行之中，领导总不能再另行安排一个不熟悉情况的局外人插手吧？几天前卢琪和林阳聊了一次，她征求林阳的意见，问他分家时想不想转到和自己一组。听口气，卢琪对事情似乎已是胸有成竹。

　　林阳当时也没办法回答，只好说："不会这么快吧？这事儿我还真没想过。不过咱们是小白丁，只能听从分配了。"说这话时，一向爽直不闪烁其词的林阳立马涨红了脸。林阳明白，卢琪是希望自己给出一个明确的答复。但林阳做不到，因为老马毕竟是自己来院里后的第一个师傅。

　　卢琪倒也不在意，说："没关系，你有时间再慢慢考虑考虑。"目光一直没有离开林阳的脸。不知为什么，卢琪喜欢看林阳一副窘相时那张白里泛红的面孔。是因为这张面孔真诚无瑕？还是因为这张面孔似曾相识？

　　林阳知道这次科研和设计分家，别的年轻人问题都不太大，只有自己会是老马和卢琪争夺的对象，看来什么事物都是双刃剑，工作出色也一样如此。两个人矛盾重重，又都对自己格外看重且关照有加，而让自己从中做出取舍的确是一种两难的选择。他想起了很小的时候，爸妈带着他玩，妈妈有时心血来潮就会问他爸爸妈妈谁好这样的问题。每逢这时，林阳就会谁也不得罪地回答："都好。"

"不行！不能说都好，我们两个只能说一个！"妈妈一脸的一本正经。小林阳这时会看看爸爸，又看看妈妈，最后说："那就把你们摞一块儿！""摞一块儿"，这是只有天真无邪的孩子才能想出的方式！每当这时爸爸就会哈哈大笑，把小林阳举过头顶："嘿，看看咱们的阳阳，谁都不得罪！"

　　想到这里，林阳一脸的苦笑：要是真能回到童年就好了！

# 第六章　神秘弃婴

一上班，办公室里好多人都在三五成群地窃窃私语，说老吴家的门前被放了一个新生的女婴。

描图员小何正描述着女婴的长相，穿什么样的婴儿服，戴顶什么样的婴儿帽，用什么颜色的包袱皮裹着。接下来小何更是煞有介事地说："你们看吧，怎么这孩子不放张三家也不放李四家却偏偏放在老吴家的门口？这一准儿是熟人家生的孩子，瞅准了老吴两口子没有小孩，家里条件又不错，故意专门放在他家门口的！这叫什么呀，这叫对老吴知根知底！"

于是大家七嘴八舌、议论纷纷。

老吴叫吴书岳，是湖南人，毕业于华中理工大学，老吴念书的那会儿还叫华中工学院。

老吴是地地道道的一介书生，外表平平但很有内秀。无论是专业理论水平，还是文学艺术见解以及天文地理知识，都明显高人一筹。用现在的话说算是复合型人才吧，属于貌不惊人、才学过人的那种。

我们的社会在很长的时间里，人的运气指数和才气指数是成反比关系的，老吴的自身经历又一次印证了这个推论的正确与适用。

吴书岳幼年丧父，是母亲独自把他拉扯长大的。母子二人相依为命，粗茶淡饭、节衣缩食的日子过得很不容易。好在吴书岳没有辜负母亲的期望，功课学得极好，以至于读小学时曾被老师赠予了"神童"的雅号。南方的孩子本来上学就早，再加上他上小学、中学时曾三次跳级，吴书岳十六岁时就以优异的成绩考取了华中理工大学。拎着书包，背着行李，贴身的衣兜里揣了母亲给的十五张面值一元的人民币，吴书岳来到了九曲通衢的江城武汉。

入学后的学习和生活顺风顺水，因为家庭困难，他享受了一等的助学金，品学兼优的他还做上了团支部的学习委员。写信把这些汇报给母亲，母亲自然高兴，一字一句地把这些来信反复看了多遍，还念给自己的邻居朋友听。母亲的喜悦是可想而知的，换回这喜悦的是曾经那么多的眼泪和苦难。母亲唯一的盼望就是吴书岳早日学成、出人头地、光宗耀祖，也让在地下已久的丈夫能为之含笑九泉。如果地下的丈夫为之高兴，自己这么多年的寡就没白守，这么多年的苦就没白吃！

然而天不遂人愿，母亲的美好愿景竟然在一个一切如常的秋日，被突如其来的晴天霹雳击得粉碎。大二的下学期，刚满十八岁的吴书岳在一夜之间被打成了"右派分子"！

事情的起因是一次系里党总支召开的征询会。

那时候号召群众给组织提意见，任何方面都可以提，以便党组织在今后的工作中纠正错误、改进作风。年轻气盛又涉世未深的吴书岳真就提起了意见。吴书岳没有直接给党提意见，确切地说他对党也没有意见。他一个从小失去父亲由母亲含辛茹苦靠做小买卖养大的苦孩子，能进入国家的重点高等学府学习，党还发给他一等的助学金，对党感激还来不及呢，哪里会有什么意见。吴书岳提的意见超出了任何人的意料，他竟然对大学的教材提出了意见！

新中国成立后的高等教育体系基本上照搬了苏联的教育模式，包括 1952 年院系调整后各院校专业的设置以及教材的选用。有一些规格稍高的院校甚至直接引进了苏联专家教学。在这样的环境下大学基本上使用的都是翻译的苏联教材也是顺理成章、无可非议的。再说教材问题是高教部定的，那些校长、教授们都没表示意见，怎么能轮上你一个大二的学生？可吴书岳不仅发表了意见而且还批评了苏联的教材，竟然还说苏联人的教材在搞学术霸权！说从苏联翻译过来的教材里，所有的发明、定律都被冠以俄国人的名字，那么多的定律怎么可能都是俄国人发现的呢？这不是学术霸权是什么？说着吴书岳举起了手上的一本《电工基础》说："我们随便举个例子，就说这本《电工基础》吧，电流节点定律，也叫基尔霍夫定律，是德国物理学家基尔霍夫发现的，但这本教材里却标明叫克希荷夫定律，是俄国人克希荷夫发现的。类似的东西贯穿全书、比比皆是！我说这个可不是无的放矢，不经过调查研究的啊，这是我特地跑了学校的图书馆又跑了省里的图书馆，查了好几个版本的民国时期的教材而得出的结论！那么接下去的问题来了，科学是求实的，科学史是不是也应该是求实的呢？"

会场出现了死一般的沉寂，与会者们的脸上一片愕然。吴书岳似乎意犹未尽，还想继续说下去，却被总支书记摆手制止了。

吴书岳还曾经在班会上因为辅导员指定班干候选人的问题，对等额选举提出过批评，大放厥词地说等额选举不能充分反映民意，差额选举才是民心的试金石。接下来的结果就可想而知了，以反党、反苏、反对党的民主集中制的名义，吴书岳被戴上了一顶"右派分子"的帽子，创下了学校"右派"队伍里的最小年龄纪录。当然了，同一天榜上有名的还有若干个高年级的同学。由于年龄小、年级低，吴书岳被勒令边学习边劳动改造，就这样戴着一顶"右派"的帽子熬过了大学的后三年。

来院里工作的吴书岳已经没有了从前的激情和棱角，变得事事低调。能不低调吗？"右派"的帽子戴着，属于被管制的对象之一。别的同学的工资第一年四十六块，第二年就是五十六块了，吴书岳却一直拿着三十块钱一个月的生活费。别的同学结婚的结婚，有女朋友的有女朋友，多少年后吴书岳却还是孑然一身。同组的老佟是个好心人，怕吴书岳想不开，有时就问他："工资够不够花？不够你说话，我这儿有。"还劝慰说，"找老婆的事儿你也别急，慢慢来，那些女人都不识货。我家是本地人，农村有亲戚，什么时候我和亲戚们说说，不行在农村给你找一个。女人嘛，花俏风流都没有用，找一个朴实又能干的，能给你做饭、洗衣、生孩子就行！"面对热心肠的老佟，吴书岳感动之余只能报以一个无言的苦笑。

"文革"结束后的第三个年头，吴书岳得以平反，被改正了"右派"，这么多年一直扣发的工资加上利息一次性地补发了回来。

至于这么多年的人生损失和精神损失就无人问津了。不管怎么说，好日子总算来临了，吴书岳把湖南老家的母亲接了来，日子开始过得有模有样。这回也不用找什么农村大姑娘了，忙倒还真是老佟帮的，吴书岳娶回了老佟老婆医院里普外科的护士王丽娜。

可能吴书岳就是个没孩子的命，王丽娜也不知中了什么邪，两次怀孕都是宫外孕，结果两侧的输卵管就都手术摘除了。于是吴书岳就不得不打消了要孩子的念头。再说自己也都四十好几了，弄一孩子从头儿开始，无论是体力、精力还是能力绝对不可能和年轻人相提并论、同日而语，想想吴书岳也就心情释然了。吴书岳最欣赏丰子恺先生的一段名言："既然无处可逃，不如喜悦。既然没有净土，不如静心。既然没有如愿，不如释然。"

然而今天却有人把一弃婴送到了老吴家的门口！

将近十点钟的时候，吴书岳来了。大家立刻围拢过去，嘘寒问暖。吴书岳喘着粗气一脸喜悦又一脸郑重，告诉大家这是上帝特意给他的安排，他已决定收养这个孩子。说到那孩子的模样和孩子如何瞪着眼睛看着他乱踢乱蹬，这个从未摆弄过婴儿的老男人竟然是一脸的柔情。

老吴的老婆在外地学习，得两天后回来，室里的同事们七手八脚地帮吴书岳的忙。有的帮老吴去儿童医院给孩子体检，有的拿来了婴儿服和尿不湿，卢琪还送来了她儿子小时候的竹摇篮。拿摇篮的时候，丈夫王国海有些舍不得，说那东西留了那么多年，怎么说给人就给人？再说他们将来要再用怎么办？卢琪白了丈夫一眼说："你想生，倒是得有人给你生啊！"呛得王国海一连串地点头说："好好好，你拿，你拿。"

为了表示组织上的关怀，处里还破例给了老吴一个礼拜的假。

第四天早上，老吴早早地就来到了办公室，坐在办公桌前发呆，目光有些呆滞。

林阳来得早，过去问老吴："哎，老吴休假怎么跑到办公室来了？小孩怎么样？"没想到老吴把头一低，眼泪就下来了。他告诉林阳，昨天晚上老婆王丽娜回来了，为孩子的事情和他大发一次雷霆，坚决不同意收养这个孩子，而且还撂了狠话："你要领养这孩子也行，那咱就不过了，你就领着孩子和你妈过吧！那时你别说领养一个孩子，就是领养十个孩子才好呢，因为再和我王丽娜没有任何关系！"

林阳听了深为吴书岳不平，于是又来了直脾气，劈头就说："哎，老吴，这就是你老婆的不对了啊。你要是自己能生，那老吴领养有毛病；自己又不能生，又不让别人领养，总不能一辈子就这样吧？那你将来老了怎么办？我说老吴，这孩子对你的将来至关重要，这件事不能听你老婆的。"

吴书岳说："话虽这么说，小林，我是觉得吧，这几年王丽娜也不容易。你说怀孕一次宫外孕一次，怀孕一次摘掉一侧输卵管。是，我现在已经不是"右派"了，落实了政策后条件还不错，真要离了婚再找个女人也不难，我是觉得真到了那一步，难的不是我，而是王丽娜！你想啊，一个二婚的女人又没有了生育能力，说得容易，嫁给谁去啊？我是一边舍不得这个孩子，一边又放不下王丽娜才左右为难的，唉。"老吴说着叹了一口气。

林阳被老吴的一番话感动至极。

这时上班的人来齐了，大家又开始为吴书岳的事情七嘴八舌。除了出差的老马等几个人不在，几乎所有人都发表了意见。

卢琪说："按道理王丽娜和老吴一样应该也是很需要这个孩子的，她自身的身体状况决定她应该比老吴要孩子的态度更积极才对。而她这么激烈地反对这件事儿，想必是一定有什么顾虑。解铃还须系铃人，老吴你呀先回去，也别急也别吵，坐下来心平气静地和老婆谈谈，问问她的想法，找找顾虑的原因。原因找到了，咱们再想解决的办法。"

"是是，我也是被气糊涂了。"老吴冲着卢琪点着头。

"看看，还是卢琪姨会做思想工作啊，我们说十句都不如卢姨说一句。"柳宏一脸笑意，依旧满口奉承、甜甜腻腻。

卢琪说了句："柳宏你呀！"就不再说话，把脸扭向了别处。也许是因为柳宏那些不实在的糗事太多，也许是因为对那一贯甜腻腻的声音产生了疲劳甚至反感，也许是因为这些日子和林阳走得近从而体悟到了林阳与柳宏两个同龄人身上的巨大反差，卢琪对她这个曾经满意的徒弟渐渐冷淡了下来。

卢琪分析得有道理。王丽娜不肯收养这个孩子确实是因为她有她的顾虑，而且这个顾虑曾经被描图员小何说穿过，那就是孩子的家人对吴书岳两口子的状态知根知底！王丽娜对老吴说，要是你妈从湖南带回来一个和我们没有任何瓜葛，家人不了解我们任何底细的孩子，我一定会养，这一点我可以向你老吴保证。但这个孩子不行。能把孩子送到咱家门口，这孩子家人一定十分了解我们家的情况。你这养来养去不等于替别人养了吗？将来孩子大了，难免会听到些关于自己身世的风言风语，孩子家人又知道孩子的具体下落，保不齐来里应外合，我们一辈子的心血不就付之东流了吗？

尽管吴书岳引经据典说了一大堆关于人性、关于养育之恩大于生育之恩这样的道理，最终还是没有说服老婆，结果只好妥协。

林阳说："要不我来养吧，反正我爸妈现在都退休了，身体都很好。哥哥家的孩子也都上小学了。我可以先让父母帮我带，等他们弄不动了，孩子也长大了，我就可以自己带。"

卢琪说："林阳你真是异想天开。《收养法》规定没有成家的人是没有收养资格的！"

只有两个人在的时候，林阳问卢琪："你刚才说的那个《收养法》，真是那么规定的吗？"

卢琪环顾一下周围说："我哪儿知道，我又不是学法律的，我那只是瞬间的灵感。你疯了，你还是个没结婚的小伙子，不明不白地领养个孩子，别人怎么看你啊？好说不好听啊！你傻透了，这件事千万不能再提了！听见了没？"说着还使劲儿拧了一把林阳的胳膊。林阳抚摸着自己被拧痛的胳膊一脸的茫然。

孩子最后被负责打扫设计大楼卫生的保洁员梅姨抱走了。吴书岳依依不舍地望着梅姨远去的背影……

梅姨去抱孩子的时候，卢琪、林阳、老佟、小何等好几个同事都去了吴家。吴书岳哭得老泪纵横，好像不是要抱走一个仅和自己在一起不到一周的弃婴，而是一场与真正的亲生骨肉的生离死别。吴书岳哽咽着告诉梅姨，捡到孩子那天刚好下着小雨，自己就给孩子起了个名字叫小雨，让梅姨回去再斟酌着改吧。梅姨看着老吴也红了眼圈儿说："不改了，咋的你吴工也当了她儿天的父亲，就用你起的名儿，叫小雨。"说着从兜里掏出了手绢递给了满眼是泪的老吴。

一切就绪，梅姨抱着孩子起身要走，老吴急忙说"等一下"就去了卧室。老吴在卧室里翻腾了半天，出来后把一串水磨钻的项链挂在了孩子的脖子上。那是一串大人戴的项链，对孩子来说太大了，只好一半挂在孩子的脖子上，一半悬露在小被子的外边。

项链上的钻粒在灯光下光芒四射，那孩子好像成了被光环烘托着的一尊小观音。

林阳知道，项链的钻石是人工合成的，价值并不贵重，但那三层心缘的造型和精致的做工还是给他留下了深深的印象。他在心里感叹：老吴啊，真是个好人！

梅姨的接手对这次老吴的弃婴收养事件而言，似乎是一个最为完美的结局。一个小生命牵动了那么多人的心，而当僵局出现时没有人能够有勇气、有能力去把这个无辜的生命接到自己的手中，只能为之或出谋划策，或唏嘘不已。现在好了，终于有人接手了，而且这个人又是大家都认识的公认的好人——梅姨。

在院里梅姨的地位属于最为低下的一层。在技术干部和管理干部多如牛毛的设计院，工人编制只是少数，只有实验室和试验车间的工人、描图员、司机和保洁工是工人编制。即使在这少数的群体里，梅姨也属于地位最为低微的一层。在十几年前，设计院里的工人阶级有的成了革委会的主任、成员，有的成了各个处室的书记、副书记，有的成了某某专案组的组长，而梅姨却从来没有改变过保洁员的身份，也从未离开过她保洁员的岗位。其实梅姨是有机会改变自己的，但她却从来没有想过。她对那些快速蹿红的工人领导有些不屑一顾，甚至嘲笑他们"土鳖"。"还真把自己当根葱了！人家个个都是知识分子，你们非要去领导人家，你领导得了吗？咱亲眼见过的，那么复杂的工程设计，你们懂吗？人家念了多少书，你们这些人念了多少书？人家念的书摞起来不知道要比你个子高出去多少！那倒下来还不把你给砸死！""人哪，要知道天高地厚，要知道自己几斤几两。踏踏实实地做好自己该做的事，过好自己的日子，别一天价儿鸡飞狗跳的，那'现世报'见得还少吗？"

梅姨是"大跃进"年代从农村招工进来的工人。那时候农村的日子实在是太苦了，整天没日没夜地干活儿，要完成生产队和公社的任务指标，个人却连顿饱饭都吃不上。说是要提前进入共产主义，还说要"行动军事化、作风战斗化"，于是就在生产队部旁边征了两间民房办起了公共食堂。各家各户都不许做饭了，一日三餐全在食堂里吃。离食堂近的农户还好，收了工回来得及时还能吃上顿饱饭，生产队的干部更是近水楼台先得月了，苦的就是这些工作地和家离食堂都远的人，经常是匆匆忙忙赶到食堂，结果却是只有些残汤剩饭了。说那就回家做一顿饭吧，可家里已经没有做饭的锅了，家里做饭的铁锅已在大炼钢铁时被投进了生产队的小高炉。十六岁的梅姨那时最大的奢望就是能美美地吃上一顿饱饭。

吃不饱肚子的梅姨和自己的相好刘平安商量要不要到外面去闯一闯，恰巧生产队的会计到省城办事回来，说城里正在招工，两人二话没说，连夜就离家赶往了省城。

招工时梅姨因为年龄小又是女孩就被定成了保洁员的工种，刘平安去了水文勘测大队。水文勘测大队的工作条件艰苦，长年作业在野外，一般人都不愿意报名。刘平安去的原因是劳资部门承诺两年后让他考驾驶本，当司机。能当上司机，那是刘平安做梦都在想着的美事。

招工让梅姨和刘平安一步迈进了天堂。

一日三餐有饱饭吃了，集体宿舍条件也不错，每月十八块钱的工资去掉了饭伙钱还略有盈余。不像在农村生产队那会儿，干一天活累个半死记上了十个工分。且不说这一个工分秋后算账时值上几分钱，关键是一年到头也见不到现钱啊！小姑娘爱美，每当挑着担子的货郎摇着皮鼓走进村里，女孩子们就立马围拢过去，摆弄着那些五光十色的发夹、头绳、雪花膏、蛤蜊油之类的东西爱不释手。

然而姑娘们苦于囊中羞涩，在一阵摆弄、稀罕后不得不把那些可爱的东西又原封不动地放了回去。后来不知哪位聪明的姑娘想出来个辙，问货郎大叔能不能用鸡蛋换，货郎大叔倒也爽快，用烟袋杆指着姑娘们的脑门说："看你们那一脸眼馋的相！换就换吧，权当是我帮你们卖鸡蛋了，别让我亏上就行。"于是姑娘们一阵欢天喜地。可惜这种"易货贸易"只做了一次，货郎大叔就再也不干了。原因是那天换了鸡蛋的大叔回去时因为下雨路滑跌了一跤，一担子鸡蛋没剩下几个。用大叔的话说："人家有词儿叫鸡飞蛋打，我这叫啥呀，叫货飞蛋打！"大叔说话时手里舞动着烟袋杆，瞪着眼睛还不断咽着唾沫。

招工后的第三年，梅姨和刘平安结婚了。

正值饥饿的年代，职工食堂也是定量供应了，和大多数中国人一样，大家都只能吃个半饱。梅姨在吃午饭的时候经常是只吃上一点儿，就把剩下的窝头悄悄地装进饭盒。晚上和丈夫见面的时候，梅姨会一脸神采飞扬问丈夫："你猜我给你带来了什么？"这时刘平安也笑眯眯地说："那你也得猜猜我给你带来了什么！"当谜底同时揭开时，两个人会看着那两份窝头咯咯地笑个不停，继而眼睛里又笑出了泪花。然后两人就背靠背地坐在设计院对面的河滩上，嚼着又香又甜的窝头，望着布满星光的夜空，畅想着两个人未来的美好生活。

没有房子住，几个已婚年轻人商量着就把单身宿舍串在了一起。六个人的宿舍，对应着六对儿无房夫妻。宿舍门上贴了一张轮流值日表，线绳上的箭头指向谁时，这天的宿舍卫生就由这个人来做。

同时，晚上六点至十点这个时段，这间宿舍就成了此人的婚房，其他五人可以去打牌、喝酒、散步、聊天，总之不可提前回来。这一"制度"大家居然严格遵守，从来无人违反。后来有人对刘平安戏言：你们宿舍是自我管理得最好的，因为你们有'轮流值日'啊！

婚后不久，刘平安就要出差去湖南，那是湘西沅江上游的一项刚刚规划的水电工程。勘测大队的一批人要在那里工作几个月的时间。

宿舍的"舍长"早上宣布："明天刘平安要出差去沅江了，这一去少说也得三个月，今天不管值日轮到谁，打扫卫生照常，不过晚上的时间要留给平安，还有大家今晚都晚回来俩小时。怎么样？没意见吧？"

"没意见！"大家齐声作答。刘平安红着脸给大家鞠躬："谢谢弟兄们！"

那一夜小两口如胶似漆、难舍难分。新婚宴尔，丈夫却要远行，梅姨想着丈夫未来几个月里的辛苦奔波，心里未免有些隐隐作痛。虽然不算"暮婚晨告别"，但的确是有些"无乃太匆忙"。梅姨哪里能想到这晚的一别竟成了和丈夫的永别。

沅江工程是在一个苗族地区，紧靠一座山清水秀的苗寨。苗寨依山而建，面朝沅江。清澈的沅江就在寨子的身旁涓涓流过，像半裹在寨子身上的一条银白色的缎带，柔软、飘逸。

沿着沅江逆流而上，江面陡然收窄，水流变得湍急，陡峭的峡谷扑面而来。谷口仿佛是一座开启的牢门，奔腾的沅水就在这里一下子得到了自由和解放。

未来的沅江大坝的选址就是这里。

刘平安已随队来这里三个多月了，负责每天接送勘测队的工程师们以及设备仪器由上游的工作场地到驻地的苗寨。勘测队的人都习惯称工作场地为前方，称驻地为后方。刘平安觉得很有意思——又不是打仗，咋还叫前方后方？闲下来的时候，刘平安就帮勘测队的伙房买买菜、拉拉粮，抽空趴在方向盘上，用捡来的作废数据纸背面给妻子写写信，日子也还快活。

　　勘测队的工作马上就要告一段落了。和所有人一样，刘平安也很兴奋，很快就可以见到妻子了，再不用搜肠刮肚地在一页纸上表达自己的思念。刘平安还想到了回去后的第一个夜晚，"舍长"一定又会破例安排自己"值日"。想到这里，刘平安浑身燥热了起来，整个身心都在撞击着一种热辣辣的冲动。他已给妻子买好了礼物，那是一件女孩子穿的苗服和一串戴在头上的银饰。苗族姑娘头上戴的银饰可真漂亮，每一件都那么让人喜爱，可惜兜里的钱有限，不能每种都买。刘平安把银头饰挂在驾驶室的后视镜下面，那银头饰随着车子的加速减速前后摇摆，还发出悦耳的声音。刘平安看到了这银头饰就仿佛看到了妻子热情洋溢的笑脸。

　　这天早上，刘平安一如既往地把勘测队员们送到了前方，然后驾着车子往后方走。看着后视镜下摇摆不停的银头饰，想着不久就可以见面了的妻子，他高兴地吹起了口哨，一路下坡的车子也不由得加快了速度。刘平安怎么也不会想到，转过前面的山口等待他的竟是一场死亡之约。

　　那个山口是一个接近九十度的急弯，也许是因为减速不够，也许是心里高兴忘记看这段的路况，转过弯去意外就发生了。一辆县里"送文艺下苗寨"的卡车拉着二十几个文工团员一路歌声地迎面驶来，而这段路却是因为山上滚石没来得及清除而无法会车的一段！刹车已经来不及了，对面的歌声瞬间变成了一片刺耳的尖叫。正面，是二十几个鲜活的生命，右面是十几丈深的峭崖深涧。刘平安犹豫了一瞬间，迅速向右打舵，汽车飞出公路划了一条抛物线的轨迹落入了深深的谷底，瞬间燃起了大火。

人们在谷底找到了汽车的残骸和刘平安被烧焦的遗体，那场面简直惨不忍睹。整个人都烧成了焦黑色，浑身上下只有一处东西仍在阳光下闪亮，那是刘平安手里紧紧攥着的买给梅姨的银头饰……

刘平安因公牺牲，以牺牲自己的方式换取了那么多人的生命。被救的文工团员们还有文工团单位集体证明了刘平安的壮举。

不久，院里的申报获批了，梅姨成了烈属。

院里决定给梅姨调整一份轻松体面的工作，她谢绝了，要提前分给她住房她也不肯接受，在梅姨看来，那烈士的称号是丈夫用生命换来的，自己用它去换取任何好处都是对丈夫本人和自己感情的双重亵渎。

再后来，梅姨终于有了一间属于自己的小屋，那串过了火的银头饰就一直挂在她的卧室里。

# 第七章  小暧昧与大策划

因为部里科技司和水电司在设计院报批的改革方案中，在科研和设计归属的划分问题上产生了分歧，吵得人心惶惶的科研和设计分家的事儿被暂时搁置了下来，大家的心也恢复到了一切正常时的平静。无论是设计工作还是研究工作，虽然效率不高但还是如期推进。用老马的话说："管它呢，分到哪个庙，我们不还都是和尚？我们重要的是当一天和尚撞一天钟，不但撞，还要撞好、撞响。"

老马这一科研组承担的"过压保护"课题，因为引入了一种新型的"转折二极管"而有了重大的进展，已经进入了论文和总结阶段了。

在课题参加人员的阶段性总结会上，组长老马说："这一段进行得比较顺利，成绩是大家的。大家一边进行课题研究，还一边管着葛家岩现场的设计服务，都很辛苦，这一点我老马是心里有数的。单就科研课题而言，这次的快速突破与林阳提供的转折二极管方案直接相关，换句话说这次林阳是功不可没。这个课题已经开展两年多了，前一半的时间里做了许多方案和相应的实验，结果都不尽人意，这大家都知道，结果林阳的一个转折二极管方案解决了困扰我们的触发离散性问题，我们才得以快速收官。所以我要和大家说一件事，就是这次论文的署名顺序，就不再按以往的惯例考虑老人儿、新人儿了。我和卢琪是课题的正副组长，按规矩排在第一、二署名，林阳就排在第三署名了。你们几位老同志应该没什么意见吧？"老马说最后这句话时，把头转向了坐在角落里的几位老同志。

"老马，我有意见！"老马吓了一跳，说话的人是卢琪。

卢琪说："老马刚才说得都很到位，关于课题的关键问题说得也很精准。我只有一点意见，课题副组长为什么一定要在论文上作为第二署名？课题组长是第一署名，这没问题，你是课题总负责人嘛！可后面的顺序我觉得应该按对课题的贡献大小逐次排列。设计这边核算奖金都按每月每人的出图量了！老马说得没错，这次林阳是功不可没，所以我提议论文的第二署名署林阳，至于我嘛，不用考虑我是副组长，把我署第几都没有关系。"

林阳竭力推辞了半天也是无济于事，最终就定下来了：老马、林阳、卢琪分别排署名的第一、二、三位。

这时的老马心里很矛盾，这是一个令他高兴又不高兴的结局。高兴的是这样的结果对内给了林阳努力的回报，可以让他心态更加平衡，最大限度地调动其积极性，对外可以以此彰显自己课题组的公平公正以及对人才使用的不拘一格。而不高兴的是这样的创意是卢琪提出来的。论文的第二署名对卢琪而言已经无关紧要，她这样做岂不是既可以显示自己的高风亮节，又名正言顺地送给了林阳一个大大的人情吗？老马这段时间已经捕捉到了卢琪在千方百计接近林阳的蛛丝马迹，他甚至能猜测到卢琪心里在想着什么。

下班后，林阳在食堂迎面碰见了卢琪。卢琪正提着一袋馒头从食堂里出来。为了省事，她经常在食堂买上几个馒头作为家里晚餐的主食。

"又买馒头啦！你们家王老师吃着不腻啊？"林阳笑着开了口。有意思的是两人私下碰面时，林阳对卢琪从来没有称呼。在办公室当然是称卢琪为卢工，那是毫无疑问的公事公办。而两人私下在一起时，称呼的问题就来了。像在办公室一样叫卢工吧，觉得太疏远有距离感；叫师傅吧，也不对；叫姐或大姐吧，又觉得那种甜腻的感觉岂不和柳宏别无二致？最后林阳就索性什么也不叫。哎，这样感觉就找到了，而且这样的感觉似乎也很符合卢琪的心意。

卢琪也笑了："有馒头吃就不错啦！这段总加班，买点馒头，回去再炒个菜，晚饭就对付过去了。"

林阳转过身也随着卢琪向外走。

"我怎么总觉得刚才会上说的事有点不妥呢？"林阳附在卢琪的耳边，口气中有些担心。

卢琪侧过脸去看了林阳一眼："你是说论文署名的事吧？那有什么不妥！"

"你刚才在会上的架势不由分说，我觉得这事还是按以往的惯例比较好，也不至于引起大家的议论纷纷。刚才散会时你没注意，你看小柳小袁还有张工他们看我那眼神儿！你把自己的署名位置让给我了，我知道你是对我好，可我也不愿意坐在针毡上听别人说三道四啊。"

"哎，这可不像你的性格啊！社会也好，政治也好，有人的地方就都是江湖。你要在江湖游走，除非让自己隐身，否则总要面对形形色色的眼神。有时张扬一下也没有什么不好。中国传统文化里总劝人夹着尾巴做人，其实收敛也有收敛的苦衷。再说具体的，把你推上来完全有正当的理由，工作成绩明摆着吗，大家有目共睹。你是你们这一届人里的佼佼者，攒几篇署名靠前的论文以后会派上用场。哎呀，你就放心吧！会上我那样说不是心血来潮，而是经过一番深思熟虑的。你就不要有顾虑了，于公于私你都当之无愧！"

林阳张嘴还要说什么，却被卢琪捏着胳膊推了回去："行了，快去吃饭吧，晚了食堂该没饭了！"转身前还送给林阳一个灿烂的微笑！

"于公于私你都当之无愧。"林阳在心里不断重复着卢琪的话。如果是单纯的"于公"倒也好说，而这"于私"的成分让林阳心里明白，自己又欠了卢琪一笔人情债。林阳为科研和设计分家的被搁置而感到庆幸，起码这样可以推迟那令人两难又不得不决断的一刻。

林阳打了四两米饭，要了半盘茄子和半盘菜花，看见袁清琏、柳宏他们几个在不远处的饭桌，就端着饭盒坐了过去。刚才还热烈的交谈一下子就静了场。柳宏和老张都低头自顾扒拉饭盒里的饭菜不再讲话。袁清琏半笑不笑地盯着林阳的脸又扫了一眼他的饭盒说："干吗吃得这么节约？准备攒钱娶媳妇了？"

"不是攒钱也不是要娶媳妇，我晚上这顿一般只吃素菜，已经习惯了。哎？这你们应该早就知道哇！"林阳知道袁清琏在没话找话。

袁清琏嘿嘿地笑着，不再作声。柳宏以最快的速度吃完了饭菜，站起身来，丢下一句"你们慢慢吃，我还有事就不奉陪了"，就匆匆走掉了。

林阳知道柳宏的冷淡是针对自己。他想起刚才卢琪的话："有人的地方就都是江湖，总要面对形形色色的眼神。"

柳宏对林阳的冷淡已经有一段时间了，只是今天又创了新的高度。柳宏倒并不十分在意林阳业务上的出类拔萃，他深知因为专业的限制，自己在专业上与林阳根本不能同日而语，没有任何可比性。他在意并且耿耿于怀的是，凭自己的会来事的本事和甜甜的嘴巴，在人际关系上竟然没有敌过一天口无遮拦、我行我素的林阳！完成的任务交给卢琪时得到的称赞已经很少了，跑去与卢琪一家小酌、共进晚餐的日子也成了过去式。种种迹象表明卢琪已经不在意自己这个正牌的徒弟，而把关注给了林阳。尤其是下班前的会上，卢琪更是把这种关注演绎到了空前的极致。柳宏感到自己备受冷落，想发泄一下却找不到一个发泄的出口，因为无论是卢琪、老马说的还是林阳自己做的都是那么无懈可击。柳宏想起了女朋友姜丽华，也许只有和女友在床上的厮磨温存才是排解情绪最好的出口。

早晨上班不久，老马从主任室出来就径直回到了组里，把一张葛家岩工程二次系统调试总结会的会议通知交给了卢琪。老马说："葛家岩在现场开调试总结会，设计、施工、制造和运行这回是一科不落。咱们这儿这次你去吧，你这副主任设计也不能总守在家里，也得在会上亮亮相，让这些合作单位都认识一下呀！就是时间有点儿紧，你搞不好今天就得出发。"

卢琪嘴上答应着，心里却有些不服气：这老马一点儿商量的口气都没有！再说谁总守在家里了？我又不是没出过差！那些年孩子小的时候，把孩子寄养在母亲那儿还不是一样出差调试、设计联络？现在儿子都上小学了，孩子爸就能管得好好的。出就出吧，好在在你老马手下的日子也是屈指可数了。

卢琪从财务处领了差旅费又跑到火车站买了当晚的火车票，就赶回了院里。进办公室的时候迎面碰到了正往外走的柳宏。"怎么，卢姨要出差？是晚上的车吗？我去送你吧！"柳宏一脸热情洋溢。

"不用，我这又没行李，就装了点儿文件和换洗衣服、洗漱用具的提包轻手利脚的，我们家王老师要送，我都没有用。我说了，你呀什么也不用管，把儿子看好就算大功一件。"卢琪咯咯地笑着，眼睛却瞟了一下林阳的办公桌，他正专心致志地趴在一张系统图上画着什么。

卢琪放好自己的东西，拿了几本资料就走了，大家纷纷与她道别并祝一路顺风。

晚饭后和丈夫、儿子交代几句，卢琪就出发了。院里的规定是只有各类副总工程师以上的人出差才有专车接送，一般工程师级别的工程技术人员出差就只有挤公交了。公交车运行得又不是十分稳定，赶火车嘛，必须留足路上的时间。

已是暮色苍茫。卢琪在电车站等了十几分钟还不见车来，心想这顺利总是不能可着一个人来的。上午就够顺的了，到火车站当天的卧铺早已售完，推迟一天吧，会期还催得紧，正准备咬紧牙关买硬座票时，恰好一个旅客退票，也是她手疾眼快，一把就把票抓过来了，高兴得一路哼着歌儿回到了院里。卢琪正寻思着要不要换个别的线路，一辆出租车停在了站台上，下来的人是林阳。林阳二话没说一手拎过卢琪的提包，一手扶着她的肩膀就把她推上了出租车。

"师傅，到火车站。"林阳冲司机说了一句。

"怎么回事呀你，我还以为遇上打劫的了呢。"卢琪快乐之中有些故作惊魂未定。

"家里有客人要回重庆，我去给买票，想起你是今晚的车，就把你捎上了。"林阳说得轻描淡写，脸却红了。

卢琪侧过脸看着林阳："行啊，什么时候学会编排了？说吧，是不是专门给我要的车？"不知为什么，卢琪和林阳单独在一起时，总喜欢用这种随便的口气说话，这会使她身心愉悦的同时也忘记了两个人年龄上的差距。

"真的，来的客人是我的舅舅和舅妈，他们……"林阳支支吾吾。

出租车驾驶员抬头从后视镜里看了两眼后排座的这对男女，似乎想猜测一下他们之间是一种什么关系。

到了火车站，时间尚早，两个人就走到不是很远处的铁路桥上，一边看着街景一边山南海北地聊了起来。

已经是华灯初上时分，被灯光点亮的城市在沉沉的暮色里又一次醒来，再次充满了新的生机。只是这生机和阳光下的不同，更显得光影缤纷、若隐若现。街灯、车灯还有建筑物内外的灯光纵横交织，站在铁路桥上俯首远望，犹如置身于一片灯火熠熠的港湾。

林阳给卢琪拎着提包。可能是感觉有点冷吧，卢琪两只手插在风衣的口袋里，身体的外缘被自然地裹成了两条优美的曲线。弯曲的长发被吹得随风飘动，让卢琪不得不时而伸手拢住头发把它们披进风衣的领口。这里可以看到不远处灯火通明的站台，可以看到那些红蓝黄色间歇闪烁的铁路信号。那些从站台里延伸出来的锃亮的铁轨在夜空下散射着冷峻的光辉，果勇十足地直扑脚下又义无反顾地奔向了远方。

身后的行人不断来往经过，脚步声有的急切，有的舒缓，却从未有人驻足。人们甚至没有对卢琪和林阳的方向多看一眼，因为夜色里没有人会认为这二人不是一对一起出行的情侣。

上车时，林阳塞给卢琪一个小包，道了平安就走了。卢琪目送着林阳的身影消失在月台上的人流里，然后回到自己铺位上，打开小包，原来是一袋水果，里面还放了一把紫罗兰色折叠式的水果刀。

卢琪悄悄地笑了。


第二天上班，老马告诉林阳一个消息：部里的重大工程办要组织听取葛家岩二期工程的设计汇报。因为二期工程完成后葛家岩的装机容量将成为全国水电的龙头老大，为此，部领导非常重视，这次汇报会重大办、水电司、规划司、科技司的领导悉数到场就不在话下了，据说还有一名副部长来亲自坐镇！

老马说："林阳你得打起点精神来，把我们负责的整个保护系统的系统构架、结线、保护定值等等都一个不落地要搞得一清二楚！不对，光一清二楚还不够，你得做到脱口而出、对答如流！"

"这没问题啊，二期工程的系统设计都是我算的您校的，师傅您忘了？这汇报会那么多专业在一起，分摊到一个专业那点儿有限时间里还能提多少问题！再说有师傅您在，也不会问到我头上啊。"林阳说得倒轻松。

老马说："我们这摊子，卢琪是副主任设计，眼下她出差了，你就是代理副主任设计了，必须认真准备！到时卡了壳，出我的洋相事小，出了院里的洋相事情就大了！"

"卢工出差了，那副主任设计也轮不到我呀，不还有张工、刘工那几个老人儿吗？"林阳被说得一头雾水。

"他们？你小子拍着胸脯想想，换作是你，你敢放手用他们几个？会议期间由你代理卢琪，我已经和室里处里都打好招呼了，你可做好准备啊，留下的时间不太多了，这两天你把手里别的事儿先放一放。"老马态度严肃，一副命令的口气。

三天后，工程设计汇报会在院里如期召开。由副部长林铎带队，各司、局、办、部直属研究院的领导和专家坐了黑压压的一片，而在这关键时刻，老马却抱病没来上班！各专业的汇报主讲人都到齐了，唯独不见二次保护系统的老马！院长问处长，处长问主任，最后有人汇报说老马的爱人小骆来过电话给他请假了，说老马的高血压犯了，高压220，低压170，只能卧床休息了，否则会有危险。机电处长汪文辉和二次室主任老艾商量了一下，老马休病假，卢琪出差，那汇报的事儿只能由林阳上了。汪文辉问老艾林阳上没问题吧，老艾说："林阳是老马指定的第三梯队，看老马对他那么肯定，应该没问题。同组的老人儿不是没有，但都不是老马认定的后备，具体工作你我又不清楚，你敢临时起用吗？再说卢琪出差后用林阳做代理副主任设计，老马是向室里处里打了招呼的。"

"这事我知道。"汪文辉点了点头。

"就林阳上吧，应该没有问题。即使有点瑕疵也是可以理解的，没什么大不了的事。主要技术负责人都不在，年轻人能适时顶上来已经很不错了！搞不好还能让他们开开眼呢！"老艾一脸大大咧咧。

"行，那就按你说的办吧。"论职务，汪文辉是老艾的领导；论关系，老艾是汪文辉的老师，所以经常盛气凌人的汪文辉到了老艾这儿大多时候都没了脾气。

当机电处长汪文辉把林阳作为二期工程保护系统的汇报主讲人介绍给与会者时，会场上飘过一阵不小的骚动：

"哇，太年轻了！"

"不是，应该是老马呀？"

"怎么也应该是个老同志嘛。"

"这才是真正的不拘一格！"

在林阳提着胶片夹子走向讲台的空当，汪文辉又补充了一句："保护系统的主任设计和副主任设计一个生病，一个出差，林阳同志现在是代理主任设计。"汪文辉说得着急，把代理副主任设计的"副"字都给落下了。

林阳不慌不忙地打开投影仪开关，把系统图的胶片放在投影仪上，轻轻地调整了一下投影的大小和焦距，然后给大家鞠了一躬就开始了汇报。讲述和表达是林阳的强项，最主要的是他那稳定成熟的心态：不论面对人多人少还是地位高低，他都可以做到旁若无人。

那些经风见雨的与会者们没有料到，一个年轻人竟然有这么大的气场，在林阳汇报的整个过程中，会场居然鸦雀无声，能听到的只有他的讲话声和投影机风扇的转动声。

结构分明、层次有序、逻辑准确、数据翔实，这是与会者们对林阳的汇报给出的一致评价。

接下来进入了技术答疑程序。部直属研究院的一位戴金丝边眼镜，梳花白的背头，学者风范十足的老先生首先发问了。他问了一个关于过压保护方面的问题，说："你刚才介绍的时候这里交代得不够详细，请你把保护方式、定值计算给我们详细说明一次。"

林阳一面答应着，一面关掉投影机电源，从讲台上拿了两根粉笔走向旁边的黑板，心里却悄悄地笑了：过电保护，那是我的研究课题！

林阳知道，你就是汇报得再详细，交代得再清楚，也会遭来部属研究院这些人的挑剔、质疑。鸡蛋里挑骨头似乎就是他们天生的工作职责。在林阳看来，严格意义上讲，这个研究院本身都是一个可有可无的机构，纯属一种资源的浪费。论行业规划吧，部里有规划司；论科研管理吧，部里有科技司。许多职能和部里的相应机构多处重复，重复的结果就有了不同的结论，自然就产生了矛盾和争执。

林阳料到在技术答疑环节，按规律和经验，有些人一定会通过为难汇报者来显示自己的高明，提高自己的影响力，博取众人眼球，于是在汇报中就略施了一点小小的策略。

说起来也简单，就是越是清楚的东西，越不详说，匆忙一带而过，甚至给问题留下一个小小的破绽，给审查者留下一个不够清楚的印象，然后就可以等着有人对此发问了。用林阳的话讲，这叫"诱敌深入"。

果然，那位学者范儿的老先生中了圈套。

林阳一番推导、演算，详尽备至，只回答了两个问题就占去了全部的答疑时间。于是二次保护系统的设计汇报以全优的成绩获得了通过。

会后林副部长当着手下几个司局领导的面儿对院长说："老楚，你们内功练得不错嘛！'文革'十年造成科技队伍青黄不接，形成了断代的局面，结果你们让新毕业不久的新生力量挑起了大梁，而且事实证明这大梁挑得起，顶得住，好！你们这经验值得推广，我全力支持你们！"接着又指了指身边几个司局的领导说，"你们几个也别净观风景，回去想想你们手下那些新来的大学生，怎么样才能像刚才的林阳那样，脚踏实地，独撑一面！进了部机关，不能别的没学会，先学会了坐机关、当老爷！"

几个手下点头称是。

早晨还为老马请假的事情火冒三丈的楚院长，此刻心里可是乐开了花。

# 第八章　情在用心良苦

散了会没顾得上吃饭，林阳就跑去了老马家。一整天林阳都在为老马担心着，就连在会上做设计汇报的时候也会不时想起。老马是个刚强的人，要不是病得严重怎么能躺倒在家，连这么重要的会议都没来参加！

林阳想起那是葛家岩一期工程三号机组的投产调试，老马在最后的关键时刻病倒了，高烧到三十九度多，脸红得像喝醉了酒似的。就是这样他都没休息，文件包和军用水壶一左一右地斜挎在肩上，看上去和军人就差一条腰间的武装带了。老马硬是挺过了七十二小时的投产运行试验。机组归网后，施工局的杨子非局长来看望躺在病床上的老马，向他竖起了大拇指："老马，你是一名真正的战士！"

到老马家见了小骆，林阳劈头就问："我师傅怎么样了？"还没等小骆回答，林阳就径直进了老马的卧室。

老马正倒在床上看着一本《岳飞传》，见林阳进来就坐起来了。林阳赶紧过去扶了一下说："师傅你别起来啊，高血压是要卧床的，赶紧躺下。"

老马好像没有想象中那么严重，甚至下地坐在了椅子上。

"现在好了，早上的时候有点严重。血压这东西不是一个惯性的量值，就像电抗器上的电压说变就突变。怎么样？你的汇报没有什么问题吧？"老马一脸的笑意。

"没问题，全优！就直属研究院那帮老学究，对付起他们来还不是小菜一碟。我把他们的注意力引到过压保护这块儿了，那个梳大背头的刘高工揪住问题不放，那好吧，我就大讲特讲了一通，最后怎么样，全服！"林阳说得兴高采烈，老马也立马来了精神。

"你这小子，又施展了一回你的'诱敌深入'战术？"

"嘿嘿，那当然。知徒者师傅也。"

"诱敌深入战术"是林阳给老马讲过的自己的故事。

大学毕业论文答辩的时候，林阳就成功运用过这种"战术"。当时他的指导教师认为他的这篇论文很有价值，结果就要求他反复修改，直到离答辩还剩一周的时间，才定下稿来。一万多字的论文，从宏观构架到细枝末节，任何一个观点、一个数据、一次推导都可以成为被问及的问题。于是林阳就动了脑筋。不就时间短吗？时间短也有时间短的办法！林阳至深至细地准备了十来个容量相对大些的问题，而答辩时在讲述环节里讲到这些问题时又故意含糊其词、一带而过。接下来果然奏效，素以问问题严厉、刁钻著称的罗四本教授准确地抓住了林阳的"薄弱环节"，于是林阳大肆发挥只回答了两个问题就占去了五十分钟的答辩时间，结果以满分的成绩通过了论文答辩。

这次林阳几乎是又一次故伎重演。

"对了师傅，我估计你都不会想到，今天的汇报会阵容还真的有点大，几个司局长来了就不用说了，居然真还来了主管建设的副部长亲自坐镇，我们也算有眼福一览部长大人的风采了！这部长呢，风度不错，有点大领导的气质，说话听起来也挺有权威的。他跟那几个随行的司局长说话总是敲敲打打的，不过对咱们基层的人说起话来还蛮和气，挺平易近人的。"林阳啰唆着自己的见闻。

"嘿，你还不错，还能品评出大领导的风度和气质，不简单嘛！"老马调侃着。

"活人咱是第一次见到，不过在小说里那是见得多了。"

"你呀，你这人就是小说看多了，有时候觉得你就是活在小说的世界里。"

"小骆，小骆！"老马好像想起了什么，把妻子小骆叫了进来。

"家里有什么菜弄点儿呗，我和小林喝上几杯。"

小骆笑眯眯地看看林阳又看看老马说："老马，今天不合适吧，你抱病请假班都没上，会都没参加，却躲在家里喝酒，万一哪个领导到家里来要关怀一下老马同志，你怎么交代啊？"

"啊哈，有道理，有道理，哎哟，还是我媳妇精明。"

小骆果然精明，老马和林阳又唠了不大一会儿，二次室的艾、姜两位主任就敲响了老马家的大门。

小骆答应着，塞给老马一块湿毛巾，老马慌慌张张地躺下，把湿毛巾搭在脑门儿上。

见了两位主任，老马做挣扎起来状，被老艾一把按在床上。

老艾说："你千万别动，躺着就行了。凭你老马一向的刚强，我们知道你要是不严重怎么可能班都没上呢？去医院了没有？"

于是老马和两位主任聊了几句自己的病况。

看着站在一旁的林阳，老姜说："小林来得早啊，散会就来了？"

林阳点头说是。

老艾看看林阳对老马说："你这徒弟带得不错，今天的表现相当出彩。林部长都表扬了咱们院内功练得好，起用新人扩大技术储备，经验值得推广。你没看那把老楚乐的！"

"谁都知道你艾主任水平高，要求也高，能进入你的法眼，那说明林阳一定是真的不错！"躺在床上的老马笑着说。

一看说到自己的头上了，林阳变得腼腆了起来，说："艾主任过奖了，我哪里出什么彩，那点儿东西还不都是我师傅手把手教的。"

接下来，林阳对老马说："师傅，你好好休息，我明天再过来看你。家里有什么事儿需要我出力就让骆姨告诉我。"又把头转向老艾二人，"二位主任，你们和我师傅再聊聊，我就不陪你们了，我先走一步。"

两位主任微笑点头，老马哑着嗓子说了句："小骆啊，你送送林阳。"

"哎！"小骆答应着。

下了楼林阳问小骆："骆姨，这是怎么回事啊？我师傅这是唱哪一出？"

小骆笑了："真没看出来？"小骆笑起来很好看，女人味十足。

林阳摇着头。小骆跷起脚趴在林阳耳边小声说了句："你师傅的病是装的！"

"为什么呀？"林阳一脸的茫然。

"为什么呀？"小骆娇嗔地学着林阳的腔调，接着嘛，来了一句，"自己去想！"

还没走到宿舍，林阳就想明白了。这是老马的一场精心策划，简直是一组无懈可击的连环：先是用出差支走了卢琪，接下来通报处室两级领导让他代理卢琪的副主任设计，再接下来让他做汇报准备，最后的关键时刻抱病不来上班，把徒弟推上了前台。所有的一切似乎都发生得合情合理，当然所有的结局和效果都恰如老马所愿。

林阳想想老马为这徒弟真是煞费了苦心，也够难为他了，心里不由涌起了一阵感动的热浪。

一周后，卢琪出差回来了。工作上的事一切都还顺利，代表院里在二次系统总结会上的发言面面俱到，十分耐听，既突出了院里的作为，又肯定了多方合作单位的工作。在散会前的晚宴上，工程局的杨子非局长还端着酒杯走到卢琪面前，特地敬了"咱们设计院的女强人"一杯，一桌人齐声应和着。卢琪的脸红了，不知是因为酒的缘故还是因为听了那么多的奉承，卢琪有一种晕晕的感觉，整个身体好像都裹在霭里，飘在云里。

回程路过北京的时候，卢琪在母亲那儿还住了两天。

卢琪的母亲也是满族大户人家的千金，学遍古今，知书达理。老太太戴一副金丝边眼镜，长得和卢琪一样白净，干练利落，慈眉善目，每天除了操持一阵家务外，基本上是书不离手。

"文革"之初不到二十岁的卢琪，在清华贴的那张和自己剥削阶级家庭彻底决裂的声明，曾经在卢家引起了一场轩然大波。卢琪的哥姐当时一个在国防科工委，一个在密云县的一所山村中学，基本上都没有受到更大的冲击。妹妹的政治表态对他们、对家庭而言简直就是大逆不道，是十足的背叛。哥姐甚至说："划清界限好啊，从此我们也和她划清界限！"

只有卢琪母亲不这样认为。她想小女儿从小到大一向都是乖乖女，如果没有碰到十足的为难，碰到巨大的外界压力，她怎么会做出这种让家人难以理解的举动？母亲知道女儿心里一定有难言的苦衷。

"文革"结束后，一切逐渐恢复了常态。母亲对发生在卢琪身上的那段历史没有任何计较，自己从不提起也不允许卢琪的哥姐提起，就像这件事情从未发生过一样。很多次，卢琪的生活碰到困难时，第一个伸出援手的也永远是这个她曾经与之划清界限的母亲。就像那次儿子刚满周岁，卢琪就要去工地出差，母亲二话没说就接走了孩子，等到几个月后从工地回来，儿子都会咿呀说话了。

世界上最无私的是母爱，最包容的也是母爱。母亲能原谅儿女所有的过错。

卢琪是个嘴硬的人，本来对母亲、对家人心怀愧疚，却从未说过一句认错道歉的话来，只是每月发了工资固定寄些钱给母亲，以表孝心。其实以母亲的经济状况，她根本就不需要，但她还是一一照收，从不推辞，而且每每还要提笔给小女儿写上封信，高兴得跟什么似的。只是这些钱母亲从来都没花，而是以卢琪的名字存了起来。母亲这样做的唯一目的就是想让自己的小女儿内心拥有更多的平衡，能达观、释然地面对昨天的一切。

无论途经还是专程，卢琪在京的时候总要为母亲大干两天家务。而面对撸胳膊挽袖子的小女儿，母亲总是扶着门框一脸微笑，慈祥地注视着女儿，嘴里还会说："你可真会赶时候，我正想收拾收拾家，你就来了。""知道你要来，活儿都给你留着呢！甭急，我告诉你都干什么！"

聪明的卢琪深知母亲的用意，所以每当这时，她都会有意转过脸去把视线移向别处，她怕再看下去自己的眼泪会控制不住。

给母亲干完家务，已经下午两点多了，离晚上的火车还有几个小时的时间，看午睡的母亲还没有醒来，卢琪就去了家附近的隆福寺商场，给母亲买了点吃的用的，漫无目的地转悠着。隆福寺这一带，卢琪特别熟悉，从童年到高中毕业进入清华，十几年的光阴里不变的背景就是这熟悉的四合院儿、熟悉的街道、熟悉的商铺。每次回到北京，卢琪基本不去什么王府井、西单之类的繁华商业区，但每次都要在家门口的隆福寺商场里转悠半天。有时候也不买什么，只是想由此回味一下生命中那些个天真纯洁的日子，那些个让自己眷恋、追忆、难以忘怀的岁月。

商场规模没有太大变化，甚至有些摆放了几十年的货位还依然如旧。只是几经装修，里面比她童年记忆中的样子明亮了许多。

转到糖果柜前，卢琪下意识地停住了脚步。柜台上那些五光十色、摆放成宝塔状的果脯蜜饯的盒子，让她的心情一下子变得复杂了起来。

卢琪在家里最小，老闺女嘛，自然从小深得父母的偏爱。小时候父亲下了班，趁着母亲的晚饭还没做好，就会牵上小卢琪跑到这商场里转上一圈儿。有的时候买的是驴打滚、艾窝窝、小糖人儿、果脯、蜜饯这样的食品，有的时候买的是花皮球、宝莲灯、橡皮筋儿这样的玩具，总之是要让小卢琪心满意足。再往后就不是天天来了，基本上是每周六的晚饭前来一次，父亲给买的东西也变成了文具盒、铅笔、橡皮、日记本这样的学习用具。卢琪不仅长得漂亮可爱而且学习成绩出奇地优异，这让父亲十分引以为豪。父亲的目光一旦落在了小女儿的身上就顷刻间变得充满了温柔。

再往后就是大一的时候，周末回家，卢琪会来这里买一些果脯、糖果、京八件什么的带给男朋友潘志平。那么多关于这家商场的往事中，只有这一段的回忆对卢琪而言充满了忧伤和酸楚。

卢琪在有意无意间买了几盒包装精致的果脯，自己也觉得自己很好笑，买了这么多，除了儿子外，还能给谁呢？当售货员把捆扎好的礼盒送到她手上的时候，因为走神儿，她的道谢竟伴随了一个灿烂的笑脸，弄得那个男售货员不知所措，只好把目光移向别处习惯性地吆喝了一句："您呐，甭客气，拿好啦，您慢走！"

转回家里的时候，母亲正坐在桌边的一片夕阳的余晖里，聚精会神地包着饺子。夕阳把母亲的浑身上下都镀上了一层璀璨的金色。母亲一个个仔细地把饺子边儿捏好，摆放整齐，还不时地数着包好的个数，时而还会笑一笑自言自语着什么。

这是一幅用母爱和深情描绘出的图画，卢琪不忍心让它轻易在眼前逝去，于是就没有去惊动母亲，手里的东西也没有放下，就这样静静地站着看了许久。

父亲过世后，卢琪和哥姐都向母亲提起过要接她同住。母亲总笑着说："不啦，哪儿也不想去啦。我都在这院子里住了一辈子了，这儿住得最习惯！你们看那院子里的杏树和石榴，都是当年你们爸爸亲手种下的，现在他不在了，我每天一见到这杏树、这石榴就好像你们爸还活着，就在我身边陪着我。苏东坡的那首《定风波》里有一句话叫'此心安处是吾乡'，我住在这儿心安，这里就是我的'乡'。"

吃过晚饭，帮母亲洗好了锅盆碗筷，很快就要准备上路了，卢琪的心一瞬间变得沉甸甸的。卢琪心里清楚，自己其实是一个多愁善感的女人。无论是年轻时的英姿飒爽还是今天的精明强干，其实都是一种表象，再亲密的人也不会对她骨子里的东西、对她的内心世界了如指掌，只有自己才是最懂得自己的那个人。

母亲把皮包递给卢琪说："走吧，提前点儿，给路上留足了时间，别弄得急三火四的。我这儿你放心，你哥姐他们经常会来。你就好好工作、带好我外孙，有空儿给我来个信儿就行。"

"行，妈，我记着呢！过一段，我们科研和设计分家，我就争取去设计，那样出差机会就多了，我就可以经常来看您。妈您也要多保重，我不总在您身边，您得自己多照看自己。"卢琪双手握着母亲的手，泪水在眼眶里打着转。

别离，真是"感时花溅泪，恨别鸟惊心"。

卢琪一步一回头，三步一挥手地走了，直到暮色里再也看不清母亲站在门台上的轮廓，她才转身加快了脚步。

当老刘、柳宏、袁清琏他们把二期工程汇报会上林阳风头出尽以及部领导表扬的事儿讲给卢琪听时，卢琪嘴上没表态，心里却瞬间复杂了起来，似乎感觉有点喜忧参半。卢琪明白，这是老马设的局：让她赶在这个当口出差，然后申报处室两级领导让林阳代理副主任设计，且在关键时候抱病不上班而把林阳推向了前台。而林阳是精明人，甚至不用别人暗示，自己就能分辨出老马的用意。这样老马岂不也送了林阳一个大大的人情？而且这个人情比自己那个论文第二署名的人情要大多了！

虽然想法有些复杂，但卢琪心里还是很高兴。这高兴的第一层意思不用说了，和林阳的关系嘛已经可以用密切来形容，有句话叫一荣俱荣，一损俱损；这第二层意思呢，就是稍微深想一下，卢琪就看出了老马这步棋里的破绽。

按卢琪的估计，未来科研和设计分家时，自己和老马各执一摊基本上是已成定局。老马是室里年龄最大的老同志了，连续多年的一马双跨、劳碌奔波，别说是一位老先生，就是年轻人也恐怕难以承受。留在科研，带上两个科研课题，再带上几个徒弟助手，守家在地的，既不用急着调试，也不用疲于出差，还可以延续自己亲选的合作伙伴，级别一点不低，奖金一分不少，日子不是很惬意吗？干吗非要去设计！最关键的是老马在设计这一块儿已经是功成名就了，葛家岩一期工程不就是老马主持设计的吗？这样想来，老马最终留在科研已是大概率事件。而老马既然想留科研，又想分家时带上徒弟林阳，却在二期工程设计汇报会上把徒弟推上前台、让其风头出尽，备受重视，成为设计中坚力量的后续储备，这岂不是有悖于他的初衷？工程设计汇报会毕竟不是科研课题汇报会！想到这儿，卢琪心里笑了：这老马，想法不错，只是事件的时间节点和空间节点都不对。这岂不是在各级层领导的心中为林阳留在设计进行了最好的铺垫？智者千虑，必有一失。

林阳外出办事，回到院里下班铃声已经响过，在办公楼下碰见正往外走的卢琪。

"哟，回来了！家里阿姨都好吧？"林阳问了一句。

"老太太好着呢！哎，我都听说了，我不在这段时间你的表现很棒，说部长一表扬，连楚院长都人前人后夸你呢！真的太好了！

老马这回总算办了件好事！”卢琪一脸的热情洋溢。

　　林阳张嘴还要解释什么，却被卢琪掐了把胳膊制止了。

　　“拿着，这是奖励你的！我得走了啊，儿子要吃我做的炸酱面。”卢琪笑眯眯地塞给了林阳一个牛皮纸口袋就袅袅婷婷地走了。

　　林阳打开牛皮纸袋的封口，里面是几盒包装精美的北京果脯。转身看时，卢琪早已没有了踪影。

## 第九章　尽观目光异样

　　尽管不是出于自己的主动，风头出过后，林阳还是明显感到了聚在自己身上那些形形色色的目光。那些目光有的友好，有的阴冷，有的透明，有的异样。

　　同届新人里反应最强烈的要算柳宏和袁清涟了，其他的人毕竟不像这两个人和林阳在同一个工作号里。

　　柳宏似乎对什么都失去了兴致，一天到晚抱着一本外语书不肯撒手，而目光又经常没有停留在书上。工间操的时间也懒得出去了，食堂吃饭的时候也不愿意和大家三五成群。某叔某姨的称呼依然叫着，只是那甜腻腻的程度似乎被稀释了许多。

　　柳宏是个敏感过度的人，同组的林阳出类拔萃、大步前行，在新人队伍里风头出尽，让他的心里充满了莫名的压抑。其实一切如常，周围什么也没有改变，可柳宏却总觉得人们在自己身上的目光有些异样，是轻视？是嘲笑？是怜悯？连自己也弄不清，可越是弄不清就越是变得疑神疑鬼。其实问题的根源很简单，就在于柳宏对自己的期望值有些不太切合实际。

　　袁清涟的表现更加有趣，一天脸上总挂着一丝固定的微笑，也不知在想什么。开口说话之前一双眼睛先注视你半天，可谓一盯二笑三开口。更不可思议的是，工作上碰到了问题，袁清涟当着老马的面儿竟然跑过来请教林阳，弄得林阳讲也不是，不讲也不是，只好把征询的目光投向老马。老马笑了没说话，眼睛看着别处，掌心朝天做了个"请"的姿势，样子十足地潇洒。

　　在食堂吃饭的时候，袁清涟会时常凑到林阳身边左一句右一句地应和着。周六晚上食堂菜饭的样式多，一堆年轻人你打一种菜，我打一种菜，凑在一起喝点小酒的时候，袁清琏会一直坐在林阳的身边。大家一起干了几杯之后，袁清琏会单独敬林阳两杯，敬酒的时候还不忘了小声说："我会看相，知道不？我看出来了，兄弟你日后一定会发达。这杯我敬你老弟了，日后你发达了一定别忘了和你一块儿分来又同在一个号里的哥哥我！有啥事你就言语一声，这家里家外的哪能没有个事啥的？只要老弟你说话，在我这儿保证好使！"

"净瞎说，要发达也得老兄你先发达呀！"林阳嘿嘿地笑着，口气里不无一点小小的揶揄。

袁清琏知道林阳话里暗指的是自己有个曾经是副院长的岳父，于是就故意板起脸来，用手指着林阳的脑袋说："老弟你呀，对我不够真诚。我跟你说的可都是掏心窝子的实话。是，我有一个在院里当过副院长的老丈人不假，可那都是过去式了，这年头退了的人说话还好使吗？你随便举出个例子给我看看？这篇儿就算翻篇儿了。论专业我比不了你，论牌子我的牌子也没有你的亮，连副主任设计出差期间都由你代理，连主任设计病假了向部里的汇报都由你来主讲，反过来你说要发达得我先发达，老弟有点言不由衷了！"喝红了脸的袁清琏唾沫星子乱飞。

袁清琏这番话的的确确是实话。当年七〇届的初中毕业生都没有上山下乡，全部被安排了城里的工作，而袁清琏正好就属于这幸运的一届。来院里工作两年多，袁清琏一直想跳出后勤处的那种工作环境，找门子、拉关系却最后也没有个结局。这时后勤处的同事老卞给他介绍了父亲是常务副院长的唐小婉，也就是袁清琏今天的妻子。老卞说人家爸爸是院长，那他俩要是成了，把他调出去安排个好点儿的工作还不是轻轻松松的小事一件？不过就是一个问题，这唐小婉小时候发烧打针时出了次事故，有点小儿麻痹后遗症。具体说吧，就是有点儿点脚。袁清琏一开始还有些不乐意，但架不住老卞那晓之以理动之以情的百般游说，就同意见面相处了。唐小婉见袁清琏清清楚楚、周周正正的一小伙子，自然是一百个乐意，相处了半年多，两人就领证结婚了。

婚后唐小婉的父亲把袁清琏由后勤处调到了院办做秘书工作。那时"文革"还没有结束，每年院里都会被分配到几个上大学的工农兵学员名额。袁清琏到院办后赶上过两届，而且每届都报了名。个人表现不错，院办也给做了不错的基层推荐和群众评议，但每次都是无果而终。据说两次都是在院党委的讨论会上，唐副院长高姿态地主动拿下袁清琏换上了别人。

最后这次的大学是袁清琏非常心仪的学校，但党委会上的结果与上次如出一辙。那天下了班，袁清琏买了瓶白酒还有鸡胗、花生米之类的熟食，回到家就单斟独饮了起来。唐小婉回来时袁清琏早已是烂醉如泥。看袁清琏吐了一地，唐小婉默默地收拾干净了，然后晚饭也没吃就坐在袁清琏的身边，坐了整整一个晚上。

唐小婉理解父亲的良苦用心，高风亮节、正直无私也好，要向大学高标准地输送学员也好，其实都是借口。父亲不想让丈夫上大学的真实原因是担心袁清琏一旦上了大学，脱离了父亲的管辖，外因也好，内因也罢，两人又没有个孩子，恐怕有一天自己这似乎不很牢固的婚姻会失去稳定。因为身有残疾，唐小婉很自卑也很敏感，总是感觉袁清琏与自己的婚姻带有某种功利的色彩。而那天袁清琏醒了酒后的一番话更是让唐小婉证实了自己的判断。

醒过酒来的袁清琏第一句话就是："你爸这人我是看透了，他就是一虚伪的老狐狸！"

唐小婉默默地望着袁清琏。

袁清琏接着大放厥词："别以为我看不出来他心里的那点小算

盘！从后勤处到院办，我工作一直都是任劳任怨，基层推荐、群众评议都好好的，凭什么让我下来？别以为我是傻子，你爸就是不想让我上大学，怕我上了大学会有一天不要你了！我告诉你，唐小婉，你也可以转告你爸，咱俩这日子跟我上不上大学没关系。过得好，我就是上了大学也照样过得好；过不好，我不上大学也照样得散！你拍着胸口想想，我当时是顶着多大的压力娶你的？我爸妈不同意，同学朋友说三道四，院里同事指指点点。结果呢？你爸除了把我调到院办当秘书外还帮过我什么？"

唐小婉在床边坐下来，欲对袁清琏安慰解释一下，袁清琏却一把扯过被子把自己的脸紧紧地蒙住了。唐小婉只能在一旁垂泪叹气。

一年之后，全国恢复高考。第一次袁清琏没考上，于是索性脱产学习，半年之后的第二次，考上了本市的一所电气工程学院。因为成绩不够理想，刚沾了录取线的下限，袁清琏考的是定招生，即所谓"定向招生，定向分配"，于是大学毕业后袁清琏重新回到了设计院。

袁清琏大学毕业重回院里的时候，他的副院长岳丈已经退休一年多了。所以袁清琏对林阳讲的那些确实是实话。

"嗨，什么发达不发达的，别整天想那些没边儿的事儿。多喝几杯，头重脚轻、云山雾罩的，立马就发达了！"林阳嘿嘿地笑着与袁清琏干了杯。


接下来让林阳感到有意思的就是于承业那伙人了。也不知道于承业说了什么，于承业那一组里的人见了林阳都表现得十足怪异。

首先是于承业。

按道理讲，作为大学校友的两个人应该关系不错才是。但两个人的相互印象却都不怎么好。于承业觉得林阳工作上过于张扬，一上来就拿自己当老人儿使，部门间需要协调联络时那满脸的成熟和公事公办总会让于承业感到格外刺眼，林阳一点儿也不像其他的新人开口学习闭口请教的。林阳则是听说过于承业的一些故事，调干生的出身和生活作风上的口碑实在是让他不敢恭维。但毕竟是一个处室的同事，见面打个招呼表示一下礼貌还是必须的。而二期工程汇报会后，于承业似乎对林阳产生了莫名的防范和敌意。室里开大会的时候，林阳偶尔抬头看到于承业一双阴沉的眼睛正在远处注视着自己，两人视线相碰，于承业就会把目光移向别处。于承业的态度也发生了很大的变化。有一次林阳和于承业迎面碰上就主动打了个招呼，于承业竟然"啊"了一声就走过去了。林阳感叹：如此小气的人还大有人在！

　　还有于承业的那两个副手李安凤和苏铁茹。有一天上午，林阳忙过了点儿，结果食堂已经没有饭了，他就跑到院门外的食品店买包饼干充饥，回来碰见李安凤和苏铁茹挽着手正在院办公楼前的花坛边散步。见林阳拿着包饼干边走边吃，他们就说起了风凉话：

　　"哟，大才子，午饭都没吃上？工作得太忘我了吧？"李安凤瓮声瓮气地说。

　　"人家这才叫真正的废寝忘食呢。"苏铁茹在一旁应和着。

　　"是啊，要不大老板怎么点名表扬呢？我说大才子，你可要继续加油啊，前途无量！"

　　"是，前途无量，不过这亮是光亮的亮啊，哈哈！"林阳调侃了一句就回了设计大楼。

　　其实这些话，如果从其他人嘴里说出来也不足为怪，但出自这两个人之口，林阳总是觉得有些味道不对。

　　最有意思的要算栾小波了。栾小波是实验室的工人兼室里仪器仪表库的保管员，人长得丰满又漂亮，只是她的丰满漂亮别具一格：

丰满中洋溢着性感，漂亮中充满了野性。课题人员配备的时候，于承业把栾小波要到了自己组里。一来栾小波这人不仅长得漂亮、嘴不饶人，而且与男同事之间开玩笑时还喜欢动手动脚，这一点是于承业最为心仪之处；二来栾小波兼做着室里仪表库的保管员，把她要来，那室里的仪表库不就成了老于组里的仪表库了吗？近水楼台先得月嘛！

这栾小波最近每见到林阳总是眉头紧皱、满脸正气，一改往日那一脸的桃花盛开。林阳本来已经感觉到了身边那些形形色色的怪异，于是也就见怪不怪了。老同事们都在议论，说于承业最近正和栾小波打得火热，上班在一个处室，下班后栾小波在于家一待就是半个晚上。老于没什么关系，前妻刘之冰离婚后就带着孩子回了老家重庆，他现在是单身一人。可栾小波就不行了，丈夫每次见到她晚归都暴跳如雷，有时还大打出手。邻居都知道那间灯光熄灭最晚的窗户里，经常是骂声不绝、鸡飞狗跳。

听到这些，林阳自然知道了栾小波对自己那副神态的幕后根源，心想今后对这帮人就绕开点，躲着走吧！谁知道于承业、李安凤这些人可以绕过去，唯有栾小波就是绕不过去！

课题组做实验要用一台记录示波器，林阳觉得正是自己倍受"关注"的时间窗口，也不好去支使别人，就自己去了仪表库。仪表库倒是被收拾得干干净净，水磨石地面一尘不染，还养了些云竹、仙人掌之类的花卉。一个仪表柜上挂了一小面镜子，林阳进去时，栾小波正面对着镜子往脸上抹着什么。林阳说："栾姐，我来借记录示波器用一下。"栾小波没讲话也没回头，接着揉了一阵她那张粉嘟嘟的脸，这才接过林阳递来的仪器借用单，不过只看了一眼又还给了他。

"借出去了。"栾小波懒洋洋地说了一句。

"哟！这么不巧，我们接线都搭好了，就等着这记录示波器呢！"林阳一脸的遗憾。

　　"那我就管不着了。"栾小波依旧面无表情。

　　"哎，栾姐，你帮我看看你那儿的底子，看谁的课题组借去了，我去找他们商量一下。"

　　"哟呵，这被领导器重的人说话就是不一样，是不是什么人都得给你让道啊！"栾小波嘟囔着，极不情愿但还是扭着屁股走过去摘那本挂在墙上的出入库记录。

　　林阳一边嘿嘿地笑着说"栾姐您说哪儿去了"，一边打量着栾小波。

　　这栾小波面孔粉白、身材适中，大眼睛、大乳房、大屁股，让人感觉浑身都是紧绷绷的，壮硕得像一头欢蹦乱跳的母牛。在林阳看来，毫无疑问这栾小波也是美得风韵十足。不过美丽是有不同层次的，同样是美丽，体现在卢琪身上的感觉就是端庄和优雅，而体现在栾小波身上的感觉就是欲望和冲动。前者令人难以释怀，后者则不耐回味。这就是女人与女人的区别。

　　栾小波翻了半天出入库记录，最后告诉林阳，仪器被老于的课题组借走了。

　　林阳知道栾小波说的老于自然就是于承业。这样的称谓更加证实了同事中的传言。称谓体现着人和人之间的关系，这一点林阳是认可的，就像他和卢琪间私下里从来没有相互称谓一样，也表示着一种相对的亲密。

　　栾小波并不是卢琪，林阳这样的人；工人阶级嘛，有着直率的性格，所有的喜怒哀乐都要淋漓尽致地写在脸上。两人好了，称呼自然要改成人前人后所有人都能感受到的亲密无间。不像有些知识分子，头天晚上都好到一张床上去了，第二天在众人面前仍旧装得跟两个不相干的人似的。

"哟，栾姐您不就在于工他们课题组吗？得，这儿就咱俩，那就咱俩商量商量吧。"林阳故意用了轻浮的语调。

"我可做不了主，你看我像是能做主的人吗？"栾小波瞟了林阳一眼。

"怎么会啊！你这才女美女集于一身的人，说话谁敢不听啊，反正我是得听栾姐的，还得听得俯首帖耳！"林阳调侃着。

"你小子什么时候也学着嘴甜了？"栾小波脸上有点阴转多云。

"怎么是嘴甜呢？我可从来不奉承人啊，栾姐真是一个名副其实的美人儿。哎，你知道欧洲的文艺复兴吧，那是人类艺术最了不起的年代，那时候像达·芬奇、提香这些大师画笔下的美人儿都长得和你差不多，有的还没有你漂亮呢！还有后来法国的那个画家叫什么来着？对啦，叫安格尔，他画了一幅《泉》，就一个女人肩上扛着水罐那幅，那多像你啊！"说到兴致盎然处，林阳居然站了起来，做了一个肩扛水罐的造型。

栾小波隐约想起了，好像在一本什么画册上看到过林阳说的那幅《泉》，当时自己还寻思了半天，这不就一光着身子的女人吗？怎么能叫《泉》呢？再一想不对呀，那《泉》里的女人是裸体的呀，于是就红了脸，冲着林阳说了句："你说什么哪！"

林阳于是赶紧解释："我可没别的意思啊，我是说栾姐你的长相、气质、神态都像那画里的女人，不过你是穿着衣服的。嘿嘿。"

"没别的意思啊？你就是有别的意思我也不怕！你看你那小样儿！"栾小波伸手用指头戳了一下林阳的脸蛋子。林阳的脸立马就红了。

两个人你来我往地调侃了一阵，再看那栾小波的脸早已是多云转晴，又是一脸桃花绽放了。

栾小波站起身来，招呼林阳进仪表库的里间。林阳吓了一跳，犹豫了一下。栾小波笑得眉飞色舞，又用手掌拍了拍林阳的脸颊说："看把你吓的，说了我那么多的好，我总得给你点儿回报啊！"

"回报？"林阳心里一紧。

"示波器在架子的第二层，你自己搬吧！"

"哟，你刚才不是说借出去了吗？"

"八线的借出去了，这台是十六线的！"

"噢，太好了！谢谢栾姐啊！"林阳搬了仪器箱子就要走。

"等等。"栾小波叫住了林阳，把一个纸盒子递到他的手上。

"你们过去领的记录纸都是八线的，这是十六线的。"

"哎呀，谢谢栾姐啊！替我想得这么周到，你可真好！"

"快走吧！你小子长着一张会哄人的嘴！"栾小波使劲儿捏着林阳的胳膊把他推出仪表库的门外，"砰"的一声关上了房门。

林阳一手拎着示波器箱子，一手抚摸着自己那刚被栾小波拍过的脸颊一路感慨：噢，原来事情还可以这样办。

"工程汇报事件"之后，林林总总的目光和神态让林阳心情很复杂，有纠结也有欣慰。有时想想其实也属正常，想不看这些，那你和大家保持同步不就万事大吉了吗？一向不管不顾我行我素的他开始告诫自己，既然已经出了风头，索性就不去在意别人的指指点点和窃窃私语。就像念中学那会儿班级间的同学打群架时，身为"军师"的他告诉同学们的一句话："咱不挑事，但也不怕事！"只是以往的那种冲劲儿要适当地收敛一下了。有时圆滑一下也没什么不好，比如找栾小波借仪器的事儿，明知自己的奉承言不由衷，但还是甜言蜜语哄得她高兴地拿出最好的仪器，这不正是自己想要的结果吗？

整个"工程汇报事件"，老马是总导演，卢琪是和自己关系密切的人，而除了老马、卢琪之外最让林阳感动的人就是吴书岳了。

因为除了专业之外还热衷于文学和艺术，所以林阳和吴书岳在一起时总有的聊。早晨到了班上，趁上班铃还没响，吴书岳总会跑到林阳这里叼上一根烟，国内国外、文学政治、山南海北地神聊一阵。汇报会结束后的第二天，吴书岳照例在上班前来找林阳，远远地走过来，人还没来得及说话，却先举手冲林阳做了个 OK 的手势，一脸笑意不用说了，一直乐得合不拢嘴。吴书岳是真心为林阳高兴，高兴得仿佛那部里、院里领导表扬的不是林阳，而是他吴书岳自己。

吴书岳把林阳拉到办公室外的走廊上说："真是太好了。以前你的能力水平只是在班组里，最多在咱们二次室里得到肯定，有了这一场，情况就不一样了，你已在你们这两届新人里遥遥领先了。你今后会有机会，那么现在就要做好向上走的准备。"

"向上走？向哪走啊？你是说当官？"林阳一脸的茫然。

"对呀，就是这个意思。你看咱们室里三个主任，一把手老艾是莫斯科动力学院毕业的，各方面都没的说，水平高、资格老，可毕竟是快要退休的人了；老姜和老吕年纪稍小点儿，可蜡头也不高了，而且他们各自的专业知识都不够全面。现在不是讲要建立第三梯队吗，而且还在大力推广四化干部。你想想这干部'四化'中知识化、年轻化、专业化你现在就占了'三化'！"

林阳笑笑说我可没想那么多。

老吴接着慷慨陈词："老弟，我希望你向上走绝没别的意思，我都这么大年纪了，目前的状态和我的从前比，那已是天壤之别了，所以我已经别无所求。希望你走上去不光是因为咱们关系多么好，也不仅是因为你的能力有多强，一个更重要的原因就是你的心地善良！知道不？只有善良的人当权，这个世界才能充满温情和友善！"

老吴的慷慨陈词让林阳听出了一身热汗。这是掏心掏肺的话，不能不让他为之动容。老吴说到了善良，是的，只有善良的人才会对善良心存真正的感知和领悟。

林阳想起了那次弃婴收养事件，想起了老吴宁肯自己承受痛苦也不愿伤害老婆王丽娜，想起了梅姨抱走孩子时老吴的老泪纵横，想起了弃婴事件之后他不止一次看见老吴送给梅姨生活资助。林阳从来不喜欢窥探别人的隐私，看到老吴有时和梅姨在走廊的尽头说话，他都会远远地避开。有一次他从侧面楼梯下来，无意间听到了两个人的对话。

老吴说："你就拿着吧，凭空多出个孩子带，一定是很不容易。我的状况还行，比那些年好多了。当然比你现在也强多了，你就千万别客气！"

梅姨说："老吴你别这样，我当时收养这个孩子只是因为觉得孩子可怜，从来没想过什么别的，你这样我会很难过的。"

争不过老吴，梅姨只好把钱收下，看看老吴的脸，又垂下眼帘说："啊，那就谢谢你了，愿基督保护你，感谢你的这份善良和爱心。"

是啊，善良！林阳承认自己是心地善良的人，但年轻的他还从来没对这"善良"二字做过一次认真的诠释。其实也不需要，身边许多像吴书岳、梅姨这样普普通通的人，他们顽强着、勤奋着、善良着，他们本身岂不就是对这"善良"二字最好的诠释和解读？

# 第十章　不为人知的心愿

吴书岳压根儿没有想到梅姨收养那个孩子小雨完全是为了他老吴，更不知道自己竟是除了刘平安之外唯一保存在梅姨心底的男人。

梅姨在丈夫离世的次年皈依了基督。

刘平安死后很长一段时间，梅姨一直活在恍惚中，不肯相信丈夫死去的现实，那与丈夫分别前的夜晚还记忆犹新、历历在目，那一天欢蹦乱跳、对自己知冷知热的丈夫怎么会说没就没了呢？有时梅姨会感觉丈夫没有死，只是去远方出差了，也许不一定哪天他会突然笑嘻嘻地出现在自己的面前。而一旦回到自己阴冷的宿舍，一看见自己木箱上的东西，梅姨又不得不重回冰冷的现实，木箱上摆放的就是丈夫买给自己的那副在事故中被烧过的银头饰。

丈夫牺牲后，院领导和勘测队的领导都一脸凝重地找到了梅姨，既是通知，也是慰问和探望。水文队的书记把几件遗物交到了梅姨的手上。那是一套丈夫经常舍不得穿的新工装，一身买给她的苗服，一封在作废的数据纸背面没有写完的信，还有就是这副银头饰了。

梅姨紧紧地拥着那套丈夫的工装，犹如拥着丈夫宽阔、温暖的怀抱，那上面还隐隐地散发着他身体的气息。

梅姨流着泪水一遍又一遍地读着丈夫写给自己的那封没来得及写完的信，这哪是信啊，字里行间分明都是丈夫的笑貌和音容。

怕弄丢、弄损，梅姨把丈夫的工装、苗服，还有那半封信都小心翼翼地压在了自己的箱子底儿，而那副银头饰，梅姨就把它摆在了自己的箱子上。这银头饰是丈夫留给自己的念想。念想、念想，就是要经常念着、想着。梅姨每天看到这副银头饰，就仿佛丈夫还在自己的身边。

　　一个人的日子是清冷的。上班的时候还好，梅姨会把全部的精力都用在设计大楼的卫生上。虽然是人来人往，但那么多层楼的水磨石地面永远是一尘不染。梅姨的卫生做得很细，细到连窗户上的一点雨痕、门板上的一点污渍都不肯放过。有时污渍有些顽固，梅姨就会脱下手套，用指甲一点一点地将污渍抠掉。这一切，她做得是那么一丝不苟、心安理得。没有更多的人想起她的过往，没有更多的人关注她的存在，梅姨就像一位隐身人，活在别人看得见又看不见的世界里。而下班的时光，对梅姨而言才是真正的孤寂难熬。无论是吃饭、走路、睡觉还是闲待着，心里随时都会冒出丈夫的身影，有时丈夫一脸关切、嘘寒问暖，有时丈夫嬉皮笑脸、淘气调皮。梅姨正要冲丈夫笑的时候，他的身影又瞬间消失了，还原在她身边的是冰冷的现实。就这样周而复始地循环往复，梅姨几乎成了恍惚与现实这两岸间的渡客。她甚至经常懊悔自己当年不应该怂恿丈夫从农村老家跑出来，如果还在老家，他就不会死。在老家，苦是苦了点儿，但只要人在，不就是人家说的苦中有乐吗？

　　由于吃不好、睡不好，加上上班不着休息地工作，梅姨一下子瘦下去了，颧骨突起来，人也变黑了不少，俨然是一脸的"寡妇相"了。

　　保洁队的工友任秀洁是一个基督徒，很同情梅姨的身世。看梅姨的精神状态，任秀洁一直担心哪一天她会倒下。也许是为了分散一下梅姨的精力，也许是要尽一个基督徒的本分，也许是想给上帝做工作、结果子，在一个礼拜天的上午，任秀洁把梅姨带去了教堂。

　　教堂里的一切对梅姨而言都是那么新奇。小时候农村老家里也有一座小教堂，是用木头搭建的，除了有一个塔楼和塔楼上有一口可以拉响的铁钟之外，和农民的房子也没有什么不同。梅姨记得最清楚的就是小时候经常会和伙伴们到小教堂里去玩。说是去玩，其实真实的目的是讨一块诱人已久的糖果。教堂里住着一个金发碧眼的外国牧师，总穿着一身又黑又长的牧师袍子。外国牧师很和善，孩子们去了教堂，他就会高兴地和大家唱歌、游戏，还把一些包装得花花绿绿的印满洋字的糖果分给大家吃。后来，不知为什么，这洋人牧师就不见了。有人说他回国了，有人说他被抓起来了，还有人说他去了大城市……

小教堂最后也没有了，那是在"大跃进"大炼钢铁的时候，被生产队拆了，用作了生产队小高炉的引火劈柴。

而眼下这个教堂金碧辉煌得让梅姨瞠目结舌！那圆圆的穹顶既看不到柱子也看不到梁，却画上了一幅幅漂亮的图画，图画里很多美丽的女孩子身上都长着翅膀，任秀洁说那就是天使。还有那半拱形的窗户，那上面的玻璃是五颜六色的：红的、黄的、绿的、蓝的、白的，太阳照在外面，从里边看过去就好像教堂里挂上了许多块五颜六色的调色板。

还有那些来这里的人们，看上去都很和善，很安详，也很亲近。本来是陌生人嘛，却见了你又点头，又微笑，弄得像老熟人似的。

梅姨心里暗暗地感谢任秀洁，感谢她把自己带到这么一个奇妙的世界。而最重要的是这里给了她一种亲近感，而这种亲近感自从丈夫死后她就再也没有感受过。

不知是为什么，当赞美诗唱起的一瞬间，梅姨的眼泪就下来了。她已经有一段时间不流泪了，本以为是丈夫死去的那段日子流了太多的眼泪已经流干了，然而这次竟流得如此任性不止，流得如此肆无忌惮。

赞美诗一遍遍响起，梅姨的心一次次震撼。那天籁之音瞬间叩开了她那扇关闭已久的心扉。

> 他仰望一座城，虽然有时因，
> 跋涉苦丧失多而叹息呻吟。
> 但一想到那城便吟声歌唱，
> 因为路虽崎岖必定不会长。

是啊，因为路虽崎岖必定不会长。崎岖而不漫长，那不就是指望吗？

任秀洁告诉梅姨这是基督怜悯她的孤苦无助，在拯救她的灵魂，给她一个灵魂的家。在耶稣面前，眼泪不是谁想流都可以流的，那是圣灵的感动。

任秀洁还说，人是有灵魂的，基督信徒们死后灵魂都会去天堂，而好人的灵魂也一定在天堂里。刘平安舍身救了那么多的人命，他是个大好人，他的灵魂也一定在天堂里。接受基督的感召和引领吧，将来你们在天堂的国度里会再见面的。

于是梅姨基本没经历什么思想的周折，很快就接受洗礼成为一名虔诚的基督徒。

梅姨没有想过向基督乞求什么世上的好处，也没有想过灵魂得以永生不死，只是在心里埋下了一个热忱的期盼，期盼有一天会在天堂里与自己的丈夫重逢。

秋季里的一天早上，保洁队的队长领着一个个子不高、皮肤黝黑的青年到梅姨的面前，队长说："这是院里新分来的人，叫、叫什么来着？"队长把脸又转向那青年。

"我叫吴书岳，口天吴，书香门第的书，三山五岳的岳。"青年赶紧自我介绍。

"哈，介绍得还挺详细，好了，这小吴就安排在你这设计后楼做保洁员，由你负责给他安排每天的工作。"队长冲着梅姨说。接着队长又把头转向吴书岳指着梅姨介绍说，"这是梅师傅，你以后就跟她干活，听她安排就行了。"队长说完冲梅姨龇牙一笑就转身走掉了。

　　"来，先坐下吧，小吴你是刚招工进来的？"梅姨一边招呼吴书岳坐下一边问道。

　　"不是，我是刚刚毕业分配来的。"

　　"毕业分配？什么学校啊？"梅姨一脸的惊奇。

　　"华中工学院。"

　　"啊？大学毕业来做保洁工？这院领导吃错药了吧！"

　　"没，领导没错，是我有错。我是来边工作边改造的，我是一个'右派'。"吴书岳说得一脸平静。

　　梅姨"啊"了一声就不再说话了。梅姨见过"右派"，那还是来院里不久，在院办大楼里看见一位个子高高的、带黑边眼镜、一头白发的长者正弯着腰清扫厕所前的廊道。梅姨很惊奇：怎么让这么大年纪的人还干这活？梅姨欲要过去动手帮忙，被队里的工友拉住了。工友告诉她："这是院里原来的总工程师，去年被划成了"右派"，这是在接受劳动改造呢。"梅姨说："'右派''左派'的我不懂，不过人家一看就是个知识分子，又那么大的年纪，你看那累得一头汗，跟在澡堂子里蒸了似的！"

　　工友捶了一下梅姨的胳膊："哟，你还不错呢！能看出个知识分子来，我告诉你，何止是知识分子，人家是大知识分子，据说还是什么美国的博士呢！可那有什么用，当了'右派'还不一样得拖地面、扫厕所！"

　　这就是梅姨平生见到的第一个"右派"，以后陆陆续续又见过几个，可像吴书岳这么年轻的"右派"，还是第一个。

吴书岳在保洁队干了不到半年，就被调到了机电设计处，因为当时水电工程的设计项目和在建项目繁多，设计部门人手不够就把因为各种原因脱离专业的人调回了专业队伍。

半年的时间里吴书岳留给梅姨的印象是厚道、恭谦、勤快、好学。每天的卫生打扫完了吴书岳就守着一本书、一个本、一支笔，写写画画地一坐就是一个下午。保洁工的休息室其实就是楼梯边上的一个储藏间，空间狭小又没有窗户，放了一张桌子两把椅子再加上那些清扫工具就满满登登了。工余的时间两个人挤在那么个狭小空间里也不是个事。所以梅姨经常会干完了活儿，把休息室留给吴书岳，自己就在外边转悠一阵把工作间隔这段时间打发掉。为了吴书岳看书写字，梅姨还特地给休息室安了大瓦数的灯泡。

干活呢，吴书岳也很勤快，本来梅姨说他负责几层楼男厕所的卫生就行了，要不然她清扫的时候还得在厕所门前喊两嗓子"有人没有"，其他的他就不用管了。可吴书岳不干，他一定要和梅姨一道把整个大楼的卫生做完为止。吴书岳觉得无论家里家外，是亲人还是同事，男人就是要呵护女人的，做不到呵护也不要紧，底线是不能被女人呵护，占女人的便宜，那样的话就太不男人了。

有一次院里决定拆除院办公大楼前的花坛，要在花坛的位置竖立起一尊领袖的塑像，很多处室都出来参加了拆除的工作。要把花坛里的土运走，于是就施行了七手八脚的人海战术。吴书岳和梅姨抬一个杠子。每次穿杠子的时候，吴书岳总是把土篮子向自己这边拉了又拉。负重的结果是几趟下来，吴书岳的脑门上已经蒙上了一层细细的汗珠。梅姨说："小吴你别这样，这也太不公平了。'右派'就一定要这么干活吗？"

吴书岳轻轻喘息着，依旧把土篮子尽量拉向自己，说了句："在这儿我不是'右派',我是男人!"

吴书岳二度出现在保洁队里,是在"文革"期间。"右派"属于"黑五类"中的一类,自然在打倒、横扫、管制、改造之列。于是梅姨和吴书岳在工作上二次重逢。除了劳动改造,吴书岳还要经常去参加林林总总的批斗会。当然,斗争的主题并不是他本人,可他总要被弄去陪斗。开始的时候吴书岳还感觉很难过,又是挂牌子,又是戴高帽,上边的名字倒着写,还打上了红叉,有时脸上还要被涂上墨汁,一天折腾得人不人鬼不鬼的,不过时间一久也就习以为常了。

有时候吴书岳会在斗争会结束后,戴着他的的高帽子从礼堂一直走回设计大楼里他和梅姨的休息室。在门口吴书岳会摘下高帽子放在门边,还轻轻敲一下门示意梅姨他回来了,让她有个思想准备,别让自己这模样再把她吓着。

开了门的梅姨没有惊讶也没有言语,只是默默地去水房端来洗脸水,让吴书岳把脸上的墨渍洗干净。看着吴书岳被折腾成这样,梅姨的心里很难受,可他却满不在乎,洗完了脸,对着梅姨挂在门上的小镜子边照边说:"这世道真是变了,连黑脸包公都会变脸!"

陪斗归陪斗,吴书岳工作上照旧,甚至还把梅姨手里正干着的活抢过来做,一有闲暇照样还是读书写字。梅姨说吴书岳:"你心可真大,这又要被批斗还要扫厕所、拖走廊的,要是我,什么心思都没有了,你还有心思看书写字?"

吴书岳说:"这不挺好的吗?你看,劳动是一种幸福吧?这幸福咱有。读书是一种幸福吧?咱也有。我很庆幸又回到了保洁队,卫生做完了就有了可以读书写字的闲工夫。还有聊天是一种快乐吧?咱俩这不正聊着呢吗?至于批斗,就把它看成是锻炼自己性子的机会吧。那些人骂我、打我、批斗我,忍了不就好了吗?再说我已经是'老运动员'了，从反右那会儿到现在就从来没消停过。对了，你是基督徒啊，一定知道基督徒要想进入天国之前都要经试炼、过窄门吧？哎，那些批斗我就把它全当作我的试炼和窄门了。"

梅姨一脸的惊奇："这《圣经》里的东西你也懂？"

历经人生中的千难万险，然而却丝毫没有畏惧和抱怨。吴书岳热忱的生命就像大地上的野草一样蓬勃着、顽强着。梅姨只看见过一次吴书岳落泪，那次他收到老家母亲的来信，也不知信上说了些什么，他整整哭了半个下午。

都说日久生情。开始的时候梅姨对老吴的好只是出于同情他的不幸，可怜他吃不好穿不好的日子。可是一天天朝夕相处，梅姨对吴书岳的好慢慢变成了一种不同寻常的好感。当这种好感最终演化成一个念头时，梅姨自己着实被这念头吓了一跳。

然而这念头是那样短暂，像一颗流星在梅姨心灵的天空瞬间划过了一条灿烂的弧线，随即拖着惆怅的尾迹沉入了深深的海底。

梅姨在心里对自己说：看你都想到哪儿去了！人家是大知识分子，你只是个做保洁员的工人，即使不讲地位，就你自己那点文化水儿怎么能和人家大知识分子匹配？在她的意识里，所有的"右派"都是大知识分子。

再者说了，人家不管岁数多大了，毕竟没结过婚，你一个结过婚的女人，文化水平不及人家的脚脖子，除了有个工人阶级的金字招牌之外还有什么？在人家倒霉受难的时候，去做这种表示岂不是有自我推销的感觉，甚至是乘人之危的嫌疑？咱可丢不起那人！

使梅姨羞于启齿的除了这些还有一个更重要的原因，那就是无法面对自己从前的丈夫刘平安，这种羞不是羞在嘴上而是羞在心里。

念头闪现令梅姨坐卧不宁、寝食难安的那几天，她回到自己的屋里都不敢正眼看一眼那副挂在墙上的银头饰，丈夫刘平安好像静静地立在那里，没有责难，没有悲伤，没有支持，也没有鼓励，只是沉默着凝视着自己。这凝视让梅姨觉得心里空落落的，六神无主、左右不是。后来她索性在挂钉上挂上了件衣服，遮住了银头饰也挡住了丈夫的目光。

一直到梅姨决定把这个念头深埋在心底的时候，才摘下了那件用来遮挡的衣服。那天她把银头饰从墙上摘下来，用湿毛巾轻轻地擦去落在上面的灰尘，在手里抚摸一阵，又在胸前抱上一阵，然后把银头饰放在了桌子上，还摆上了一杯酒。梅姨对着银头饰说："平安哥，请你原谅我。老吴和你一样都是大好人，我是可怜他又仰慕他。不过现在好了，我已经把这事放下了。你问我为什么，我可以告诉你，我这有两个坎儿是绕不过去的，明里的坎儿我就不说了，心里的坎儿就是你平安哥。这杯酒我敬你，算我给你赔不是了，你也别用那样的眼神看我，我还守着你。"接下来她一阵抽泣。

挂回这副银头饰的时候，梅姨的心里一片释然，没有涟漪，更没有波澜。

又过了几年，开始抓生产建设了，吴书岳重回机电设计处。再往后"文革"结束，老吴时来运转了，平反了，补发工资了，梅姨眼睁睁看着他娶了护士王丽娜。梅姨为吴书岳身上一件件好事的降临悄悄地在心底高兴着，一次次送上心里由衷的祝福，而自己当年的那个念头不仅被沉进了海底，还压上了沉重的礁石，从此永远不会再度浮起。

其实两度工作在一起，大把的日子里是在朝夕相处，吴书岳对梅姨也充满了好感。他心里除了对梅姨的正直、质朴、善良倍加赞赏之外，还对她这些年来对自己的关照充满了感激之情。吴书岳也听说过她的故事，知道她的身世，这些都使他对身边这个看上去极其普通的女人充满了崇敬之心：梅姨是一个圣洁的女人。

在吴书岳看来，这世界上的好女人中有纯洁的女人和圣洁的女人。纯洁的女人是用来爱恋的，圣洁的女人是用来崇敬的。

从描图员小何的口中得知吴书岳的老婆大闹一场不许他收养孩子的时候，梅姨就下了这个要替老吴收养的决心。老吴是个可怜人，虽然后来好运转回、好事不断，但在梅姨看来，依旧是可怜人，她深知他心中的空幻。

梅姨希望用自己的力量把这孩子养大，在老吴老了的时候送回他的身边，给他一个惊喜、一份欣慰、一股温暖，虽然没有走到一起，但自己也要为这个曾经驻在自己心中的男人作一次心甘情愿的付出。

遗憾的是吴书岳对这些竟是全然不知。

# 第十一章　苍天有泪

春天来了。

一场强似一场的春风刮过，封冻了一个冬天的河面因为阳光和温度的缘故开始一天天改变着模样。那一幅幅图案斑斑驳驳、深深浅浅，好像是春光画师每天都要在这河面上挥毫泼墨，画上一幅水墨丹青。

接下来，春光画师加快了画笔的节奏，不是一天一个样儿，而是一时一个样儿，一会儿一个样儿了。若是在河边，还能听到时而低沉时而清亮的碰击声。开河了，春天用跑冰排这样的仪式正式向那个垂暮的冬季道别。

再下来，大地渐渐泛了绿，淡黄的迎春、雪白的梨花、艳粉的桃花一茬又一茬地迎风绽放，把这河的两岸变成了婚礼上频频换装的新娘。

若在往常，在这样的春日里，林阳一定会利用一切可以利用的闲暇，哪怕是工间操的工夫也要跑到这春花似海的河畔走上一圈。可今天他却无心去欣赏身边的美景，去抒发心中的诗意，来这里只是想找一个没人打扰的地方静下心来，理一理纷乱的思绪。

难产了将近一年的科研和设计分家事宜在今天终于有了结果，林阳出乎意料地被分在了设计处。在这之前，林阳已经决定了自己的去留：跟师傅老马走，无论道理上还是道义上都是天经地义！而且自己明明在《工作调整志愿书》上填的是留在科研，怎么会又被弄到设计去了？如果不考虑个人志愿，那要我们填写这份志愿书还有什么意义？最重要的是自己已经多次信誓旦旦地向师傅老马表过态，表示自己要跟他一道留在科研。而最后弄成了这样的结果，即使不顾及别人的眼光，师傅老马会怎么想？自己岂不成了一个虚伪的两面派？

本来林阳要为这事儿去找室里处里的领导谈谈，了解一下情况，工作能不能调回不知道，但起码可以问清领导考虑的理由，回头也好给老马一个交代，不想领导却主动找到自己头上来了。

工间操之前汪文辉打电话来，把林阳叫到了他的办公室。

这次改革，若就职务而言，汪文辉无疑是几个最大的赢家之一，现在是集多重职务于一身：既是院里主管设计的副院长，又兼着设计分院的院长和机电设计处的处长。

汪文辉和卢琪一届，是"文革"期间正规大学毕业的最后一拨，属于当年机电处分来的那三十七人队伍中的一员。汪文辉也是清华毕业，只是和卢琪不在一个系。在大学时卢琪是名人，汪文辉只是一个默默无闻的等闲之辈。分到院里后卢琪淋漓尽致地"继续革命"，汪文辉依旧是默默无闻，以至于好像没有人感觉到他的存在。革命如火如荼的日子里，汪文辉既没有去登台批判那些形形色色的各类"分子"，也没有参加任何派系斗争。他是个有点独来独往的人，不喜欢与同事们成群结伙，甚至对女同胞抛来的绣球也嗤之以鼻。他只有两个个人爱好：一个是喜欢做针线活，这是一个令人匪夷所思的喜好，钩钩织织、裁裁剪剪，别的男人不屑一顾的东西，他做起来却是不厌其烦；再一个是喜欢学英语。大家闲得无聊打对家、三打一的时候，汪文辉从不参与。为了在同事中不显另类，别人玩牌的时候，汪文辉也从口袋里掏出了一副扑克牌在手里摆弄着。

汪文辉的扑克牌是经过他自己改造过的，五十四张牌上写满了密密麻麻的英文单词。别人摔牌兴高采烈的时候，汪文辉也抓一沓牌在手里摆弄着，嘴里还不断地小声地念念有词。

几年下来汪文辉家里的"扑克牌"攒了几十副之多了，当然英语水平也没少长进。"文革"结束后有了第一次出国培训的机会，汪文辉以英语排名第一的成绩争取到了机电处那唯一的名额。名牌大学的学历、国外镀金的光环，加上"文革"中既没得罪过什么人也没参加过什么派系之争，回国半年后汪文辉就被提拔成了二次室的副主任，没过多久又继续升任至机电处的副处长、处长。真是此一时彼一时也，像卢琪那些当年的革命派偃旗息鼓了，谁也想不到从前名不见经传的汪文辉走上了政治舞台，仕途竟又是如此顺风顺水，应了那句俗话："好运来了，挡都挡不住。"也许不只是运气，传说部里原来的总工程师是汪文辉的舅舅，不过这只是传说，谁也无法对此进行查究和考证。

汪文辉见了林阳一改往日里那种盛气凌人、居高临下的神态，热情地把他按在了沙发上，还给他倒上了一杯热茶。林阳被弄得一头雾水，心想这汪院长有什么事会找到他这个小白丁，毕竟中间还隔着组长、室主任、处长好几层呢，于是就一脸茫然地问了句：

"院长您找我来……"

没等林阳说完，汪文辉就笑眯眯地打断了林阳的问话："哈哈，也没有什么，找你来随便聊聊。主要也是感谢一下你。"

"感谢我？"林阳吃惊得有些张口结舌。

"当然是啦。感谢你在分家时刻顾全大局选择了设计，选择了设计也就是选择了我嘛！本来大家都知道你和老马师徒关系不错，还以为你一定会要求跟他走，不会选择到设计来呢！现在好了，我可以负责任地告诉你，你的选择是对的，你是在设计上出的头，当然要留在设计。如果我没说错，未来一定会有你展示才华的机会。小伙子好好干，从现在起，你就是我的一员爱将了。好好努力，以后还要你多担担子、多负责任呢！"说到这儿汪文辉还笑眯眯地用手掌使劲儿捏了捏林阳的肩膀。

　　林阳嘴上一边应和着汪文辉，一边在心里想：选择了设计？我什么时候选择了设计了？思来想去，他想起了那张《工作志愿表》，那张表他填好后因为要去参加一个标准化处召开的标准化修订会议，就由卢琪替他向室里转交，问题一定就出在了这里，不用说，一定是卢琪或修改或重填，总之从中做了手脚。

　　离开院办大楼，林阳没有回办公室，而是径自来到了花香四溢的河畔，想找个清静的地方梳理一下思绪，想想接下来该怎么办。已经既成的事实，没有回旋的余地了，当然也没有必要再回旋。可是卢琪那里要不要说破？老马受院里委派，作为部里的专家组成员目前正在美国参加一个工程引进的技术考察，不久就该回来了，一旦回来他那里又该怎么解释和交代？一向不管不顾的林阳此刻也犯了难。

　　回想来院里工作后的这些经历，林阳不得不承认这社会上人际关系的复杂。哪像读书的时候那么单纯和简单，一时心血来潮给系里写了关于政治课的建议，最后他们也没把自己怎么样；有时候因为不管不顾的性格得罪了个别同学，至多也就是中断了后面的来往。现在就不同了。一次工作调整，因为人际关系里的是非恩怨，弄得一会儿像背叛，一会儿像投诚似的。

　　想想这卢琪也真是的，怎么能够这么干！这不是为达目的而不择手段吗？再说即使不为我林阳想想也得为自己想想啊，本来和老马就有历史的积怨，这么干一旦被他知道了真相，那不是让两人的关系雪上加霜吗？当然分家之后就是两个完全不同的部门了，也许这恩恩怨怨的关系对卢琪说来根本就无所谓。

　　不过想想如果不考虑师傅老马的问题，汪文辉说得也有相当的道理："你是在设计上出的头，当然要留在设计！"这样想，即使这个志愿书就是卢琪改过了，也不能说她是完全为了她自己。再说志愿归志愿，最后还不得由领导层综合平衡，最后拍板吗？想到这里林阳刚才心里对卢琪的怨气已消了大半，他决定暂时先不问她了，什么时候要问再说。

上楼时碰到了柳宏。柳宏春风满面，一改往日的冷淡，热情洋溢地邀请林阳晚上聚餐。林阳问柳宏有什么好事啊，柳宏说女朋友姜丽华考取了日本京都大学的研究生，不日即将成行。因为两人已经登了记，所以自己已办好了停薪留职，这次也一起走，先以陪读的身份出去，找个语言学校，等过了语言关后也找机会考。说起未来，柳宏心潮激荡，似乎未来已经不再仅仅是憧憬和遐想。

林阳说："大喜事啊！洞房花烛夜、金榜题名时，人生四大喜你今儿一下就占了俩，你这叫双喜临门！"

"哪里呀，金榜题名的是我媳妇，又不是我。至于洞房花烛夜嘛，其实也早就享受到了哈。"柳宏的脸孔红扑扑的，说起和媳妇的事来一脸的得意。

"不是我说你啊，老兄，你这个人问题也得抓紧了，不能只在工作上力争上游啊！你看咱们组里一起分来的这几个棋友啊，老袁人家上学前就结婚了，我这儿领了证也算是结婚了吧？还有曲波和李晓梅也差不多了，就你老兄还是独往独来，形单影只。看你不慌不忙的，我都替你着急！"柳宏说得满是热切。

"行，我的事是长期规划，先说你的事。有什么需要我帮你办？"

"哪能劳您大驾，你能出席我已经是求之不得了。不过有件事情你倒是可以帮我张罗一下：你看咱室里的老同志我基本都请到了，你来的时候要是方便的话就招呼他们一下。"柳宏说得很委婉。

"没问题，我把卢工、吴工、老佟、老夏他们那一堆都叫上。你这双喜临门的日子人多也好热闹热闹！"林阳满口应承，"还有什么要求？"

"真还有点儿要求，你得发挥你的专长，酒席上你得来首诗，活跃气氛不说，也给你老弟我增增色、提提味呀！"

"没问题，这小菜一碟，包在我身上了！"林阳拍了自己的胸脯用手做了个 OK 的手势。

柳宏的酒宴从傍晚开始，一直延续到晚上九点多才结束。到了后半场有些人就陆陆续续撤了，林阳没走，人也帮着请齐了，礼也随了，诗也献了，索性好人做到底吧！卢琪也是最后走的，这让柳宏很是感动，一口一个"卢姨呀，我万分感谢"。

出了饭店的门，林阳对卢琪说："你行不行？两站电车的路，你要行，咱们就走回去吧。"

"好啊，这正合我意呢。"卢琪欣然同意。

两个人沉默着走了一段，林阳正在心里盘算着关于工作志愿的事要不要问卢琪，该怎么问时，卢琪却开口先说了：

"我跟你说件事啊。我知道工作调整结果一出来，你肯定会问我，你就是不问，我也会主动告诉你。上报工作志愿书时，我给你稍加了一点儿修正，或者说是补充吧，具体说就是在去向选择栏里你写的'科研'后边加了几个字，变成了'科研与设计皆可，根据组织需要服从分配'，你应该不会介意吧？"看林阳没表示什么，卢琪接着说，"你最后被划在设计这边完全是领导从工作角度考虑、综合权衡的结果。我之所以这么做一个是为你好，一个是为工作好，可不是干涉你的选择自由啊！那科研选项你也是选了的，而且还排在前边，老汪他们把你安排到设计这边来肯定有他们的道理。"

卢琪的话证实了林阳之前的推断。可是事已至此说什么也都于事无补了，再说自己留在设计也许并非坏事，林阳对卢琪早已没有了上午在河边时的怨气。

于是林阳说："我知道你这是在为我着想，从工作方面考虑，我也没有异议，只是我觉得在我师傅那儿有些不太好交代，怕伤他的心。我一直在想他出国回来后我要怎么跟他解释才好。"

"老马那儿应该不成什么问题。看得出来，老马是真的对你好，在你个人前程的三岔路口，他一定会替你着想的。而且我觉得老马也许就希望你在设计上发展，要不怎么让你在设计汇报会上抛头露面呢？你说你不仅专业水平好，表达能力、交际能力、协调能力，连胡说八道的能力都样样过人，要整天守着那么个科研课题不把自己给糟蹋了？你不是崇拜孙中山先生吗？孙中山提出的政治主张里就有人尽其才、地尽其利、物尽其用、货畅其流啊，人尽其才是第一位！人才不能得以有效发挥才是最大的资源浪费！"

林阳觉得好笑，侧过脸看了卢琪一眼："嘿嘿，你别无限上纲上线啊，把孙中山的政治主张都抬出来了，我又没有怪你的意思。"

"怪不怪我倒没什么关系，关键是事情就得这么办才对。退一步讲，即使你一定要去科研，那志愿也不能那么写，也得把志愿写成听从组织安排，哪怕下边再另做个别领导的工作！高调有时是需要唱的。做人上，口是心是是真性格；做事上，有时需要口是心非，那也是真韬略！就说你这次吧，我都听人事处的人说了，除你之外基本上没人写服从分配的，大院长和党委吴书记都说林阳这个年轻人不错，胸怀大局，不计较个人利益。现在的社会，在决定个人前途和利益的问题上谁不挑挑拣拣、斤斤计较？"卢琪伶牙俐齿、滔滔不绝地阐述着她的理论。

林阳又侧脸看了看卢琪，心里在想这精明干练和老谋深算的区别是什么。当然他还是宁可相信卢琪是属于前者。

两个人你说一阵我说一阵，一个话题还没聊完，卢琪就到家了。两人互道了晚安，卢琪就上楼了。林阳在下面看着，一直到卢琪家的窗口亮起了灯光。

　　林阳最终也没有等来向老马解释的机会，或者说已经没有任何解释的必要了，一个晴天霹雳般的消息几乎把林阳击倒：老马出事了！

　　楚院长一上班就接到了部里打来的电话。老马一行七人的考察团，在宾夕法尼亚州匹兹堡附近的 157 号公路上发生了严重车祸，中方人员三死三伤，而老马就在罹难者之列！

　　消息传开，大家都感到震惊、惋惜和悲痛。活生生的同事，曾经朝夕相处，临行前还开着玩笑和大家道别，结果就这样说没就没了，人们在震惊和悲痛之余也开始思量这人生的无常。往日里的那几个话匣子今天都停止了播音，往日里不怎么爱说的今天就更没了声响，人们似乎要用寂静和沉默来祭奠这可亲的同事和兄长。

　　世界上冥冥之中是有一些不可言明的神秘感应的，不知是否可以算作超自然的力量。出国前领了制装费的老马因为上次出国的西装什么的还都在，不需要再做新服装了，就用制装费给妻子小骆买了个纯金手链。那是一款带转运珠的双层蝴蝶手链。有个周日，老马两口子逛街时，小骆看好了又在手上比试了好一阵。当时老马和小骆口袋里没有带那么多钱，老马就想回家去取，被小骆制止了。小骆说："我是试着玩的，再说这中国的首饰我已经有很多了。咱们说好，以后出差就只买回些土特产，有出国机会可一定给我买几件洋首饰回来！"

　　老马把金手链送给小骆时，小骆还高兴中带着嗔怪地捶了老马一下说："不是说好了吗？中国的首饰就不买了，要你出国时买件洋货回来就行，你看你这口袋里就不能有钱！不是有发票吗，咱们把它退了吧！"

　　老马说："退什么呀！我看你那天挺喜欢的，发的出国制装费又没什么用场就把它给你买下了。我家小骆就是戴首饰的胚子，带什么都好看。你先戴着，国外的洋货一定要买，不过这越海跨洋的，那行程里光飞机就要倒十好几次，万一洋货带不回来了，这个就是咱俩的纪念了哈。"小骆赶紧用手堵住老马的嘴接着就是一阵呸。岂料这老马的一句随便的玩笑话竟然一语成谶。

　　小骆因为不能接受这个现实，极度悲痛中晕倒了，被送进了医院。组里的工作全部停了下来，大家开始为老马的后事奔波。林阳拿了小骆的照片和院里的行文去了市外办，想找一个在领事处工作的同学，争取特事特办，尽快拿到小骆的护照。卢琪在家里忙着为小骆和两个孩子做好饭菜。烧菜的时候还一遍一遍试尝着咸淡，生怕炒的不是味道。小骆因为抽搐，服了镇静剂正睡着，艾主任、人事处田副处长、工会刘干事，还有组里袁清琏他们几个都在。卢琪把饭菜交代给袁清琏，转身又回去安顿老马那两个哭天抹泪的儿子，照顾两个孩子吃饭，陪着他们落泪。所有这些，卢琪做得认真、努力而又一脸凝重。卢琪懊悔，十多年的光阴里，自己为什么没给老马一个哪怕是迟来的道歉？而今，机会的大门从此关闭，剩下的只有无休止的遗憾了。

　　芸芸众生里是是非非、恩恩怨怨，也许只有死亡才是了断恩怨的那把利剑。然而死去的人从此了断了，而那些恩怨中活着的人，那些恩怨中的亏欠者，那些就此失去了得到原谅机会的人，该如何了断？是寄托遗忘还是指望死亡？

　　小骆的护照第三天就拿到手了。美国方面办事也很人性化，匹兹堡属于纽约领区，纽约领馆联系了驻北京的美国大使馆，以最快的速度为小骆办好了赴美的签证。

　　老马很早就是孤儿了，小骆在家里也是一根独苗，而且父母也早已过世，两家都没有什么亲人，老马的后事就落在了这些同事朋友的身上。老艾请示处里批准，由林阳护送小骆到北京，一直把她送上飞往纽约的航班，卢琪自告奋勇负责照看老马的两个儿子，老艾负责用国际电话联系纽约领事馆，等等。

半个月后，一身素装，看上去一下子苍老了很多的小骆，抱着老马的骨灰盒出现在机场候机楼的到达出口，两个儿子哭叫着扑了上去。大儿子抹着眼泪懂事地接过了父亲的骨灰盒在怀里紧紧地抱着，小儿子紧紧地抱着母亲哭成了一团。眼看小骆哭得直不起腰了，卢琪赶紧过去搀扶着把她架了起来。

在场的人无不为之流泪、动容。

老马的坟墓坐落在一片小山的半坡上，山坡朝着南方，山脚下有一条小河蜿蜒流过。林阳征得小骆同意选了这个墓地。他觉着师傅对这里肯定是没有异议，甚至可以说是满意的。老马喜欢花草、喜欢自然、喜欢风景，而这里的环境则是兼而有之。

安葬老马那天下起了小雨，因为有风，雨滴里融入了沙尘，把送葬人群的黑衣青装打得斑斑点点，那是上苍为老马这样一个生命的离去洒下的浊泪。

本来大家都不让小骆去墓地，说这里有"讲儿"。但小骆执意要亲自去墓地送自己丈夫最后一程。

骨灰下葬的一刻令人非常揪心：小骆发出一阵撕心裂肺的哀号，紧抱着老马的骨灰不肯撒手，加上两个孩子的号啕和来送行的人们的哽咽抽泣，一时间汇成了一阵悲痛的和声在墓地上空低旋、回荡。

墓基上的石棺盖定，满脸是泪的小骆竟然侧身而卧把耳朵俯在了石棺的盖板上，似乎要听听里面的声音。她要听什么呢？是老马的呼吸和心跳？是从前他和自己的轻声细语？还是他逗哄自己时那朗朗的笑声？人们不忍心再看下去，这对相亲相爱、相依为命的夫妻从此坟里墓外，阴阳两隔。

安葬结束，林阳走在下山队伍的最后，三步一回头地回望着老马的墓地。远了，渐渐地远了，那墓碑上的生卒日期已经看不清了，但墓碑中间魏碑体的"马海宁之墓"五个大字还依稀可见。林阳想起老马曾经讲了那么多关于他自己的故事，却从来没说起过自己为什么叫马海宁。

半个多月后的一天，小骆来办公室，把一个小纸包交给了林阳，说是整理老马的遗物时觉得这是和林阳有关的东西，就送过来了。

林阳打开纸包，是一个美国费城自由钟的模型和一页折着的纸片。

那古铜色自由钟的模型很精致，能翻转，带声响，钟身上那句出自圣经《利未记》的铭文清晰可见，意思是："宣告自由遍及全国家喻户晓。"

展开那张纸片，是从日记本上撕下的一页老马的日记。林阳迟疑了一下，抬头用征询的目光看了看小骆。小骆说："看吧，老马的日记向来都是对我公开的，以前我们不在一起的时候，他都把每天的日记撕下来寄给我，我就知道他每天在干什么、想什么。我看这篇日记是关于你的，就给撕下来了。"小骆说得眼里泪光闪闪。于是林阳把那页日记再度展开。

4月28日　晴

参观考察工厂回来，途经费城，公司送我们一行去参观了一下独立宫。当年美国的《独立宣言》就是在这里通过的，然后由杰弗逊敲响自由钟宣布美利坚的独立和自由。站在这里似乎能穿透历史的烟雨看到当年那些人们为美国独立和自由而奋争、努力的亢奋和激情，这也许就是所谓的美国精神吧。

展览厅里转了一圈，纪念品就那么几样，给家里没什么好买的，倒是给林阳买了一个自由钟的模型。林阳这家伙今后有机会倒是可以到这里来看看，体会体会美国精神。政治可以参与，但那要看以什么方式。从这点看，林阳有点像一头长不大的牛犊。送他个自由钟的意思就是向他的一些另类思想敲响警钟！

　　写到林阳，记着回去要出面找汪文辉谈一次，林阳还是留在设计吧，这样对他的发展有利。


林阳的眼睛渐渐被泪水模糊了。

送走小骆，林阳心里久久不能平静。他随手摆弄那个自由钟的模型，转动一周，敲响一次，再转一周，再响一次，声音不悠远但清脆。他想起了刚才看的老马日记。虽然老马送自己自由钟的寓意和这自由钟的本意没有什么关系，但林阳心里清楚那是老马对自己由衷的关切。睹物思人，他心里似乎有好多话要向师傅倾诉，可遗憾的是师傅和自己如今已是阴阳两隔。


　　两个月后，机构改革和相应的人事调整全部到位。老马原来的工作一分为二，于承业接了老马的所有科研课题，卢琪、林阳分别被任命为葛家岩二期工程保护系统的正副主任设计。

# 第十二章　葛家岩

葛家岩工程位于三峡出口东端的长江干流上，因为水坝穿过一个叫葛家岩的江心小岛而得名。一段大坝、一段船闸，长江这条奔腾的巨龙就这样被葛家岩工程拦腰斩断。

西望上游，迅猛的长江水由西而东，进入三峡江段后因为地势落差的缘故，流速开始陡然加快。李白诗中的"千里江陵一日还"快的是顺风，更是顺水。一路澎湃的江流裹挟着漩涡和泡沫冲出西陵峡的谷口，本想继续演绎着放荡不羁、气势奔腾的生涯，却不料在这里被彻底改变了形态。江水像撞了线后的运动员惯性地向前跑了几步就此放慢了脚步。前一刻还是扑天的浊浪在这里变成了无数涓涓的细流，柔曼地汇入了这片碧波荡漾、一望无垠的湖水。这湖，就是水库的库区。截流、蓄水后的库区水域随着水位的提高，面积不断增大，银波粼粼，雾霭蒙蒙，再配上远方如黛的青山，已经俨然是一片明丽的湖光山色了。

因为施工中的二期工程又要进行系统调试，又要给施工单位和运行单位做一些技术培训，加上一期工程还时有运行中出现的问题需要完善，设计院里葛家岩工程的大队人马都被拉到了施工现场。卢琪、林阳带着他们的几个助手已经在这工地上蹲了近三个月之久。

二期工程一号机组启动在即，电厂厂房里一片繁忙，房顶的照明灯、机房的工作灯，还有此起彼伏的电焊弧光交织成一片，远远看去这厂房犹如一座不夜的小城。直径二十五米的发电机转子已吊装完毕，一群安装工人正在锁紧机组盖板上的螺丝。二期厂房门前立了一块巨大的倒计时牌，时刻提醒人们离机组启动还剩下多少有效的工作时间。

为保障一号机组如期发电，现场总指挥、工程局局长杨子非把各单位、各专业的负责人召集到一起，开了机组启动前的最后一次工程协调会，强调可靠性、落实进度、协调关系，各项工作的完成时间都精准到以时分为单位来计算。

本来林阳正在负责给运行单位讲课培训，因为一期厂房里刚刚出了个事故甩掉了一台机组的负荷，保护系统是越级动作的，卢琪正带着两个人在现场分析原因，工程协调会就由林阳来参加。

林阳对工程局的杨子非局长印象一直不错，还是在一期工程后半段林阳就认识他了。在林阳眼里，杨子非是那种智勇双全、强势型的领导，头脑清醒、经验丰富、决策果断，如果带兵打仗一定是个不错的将军，最重要的无论总结还是决定，说话都干净利落从来不拖泥带水。唯一的缺点就是他的管理方式，因为杨子非讲话善于煽动，所以工程永远都像是一场会战。开会的时候杨子非一般都是先面无表情地听着别人的发言，从不插话，只是不时用铅笔在一张纸片上记着什么。最后轮到他总结发言了，他会既不要文稿也不用提纲地把刚才提出的主要问题一个不落地总结出来，并且附上自己的想法和解决问题的意见，思路清晰，逻辑缜密，最牛的是他的意见不容置疑。

因为技术问题、进度问题，林阳和杨子非打过几次交道，过后得出的结论是此人智商超常，但情商不高。原因就是杨子非不苟言笑，一张长满络腮胡子的黑脸总是板着，说话办事还总会有些不近人情。无论是工程局杨子非的手下还是外单位的人，认识他的人都有点怕他。有人说杨子非那红色安全帽下的黔黑的脸就从来没放过晴，有人说他那黑脸上的眉毛皱在一起就压根儿没打开过。

协调会结束后，杨子非叫住了走在人群后面的林阳，劈头就来了："刚才一期三号机组运行中跳闸了，保护是越级动作，制造厂家还有你们那儿卢琪一堆人正在查找原因。这边你可给我盯紧了，抓紧时间该整定的整定，该校核的校核。好几个单位的人都跟我反映说你挺能干，能干好哇，能干就要多负责任！你们老马不在了，二次保护这块儿就交给你了，千万别给我出纰漏，出了纰漏，我不仅要发联合通报还要拿你是问！"

"放心吧，总指挥，我们都校核过三遍了，我可以向你保证我这儿肯定不出问题。至于别的环节出事，跟我们就没有什么关系了！是吧？"

杨子非白了林阳一眼，不再说话，自顾快步走去。他知道林阳这小子话里有话。曾经听说过林阳私底下批评过自己的工程管理缺乏大工程管理的系统性，是十足的会战方式。不过这批评非但没有让杨子非耿耿于怀，倒让他对林阳这么一个普通的设计工程师有些刮目相看。说得对，自己搞的就是这种大会战的方式，除了"文革"期间之外，自己不是被别人指挥会战就是指挥别人会战，都会战了大半辈子了！会战的方式能鼓舞士气、激励人心！而让杨子非觉得有意思的是，工地上千军万马都对自己的管理方式没有异议，只有这设计院的林阳，一个普通的设计工程师不但有想法，而且还敢讲出来！

上午收工的汽笛声响过，林阳和卢琪他们几个人回宿舍取了饭盒就往工地食堂跑。

这是每天两次的"只争朝夕"，去晚了饭菜就可能没有了，而补做的饭菜百分之百都是"对付饭"。林阳一路小跑时还用饭勺把饭盒敲成了一段有节奏的鼓点。这是读大学时跑食堂养成的习惯。卢琪为此还说过林阳："你都当师傅了，还那么孩子气，习惯不能改改吗？"林阳笑笑说"改，一定改"，之后依然是我行我素。于是卢琪也就没再说什么了。在她看来，林阳是个折光的多棱镜，视角不同，折射的光谱跟着不同，有时成熟得与年龄不称，有时幼稚得与身份不符。

工地食堂的饭菜实在是不敢恭维，也没有办法，几千号人吃饭，就那么六七处食堂，那不吃大锅饭、大锅菜还能吃什么呢？林阳有一次还特地跑到厨房看了一下，呵，那炒菜的铁锅直径足有一米六七，那炒菜的铲子居然就是工地上挖土方用的铁锹！林阳看后吐着舌头说："这回真是开眼了，这是我见过的最大的锅和铲子！"

今天的食堂有点异样，乱哄哄的感觉倒是如常，不过仔细一看，坐了一食堂就餐的人竟然都没有打饭，排队窗口那儿还有一群人在吵着什么。问了一下才知道，原来有人发现今天中午的饭菜有问题，那唯一的荤菜猪肉丸子烩圆白菜中的猪肉丸子已经发臭变质了。有人在斥责食堂的师傅，有人嚷嚷着要食堂重新做，工程局的一群年轻工人在与食堂管理员争吵之余，还一怒之下把打出来的饭菜都倒在了地上。

就在越吵越凶、事态即将不可收拾之际，不知哪个眼尖的喊了一句："杨总来了！"

吵闹的人群一下子变得安静了下来，杨子非的身影出现在了食堂里。

只见杨子非和谁也没有讲话，环视了一下食堂里的人群，一步一步走到打饭窗口要了一份饭菜端着，然后找了一个就近的座位就坐下了。此刻的他目不斜视，先摘下头上的那顶红色安全帽放在桌子上，再慢慢脱掉手上的手套，和安全帽放在一起，然后掰开了一双一次性的筷子就开吃了。吃的过程中还不时把烩菜里的丸子用筷子夹到鼻子前闻一闻。一阵狼吞虎咽、风卷残云之后，杨子非打了个响亮的饱嗝，随即站起身。可能是由于没喝汤也没喝水感觉食管部位有些不适吧，他一边用手揉搓着前胸，一边环视着周围，然后用他那浓重的湖南口音问了句："谁说饭菜臭了？啊？谁说的？"声音里透着不容置疑的威严。

从杨子非坐下的一刻，就有无数双眼睛从不同的角度不同的距离注视着这位总指挥的一举一动。而现在这些眼睛却都被这眼前的景象惊呆了，人们面面相觑、鸦雀无声。

杨子非在众目睽睽之下用手背来回抹了两下嘴巴，神闲气定、慢慢悠悠地抓起桌子上的安全帽戴上，最后拿上手套旁若无人地扬长而去。

看杨子非黑大个儿的身影走远了，林阳半天没缓过神儿来。他想起了《水浒传》，眼前这一出，他到底是武松还是杨志？反正是一梁山的黑脸好汉！

当食堂乱哄哄的噪声再度响起，林阳在卢琪的腰间捅了两下，卢琪会意，二人就从乱哄哄的食堂里撤了出来。

林阳抬手看了看手表说："电厂食堂也过点儿了，去饭馆吃一顿吧。我们可没有杨总指挥那水泊梁山的肚子，吃坏了还得自己遭罪。"这会儿他不再敲了，把饭盒抱在了胸前。

"水泊梁山的肚子……什么意思？"卢琪不解。

于是林阳就把刚才自己对杨子非的感受又向卢琪描述了一遍，把卢琪笑了个前仰后合："你这家伙，亏你想得出，人家长得黑就是武松就是杨志啦？你怎么不说是李逵呢？人家脸是黑了点儿，要算那怎么也得算是晁盖晁天王吧？"

"总指挥是晁天王，哎，这个想法不错，那咱们就真是一群绿林草寇了！你肯定不会是孙二娘呢和顾大嫂，一定是那个一丈青扈三娘。一丈青不错，豪气、伶俐又漂亮。"林阳调侃着。之所以脱口说出扈三娘来，除了豪气、漂亮之外，是因为在他心里无论是一丈青这个名字本身还带有另外一种感觉，那就是性感！只这一条，林阳没敢说出口。

"去，没正形。水浒里的女性人物太少了，都不是理想的人生，也不是理想的性格……"说这话的时候，卢琪不再是调侃的语调而是说得一本正经。她眯起眼睛，凝视着远方，目光变得深邃，似乎要在视线可及的远方回忆起什么，找寻到什么。也许她想到了她自己，想到了自己曾经的理想，还有自己的人生、自己的性格。已经步入中年，自己的性格和人生肯定不是一个理想的状态，而曾经的理想情怀还在心中若隐若现，卢琪惊喜于它的依然存在，那么在它完全熄灭之前还能有抓住、点亮的机会吗？

人总是理想在理想里，现实在现实中。追逐理想是快乐的，可理想不是轻易能追逐得到的，于是人痛苦；忘掉现实也是快乐的，可现实又是无法回避，于是人亦痛苦。彷徨于理想与现实的两岸之间，无疑就是人生的苦海。

林阳没有想到自己一段玩笑话换回了卢琪的一脸凝重，于是也打住了话题，他后悔刚才没叫上那几个手下。

仙客来酒家原来叫四川饭馆，是个四川老板开的，当然只做川菜。还是在一期工程土建开工的时候，这饭店就开张了。最初只是在江边的山坡下公路边搭了几间工棚、挂了块牌子。老板是巴东人，烧得一手拿手的家乡菜。听说下游要建一个很大的水电工程，夫妻俩把孩子托给父母就跑了过来。老板上灶，老板娘跑堂兼收银，四川饭馆就算开张了。在施工初期尘土飞扬、机声不断的工地边能有一家饭店，对那些施工处的人来说已经是很不错了。错过了食堂饭口的人、想换换食堂口味的人、家人来工地探亲的一家三口，还有下了班后的酒魔子，等等，成了饭店主要的客源。两口子也不怕辛苦把饭店每天开到半夜，小店很快就红火了起来。

一期工程五号机调试的时候，林阳就来过这家店，那时已经小有规模，在电厂的围墙外建起了二层小楼，名字也改成了现在的仙客来酒家。

那次林阳是和老马、卢琪一道来的。那时老马是一期工程保护系统的主任设计，卢琪是副主任设计，林阳是新分配来不久的大学生，也是因为厂房里的工作误了午饭，三个人就跑到了这仙客来酒家。

因为下午还有工作不能喝酒，三个人要了两菜一汤外加每人一碗米饭。老马说："我来请，今天请你们吃工作餐，等机组并网了我再请你们在汉口吃大餐。"卢琪和林阳也抢着要请，饭还没吃呢，三个人却都抢着在店老板那儿押钱。店老板操着浓重的巴东口音说："你们都放钱让我收谁的好嘛！"然后一双看上去有些浮肿的小眼睛打量了一下眼前这三位食客，最后把目光停在了老马脸上，"我看出来了，你们几个中你是师傅，工作餐嘛，师傅请就对头。"

老马高兴地拍着店老板肩膀，学着他的口音："这就对头！就凭你这眼力和聪明，一准儿能发大财！"

店老板一听发大财又变得腼腆了起来，垂下眼皮笑着说："发啥子大财嘛，小本生意。要发财也得你们先发。你们发了我才有得赚哦！"

那次吃饭还发生了一段有意思的小插曲。

两菜一汤的午餐放到食堂里已经很不错了，但在饭店里就显得寒酸了些。本来菜就不多，老马和卢琪一边说年轻人应该多吃，一边左一筷子右一筷子地给林阳夹菜，弄得他慌慌张张以最快的速度把饭吃完了。为了不让老马、卢琪继续给自己夹菜，林阳就把饭碗倒扣在了桌子上。片刻之后，店老板来了，脸上没了刚才的笑容和恭迎，一脸严肃地问林阳："怎么了？饭菜不好吃？"

"没有哇，挺好吃的。"林阳回答。

"那就是汤不好喝？"

"没有，汤也好。"

"饭、菜、汤都好吃，为啥子把碗扣起来？晓不晓得我们店家最忌讳的就是客人把碗扣过来！还让不让人做生意了嘛！"店老板说得一脸的怨气。

这时林阳才明白自己犯了错，赶紧又赔礼又道歉地把扣着的碗翻了过来。事后林阳感叹这生活里到处都有学问，入乡随俗说起来容易，可这习俗是啥你也得懂啊！

两人入座后林阳就觉得今天这仙客来似乎不应该来，还没进门他脑海里就想起了老马，于是脸色开始变得凝重。卢琪已经凝重了一道儿了，于是两人相对无言。

卢琪明白林阳情绪的变化是因为什么，几年相处下来，她对林阳的重感情、热心肠已是了如指掌，这也是她把林阳视为知己并打开心扉为其在心里留有一个神秘空间的缘由之一。对于老马的突然离去，周围很多人都扼腕痛惜，其实卢琪何尝不是一样呢？与其他人不同的是，痛惜之余卢琪还会多一份对老马的负疚和遗憾。负疚的是"文革"时因为自己的年轻、无知、显摆自己的灵感四溅，她曾经伤害过老马，还有后来同在一个课题组里常和老马斗来斗去。而遗憾的是老马匆匆离去，现在连对他说声抱歉的机会都没有了。由此卢琪常常在心里发出深深感慨：人生啊，想说什么、想做什么要尽早，拖延、推迟，也许就没有了机会。

林阳点了四个菜，又要了一瓶当地产的"稻花香"。卢琪说："下午还要上班，你干吗呀？"

林阳没有回答，默默地把一杯斟满的酒倒在了地上，然后两人碰了一下杯，双双一饮而尽。接下来谁也没有讲话，两个人都在静静地流泪。

片刻之后卢琪说："你也别太难过了，我理解你的感情，你和老马关系那么好，睹物思人能不动情吗？可你得从这种情绪中走出来，生活还得继续。其实要说难过的应该是我，我是曾经伤害过老马的，工作上有时还和他作对，本想什么时候能有机会和他认个错，求得他的谅解，可谁知道他说走就走了呢？我想道歉可是已经没有了机会，我想忏悔可是已经没有了对象……"再说下去，卢琪已是泣不成声。

林阳一只手拿下卢琪手里的酒杯，一只手轻捶着她那抽搐起伏的后背。

"稻花香"下去了大半瓶，四盘菜一筷未动。老板娘站在收银台里，不时转动着身子瞟一眼这角落里的两位男女，还会悄悄地趴在一个女服务员的耳边说句什么。

就这样，一顿饭变成了一份追忆、一次祭奠、一场心灵的洗礼。卢琪的眼泪让林阳感到两个人在心灵上的距离更近了一层。

对于生命而言，死亡也许并非意味着剥夺，而是意味着赋予：它赋予了更多灵魂的再生。从这种意义上讲，死亡是神圣的。

随着一号机组七十二小时试运行的结束，杨子非宣布机组正式并网归调。运行值班员根据调度命令将机组带满负荷，强大的电流通过电网输电线路将动力和光明输向了运方。作为一个水电人，此刻是值得自豪和骄傲的，努力终于有了结果，汗水终于有了结晶，厂房里瞬间爆发了一阵胜利的掌声和欢呼。

机组归网后工程局照例举行了庆祝晚宴，既是庆祝二期工程发电部分首战告捷，也是答谢一下各单位的合作伙伴。杨子非发表了一个简短的祝酒词后酒宴就开始了。

音响里反复播放着《步步高》和《喜洋洋》，喊声、笑声、祝酒声此起彼伏。人们酣畅淋漓，曾经的辛苦、劳累、委屈、伤痛、愤怒、抱怨，所有复杂的感受一时都被这欢庆的气氛驱赶得云消雾散。

酒过三巡，把部生产司、水电司的领导敬了一圈之后的杨子非来到卢琪、林阳他们桌前。几杯酒下肚，杨子非的黑脸变成了紫色，眼睛里布满了血丝，但说起话来却丝毫不见醉意。杨子非说：

"我要敬一下咱们设计院保护系统的两位主任设计，因为你们两位及时发现了发电机相序的问题才避免了启动升压的时候出大娄子。当时出了问题怀疑东、怀疑西，谁也没往相序的问题上想。你们俩厉害，想到了。不该由你们发现的问题都由你们发现了，我老杨第一佩服，第二感谢！来，这杯酒我敬你们！"

杨子非说的是几天前机组静态调试时，卢琪、林阳发现了安装分局施工中出现的重大错误。错误是及时纠正过来了，不过这事捅了天，惊动了工程总指挥杨子非。卢琪和林阳慌忙站起身来端上酒杯，卢琪说："杨总您太客气了，这都是我们分内的工作。"林阳说："我们都是做具体工作的、哪有指挥千军万马的总指挥辛苦？来，我们敬您！"然后三人一饮而尽。

杨子非用手背抹了一下唇边的残酒，用手指点着卢琪和林阳："你们这搭档不错嘛，专业好还会说话！"杨子非接着说："咱们工程局实事求是，从不文过饰非，发电机结线都能出错，这还了得！还好被你们二位及时发现了，要不然真出了问题，我照样通报！我已经转告了机电安装处长，他们现在也要向你们二位表示感谢。来，老庄，该你们了！"杨子非一闪身把身后的安装处长庄光友推到了前边。

庄光友敬完了又请出了高压班，接着是二次班、实验班，再加上制造厂的人也来添乱，几个回合下来，林阳尚还有战斗力可以抵挡，卢琪却已经招架不住了。有的女人天生能喝大酒，但卢琪不是那种海量的女人。两个人心里都有点后悔提前放走了那三个小年轻。工程调试基本结束了，几个人说想坐船从南京绕回去，在船上看看长江中下游的风光。卢琪在这方面向来都是管得自由宽松，为了不至于让几个人返回太迟，就提前把他们放走了。要有他们在，人多势众的这场面应付起来一定会轻松得多。

酒宴是晚上九点多钟才散的。其实也无所谓散不散，喝到后边人们就开始三三两两各自为战了。有的是同一个单位的凑在一起，有的是相同的专业凑在一起。主桌的领导们撤得比较早，大多都是彬彬有礼地互致敬意，象征性、礼节性地和一些基层单位跑来敬酒的意思一下。领导们在这种场合肯定不会变成十足的酒魔子。

因为不胜酒力，回到招待所卢琪就吐了，林阳帮她收拾干净，让她漱了口，又给倒了杯开水。

看歪歪扭扭坐在椅子上的卢琪很虚弱的样子，林阳说："你这样太累了，要没有再想吐的感觉就躺下休息吧。"卢琪点点头勉强地站起身，结果一迈步就打了个趔趄险些摔倒。林阳赶紧上前去扶，却被卢琪顺势抱住了。

林阳感觉瞬间有点缺氧，脑子里不知为什么泛起了一阵好像暮春清晨里的鸟语花香，耳边也浮起一阵若隐若现的旋律，是《高山流水》？是《春江花月夜》？

自从和宋雪娃分手后，林阳就再也没有碰触过任何女人的身体。所以当卢琪丰盈的身体依偎在自己的怀里，圆润的乳房紧贴在自己胸前时，林阳自然是十分心慌意乱。但是这种心慌意乱和躁动不安甚至还有瞬间的欲望闪现，很快就平静了下来，林阳告诉自己，卢琪喝醉了，这是醉态。

平心而论，林阳是喜欢卢琪的，当然这种喜欢不仅局限于那种男女之间狭义的喜欢。抛开卢琪和自己的关系密切不说，卢琪的优雅、端庄、干练、美韵、热情而不失温婉，成熟中带着一点儿孩子气，所有这些气质都让林阳感受到她是一个令人身心愉悦的女人，不能说是堪称完美也绝对称得上品质上乘。他甚至在自己心里为卢琪开辟出了一个小小的神秘田园。

而当下这个女人就依偎在自己的怀里了，相拥使两个人能感觉到彼此的心跳。走过一点也许什么事情都能发生，突破男女之间的底线几乎是轻而易举。

然而理智最终还是战胜了情感和欲望，理智让他没有走过那一点。

一件美好的东西欣赏的价值远远要大于占有的价值。林阳愿意就这样一如既往，继续为那片小小的神秘园耕耘劳作、辛苦付出。

另一个原因就是卢琪的家庭、卢琪的孩子。走得过了，肉体的相互占有仅仅是一时之欢，而从此两人也许就要在心里背负上那个沉重的十字架了。我们不是耶稣，十字架是用来仰望的，不是用来背负的。

两个人就这样相拥着，很安静，没有深情的抚摸也没有急促的呼吸，似乎要在这平静之中体会着最大的惬意和满足。

"去睡吧。"林阳欲挪动卢琪的身子。

"不要，就这样。"卢琪轻声梦呓般地回答。

林阳明白卢琪误解了自己的意思，就弯下身来把她抱到了床上。

"不要，不要这样。"卢琪在床上翻腾着。

林阳用湿毛巾帮卢琪擦干净脸，又给她脱去鞋子，把她的身体用毛巾被盖好，又把水杯倒满放到床头柜上，然后关了灯按下房门锁钮就悄悄退了出去。

早晨，醒了酒的卢琪看了看盖在身上的毛巾被，看了看地上自己的皮鞋，隐约记起了昨夜的那一幕，不免觉得有些羞愧还有些忐忑。羞愧的是昨夜自己酒后的失态，忐忑的是如此的失态以后让林阳该怎么看待自己？

七点半的时候，林阳和平日一样来叫卢琪吃早饭。彻夜未眠的林阳除了面孔有些憔悴外精力依旧十足。

开门见到林阳，卢琪的脸就红了，垂下眼帘说："不好意思啊，昨晚我很失态吧？"

"没有啊！挺好的。后来没再吐吧？"林阳说得一脸平静，好像什么事情都没有发生过。

"没再吐。昨晚多亏了你，我就不说什么谢谢的话了啊！"卢琪面若桃花，眼睛里百媚千娇。

"什么时候学会客气了？你呀，真的没什么酒量，往多了说能有个二三两？以后可别再逞能了，再有这样的场面你别喝，就往我身上推！"林阳又来了大男人的英雄气概。

看林阳自然得好像昨晚什么事情都没发生过，卢琪的表情也跟着自然了起来，很快恢复了常态。


一号机组并网归调标志着二期工程机电安装部分的首发战役告一段落。工程局安装处所有人员放假三天，然后迎战二号机组。部机关的领导和其他参加调试的单位的人马或班师回朝，或打道回府，总之也该轻松一阵了。

今天正好是赶集的日子，火车票是傍晚的，林阳上午就去了附近的集市。经常为水电工程项目出差工作的这些人都愿意去赶集，一来可以买一些当地土产、新鲜果蔬什么的，二来也见识见识当地的风土人情。

赶集是个有意思的事情。那来赶集的人有工人装束的、有干部打扮的、有农民模样的、有本地人、有来出差的外地人……林林总总，形形色色。那卖的东西更是五花八门，从鸡鸭鱼肉到新鲜果蔬，从土特产品到农用工具，从文教用品到家用电器几近是应有尽有、不一而足。

设计院来工地出差的人，完成工作任务后如果赶上有集则逢集必到，为了放松一下紧张的神经，同时也好给家里带回一点土特产品之类的新鲜玩意儿。中国太大，地域之别、民风之别、特产之别实在是太丰富了！

林阳想在集上买两只甲鱼带回去给父母炖汤喝，结果转了半天一无所获，小贩们说眼下不是季节，要等到秋后。最后林阳买了二斤香菇和两张路山羊的皮子。据说这两样都是当地有名的特产。香菇的用途就不用说了，那两张路山羊的皮子可以给父母做两张羊皮褥垫儿。

林阳回到招待所的时候在前堂碰到了总指挥杨子非。杨子非今天依旧穿着往日的蓝工装，只是安全帽和手套不见了，露出了花白的头发。林阳赶紧和杨子非打了个招呼。

"怎么去集上采购去了？"林子非看着林阳脸上破天荒地有了微笑。

林阳笑着扬了扬手里的东西："哈哈，要走了，跑到集上买了点土产带给父母。怎么样，杨总，还可以吧？"

杨子非认真地看了看林阳手里的东西说："噢，还不错，两样儿都是本地有名气的土产。我可听说啊，你们这些来出差的把集市上的物价都给抬高了！"

"哈哈，哪有那么严重，我这东西买的时候讨价还价了半天呢！”

“你们卢琪也不在，我在这儿等你们有一会儿了。”

“等我们？”林阳一脸的惊诧。

“走，到你房间去说吧。”杨子非从前台的柜台上拿起一个灰色的帆布口袋就和林阳回了房间。

落座之后林阳要给杨子非泡茶，被他挥手制止了。

“你别泡茶，我刚在总台那里喝过了，我坐一会儿，跟你说点儿事就走。”

于是林阳陪杨子非坐下。

“你和卢琪的东西不多吧？”杨子非问。

“不多，我这一个提箱外加刚才赶集的这点战利品。卢工那儿也差不多。有事吗，杨总？”

“你看是这样，我想托你们办点儿事情，我这儿有点儿东西，想托你们带过去。”杨子非说着指了指那个帆布口袋。

“没问题！举手之劳，我还以为是什么事呢。杨总把地址、人名、联系方式给我留下就好了。”林阳一脸的爽快。

“地址就没有了，人你们都认识，就是你的师傅老马。”杨子非说得一板一眼。

林阳收住了脸上的笑容，用诧异的目光望着杨子非。

“你看是这样，你的师傅老马，我们认识很多年了，从一期一号机组调试就开始在一起打交道，相处得一直不错。老马是我们工程局的合作伙伴，也是我个人的朋友。前一段听说他在国外因为车祸走了，我这心里一直很难过，老马可惜了。我这里有一点东西，你帮我带上。你是老马的徒弟，什么时候你们去祭奠老马的时候，帮我带给他吧！”

杨子非打开帆布口袋，是两个纸盒子，一个盒子是老马喜欢喝并且经常推荐的"稻花香"酒，另一个盒子里面是一小盆叶子挺拔碧绿的马兰花。

"老马以前问过我这随处生长、花开紫色的是什么呀？我跟他说是马兰花，就是你们北方端午节捆扎粽子用的马莲。老马说他还真没注意他们那儿有没有，什么时候方便一定挖一盆回去，这东西在哪儿都长，生命力太顽强了。结果他每次都来去匆匆，一直也没有带成。最后一次见到他，我还问他马兰花带回去没有啊，他说这次又带不成了，这次要转道昆明去开全国的行业年会。谁知这次竟然成了永别。"杨子非低下了头，片刻又把头扬起继续说道，"我这里给他挖了一盆，老马是穆斯林，应该是有坟的，你们要去时就把它栽在老马的坟前，让他喜爱的花草陪着他吧！还有这'稻花香'，这也是老马喜欢的……"杨子非神色黯然。

林阳认真地听着，眼睛里渐渐沁出了泪水。

人世间只有情感和情义是不分高低贵贱、粗细雅俗的，外表粗犷豪气的人也一样会有着温柔细腻的情感，看上去寡言少语的人也一样会有着热诚深厚的情义。

傍晚时分，林阳和卢琪登上了北去的列车。

为了通风，他们把那盆马兰花从盒子里拿出来放到了茶桌上。

晚霞的光辉斜斜地照进车厢，温暖的和风从窗隙间吹进来，马兰花在光影里轻轻地摇曳着。

# 第十三章　雄心勃勃

一年后，由于工作出色，也因为干部"四化"方针的大势所趋，林阳被破格提拔为机电设计处的副处长。不久机电处按专业重新划分建制，一次系统和二次系统相互剥离，分别成立机电一处和机电二处，林阳接着被任命为机电二处的处长。

说来很有趣，林阳被提拔重用除了因为工作出色之外还有一个令人啼笑皆非的原因，那就是院领导莫名其妙地把他和部里的林副部长扯在了一起。

两年前的那次葛家岩二期工程汇报会上，林阳的出色表现给这位副部长留下了很深的印象，当时林副部长还表扬肯定了设计院领导在人才储备方面具有的战略思想。当时楚院长和吴书记光顾了高兴也没往多想。事后有几次在部里开会，和主管领导汇报工作的时候林副部长随便问了两次林阳的情况。说者无心，听者却有意，在部长对林阳肯定的语气里，两位院领导似乎从中领悟到了什么。为此楚院长还找来了与林阳工作关系最近的卢琪，希望能从侧面了解一些情况。楚院长先以民意调查的名义和卢琪聊了一大阵院里改革的下一步部署，又问了问卢琪对这次机构调整有什么想法，以及周围的同事们认识如何，随后把话题委婉地落在了林阳身上。

楚院长说："我前一段看了葛家岩二期的工程通报，你们不错啊，帮他们发现了重大的施工问题，这才体现了咱们设计部门的价值所在。对工程技术而言，和其他单位相比，我们设计单位就是要做到技高一筹！还有葛家岩二期保护的设计改版率也达到了历史最低，你们这两个搭档干得不错嘛，我这里先口头表扬你们了。还有林阳去部里申报你们二次系统这边原有的几个课题立项，部里居然一路绿灯很快就批下来了，这个林阳在部里走了什么关系啊？"

卢琪开始还心生疑问，这大院长民意调查怎么还能亲自找到自己这个普通的项目设计负责人？然而聪明至极的她在楚院长就林阳与部里的关系发问的一瞬间，就悟出了这背后大概的意图。于是卢琪又一次发挥了她那早已久违了的"瞬间灵感"，跟楚院长说："林阳这个家伙背景深厚，部里有关系是肯定的，不过具体是什么关系我还真不知道，人家不和你讲，也不能主动去问呀。不过我觉得他可能和他们本家的部长有什么关系吧。有一次我们俩在科技司办事出来，林阳让我先走，说他要去看一个人。我走的时候看他进了部里的后楼，那后楼里都是什么人物啊！"

卢琪把子虚乌有的故事编排得煞有介事、活灵活现，楚院长不住地点着头，一脸的若有所思。

两个月后，林阳走上了仕途。

年轻的林阳被破格提拔，在院里引起了一阵不小的震动。抛开别的不谈，单是年龄上就开了建院三十五年的先例。迄今为止，院里干部的平均年龄还是相对比较高的，四十多岁的室主任、五十多岁的正副处干部比比皆是。许多人为林阳事件在窃窃私语，正面的想法是这反映出来一个积极的信号：干部的任用终于打破论资排辈了，干部队伍的年轻化建设或许就此会拉开帷幕。也有的认为林阳被重用提拔无可非议、当之无愧，源于他本身出类拔萃。还有人说提拔年轻的林阳是院里领导为降低中层干部的平均年龄，以便那些年龄大的甚至本该退居二线的干部可以继续留任。也有人说起了林阳的政治背景，说这样的破格提拔肯定是因为上面有人。

最初的日子里林阳既有新鲜兴奋，也有不以为然。当了干部嘛，分管一摊工作，对上对下说好听的叫双向负责，说不好听的叫上挤下压，多了些责任和麻烦而已。处里有处长、有书记，再往上还有院领导，大政方针由不得自己，而身边的风气一如既往，就是事情多了，会议多了，麻烦多了。不过有一点，自我感觉还不错，那就是当了干部后感觉到了同事们更多的热情。

原来在一个室里的老佟和林阳算是忘年之交，林阳出生那年，老佟正好大学毕业。老佟、吴书岳、林阳同在一个办公室，又都粗通文史，兴趣广泛，同属胡聊神侃之辈，相处得也自然融洽。林阳被提了干部，两位老同志无疑是欢欣鼓舞，于是自然要喝酒。不同的是老佟总做东请林阳，而吴书岳总让林阳做东请自己。老吴说："伟大领袖都说了领导干部要密切联系群众，我这可不是要领导请酒啊，我是在给领导创造联系群众的机会！"

老佟有一次等在下班的路上把林阳截住，一脸笑意地说："怎么样，下班没事吧？走，上我那儿喝几盅！"看林阳有点犹豫，老佟不容分说伸手夺过林阳手里的自行车自己推着，然后一脸神秘地告诉林阳，"今天是周末，你嫂子做了拿手菜糖醋排骨和红烧牛肉，我这等你半天了。一会儿我酒柜里的酒你随便挑，我没找别人，今晚上就咱俩！"老佟是个烟鬼，一边推着车子一边腾出手来掏烟，林阳见状赶紧把车子接了过来。

接下来又是一晚上的"长歌吟松风，美酒聊共挥"。

还有袁清琏那几个，动不动就要请林阳喝上一通。去吧，张三敬、李四敬，自己再回敬几杯，难免又要喝得头重脚轻、醉话连篇；可不去吧，人家又会说你当官儿变得架子大了，不把当年一起来的哥们儿放在眼里。

和老佟、袁清琏他们的小酒比起来，那些年轻女同胞的笑意和媚眼倒是让林阳更觉得春风拂面、赏心悦目。当然，赏心悦目有时是要有代价的，这代价之一就是经常被这些女同胞莫名的举动弄得哭笑不得。

机电二处的分团委书记叫章小菡，也是学保护专业的，毕业于省内的一所工科院校。章小菡父母都是上海人，为了让她从小能喝上牛奶就把她送到了上海外婆家里寄养一直到初中毕业，耳濡目染得她身上满是上海姑娘的那种优雅矜持、傲气摩登的气质。再配上白皙的皮肤、高挑的身材、略微发嗲的讲话，倒的确是个典雅端庄的气质型美女。当林阳还什么干部都不是的时候，章小菡已经是老机电处正科级的分团委书记了。

因为专业水平一般，觉得专业上发展前途有些渺茫，所以当老机电处团员青年竞选团委书记的时候，章小菡征得了在院里当副总工程师的父亲同意后，就参加了竞选和测评。父亲开始还有些犹豫，认为年纪轻轻就脱离专业是不是有些得不偿失，后来知道分团委书记是正科级的级别，于是决定先拿到级别再说。

不知是因为形象和气质、讲话的风采，还是因为老爹是院里的老总，总之章小菡在竞选环节中顺利击败了两位男同胞对手，得到了多数的赞成票。有"泥鳅"之称的父亲和党群系统的人关系也不错，测评和考核环节自然也不成什么问题，于是章小菡早早就当上了正科级的干部——机电处的专职分团委书记。

林阳和章小菡不在一个工作号里，但同一设计室、同一专业，人也还算熟悉。后来章小菡做了专职的团委书记，打交道的机会就不多了。自林阳当了副处长起，因为经常被邀请以领导的身份参加共青团的活动，两人的交往又渐渐多了起来。

一个周末下午，林阳受邀参加团委组织的活动"冰雪游园"，并且以处里的名义向院汽车队要了两台大客车。这受邀请也不是无代价的，代价有可能是活动经费，有可能是交通工具，也有可能是别的什么。

看着章小菡一张冻得粉红的脸，跑前跑后、张张罗罗的样子，林阳不知为什么一下子想起了宋雪娃。当年在大学里一碰到组织什么课外活动，宋雪娃也是这副样子，热情洋溢、张张罗罗。

想到宋雪娃，林阳心头不禁掠过一阵怅然。前一段听来出差的同学说宋雪娃结婚了，丈夫是学哲学的，是她父亲的研究生。听到这个消息的时候，林阳表面一副漫不经心的神态，心底却是一阵隐隐的刺痛。虽然已经很长时间没有了宋雪娃的音讯，但林阳还会时常想起她。人的情爱世界里，初恋大多难以忘怀。

游园、拍照、吃完饭，林阳一路被一堆小年轻招呼着，像个木偶一样被拉来扯去，心里不由一阵感叹，和这些生龙活虎的小年轻比，自己真的有些老了。其实从绝对年龄来讲，自己也没大他们几岁，那么是什么东西让自己有了早老的心态？

玩高坡雪橇项目时，林阳望了望那映满夕阳的冰雪高台，对章小菡说："这个太高了，你们玩，我就不上了。"结果被章小菡生拉硬拖了上去。林阳只好在雪橇的前边掌舵，章小菡坐在后面紧抱着他的腰，在雪橇的不断加速和章小菡的尖叫声中，他刚才的沉闷心情被驱除得无影无踪，心仿佛被拉上了一座崭新的坐标系。

活动结束的时候，章小菡对林阳说："光顾着玩了，把正事都忘了。明天周日，你有时间吧？章总想找你谈点儿工作上的事。"

"章总？哪个章总啊？"

"还有哪个章总，就是我老爹！"章小菡一脸的娇嗔。

"章总找我？"林阳心里有些奇怪，章总是分管一次系统的，一般说来按专业划分，一次处室的老总和二次处室间的关系应该不是很大，但不管怎么说也是老总找，于是林阳只好满口答应了下来。

周日上午，林阳赴约到了章家。

北方就是这样，室外是严严冬日，室内却是温暖如春。林阳一进门眼镜就被一层厚厚的哈气蒙住了，于是赶忙掏出手绢来擦，待到擦干净眼镜再戴上时，才看清章小菡一身夏装正站在自己的面前。

在沙发上坐定后，章小菡一面和林阳聊着一面忙着去倒茶，林阳借机环顾了一下这间不算太大但看上去装饰得温馨典雅的客厅。紫色金丝绒的窗帘、黑色斯坦威钢琴、二十世纪三四十年代盛行的金喇叭唱机、镶着金边儿的英国伍德夫德茶具，所有这些都在悄悄地注释着客厅主人的修养、文化、情调和品位。

说话之间，章小菡端来一杯又浓又香的咖啡放在了林阳身边的茶几上。

"唔，好香。"林阳不由得称赞了一句。

"喝吧，牙买加蓝山，绝对正宗！这是爸爸去美国时带回来的，应该算是咖啡中的极品了。"章小菡说着也在对面的沙发上坐了下来，并且摆了个优雅的坐姿。

在室外滴水成冰，每个人都一身冬装把身体裹得严严实实的季节里，章小菡超短裙下一双雪白、颀长的大腿无疑让林阳感到有些炫目，炫目之余还有些心慌意乱、血流加速。不过他很快就平定了下来，把目光移到章小菡的脸上。

"哈哈，你这家伙应该是咖啡专家了！我可不懂什么产地、品种。我喝咖啡就是三个基本要求：味浓、味苦、提神。当然苦中要是再能带点酸头和甜头，口感会更好些。你这蓝山我觉得就不错！"林阳端起杯子冲章小菡举了一下，接着又品了一口。

"还说不懂，这不很懂行吗！重要的特征都让你说出来了。好的咖啡不仅浓郁香醇，更重要的是味道里甘、酸、苦三者的完美搭配。"章小菡受到了鼓励，干脆站起身用一个托盘把咖啡壶端了过来。

"哎，我这个懂行和你这个懂行相比就相形见绌了。应该叫什么？对，叫小巫见大巫！对了，章总人没在？不是找我有事情吗？"林阳嘿嘿地笑着切入正题。

"章总吗，他和妈妈都在上海，不过他把事情都委托给我了。今天请你来就一件重要的事情，你猜猜是什么？"章小菡嘻嘻地笑着，说得眼中流光四溢。

"猜？猜一猜……我可猜不着。"林阳眼珠朝天翻了几下，接着又摇头，一脸的茫然。

看林阳的样子，章小菡笑得前仰后合，笑声过后，告诉林阳今天的事情就是要请他吃饭！原来把老爹章总搬出来是章小菡为了能请到林阳而略施的小伎俩，弄得哭笑不得的林阳无可奈何，只好在心里对自己说：既来之则安之吧！

接下来章小菡请林阳参观了自己的卧室、章总的书房，又看了一阵章家的影集，最后又展示了她那手海派的厨艺，林阳这大半个礼拜天就这样泡在章家了。

其实林阳懂得章小菡的意思，他心里对章小菡也颇有好感。章小菡身上的漂亮、矫情、傲气也都是他所欣赏的女人特质。只是章小菡身上缺少了些成熟，确切地说是成熟之美。而最关键的还不是这些，而是章小菡的父亲是院里不大不小的领导，这才是他不可能接受她的根本原因。林阳的信条里第一位是尊严，是人的自强和自立，人须自敬方得人敬之。他不希望有哪一天因为成了某某领导的乘龙快婿而被别人指手画脚。他身边被别人用某某的女婿、某某的儿媳取代名字的不是大有人在吗？那感觉叫人情何以堪！所以林阳给自己未来女朋友限定了一个刚性的条件，那就是最好不在本单位找；要找，也坚决不找领导的孩子。这一点，对章小菡当然也不能例外。

比章小菡以父亲要谈工作的名义请林阳吃饭更有意思的是远动室的那个李秀明，居然在男朋友提出分手之际，把林阳搬出来作为和男朋友谈判的砝码。李秀明对要分手的男朋友说："你可想好了，别不知贵贱，不懂好赖。我李秀明从长相到身材，从工作到为人，哪点差了？除了中专的学历低了一点儿，其他哪点不配你？我实话告诉你，就是咱们处长林阳追我，我都没答应！你就傻吧！"

这一招还真灵验，男朋友稍微犹豫了一下就收回了"请辞报告"，没过多久两个人就领证结婚了。后来李秀明的丈夫不知是为了炫耀妻子的非比寻常，还是为了证明自己也非等闲之辈，把李秀明那天的慷慨陈词说了出来。林阳听说后哭笑不得，说："这人是谁我还没对上号呢，就躺着中枪成了追求者。"传到卢琪耳朵里时，她听后哈哈大笑，说那百分之一万是不可能的，李秀明的丈夫不懂，这是李秀明为了抬高自己、挽回关系给他使的计，三十六计中的一计：无中生有！

接下来，一次、二次系统剥离，当上了二处正职的林阳因为在行政上有了更大的话语权而终于结束了当配角的日子。于是他开始了一番独立认真的思索：如何解决面临的问题，如何让眼前这场改革不至流于形式，如何能既提高工作效率又最大限度地调动人的积极性，如何能够通过制度文化和行为文化广泛形成良好的职业风气。思路千头万绪，工作总得脚踏实地，一点点开始，一件件落实。林阳有一种"天将降大任于斯人也"的感觉，开始雄心勃勃地规划他心中理想之国的未来。

工作这些年来，看到了问题体制下的种种弊端，人性和社会生产力都被压制和禁锢，技术创新和思想解放都无法实现。没有被解放的思想无疑会成为社会生产力的阻力。那么化阻力为动力的根源一定是思想的解放。林阳跃跃欲试地规划着，希望把二处做成一块改革的试验田，如果成功了再推广至全院，如果全院的改革对整个社会而言是一个有意义的借鉴和参考，那自己的工作将是改革的茫茫大海上一次非常有意义的试航。

还有全院的机构改革，林阳认为很大程度上是不尽人意的，对此存有很大的意见和想法。虽然就个人的晋升和发展而言，林阳无疑是这场改革的一个不大不小的受益者，但他对此似乎并不领情。

审视和明辨真理时，一定要让自己先跳出去，抛开所有自身的利害关系后再来判别，这时得到的结论才不带有个人的主观倾向，才能客观、真实、准确。这是林阳在认识事物的问题上的座右铭。

院里的改革如期推进，已经按新的框架结构运行了一段时间。不过林阳总觉得眼前的这场改革似乎还是流于形式，不够彻底，甚至有换汤不换药的感觉。比如说机构改革，改来改去，增加了分院的环节，管理的层次不是减少了而是增加了。科研和设计的分开剥离致使机构非但没有消减，反而比原来还要臃肿，直接的结果就是机构部门的重复、分散、封闭、低效。林阳甚至觉得科研和设计的分家是个典型的先拍脑袋、再拍胸脯、最后拍大腿的"三拍"计划，是一项真正失策的改革方案。

要想扭转现状，仅仅给领导们提供一纸方案建议还不够，必须先有一个各方认可的样板。思来想去后林阳决定自己先做起来，让机电二处成为这次改革修复的试验田。

然而，林阳还是太年轻，太少于世故了。一连串偶然的因素把他推上了目前的领导岗位，而相对于巨大的社会惯性和旧体制背景，他自然显得过于单薄和缺乏根基。他也曾预想过会碰到种种阻力，会遭遇明枪暗箭，却怎么也没有想到算计自己的人竟是自己的搭档——二处的分党委书记李子明。

# 第十四章　权力！权力！权力！

机电二处的分党委书记李子明是个转业军人出身的干部，五十多岁，以前在院党委组织部和人事处的副职上都干过，这次机构改革人员调整时被调到机电二处和林阳搭了班子。

李子明是"文革"前两年从炮兵某部的一个团政工科副科长位置上转业到地方的。本来他没想转业，十八岁参军，二十九岁升到副营职，一路下来不算快也不算慢，毕竟是和平年代，干部的提拔和晋升基本上都是按部就班，还有那么多的战士连干部的边儿都没沾就复员回家了呢！再说部队驻防的地方也不错，青岛崂山，两面临海，风景如画，离市区又近在咫尺。让李子明决心转业的原因是当时按他这个军官的级别，解决不了家属随军，而熬到可以带家属的级别又遥遥无期，即使熬到家属可以随军了，也解决不了老婆的工作问题。过够了两地分居生活的李子明权衡再三，还是决定转业回家了。恰好李子明姨娘家的表哥在省人事厅的军转办工作，于是便安排李子明进入水电设计研究院。当时李子明不太懂这设计院是干什么的，就问表哥说怎么不给他安排进机关、工厂什么的，偏偏上这个设计院？表哥撇了撇嘴说："工厂、机关？你傻吧你！这设计院根本就不归地方管辖，它是中直单位，归中央直属！"到工作岗位以后，李子明方才知道表哥说的中央直属就是由各部委直接管辖。

李子明是政工干部出身，专业的事情一窍不通，来院里只能从一般政工干部做起。令李子明耿耿于怀的是，在部队自己已经是副营职了，按道理，到了地方怎么也算副科级吧？可结果却令人失望！还是人事厅的表哥找了熟人关照后，才勉强安排他在院里的党委组织部做了一名组织干事。不算就不算吧，有一件总是算的，那就是把老婆于淑花从老家县城调进了院里的后勤处，从此他们结束了两地分居的生活。

李子明虽然当时年纪刚刚三十出头，却是个老政工了，谙熟官场之道以及政治工作的规则与手段，再加上善于察言观色、揣摩领导心意，到了"文革"前夕，他组织干事职务的前边终于加上了令其期盼的三个字——"正科级"，为此他兴奋得连着几个晚上睡不着觉。

然而"正科级"这三个字给李子明带来的兴奋劲儿尚未消退，"文革"就爆发了。李子明还在揣度事态的走向时，稀里糊涂地就成了牛鬼蛇神。因为他是党群这边的干部，是老党委书记一手提拔的，运动初期因没来得及辨明政治方向，而及时明确立场与老党委划清界限，李子明被打成了"保皇派"。

刚转业那会儿，在党群这边工作还好些，一旦出了党群，各专业处室碰到的都是清一色的知识分子，学历一个比一个高，毕业的院校一个比一个牛，那些科技型、学者型的知识分子又都恃才傲物、清高无比，偶尔打交道也从不把这个组织部的干事放在眼里，经常对其冷眼相待。这弄得一向喜欢炫耀自己的政治觉悟、思想觉悟、阶级觉悟，自诩毕业于毛泽东思想大学校的李子明经常无所适从、狼狈不堪。

"文革"结束后，当年踢开党委闹革命时被打倒的老党委书记官复原职，沉寂已久的李子明顺理成章地被认作"文革"的受害者而得到重用，很快被提拔成了人事处的副处长。

老党委书记去世后，现任的吴书记接了班。吴书记和李子明关系不错，当年在黑帮队的时候，两人一起劳动一起改造，有时还一起跑出去喝上两杯小酒，用李子明的话说，"吴书记我们是一把连儿"。一把连儿的吴书记把李子明调回党委组织部当了常务副部长。吴书记本想等老部长退休，李子明就可以顺理成章地接班了，可李子明急于"扶正"，刚好院里机构调整，吴书记就把李子明安排在了机电二处当了书记。当时党委会对吴书记这个提议还有些不同意见，认为李子明从未做过专业处室的领导工作，但在吴书记的一再坚持下，有异议者也就不多说什么了。

五十多岁总算当上了正处的李子明很是兴奋，处处显示且强调自己一把手的地位。他经常对人讲："党委给机电二处我们这一老一少组成这样的班子也是用心良苦、寓意深远，既要体现四化干部中的专业化、年轻化、知识化，又要保证这个班子的革命化。领导放我在这里，也是要我给二处的工作掌掌舵、把把关啊！咱们这些老同志，除了身上有点经验还能有啥！"

机电二处成立，召开干部会议那天，李子明的黑脸上卡上了一副黑边眼镜，头发梳成了大背头，穿了一身藏蓝色的毛料西装，还打上了一条枣红色的领带。天气已经转暖了，办公楼里一点也不冷，李子明西装外边还披着一件黑色半长款的毛呢大衣，无比正式又无比威风。

林阳看见正襟危坐的李子明心里就觉得好笑，心想：不就开个会吗，怎么弄得跟开国大典似的。

李子明亲自主持会议，从世界说到国家，从水电建设说到人民生活，从部里说到院里，最后又把话题落在机电二处，满嘴是宗旨、目标、任务……说得天花乱坠。感觉不像是一位基层专业处室的领导在讲话，那架势、那气度，倒俨然是一市委书记，要不就是省委书记的样子。

林阳以前从不和党委序列的部门打什么交道，那次到党委组织部去，由院里主管干部的副书记集体谈话并宣读任命后，在组织部见了一次这未来的搭档。当时大家很客气，相互吹捧了几句，又相互说了几句"请多关照""我们能合作不错"之类的话，林阳除了对李子明那张大黑脸印象比较深以外，也没留下什么更深的印象。这一开会、一讲话，林阳才知道自己的这位搭档可谓是务虚得可以。

李子明大概说多了也说渴了，端起自己专用的不锈钢水杯，一口气喝了大半。秘书小罗手疾眼快地提着茶瓶跑到李书记的身后，把水杯添满。小罗叫罗富全，也是个转业兵，原来是机电处的专职工会委员。李子明来机电二处后，要给分党委设一名秘书，因为都是转业军人，之前又有些交情，算是机电处里有限的老相识吧，就把小罗安排成了分党委秘书。这事儿李子明和林阳商量过。林阳觉得罗富全又不是专业人员，安排到哪里都没有什么关系，李书记既然需要，何不做个顺水人情，于是就满口同意了。

李子明讲完后，林阳讲了一些人员配备的问题，二处和一处之间的互相关系、与研究分院之间的业务联系，如何协调，如何平稳过渡、如何交叉管理以提高工作效率，等等。

听林阳讲话，李子明一面不住点头，一面不停地在笔记本上记着什么。林阳说完，李子明转过头问了下两位副处长和办公室主任有什么问题要说。被问到的几位简单讲了一些具体工作上的事情，这例会就算结束了。

李子明最后说："今天就到这里了，这是第一次例会。今后这样的例会要形成常态，要形成机制，要形成规则。如果没有什么疑问，以后的周例会就定在周一早晨。罗秘书，你把今天的会议记录整理好、总结好，形成会议纪要，分发给在座的干部包括我，要人手一份。大家做事情才有案可稽、工作才有章可循嘛。"

李子明是披着呢大衣，空着手离开会场的。罗秘书一手拿着书记的皮包，一手拿着书记的茶杯，紧紧地跟在后面。

办公室主任老洪看着书记远去的背影又把脸转向林阳，一脸高深莫测的笑容。林阳心里清楚，老洪这是在嘲笑李子明谱儿摆得太大，可自己能说什么呢？只能视若无睹。

周一的例会就这样形成了雷打不动的机制。每次都是由李子明主持，李子明讲宏观政治，林阳布置具体工作任务，两位副处长说说分管工作的情况，工会主席说说近期工作的思路和准备开展的活动，办公室主任说说后勤管理、环境卫生、办公用品发放等情况。然后李子明会询问一下到会的各室的主任有什么问题，再做一个总结讲话，这例会就算告一段落了。

办公室主任老洪会后经常走得最晚，留在后面和林阳聊上几句。有一次散了会，老洪和林阳一边走一边聊，一直聊进了林阳的办公室。老洪看了看门外没什么人来，就向林阳问道：

"这一周一周的例会开得你没什么想法？"

"什么想法？这不挺好吗？该说的都说了，该布置的也都布置下去了，怎么，有什么问题吗？"林阳抬头望着老洪。

"是，大问题倒没什么，我是说你不觉得我们这个例会务虚的成分有点太多吗？"老洪说得有些迟疑。

"哈，你是说李书记吧？他一个搞政工出身的干部，这种开会和讲话的方式已经形成习惯。虚是虚了点，不过要是不说这些，你让他说啥？工程上的事情、专业上的事情他又不懂。"林阳说得轻描淡写。

"行，那你说虚点没什么关系那就让他接着虚吧，这例会好像也不应该总由书记主持吧？"

"嗨，不就主持个例会吗？让老李弄吧，难得他有那么高的热情。至于你说的行政负责制也没有什么问题，当然是我对院里负责了。院里楚院长是一把手不假，你以为院里就没有矛盾了？我看透了，矛盾的中心就是'权力'二字。你要争就得花精力，就得内耗，就得影响工作。这工作说起来也是虚虚实实、虚实并济。索性把务虚的事儿都推出去，交给老李去弄，我们抓实的，咱们是具体的设计部门，工作还不得靠完成设计进度、保证设计质量、配合现场服务说话。"

"是，主持个会议事儿也不大，我是担心这里会有一种潜在的意味，未来你要在二处实施你的方略怕是没有那么一帆风顺。不过我倒是看到了老弟你的胸怀，真是胸怀不在于年长年少。就凭这，把你放在一个处里有点委屈你了，你应该在更高的层面、更广阔的天地！"老洪由轻声言说变成了朗声感慨。

"老兄总是高看我啊，其实这样想也没什么，我只是想把有限的精力放在做实事上。从几个人做实事到一些人做实事，最后到一个队伍都做实事，这支队伍不就有希望了吗？我知道老兄是为我考虑，不过你想多了。中医有一种治疗的理论叫虚实结合，你就想咱们目前的状态也不妨虚实结合一下，不管是什么方式，得到最好的效果才是最高原则。你说呢？"

老洪认真地听过，勾起右手食指向上推了推有些滑下来的眼镜，随即向林阳竖起了大拇指。

老洪和林阳关系不错，私下里都是以老兄老弟相称，这种亲密关系缘出有因、由来已久。

林阳刚进院里那段时间，整天出差，跟着师傅老马跑工地，一住就是个把月。在工地上林阳认识了这位同在一个处的洪铁川。老洪搞的是仪表专业，也是"文革"中毕业的，比卢琪、汪文辉他们高一届。工程局每逢机电安装得差不多的时候就开始左一个电话右一封电报地追着各单位各专业派人，人到齐了可离满足机组联动调试的条件还相差甚远，于是被追来的人马干不成事儿又回不了家，只能滞留在工地，既无所事事又无可奈何。为此林阳后来还说过工程总指挥杨子非的"坏话"，说他指挥管理的过程缺乏大工程的系统性，简直像一场无章可循的会战。

有一天晚上，百无聊赖的林阳一个人抱着个篮球在招待所外的篮球场上练投篮，正好老洪散步从这儿经过，看林阳一个人居然玩得热火朝天，心里一痒痒，不由得也下了场。以后两人就成为球友了，后来又从球友发展到酒友。

两个人聊得很投机，十岁多的年龄差不曾在两人间形成代沟，连喝酒时玩的游戏也是臭味相投。原因之一就是两个人同是理工男又都是理工科中的笔杆子。文学是个有意思的东西，在不同的人际关系里的作用是那么截然不同。文人和文人之间论起了文学不是相互轻视也是貌合神离，自古就有文人相轻之说嘛。可是非文人之间要是论起了文学就立马变得志同道合、惺惺相惜。

两个人一起喝酒的时候，有时会玩对对联的游戏。什么拆字联、谐音联、数字联、迭字联、回文倒顺联等等不一而足。有的是史上名联，也有的是自己原创。有一次酒过三巡，老洪给林阳出了一联，上联是："鸡犬过霜桥，一路梅花竹叶。"鸡和狗跑过覆满霜雪的小桥，留下了一路梅花和竹叶般的脚印，真是好美的意境！于是林阳开始东对西对，怎么都不能恰如其分，直到把脑袋喝晕了也没对出来。结果林阳迷迷糊糊地想了一宿，老洪踏踏实实地睡了一夜。第二天一大早，林阳就跑去摇醒了睡意正酣的老洪，问下联是什么。老洪打了个哈欠，揉了揉眼睛，嘟嘟囔囔地说："我也不知道，应该是个绝对吧！你怎么这么早就把人弄醒了，不行，我还得睡一会儿。"

从打球喝酒到谈诗说赋，从老洪帮着林阳洗衬衫袜子到林阳帮着老洪在工地总代表那儿打马虎眼，让老洪偷着离开工地去汉口会出差的老婆，两个人算得上是交情深厚。

机构改革调整的时候，处级干部确定后，由其行政正职负责下边若干科级干部的提名，林阳提的人事方案里有两个人是作为必保的对象，一个是保护室的主任卢琪，一个就是办公室的主任洪铁川了。

洪铁川的担心并非多余。虽然林阳对李子明处处尊重、事事迁就，尽量让他以一把手自居，但并没有换来李子明的诚心相待。李子明也从来没有把林阳当作搭档和伙伴，而是看作了自己的对手和争夺权力的对象。对李子明而言，林阳身上的无论是年轻活力还是专业素质，无论是谈话方式还是外表形象，都是那么令人不舒服、不顺眼。二处的人对他俩的态度也让李子明耿耿于怀。开例会的时候，李子明注意到自己无论是主持会议还是即兴讲话，与会者都低着头面无表情、一脸严肃，而轮到林阳讲话，讲起什么业务安排，什么进度要求这些本来也是枯燥无味的问题时，这些人居然都把头抬了起来，还把目光都投向这位风流倜傥的年轻处长，有的人脸上还漾着笑意！什么意思啊？是他的主持和讲话索然无趣，还是他这张脸已老到了令人厌恶？

其实李子明不知道，大家不愿正视他还有另一层原因，就是怕他一板一眼地信口胡诌点什么大白字出来。笑吧，也不对；不笑吧，有时又憋不住。李子明就曾经在一次讲话里翻来覆去强调要抓住改革的战略"楔"（契）机，弄得老洪听了一脸坏笑地看着卢琪，卢琪慌忙把头低了下去。老洪接着又看了看林阳，林阳单手托腮，赶紧把目光移向了别处。

还有一次，院里召开全国水电二次系统科技年会，本来开幕式上汪文辉作为院里的领导已经到场了，也致了欢迎词，晚宴院领导因故不能参加，由二处负责具体接待。可李子明非要在晚宴开始前由自己代表二处再致一次欢迎词。欢迎词是秘书罗富全写的，结果李子明念成了"欢迎千里招招（迢迢）赶来的与会代表位（莅）临本院！"哇，一句里念错了两个字！引得这些与会的代表一阵笑声，也成了人们席间的笑谈。

让李子明更生气的是，那个分团委书记章小菡，有事没事地往处长的办公室跑。团委搞的那些团员活动，动不动就以要么请领导要么请嘉宾的名义请林阳去参加，却从来没请过他这个说来是一把手的书记！是，和这些青年人比起来，自己是年龄大了些，与青年之间可能还会存在所谓的代沟，不过自己去不去是另外一回事，请一请总是要的啊。这未免也太不把他这个书记放在眼里了！共青团是什么？共青团是党领导的先进青年的群众组织啊，是党联系青年群众的桥梁和纽带啊，是党的助手和后备军啊！怎么觉悟低到连这些都不懂，还当什么团委书记！李子明想起这些就有些愤愤然。

老洪、卢琪、张小菡等等这些和林阳走得近的人也许都没有意识到，书记正暗自观察着他们这些人的每一个举动，正是他们把炭火堆在了林阳的头顶上。

## 第十五章　动了谁的蛋糕

　　风尘仆仆的林阳拿着自己在出差时写完的那本洋洋万言的全院改革方案来到汪文辉的办公室。秘书小姚说汪院长办公室里现在正有广东的客人，不过好像用时不会太长，说林处长要还有别的事儿就等下再过来，要是不忙就在这等一会儿。林阳说那就等会儿吧，就在秘书那儿坐了下来。

　　"林处这是出差刚回来吧？"小姚殷勤地给林阳倒了一杯水放到了茶几上。

　　"是，本来是早上的车，结果晚点了两个半小时才到。"林阳嘴上应和着，心里却对小姚给自己的那个称呼颇有微词。这社会也不知怎么了，称呼嘛，就是个称谓或者说是个代表符号也行，可一旦当了个小官儿，手中有了点权力，周围的人对他的称呼即刻也变得耐人寻味。直呼其名或称老王老李吧，显得太不尊重；称其某处长、某局长吧，显得公事公办，不够近切。于是就把那个"长"字去掉，称之为某队、某处、某局，这样既不失尊重又体现了亲切。林阳明白这个中的含义，只是对这无聊的官场规则有些不屑一顾，有时还会抱怨这真是一个世俗的世界。当了机电处长之后袁清琏就人前人后一口一个林处叫，终于有一天林阳认真地对袁清琏说："老袁，你能不能把这称呼改回去？你看你以前叫我小林、叫我老弟不是挺好吗？咱俩是来院里后就在一起一锅搅马勺的兄弟，你一口一个林处的，不就生分了吗？"

　　这句话让袁清琏感动了整整一个下午。

　　"刚下车不休息就来上班了？林处你真是太敬业了，我们这些人都得向你学习啊！你看你年纪轻轻就顶了那么大的一摊儿，要不怎么说叫年轻有为呢！"姚秘书一脸的奉承相，他知道林阳和汪文辉关系不错，大院长对林阳也欣赏有加、时有提及，还有传说他在部里有背景，这颗官场新星未来要闪耀到哪一步谁能预料得到呢？

林阳打着哈哈说："姚秘书你太客气了，当个处级干部小官儿一个，上挤下压的一身责任不说，有时候干出了格还落得一身不是，有什么好学的？哪像你这直接在大领导身边工作，耳濡目染的都是领导的气质和风范，你又这么精明强干，将来有一天领导把你放出去了，放在哪个岗位上还不都是好样的？这叫什么？这叫高起点！"

姚秘书被说得一脸的春风。两人胡诌了一阵，广东的客人走后林阳就进了汪文辉的办公室。

"呀，回来了，我的大处长！"汪文辉两眼放光，上前给了林阳一个热情的拥抱。

平心而论，林阳对汪文辉的热情和拥抱还真是有点不敢恭维。

一来，汪文辉平时架子很大，总是给人高高在上、盛气凌人的感觉。而一旦这张面孔转换为一脸的眉开眼笑，是那么令人不适应。也许是因为前后的变速太快，也许是因为二者的反差太强，总是让人觉得这转换有些突兀，不够自然。

二来，汪文辉的热情某种程度上有些异样。就说这拥抱吧，本来也没有什么，关系不错又久不相见，见了面拥抱一下也属正常，何况汪文辉还在美国吃了一年多的洋面包，学了点洋派的礼节和习惯也再正常不过。让林阳有些受不了的是，这汪文辉的拥抱似乎已经不仅局限于一种礼节，而是变成了一种超乎正常的亲昵或者说是一种令人难以接受的心理变态。尤其是汪文辉拥抱时那些勾勾腰间、拍拍屁股这样的小动作更让林阳倍感尴尬和难堪。

今天为了改革方案的事情是迫不得已，否则林阳也不会跑到办公室来单独见汪文辉，他希望尽量躲开与汪文辉独处的机会。在林阳看来，自己的这位直接领导好像在心理上存在点儿什么问题。

除了父母之外，长大成人后到今天为止，拥抱过林阳的只有三个人。大学读书时被恋人宋雪娃主动拥抱过，那是他第一次对女人的怀抱有体验。

有一次两个人从校园外回来，一路看着夜空上的游云和明月，玩着两个人喜欢的文字游戏。

宋雪娃仰脸看着夜空说了一句："月亮走，我也走。"

林阳于是来了一句："我走，月亮跟我走。"

"有区别吗？"

"当然有区别！"

于是二人咯咯地笑成一团。校园的轮廓在夜色里渐渐清晰了起来，宋雪娃松开了二人牵着的手，改揽在林阳的腰间。

"你的胯骨可真高，你要是个女的就是一长腿美女，跳芭蕾的胚子。"

"我要是个女人就没有你我的故事了。"

"那也没关系，你要是个女的，我就是个男的！反正你这辈子是跑不掉了！"宋雪娃一脸的娇嗔。

两人就这样相互依偎着边说边走，脚下的路被他们走成了一条左摇右摆的曲线。已经看到了校园的灯火荧荧，宋雪娃那只在林阳腰上的手用力勾了一下，于是两人停住了脚步。宋雪娃一百八十度转身，伸出双臂抱住了林阳，接下来抚摸、亲吻，两个人的呼吸都急促了起来，心跳得异常剧烈。

于是月亮也不走了，停下脚步看着月光下的这对热恋中的男女。

这是林阳第一次和女人拥抱，第一次接吻，第一次把女孩子那丰满又有弹性的乳房紧拥在自己的怀里，这感受让林阳记了一辈子。

第二个拥抱过林阳的人就是卢琪，就是那次葛家岩二期一号机组启动投产的庆功会后，喝多了酒的卢琪抱住了他。当然，这次林阳是完全被动的，任卢琪抱了一阵，既没有抚摸，也没有亲吻，其实当时瞬间的冲动也不是没有，只是还不足以超越理智。倒是事后一晚，在梦里和卢琪把拥抱后面的故事继续演绎了下去，为此林阳除了对自己痛斥并自责之外，好多天都不敢正视卢琪的眼睛。

　　而这汪文辉的拥抱让林阳每每感到困惑和尴尬，于是他使劲挣开了汪文辉的一双手臂。

　　林阳想起两人在广州的那次出差。白天一整天要和华南院、电工所开会，晚上他觉得累得要命，想冲个凉睡了，不想这时汪文辉却来了精神，躺在床上一直说林阳的身材像女人，不是男人的直线美，而是女人的曲线美；还讲了许多黄段子，弄得林阳欲睡不能，汪文辉却两眼放光，似乎这种发泄让自己充满了精神上的快感。那次让林阳吃惊得张口结舌，汪文辉讲那些黄段子时的神情与他平时的一本正经、高高在上、盛气凌人，甚至是声色俱厉，简直就是判若两人。

　　以前林阳也不止一次地审视过人的不同程度的两面性。就两面性而言，其实在每个人身上都有存在和体现，只是或多或少而已。而像汪文辉这种程度之高、反差之大，林阳还是第一次见到。清华人原来在林阳心中的形象虽然不能全像当年的梅贻琦、罗家伦、叶企孙那样个个堪称完美，但绝对都可以列入一流。即使像卢琪这样的清华人偶尔会耍点儿小聪明、玩点儿不过格的小暧昧，也不会影响她的品质和人性。女人嘛，偶尔犯点傻也许更能体现她的可爱之处。而这次汪文辉的一通信口狂飙则彻底颠覆了他在林阳心中那个正人君子的形象，也颠覆了对清华人个个品质一流的群体性印象。林阳在心中一声叹息，人啊，高而不贵者芸芸，高而贵者寥寥。

汪文辉把林阳按在沙发上，一并在旁边坐了下来，抓起林阳的右手捏弄着，嘴上一阵嘘寒问暖。

林阳挣脱汪文辉的手寒暄了几句后，打开牛皮纸口袋，拿出了那份改革方案说："我这里有份东西，具体说就是针对咱们院改革的一份报告吧。东西写了很久，结果整天忙三选四的，一直也没写完，这次出差路上总算是完成了，送过来请汪院长过目。这里的问题和解决的思路不仅是针对我们机电二处也是针对全院的，汪院长看看如果觉得有些思路可行，就算作一种方案。我想先在我们机电二处开刀，做一番尝试。效果好了当然皆大欢喜，怎么推广那是你们院里的事情，我在做总体方案时已经考虑全院的整体构建了。效果不好我们就总结经验教训，再行修改。反正这螃蟹不管是谁先吃，总得有人吃啊！"

汪文辉接过那沓沉甸甸的报告用手指点着林阳的脑袋说："你这个家伙，原来不是专门过来看我的呀！"

林阳嘿嘿地笑着："当然是专门来的，领导要专门看望，工作也要专门汇报嘛。"

"当了官儿就学会滑头了！不过你还真是想事情，搞了这么多内容！"汪文辉随手翻了几页林阳的报告。

"出差在外到了晚上都是闲暇时间，就看你怎么用了。再说我也得负责任、尽义务啊！要给领导当好参谋嘛。"

"哎，你这话我爱听。你这样吧，东西放我这儿，我先看看，如果觉得哪里有问题我们再商量，如果觉得没什么问题我就直接转给楚院长。"

接下来又扯了一阵工作上的事情，林阳就起身告辞了。

回到办公室，卢琪已经在那儿等了有一会儿了。"处座真是忙啊，一回来就不着家！"说话的卢琪目光并没有落在林阳身上而是依旧停留在那排书架上，似乎在寻找着什么。两人之间的称谓自从林阳当了机电处长后有了些微妙的变化。单独在一起的时候，林阳对卢琪还是保持老样子，没有称呼，可卢琪却一改从前，对林阳叫起了"处座"，而且叫的时候还总是一副嬉皮笑脸的样子。不像别人一口一个林处叫得林阳觉得有些庸俗甚至反感，对卢琪私下里给自己的"处座"称谓他居然接受得很欣然。他知道这是卢琪的小把戏，调侃、戏谑之间更透着几分亲密。

"哈，我刚去过汪院长那儿了。等我半天了？说，有什么指示？"

"哪敢有什么指示啊，你这青年改革家我听说都进入院长们的智囊团了。一天忙上忙下、忙里忙外的，找你的影子都费劲儿！"卢琪不无娇嗔地抱怨着。

林阳喜欢北京女孩身上那种经常故作娇嗔的神态。当年宋雪娃就是用这样的神情捕获了他那颗年轻的心。眼前的卢琪尽管已经不是什么女孩了，但林阳对她的娇嗔却没有一丝的反感，甚至觉得被抱怨才说明自己在她生活中的重要性。林阳不知道这样算不算是一种心灵上的暧昧。

"哪儿那么严重啊，这不就找着我了吗？智囊团员就不敢当了，给我们卢大主任做好工作保障和后勤保障才是本处座的第一要务。"林阳一边摇头摆尾地说着，一边给卢琪倒了杯水。

"你就贫吧！"卢琪没好气地接过水杯。

"不跟你瞎掰了，说正事儿。"卢琪站起身把几张贴着飞机票的差旅费报销单放到林阳面前。

"麻烦处座给签个字吧！徐瑾、陈晓辉他们几个去红水河，工地催得紧，我就让他们几个坐飞机走了。事先没跟你请示，没问题吧？"

"那有什么问题！请示我和请示你自己有什么区别啊？不过他们自己怎么不直接来处里找我，还得有劳你这大主任？"林阳看也没看就在主管栏里和飞机票上都签上了自己的名字。

"人家几个小年轻的怕你。怕你，他们才央求我来的。"

"哈，你这好人当得不错呀。不过也得让他们学着出头，总这样你这主任不成大妈了？还有，我有那么可怕吗？"林阳说到这儿还特地抬起头，把脸扭向卢琪，似乎是要她给这张脸是否可怕做一个判别和鉴定。

卢琪被逗笑了说："你这人啊，气场很大，加上平日里一个高速头脑和一副铁嘴钢牙，看上去给人的感觉就是高高在上、咄咄逼人，关键要相处，处久了……"

"处久了怎么样？"林阳追问。

"处久了才知道你的心是红的，血是热的，行了吧？你那块能照见心的宝石还没找到吧？要是找到了一定能看到你那轮血红的太阳！这个回答满意了？"卢琪又来了娇嗔劲儿。

"哈哈，这事儿你还记得。"林阳一边说着一边把那叠单据交给了卢琪。

卢琪接过单据说："得了，报销这事儿就完了，还有一件事情我得提醒你一下。"

"说。"林阳把夹着笔的右手翻开做了个"请"的动作。

卢琪转身到门口向外看了看，转回来压低声音对林阳说："我怎么听说你想要让设计处的人马重挂科研课题？那可不行啊！你想想啊，改革改了半天，连部里都跟着难产了那么久，这科研设计分开才多长时间啊，有些业务关系都还没有完全理顺，你又要给合回去，你疯了？你这不是明目张胆在否定领导们前一段的工作吗？按你这样说来之前的工作怎么算啊？都瞎折腾了？还有科研那边儿于承业那伙人对你的态度，这帮人恨不得你能立马出点什么问题才好呢。那于承业想当官儿都想了大半辈子了，结果干了三十多年连个科级都没干上，你几年工夫就干到正处了，那于承业心里能舒服吗？有的人啊，自身的不幸和别人的幸福都能让他痛苦万分，那于承业之流就属此类。而且我还告诉你，这于承业不是一个，是一批！所以我跟你说啊，做什么决定千万慎重！你现在工作上求稳才是当务之急。"

"说完了？"林阳没有抬头看卢琪，一直在摆弄着手里的钢笔。

"说完了，也没说完，我只是提醒你，你要是一意孤行，我日后还得说。"

"那你也听我说说，我的意思也不是把科研和设计完全再合回去。想让设计人员重挂科研课题，也是指那些和生产直接相关的课题，甚至是设计人员在现场调试时碰到的题目。你说这设计人员本来也都具有科研能力，啊，现场碰到问题了，来龙去脉自己都门儿清，甚至解决问题的思路都有了，却因为运行机制的问题不能自己动手，还要把科研的人找来，来的人还要重新了解问题，熟悉情况……唉，这不是舍近求远，说句粗话叫脱了裤子放屁吗？那直接的结果就是降低效率、提高成本。再说了，那机制是死的，可人是活的啊。我都想过了，二次这部分占用的空间不大，我们就先从机电处调几间房子出来作为实验室，现在主要的问题就是怎么把那些实验用的设备仪器再弄回来一部分。"

"你还真想弄起来？我可都提醒你了，你可千万慎重，不要引火烧身。"卢琪嘀咕着。

"该烧就得烧。从长远的观点看，设计科研的分家就是弊多利少，如果我们能用效率和成本来证明，那再合在一起也不是没有可能。《三国演义》开篇不就说天下事合久必分、分久必合吗？"林阳朗声一笑。

"弊多利少也好，效率低下也好，你让别人提去，要不就让领导层自身悟出来，你自己的椅子还没完全坐稳就去伸手管不是你该管的事情，你那不是坚持原则而是逞能！凡事要量力而为，量情而行，你目前最需要的就是稳定和巩固。还让我怎么说你呀？你还记得咱们在葛家岩聊过中国人为什么要夹起尾巴做人吧？就你这我行我素、不懂收敛、意气用事的性格，能给你带来运气也能给你带来教训。'木秀于林，风必摧之。'要想不被摧怎么办好啊？那最好就是让它别起风！"卢琪说得振振有词。

"是。'木秀于林，风必摧之；堆出于岸，流必湍之。'这话是文学范儿的，我再说点儿通俗范儿的：枪打出头鸟，人怕出名猪怕壮，出头的椽子先烂。瞧瞧，中国人传统里的这些恶俗文化简直是'灿烂辉煌'！"看得出卢琪的话，林阳根本没有听进去。

"你呀，什么都好，就是过于自信。自信到极端就变成自负了。行，我也不跟你讨论了，听我的千万别乱来，你的那个方案就到咱俩这儿为止。"卢琪着急了，竟对她的"处座"下起了命令。

"晚了，方案报告我回来就交出去了。"林阳拉着长声说得一脸的平静。

"你？！"卢琪被气得涨红了脸，一时说不出话来，随后抓起放在茶几上的那几张报销单气呼呼地夺门而去。

"喂！"林阳在卢琪身后喊着，卢琪头也没回。

我行我素、不懂收敛、意气用事，林阳心里重复刚才卢琪给自己性格下的定语，再想想这些年的桩桩件件，他感叹：真是刘山易改，禀性难移。难道真是自己错了？

正发愣呢，门响了两声，章小菡闯了进来。章小菡说："林处，明天是周末，明天下午机电处团委有个活动，是'新长征'歌咏比赛，我来请你出席并且给我们做评委主任。"

林阳听了半天才从刚才和卢琪的对话里缓过神儿来，心想这些小年轻的今天郊游、明天歌咏，后天还不知又要出什么幺蛾子。心里这么想，嘴上却说："哎呀，真是不好意思，小菡你们换别人吧，我出差刚回来，手里还有一堆事儿没办呢。这样，我给你推荐两个，咱们处里诗才文采好的大有人在呢！"

"那可不行，先不说诗才文采，就说领导出席当评委主任和一般群众当，性质能一样吗？"

林阳还要再说什么，章小菡打断了他说："别说了，你就给个痛快话儿吧！能不能去？能去，我马上就走，也不耽误你的正事儿；不能去，就告诉我，我这个分团委书记立马辞职！"

"好好好，能去，能去。到时候你来叫我好了。唉！"林阳叹了口气一脸的无奈。

"这就对了。"章小菡笑了，伸手打了个响指还抛给林阳一个媚眼，然后挺胸抬头扭着腰肢走了。走廊里一串高跟鞋的嗒嗒声渐渐远去。

# 第十六章　木秀于林，风必摧之

汪文辉认真看了林阳那篇洋洋万言的《改革框架的修正方案》，第一感觉就是非常震惊。在大多数干部群众都在对院里的改革要么恭维赞美，要么曲意迎合之时，这个林阳却能冷静思考，对现行的改革机制提出了一大堆存在的问题。而敢于对现行的机制、对机制的制定者们说不，是雄心是野心且不说，单说这勇气和胆量就是常人所不具备的。

几天后，楚院长从挪威考察回来了。周一的例会结束后，汪文辉就把林阳的报告转给了大院长。楚院长看后，在报告上写了一段批示："这篇报告写得很好，指出了我院改革现状中存在的问题，并且提出了解决问题的思路，很有研究价值。建议在院副总工以上干部和党委委员中传阅。"

于是林阳一时间被抛上了风口浪尖。

吴书记和楚院长对这件事情的态度截然不同。楚院长对林阳的这番质疑和批评以及提出的设计构想还是肯定的，否则也不会有报告上的那段批示。楚院长也是做学问出身，亦属饱学之士，走上了仕途后，除了不得不迎合社会风气、顺应时势潮流，时而也来点儿虚虚实实、真真假假外，骨子里还是讲求认真、实事求是的。尽管林阳报告中质疑的问题与自己负责的种种决策直接相关，但楚天舒还是以肯定的口气批转了那份报告。因为尽管自己身为一院之长，但是重大问题的决策都要经过党委会的审查，党委会的话语权基本上是书记掌控的，所以有些重大的决策也不得不有违自己的意志。这位坐着改革的顺风车上来的一把手也希望有所改变，毕竟改革的现实中还有那么多不尽人意的东西。甚至可以说楚天舒需要这份对改革机制的质疑。尽管是施行了行政负责制，但哪件事情上院党委的意见你能忽略不计？意见相同时当然什么都好，有时在一些问题上出了相悖的意见，一把手也不得不从中去调解、斡旋，寻找平衡。平衡的结果，就是丢掉了原则，没有了突破，失去了机遇。楚天舒希望打破这种平衡，但打破平衡就需要一根导火索。在接受任命谈话时，部里的党组副书记一再强调，学者型的干部走上领导岗位非常重要的一点就是气度和胸怀。眼下的局面问题重重，尽管如此还要给外人留下班子团结的印象，还要显示作为行政一把手与党委之间过得去的默契和和谐。如此说来，自己是万万不能充当这根导火索的，而正在一筹莫展之际，林阳这根导火索却主动送上了门来。楚天舒认为这根导火索不仅可用，而且还绝非一般，很难被随意剪断、掐灭，原因就是林阳身后有着部里的背景。如果换成了没有什么背景的别人，作为一名刚上来不久的年轻干部对院领导能不唯命是从？因为工作分工是党管干部，对党委巴结还巴结不过来呢，还敢提什么意见？这正好是一个机会，借讨论林阳的报告之机，院领导间的矛盾也该亮亮相了。

肯定林阳的报告既能表明自己的观点，又可以得到来自部里的支持，是个好机会。权力的得失有时是靠机会的，而机会则需要人来适时把握。自从看过林阳的这份报告，楚天舒就不止一次地这样想过了。

与楚院长不同，党委书记吴祥运对林阳的这份报告既没有肯定，也没有否定。有时没有态度就是最大的态度。

其实自从看了林阳的这份报告起，吴祥运就在心里把林阳划入了另册。报告里的一些内容让这个党委书记倍感难堪，但一时又只能按捺住性子不好发作。依着吴祥运以往的性格，对敢不把自己放在眼里，敢公开指责自己领导下的工作，变相和自己叫板的人，别说是一个区区的处长，即使是院里的领导，是和自己平级的人，也早已是横眉冷对、戟指怒目了！而对林阳是个例外，在众多干部议论纷纷的时候，吴祥运却一直是没有表明态度、不露声色。吴祥运认为，作为一个上任时间不长、屁股下的椅子还没有坐热的中层干部，敢于如此对院里的改革成果和机制指手画脚，不仅是因为林阳这家伙本身另类和嚣张，更说明了他身后强大的背景。如果换成了那些没有政治背景和靠山的干部，哪个敢？除非他们吃了豹子胆！

吴祥运在没有表明态度、不动声色中，除了分析琢磨林阳的意图和代表的力量外，还在静静地观察、揣摩着另一个人，那就是作为行政一把手的院长楚天舒。

一向以党委的好伙伴、书记的好搭档自居，向领导汇报工作时言必称班子团结的楚天舒为什么会毫不顾忌地把林阳的这份报告抛出来？如果行政与党委的关系真是楚天舒一向所说的那样密切和谐，那收到林阳的这份报告，楚天舒为什么不把它暂时压下来？为什么在批转之前不事先和自己打个招呼通个气？吴祥运相信自己是明眼人，对事物有超强的判断力，看得出楚天舒是在利用林阳，利用林阳的年轻气盛，利用林阳的锋芒毕露，也利用林阳的上层关系背景在做一篇政治文章。

其实吴祥运心里很早就明白，所谓和谐只是大家相互做出的一种姿态而已。怎么可能会存在一贯的和谐？和谐是相对的，矛盾是绝对的，有了权力的划分就造就了矛盾的必然存在。矛盾就是生活，矛盾就是工作。所谓的和谐，说虚了只是在场面上、在领导面前的一种忽悠；说实了也只是双方各有进退，在不同的问题上有时坚持，有时妥协而得到的某种相对的平衡。

那么眼下要做的是什么呢？对，一个是以静制动，静观这场表演会继续演绎到什么程度，不过吴祥运相信楚天舒不会是一个称职的导演。再一个就是要摸一摸林阳身后背景的底牌，摸清了底牌就可以决定应该对其是拉是打，是施以大棒还是送以胡萝卜。

吴祥运既没有任何态度也没有在林阳的报告上做任何的批示，只是以非正式的方式和部分党委委员里的自己人做了一次小范围的个别谈话，并且嘱咐他们先认真阅读、仔细消化，同时制止了一些人对报告的简单指责和评价，告之要把文章做足、做深，现在先静观行政那边儿的态度如何，总要给人家一个表现的机会嘛！如果需要他们出头表态时听他的指令。

同时吴祥运安排了他的哥们儿李子明去部里，想办法了解林副部长与林阳之间真正的关系。此事关系重大，当年提拔林阳的时候，吴祥运对他与部里的关系以及副部长对林阳的多次关照也曾经心存疑问，但林阳几次去部里办事都件件顺利过关。再加上后来又有卢琪的"叔侄说"，他的疑虑逐渐被打消。这次林阳的报告写得如此胆大，似乎更进一步证实了有部长的关系背景无疑。那些没有政治背景的干部们是万万不敢轻易在太岁爷的头上动土的。话虽这么说，但吴祥运觉得最好还是能得到一个确证才好。在林阳的问题上，吴祥运承认由于自己多年来揣摩和顺应领导的习惯，也许处理得有些草率和盲目。

这么久了，吴祥运还是在林阳当了机电二处处长之后，有一次在部里开会的会间跑到林部长那儿搭讪时，和他说起了林阳，说林阳已经被提成机电二处的处长了，小伙子干得不错，未来应该是个栋梁之材。林部长当时只是肯定了设计院破格选拔人才，任用年轻的专业干部担任领导岗位是应对未来的战略需要，是有魄力和远见之举，应该在系统内的各专业机构中推广云云。部长侃侃而谈，根本没给吴祥运插话的机会。接下来，复会的时间到了，吴书记在部长面前的表功尚未如题发挥，结果就草草收了场。事后吴祥运觉得林部长对设计院做法的肯定当然就是对自己的肯定。那魄力也好，远见也好，都是对任用干部的褒奖，这一班人受到褒奖，首要的人物当然非自己这个党委书记莫属。对于这一班人，关键性的作用不是班长还能是谁呢？这样想来，林部长对院里做法的声声赞许和肯定中似乎已是领了自己的情。

不过林部长赞许和肯定之后就再没了下文，而林阳倒是把机电二处管理得井然有序、有模有样。不像其他那些中层干部，见了书记院长要么战战兢兢、毕恭毕敬，要么满脸堆笑、满嘴恭维，林阳见到院里的这些大领导总是一副不卑不亢的神情，这让吴祥运觉得有些可气之余也感到这家伙身上的与众不同。在吴祥运看来，这神情似乎也为林阳注释了他具有的某种社会关系和政治背景。吴祥运曾经从干部处调来林阳的档案研究过，祖籍江苏盐城，父亲是一家医院的院长，是一名著名的外科医生。在干部登记表的社会关系档里是一片空白，什么东西都没填。林阳的祖籍倒是让吴祥运感到他与林部长之间存在的关联具有基本的合理性，似乎也能一定程度上印证卢琪口中的叔侄之说并非空穴来风，因为林部长就说得一口大凡走南闯北的人都能听得出来的苏北普通话。

这种朦朦胧胧、似是而非的关系，随着时间的推移在林阳工作的出色表现中被渐渐淡化。林阳的行政和业务管理工作，包括与李子明间的关系都处理得让人无可挑剔，忘掉讨好和巴结的初衷，吴祥运有时还真认为在林阳的问题上自己就是那个当代的伯乐。

而今不同了，这匹千里马居然把蹄子踏向了伯乐，报告中那些对院里改革问题的指责令吴祥运心惊肉跳又火冒三丈。是时候了，必须把林阳的背景身份搞清楚，如果他和部长的关系是确实的，那就想办法拉过来；如果这关系被证实纯属子虚乌有，那就随便找个理由打下去！是千里马还是落汤鸡，还不是在他吴祥运股掌之间？

李子明接受吴祥运交给的任务时，一听说是调查林阳的关系背景，就立马来了精神。和林阳一个处里合作，凭良心说林阳还是很尊重他这个分党委书记的，总是对他以一把手、老大哥相称。处里的例会主持一直由李子明抓着，党群的工作就不用说了，行政的事情也少不了他的意见。他要进的人，要办的事从来没有在林阳那里遇到过什么障碍，然而李子明见了林阳总是感觉到他身上有什么令自己不自在的地方。是那种青春的朝气？是那种自信的神情？是那些满是专业术语的夸夸其谈？还是那些女同胞们对这位年轻处长的一颦一笑？李子明自己也说不清，总之一见到那张灿烂的笑脸，李子明的心里就会立马变得暗淡起来。

以参加系统政工工作交流会的名义领了差旅费的李子明并没有马上出发，而是把自己窝在家里翻来覆去地整整想了两天。两天下来仍然没有想清楚此番调查该从何下手。调查林阳的背景嘛本来倒不算是什么难事，而难的是牵扯的对象是部里的领导，那可是常务副部长啊，搞得不好传出去还不得落得一个窥探打听领导家事和隐私的骂名！一旦弄漏了底，部长怪罪下来，那么多年仕途的努力岂不在这条阴沟里桨破船翻、毁于一旦吗？李子明开始抱怨自己那么幸灾乐祸，一听说是调查林阳就不假思索且主动积极地接受了吴书记的任务。现在可好，一切还没正式开始，挠头的事儿就来了。即使最终调查出了林阳和部长的关系纯属子虚乌有，可把自己搭进去又有什么益处呢？

不过任务已经接受了又不能退掉，再想想真要是在部领导那产生了点儿什么误会，吴书记也会为他开脱和辩解的。就凭他和吴书记的关系，就凭那么多年他与吴书记的深厚交情，就凭这任务本身就是吴书记的授意，凭哪一条吴书记也不会对他见死不救，何况还根本没到那种程度。

于是李子明点燃一支香烟，望着窗外继续想辙。在组织部混了那么多年，一年到头迎来送往的部里人事司的人倒是认识几个，但那也都是每次接待、开会以及各种酒局中混了个脸儿熟。没有深交，事情能照直了说吗？侧面打听了解吧，问浅了等于什么都没问，问深了人家还不得认为他有什么企图？人事司那帮家伙，精明着呢，粘上毛比猴子都精。

正当李子明在寻找突破口的问题上一筹莫展的时候，罗富全来了。

罗富全好烟好酒的四色礼摆了一桌子，还从外套的内兜里摸出一沓购物中心的购物卡塞给了李子明。李子明明白，这是罗富全感谢自己给他提拔正科级的时候帮了忙。罗富全给李子明当秘书的确没有白当，在李子明的一再提议下，吴书记终于点了头。前几天刚刚开过会，罗富全被正式任命为机电二处的工会副主席兼分党委的办公室主任。任命书上括号里的行政级别为正科级。

对于罗富全这样的小人物，一个学历不高的转业军人，在这样一个人才济济的国家级设计研究院里能熬到一个正科级也算是修成了正果。

拿到任命书那天，罗富全给在单位医院当护士的老婆打了电话，告诉她早点回去，备点酒菜。老婆在电话那头说："又请谁啊？该不又是你们李书记吧？"罗富全对老婆说："你这老娘儿们别瞎操心，你准备就是了。"

晚上下班，老婆已经把家里的桌子支好，还铺了台布，白酒杯、啤酒杯被洗得晶莹剔透，四个凉盘已经摆在了桌子上。老婆扎着围裙，卷着袖子从厨房里出来，一边把一红瓶西凤酒放在餐桌上，一边问罗富全："怎么你一个人回来了，李书记呢？"

罗富全一把拉过老婆的胳膊，把她按在了沙发上，随即在她的脖子上亲了一口。老婆说："你这是干什么呀？大白天的门都没锁，马上客人还要来，让人看见！"

罗富全又使劲儿在老婆嘴上亲了一下，然后看着她被嘬红的嘴唇说："你就知道客人要来，今天的主客就是我，是你家老爷们儿！"

老婆还要问什么却被罗富全用手堵住了嘴。罗富全说："你什么也别说，先听我说。"然后一手抓着老婆的双手，一只手从胸前的贴身内衣口袋里摸出一张薄如蝉翼的红头文件纸来。这是那张任免令。

罗富全一只手抖落了两下，把任免令抖落开举在老婆的眼前，对她说："你别看上边，上边的跟咱没关系，你看下边，倒数第三行。"

老婆眯着眼睛终于看清楚了，白皙的脸上顿时布满了激动的血色："啊呀，终于下来了，我们家的大科长！"老婆挣脱了罗富全那只铁钳似的手，双手抱起他的脑袋，把一个又一个热吻落在了他的嘴上、脸上、脖子上。罗富全迎合着老婆的激情热吻松开了手，那张任免令真的像一只蝉翼在空中飘飞漫舞，最后轻轻地落在了罗家的地板上。

一阵激情热吻过后，老婆躺在沙发上，头枕着罗富全的双腿，拉过他的手抚摸着，眼睛望着天花板说："哎，你别说啊，老色鬼还真办事儿！"老色鬼是两人在家里时对李子明的称呼。

"妈的，真是不容易啊，搭烟搭酒搭钱不说，我为了这个任命把老婆都搭上了！"罗富全一声叹息。

"说什么呢你？"老婆嗔怪了一句，欲抬起身却被罗富全紧紧抱住了，两人再次相拥，把脸颊贴在一起的时候，罗富全已是一脸的眼泪。

罗富全很早就知道，李子明搞了自己的老婆。还是在最初那几年频频请李子明吃饭的时候，他就发现李子明是个好色之辈。那时李子明在喝酒期间有时会下意识地注意力不集中，心不在焉完全没听罗富全的或是汇报，或是恭维，而是把目光落在罗富全老婆短裙下的那双又白又嫩的玉腿上。和罗富全谈话时一脸的正经和威严，而把头转向他老婆时立马变得满脸堆笑，一双色眯眯的眼睛里闪着贪婪的淫光。有一次和李子明连干了几杯啤酒的罗富全因为胀肚跑了趟卫生间，在卫生间没关严的门缝里居然看到李子明一只又黑又壮的大手正握着老婆白皙的小手，好一阵拿捏抚弄。李子明一脸淫荡的笑意，望着老婆微红的面孔，一张口水欲滴的大嘴微微张着，那架势恨不能把他老婆吃下去方才满足。罗富全顿觉一股热血涌上了脑门，有一股要冲出去打李子明一个嘴巴的冲动，但是很快就冷静了下来。人在屋檐下，怎能不低头！何况咱这头本来就不高贵，小命儿、前程不都掐在人家手里吗？心里这么想着，罗富全故意打开了水龙头，把洗手声弄得足够响，然后又咳嗽了一声，才推门出去。此时的李子明正襟危坐，又恢复了一贯的正经和威严，好像刚才什么都没有发生一样。

后来李子明就开始有病没病总往医院跑，当然每次找的都是罗富全的老婆。再后来李子明索性不跑医院了，而是在家里把罗富全的老婆叫来出诊，上门服务。有一次罗富全去院办办事，从院办公楼出来，刚好听到保卫处的老韩和好几个门卫站在门庭那里闲侃。老韩是粗人，大高个，大嗓门儿，专门爱说那些小道儿上传的男女绯闻。还没走近，就听老韩正说着自己老婆的名字，罗富全吓了一跳。他赶紧停下脚步，转过身去听几个家伙到底说些什么。老韩继续着他的小道消息，说罗福全的老婆和李子明那真是一款市场上的感冒药。"什么感冒药？"几个门卫不约而同地发问。老韩得意地说："你们不行吧？缺少联想，今晚回家去看看电视广告吧，这感冒药叫白加黑！"几个门卫一阵哄笑。老韩接着说："这诊出的，俩人啥病都治好了，点滴嘛，女的先给男的点，而后男的再给女的点，你说这还不啥病都治好了？连他妈心病都治好了！"几个门卫又是一阵哄笑。罗富全没有勇气再转身走过去，他害怕看到那些门卫的目光，更害怕听到那一拨又一拨的哄笑。他扭头又走了回去，没乘电梯而是流连在每一层楼的楼梯间，一层又一层，一遍又一遍，直至下班铃声响过了很久天色暗了下来，罗富全才拖着疲惫的双腿回到了家。

那天晚上，他把自己灌得酩酊大醉，他知道自己的这顶绿帽子是戴定了，可能怪谁呢？是自己把李子明请进了家门，只是没承想原本是要联系感情却变成引狼入室！

夫妻相拥着过了片刻，罗富全松开老婆，伸手从餐桌上拿了几张面巾纸把自己脸上的泪痕擦干，又把老婆的脸擦干净，抽搭着鼻子对老婆说："你等着，你老爷们儿好好干，一定干出个样子来，让你人前人后也挣面子、有光彩！他和我一样是转业兵，一样是学历不高，一样是做党群工作，他能干到处级，我为什么不能？等我干到和他平起平坐，我一定弄垮他报仇雪恨！"

老婆站起身，把罗富全拥到餐桌前坐下，又把那瓶西凤酒打开，给他倒满一杯，又给自己的杯子也倒满。老婆说："富全，我就说你不是一个平庸之辈，在这设计院里，一个转业军人被提拔成正科级的干部可不是容易的事儿，说明我的眼光没有错。今天是你的好日子，不，不仅是今天，今后就都是好日子啦。来，咱们俩先干一杯，为你庆祝！"罗富全破涕为笑，二人一饮而尽。老婆一边把两人的酒杯倒满一边说："咱们俩先喝着，等儿子放学回来我再炒菜，还有四个热菜没炒呢！"在任命书加上白酒的双重兴奋下，罗富全暂时忘记了刚才那一段段萦绕在脑际的愤恨和屈辱，又变得兴高采烈了起来。

夫妻俩开始一遍遍推杯换盏。老婆又一次举起了酒杯，罗富全扬起一张被酒精燃烧得通红的脸，布满血丝的眼睛注视着老婆，问：

"这杯又有什么说辞？庆贺过了，祝福过了，这杯该是奖赏了吧？"

老婆起身站在了罗富全的背后，一手拿着酒杯，另一只胳膊勾着罗富全的脖子，在他的耳边悄声说："这算啥，你就赔好吧，今天晚上我一定美美地奖励你！"

罗富全会意，随即抱住老婆，两人爆发出一阵开心的大笑。罗富全笑出了眼泪，不过这次的眼泪不再是屈辱，而是发自内心的欢乐。

李子明指着桌子上的礼物和购物卡对罗富全说："富全，你这是干啥嘛，咱们都是自己人，你这不就见外了吗？你说你逢年过节来看看我也就算了，难得你对我的一片心意，可这不年不节的，你送这么多东西，又送这些卡来，让我也无法心安啊！富全这事你不对啊！"

罗富全此时已忘记那天晚上和老婆喝酒时自己的信誓旦旦，又变得谦卑恭敬，说："子明书记您说远了。这次多亏了您的鼎力相助，总要给我一次特殊的机会，表表心意嘛！子明书记您对我来说这叫什么呀？这叫知遇之恩！这辈子给您当手下是我罗富全最大的幸事！"

李子明摆摆手说："言重了！富全言重了啊！这次提拔你是我的动意不错，但凡事要有前提呀！小前提是你工作干到那儿了，大前提咱们不是自己人吗？自己人不提拔，那该提拔谁呢？就是工作干得再好，不是自己人你敢用吗？所以富全啊，大前提最重要！"

"是是是，大前提最重要！大前提是自己人，所以子明书记您就别再跟我客气了！自己人还有什么不好说的？要再客气不就是和自己人见外了吗？这次富全虽说是提了科长，当了主任，但今后保证一如既往地给子明书记当好秘书，无论工作上还是生活上，只要子明书记有用得着富全的地方，就尽管开口，富全的回答只有一个字：'办！'"

"哎呀，我看人的眼光还是很准确的，富全你果然没让我看错。我实话告诉你，这只是你进步的一个开始。你还年轻，要有雄心，好好跟着我，我保你未来前途远大！"

人们常说"杀父之仇、夺妻之恨"，而在名利虚荣、官阶和地位面前，仇恨也会被淡化，甚至会转化为友好和感激。这就是权力导致的人性异化。

罗富全此刻已经彻底底忘记了绿帽子给他带来的屈辱，忘记了夺妻之恨和复仇之誓。他站起身，伸出双手，握住李子明的手，用力摇着说："您都不用说，子明书记！我罗富全这辈子跟定您了，就是让我赴汤蹈火，也在所不辞！"

"嘿嘿，言重了，富全言重了！"李子明咧着大嘴嘿嘿地笑着。

两个人接着又闲扯了几句，罗富全起身告辞。

李子明在窗前目送罗富全瘦弱的身影渐渐地远去，嘴里自言自语着："这个罗富全，还真把自己当盘菜了。提拔你还以为真是照着你的工作和你那张刀条脸吗？那还不是看着你媳妇的面子！唉，人哪！"

李子明叹息一声转过身去，点燃了一支香烟继续想着调查林阳背景的事情该从何下手。当他的目光停留在刚才罗富全堆的那一桌子礼品时，一个念头像一道闪电一样突然在他脑中闪过。李子明快速地眨了一下眼，随即用手一拍脑袋，大喊了一声："有了、有了！"他随即站起身，使劲把手里的烟蒂捻熄在一个仿青花瓷的烟缸里，接着开始在房间里来回踱着步子，黑脸也开始泛了红。两天来的一筹莫展一瞬间变成喜形于色。李子明走到桌边，拿起了一盒罗富全送的茅台酒在眼前仔细端详着，笑逐颜开，嘴里还念叨了一句："罗富全啊，你可真是我的好秘书！"

## 第十七章　风萧萧兮易水寒

就在楚天舒还在为如何利用林阳的报告做一篇修正改革的文章而思前想后、大伤脑筋的时候，李子明从部里回来了。

回到院里的李子明连家都没回，就一头扎到了吴祥运的办公室。

此次出差李子明不仅顺利完成了书记交给的任务，而且得到了一个振奋人心、大获全胜的结果，那就是林部长亲口承认，他和林阳毫无干系！

那天受到了罗富全送礼的启示，李子明精心设计了一个不用自己窥探打听，而由林部长自己证实与林阳关系的局。

罗富全来送礼的当天下午，李子明买了一大堆当地著名的土特产，赶连夜的火车第二天上午就到了北京。先在部机关的招待所住了下来，洗漱之后又在门口的小吃店里吃了碗馄饨，接着就拎着那一大包礼品去了部机关。

李子明在机关大院的后楼求见林部长，却被迎下来的秘书挡住了。秘书说："部长在开会，你有什么事情可以和我说。"于是李子明做了自我介绍，说他有一个叫林阳的同事是林部长的侄子，托他给部长带来一些东西，既然部长在开会，那就交给秘书同志转交林部长吧。秘书说："东西我可以转交，不过您要把您的单位和联系方式给我留下，我总得搞清来龙去脉，好向部长交代啊。"李子明赶紧说是，于是在一张印着部机关红头的信纸上，留下了自己的单位姓名和在部机关招待所的房间号。

回到招待所的李子明如释重负。刚才在楼下的小卖部里买了一扁瓶二锅头和一包油炸花生米，准备彻底轻松一下。他拧开酒瓶盖子正要抿上一小口，马上又停住了，最后把酒瓶口放在自己的鼻子前闻了闻，又拧上盖子放回了原处。李子明想，现在还真不是喝酒的时候，东西如期送出去了，这好戏刚刚开场，万一部长有个召见什么的，他这一脸酒相、满嘴酒气的，该如何向部长解释？于是李子明斜躺在床上打开电视机，干嚼了那包花生米。电视里的内容他什么也没看进去。

窗外的天色渐渐地暗了下来，就在李子明恍恍惚惚似睡非睡之际，房间的电话铃响了，是林部长秘书打来的。秘书的口气很严肃，说部长让他赶在下班之前来办公室一趟。

李子明哪敢怠慢，看了看手表，慌慌张张地以最快的速度跑到了部机关。进入后楼之前，还有意识地停留了一分钟，平复了一下自己的心跳和情绪，然后对着玻璃大门的门扇按了按头发又上下整理了一下衣襟，这才故作从容地迈了进去。

半个小时后，李子明手里提着那堆被林部长退回的礼品，先跟部长秘书摆手，接着又向门卫致意，一路点头哈腰地出了部机关的大门。尽管刚才被部长训了一顿，但是重要的目的已经达到，此刻的李子明欣喜若狂。

刚才林部长见了李子明，放下手里正看的文件，一脸严肃地先对秘书说："汪秘书你先别走，也坐下来听听这件事情的来龙去脉。"接着把脸转向李子明，"你们搞什么名堂？搞错了吧？你们院里那个林阳我的确认识，最早就是那年听了他在葛家岩二期工程设计审查会上的汇报说明，当时的印象就是他很专业、很出色，对答如流。后来听楚天舒同志和吴祥运同志都和我谈起过他，听说提拔了，是个挺能干的年轻干部。什么时候和我扯上了叔侄关系？我想你们是哪个地方搞错了吧？我可以负责任地告诉你，我和这个人没有任何关系。假如是林阳本人在肆意编造故事，那就是这个年轻干部的品质问题了。不过我还是不太相信，不用说是一个前途看好的年轻干部，就仅仅是一个正常思维的人，谁敢把无中生有的事情当成真事，到当事人这儿来假戏真做？老李同志你说说吧，你得给我一个合理的解释。"

李子明红着面孔，一脸的毕恭毕敬："部长，是这样的，我得首先检讨，是我错了，这事儿与我们院里和林阳同志都没有关系，纯粹是我的个人行为。院里从上到下都认为部长您和林阳是叔侄关系，当然也包括我。这个印象是怎么得来的，我也说不清楚。林阳同志和我在一个处室工作，除了工作上的配合外，还帮了我家里很大的忙。我的那个小儿子就是他亲自辅导的，今年才考上的大学。我对林阳一直心存感激之情，这不正好来京出差，就想替他看望一下在京的叔叔吧，人家帮了我那么多的忙，也算尽一尽我这个当老大哥的心意。不承想是这样一个结果，真是太对不住部长了，给您添了大麻烦，还惹您生气，子明做事鲁莽，给部长赔罪了！"李子明一面说着一面向林部长来了一个深深的鞠躬。

林部长摆了摆手说："赔罪就不用了，以后要注意才行。看你也是个老同志了，怎么办事情还这么不着边际。不过你刚才一句话倒是提醒了我，怎么，你们院里还上上下下都认为我和林阳有叔侄关系？我现在再一次郑重地告诉你，也请你回去后转告你们的两位领导，我和这个人没有任何关系，别人怎么理解那都是他们的一厢情愿！"

"是、是、是，我回去一定转达、一定转达。"李子明不住地点头说是。

"事情说清楚了，你可以走了。"部长板起脸，戴上花镜重新拿起桌子上的文件。

"好好，谢谢部长，给您添麻烦了。"李子明又一次给部长九十度鞠躬，然后向后退了两步，转身欲走却被林部长叫住了。林部长夹着笔的右手中指指了指沙发上的那堆礼品，做了个拿走的动作。李子明慌忙过去拿上那堆东西，嘴里不住地说着对不起，哈着腰退出了办公室。

林部长冲着汪秘书无奈地摇了摇头说："你说这个世界啊，简直是无奇不有！"


李子明坐在吴祥运办公室的沙发上和他寒暄了几句，正准备绘声绘色地描述此次京城之行的过程和成果时，吴书记却一直在问李子明想喝什么茶："六安瓜片、太平猴魁、西湖龙井，咱这儿都有，你要是嫌口味太轻还有大红袍铁观音。"吴祥运说着拉开了玻璃柜门，里面各色的茶叶、烟酒可谓琳琅满目。

"书记，我这个人的那点儿水平还不都在您的心里？我哪里懂什么茶道啊，喝着好喝，有香味就行。要不就喝茉莉花茶吧。"李子明嘿嘿地笑着。

"哎，我就知道你喜欢茉莉花，还真有。前几天别人送我的，我就专门给你留起来了。我就不给你泡了，等下你全部拿走。"吴祥运说着，从柜子的下层拎出了一袋花茶礼盒，放到了李子明身边茶几上。

"嘿，还是书记想着我，这么好的茶叶给我留着。"李子明笑着拿起茶叶盒子故作认真地在眼前端详着，脸上表现出一种万般感动的神情。

"子明啊，这次的事情你办得太好了，啊，怎么评价呢？一个字：绝！两个字：绝了！"吴祥运伸出右手，用食指指点着李子明，随后也在旁边的沙发上坐了下来。

"怎么，书记你都知道了？"李子明张着大嘴一脸困惑。

"哈哈，知道，早就知道了！你去部里的第二天，林部长就打来了电话，郑重声明他与林阳没有任何关系，还强调了半天要追查一下这'关系之风'是谁，是怎么放出去的。部长还说，要是源于普通群众的凭空猜测也就算了，如果是出自林阳本人，那就要认真考察此人的品行和作风了。你看看，这事儿那么长时间都弄得我们一直蒙在鼓里，这次多亏了子明你了，你那一包礼品捅出了事情的真相，弄得部长亲口撇清自己。哎，还是那两个字——绝了！我现在只想问问子明兄弟，送礼这招儿你是怎么想到的？"

"哈哈，灵感，灵感嘛！"李子明身子斜在沙发里一脸得意地笑着，用手掌心拍着自己的额头。

"以前总觉得你只讲哥们儿义气，今天看来你的手段和韬略也毫不逊色嘛！"

"书记过奖了，在吴书记这里子明永远都是属下和学生。领导交给属下的任务要完成，老师布置学生的作业当然也要做好啦！"李子明收起了刚才的一脸得意，又开始肉麻了起来。

吴祥运告诉李子明，楚天舒那边儿一定也接到了林部长的电话，已经开始收敛、沉默、偃旗息鼓，不再拿林阳的报告大做文章了。不过林阳在机电二处却没有任何收敛的意思，但是相信也跳不了几天了。这个目中无人的家伙肯定要处理掉，只是时间上要找到一个具有突破性质的良机。

吴祥运还指示李子明即刻到医院开诊断书，开始休假，把机电二处的工作全部甩给林阳一段。对于那个《改革修正方案》，令其在林阳的主持下任意发展，他只要脱开身，不参与任何讨论与决策即可。李子明会意，说："我明白，书记这是让我把身脱出来，不蹚这摊浑水，日后处理林阳问题时也不必承担责任。我会安排罗富全盯紧点，处里所有的风吹草动咱们都能了如指掌。"

吴祥运嘿嘿地笑着，眼镜后面的一双金鱼眼睛笑成了一条线："跟聪明人办事说话就是不费劲儿！"

"那书记，处里我就不去了，我这就直接去医院？"李子明一边说一边从沙发上站起身。

吴祥运拿起茶几上的那盒茉莉花塞在李子明的手里，看着他一脸坏笑："去吧，悠着点儿啊！"

在吴祥运的关照和指示下，李子明以高血压犯了为由一直没有上班。为此，近几天真的林阳还特地买了水果、补品什么的跑去李子明家里看望了两次。而这过程中林阳每每和李子明聊起处里的工作，李子明总是说："老弟你是行政一把手，工作上的事情你就和几个副手商量着自行决策吧。"李子明还拍着自己的额头说："我这血压呀，也真耽误事，关键的时候就给我掉链子。老兄我现在身体不行，不能参与你的改革工作，真是件遗憾的事情。我先集中精力把身体养好，等身体好转能上班了，老兄再继续为你的改革推波助力、保驾护航！"

李子明的话说得林阳心里热乎乎的，心里想这老李除了平日里爱摆摆架子，爱拉上几个自己人的圈子还真是一个不错的书记。缺点当然总是有的，金无足赤、人无完人嘛。涉世未深的林阳这时哪里知道，这世界上并不是任何事情都存在于阳光之下。锋芒毕露、短兵相接的敌人对于强者而言就不算作是敌人了，更阴险更不好对付的敌人是那些阳奉阴违、口蜜腹剑、笑里藏刀的家伙。

三个月后，吴祥运、李子明终于等来了那个期待已久，具有突破性质的时机。

因为机电二处设计科研合一的方案并没有在院里正式通过，只是林阳在技术管理上的一次试验，自然得不到院里的经费支持，具体说来就是科研经费不可能划拨给设计部门。而那些大大小小的科研课题，如果只是一些纸面上的设计，那经费也就无所谓有无了，可要动手做实验装置自然就少不了经费的需求。林阳在向院里申请了几次都无果的情况下，就和几个副手商量着，把科研课题的硬件部分委托给了一家市电子局所属的小型电子工厂。条件是由小工厂先无偿提供实验装置的全部元器件，实验完成且结果由现场运行单位认可后，由运行单位直接与电子厂签订正式产品合同。

科研工作进行得异常顺利，几项课题下来，现场单位对这些项目无论是技术要求、产品质量，还是解决周期都非常满意，为其生产产品的电子厂也得到了一些可观的获利。

电子厂的厂长曹光明是一个精明能干的上海人，因为合作关系，和机电二处的许多人处得关系都不错。不过不错归不错，曹厂长认为这种天上掉馅饼的合作方式一定不会维持长远，而国家电力系统巨大的经济实力又让他感到了面前似乎是一个可以把握的重要商机。机会摆在那里了，是否能够把机会抓住，关键要看办事的方法和手段。

曹光明几经辗转打听到了林阳家的地址，在一个礼拜六的晚上，一个人去了林家。

当曹厂长把一包钞票以咨询费和课题服务费的名义塞给林阳时，林阳在手里掂了掂又塞了回来。林阳说："曹厂长你别这样，这个我肯定不能收。你要强行把钱留下，那我上班就上交给院党委，不过那样的话，和你们厂的合作就到此为止了。本来和你们厂的合作完全是出于公对公的考虑，考虑你们规模不大但还是一个专业工厂，考虑你们能提供元器件来弥补处里暂时没有科研经费之缺憾，也考虑你们工厂在电子设备方面还有一定的技术力量，最后处里集体研究才决定和你们合作的，既没有私情也没有私利。另外和你们合作我想应该只是一个阶段性的过程，一旦院里划拨了科研经费或者科研设计重新合并，目前这样的合作方式肯定没有存在的必要了。但是我们还都是老朋友，你们厂想做些事情，我们也许还可以找到一些其他的合作方式。"

"林处你看你帮了我们那么多的忙，是，你是完全出于公心，可于公于私总得让我们有所表示呀。你放心，这笔费用绝对不会体现你林处长的名字，我们内部已经消化处理好，财务账面上也做得合理合规，天衣无缝。"曹厂长还在坚持着。

"曹厂长你别说了，这个问题没有商量的余地。另外你也误会了，拒绝这钱不是因为我有某种担心，而是我一贯的做人风格不允许这样。于公于私，做人都要有底线，底线是什么？底线就是不能被突破！"林阳收敛了笑容，瞬间变得一脸严肃。

送礼被拒的曹光明一脸难为情却在心里好一阵感叹，真不愧是大型部属单位的干部，年纪轻轻就可以把事情办得如此妥帖，把话说得如此严谨，更重要的是，面对诱惑竟有此超常的定力！

曹厂长在林阳这里碰了钉子，但又有些担心后续的合作，于是有一天就与一位副厂长和会计以公对公的形式造访了机电二处。林阳带着两个副处长出面接待了他们一行。以公对公的名义似乎就不好再推辞了，双方补充了原来签订的技术协议，最后机电二处以技术咨询服务费的名义收了电子厂的一笔款项，存入了处里的小金库。而就是这小金库里的钱款给吴祥运、李子明打击林阳提供了一个有力的突破口。

处里的小金库都是由办公室负责经管，具体是洪铁川手下的一个福利员兼作记账，一个收发员兼作出纳。这个收发员和罗富全关系不错，所以处里小金库一有收入，罗富全、李子明马上就得到了消息。

就在林阳与几个副处长研究商量后，以加班费和奖金的名义给具体的课题负责人分配了部分咨询费收入的第三天，一封举报林阳私下转让技术、违规创收、收受贿赂、违法乱纪等一系列问题的匿名举报信就上了院里的党委会。

半天的党委会下来，林阳的错误已基本定性，私下转让单位技术、违规创收、违规分配已是不容置疑的事实。尽管钱没有揣进自己的腰包，但也属于违纪违规行为无疑。至于是否违法收受礼金的问题，还要等调查组找到合作单位做进一步的调查。同时也对林阳提出的《改革修正案》做出了全面否决。至此，一顶妄议改革、违纪违规、以权谋私的帽子不大不小地戴在了林阳的头上。

吴祥运的老部下，体改处的处长张子江最后提议说，建议停止林阳机电二处处长的职务，机电二处的《改革修正方案》也应该即刻刹车，这样一个好几百人的大处不能听其任意为之。顷刻间赞同者的声音此起彼伏。吴祥运不动声色地环视着会场，余光不时观察着楚天舒和汪文辉的表情。有意思的是，表决张子江的动议时，楚、汪二人居然也投了赞成票。

党委最终决定，暂停林阳机电二处处长的职务，由李子明临时兼任。同时机电二处的结构改革即刻终止，一起终止的还有和那家市属电子厂的所有合作。

决定一宣布，林阳就知道自己遭人暗算了，但是有苦难言。当党委会关于"林阳停职"的决议全票通过的消息传到他的耳里时，他甚至不相信这是真的，他认为起码楚院长和汪副院长应该是支持自己的，哪知自己竟然是一个人在孤军作战！

"'木秀于林，风必摧之。'最好的办法就是别让它起风！"卢琪这家伙，一切都被她言中了！林阳在心里暗暗地苦笑了一下。

接下来调查组到曹光明所在的电子厂进行了一番深入调查，两天下来没有查出林阳收受贿赂或是礼金的任何证据，倒是在电子厂的正副厂长、技术科长处得到了一大堆对林阳的称道和赞许，于是调查组一行只好无功而返。

望着调查组远去的汽车，曹光明无奈地摇着头，嘴里自言自语着："天哪，这样干净的干部都要挨整，这样的单位就是规模再大还是不去的好！"

调查组的无功而返让李子明有些失望。他原本以为此番林阳必是身败名裂，为此还事先和所在区检察院的朋友打过招呼，一旦林阳收受贿赂被证实，检察机关将即刻介入，立案调查。现在看来，这些已经都不可能了。

也许是没有抓到林阳违法的真凭实据，吴祥运倒还没有真要置林阳于死地的想法。他只是想：让你知道我的厉害，让你知道这几千号人的设计院是谁说了算，让你知道你只是我吃在嘴里的一块牛身上的筋头巴脑，是咽下去是吐出来，还是继续嚼来嚼去，全凭我个人的意愿！

于是吴祥运在会上讨论对林阳问题的处理意见时做了以下总结：

"林阳同志所犯的错误已经被我们一致确认，这些错误是翻不了案的，至于说触犯法律的问题，到目前为止还没有足够的证据证实。那既然没有涉嫌违法犯罪，我们就按严重错误来处理。我们党对犯错误的同志一向秉承惩前毖后、治病救人的方针，对林阳同志也不例外。重要部门的重要岗位犯有严重错误的同志，继续留任显然是不合适了。对于林阳的机电二处处长的职务，我的意见是先行免去，是在中层干部里调往其他部门任职还是直接降为普通工程师回原设计单位，各位委员还要给我们一个足够的时间考虑、权衡。我们既要对党负责，也要对犯错误的同志负责，这就是我们经常挂在嘴边的原则。"

一周后，一纸党委的任免令出来了，林阳被免去机电二处处长职务，调院老干部处任第三副处长，主管离退休干部的福利发放，用车管理以及过世老干部的殡葬事务。

这任免决定看似没有把林阳一棍子打死，却令他充满了屈辱之感。明眼人自然都看得出来，在这样一个大型的设计研究机构里，让一位专业水平超强的专业干部脱离专业管理，去管那些退休老干部的车马福利、生前活动和死后殡葬意味着什么。

李子明觉得对林阳的处理还不够到位，就问吴祥运怎么没有把其一撸到底。

吴祥运说："子明啊，这就是你我所站的高度不同了。一棍子打死有意思吗？把人一撸到底的话一来显得咱太没气量，容不得别人说不；二来人家不当处长了回到专业科室重新当一名设计工程师还不是依旧逍遥惬意？人家有专业啊，而且还水平出众！让他当一个无权无势又与专业不相干的副处长，而且还在我们的眼皮子底下受我们制约岂不更好？子明啊，咱们俩喝酒的时候你不总说爱吃牛肉的筋头巴脑吗？你吐出去了，咽下去了，那还有什么意思？要放在嘴里翻来覆去才有嚼头嘛。还有啊，你不总说你们处里有那么多年轻的女人向他献媚吗？今后他面对的就不是年轻的女人而是一堆老夫老妪啦！"

"哈哈，书记高见！我不得不说'高、高，实在是高啊！'"李子明笑得前仰后合。

林阳的任免消息一传出来，机电二处上上下下一片哗然。唏嘘之余人们都明白对林阳如此处理意味着什么。在这样一个体系里，你可以出色也可以平淡，你可以大名鼎鼎也可以默默无闻，你可以出类拔萃也可以碌碌无为，最重要的只有一点，那就是不能犯忌。林阳这次就是犯了大忌！

卢琪在处里找了林阳一大圈儿也没见他的影子，她略微想了一下，就快步走出设计大楼径直去了河边。

果然不出她所料，往下游走了没多远就看见林阳一个人正在水边玩着打水漂的游戏，身后的河堤护坡上，一本用石头压住的什么杂志被风吹得书页翻飞。

低头、弯腰，接下来旋转腰肢、手臂发力，手中的石片就沿着身体旋转的切线方向飞了出去。石片落在水面上，像飞机着陆时的起落架一样弹跳了几下，最后落入水中，在水面上激起了一圈又一圈的涟漪。

可能是手里的石片投光了，林阳停止了打水漂开始低头在河滩上寻找可用的漂石，不时会弯腰捡起一个石片放在手里端详一阵，偶尔还会把捡到的石片对着太阳照上一番。

卢琪绕下河堤护坡走了过去。林阳似乎没有意识到身边有人到来，还在低头专心致志地摆弄着手里的石头。

"嘿，你还挺有闲情逸致的呢！临危不乱，蛮有大将风度呀。"卢琪在林阳身后揶揄了一句。

"哎！你什么时候来的？悄无声息的！"林阳转过头来冲卢琪笑了一下。

"我来半天了，看你一副专心致志的样子就没打扰你。怎么又在寻找你那种能照见人心的宝石？"

"嘿嘿，知我者卢琪也。找是没少找，既然是宝石，哪里会那么轻易被找到。不过你还能记着这事儿还是让我非常感动。如今偌大的设计院里林某人的知音恐怕是寥寥可数了。"

"知音这不来了吗？"

"所以啊，我说你让我感动。记得我给你讲这宝石故事是在葛家岩工地的长江边上，时间过得真快，一晃就是好几年了。再往前想想，童年时在老家淮河的河滩上，父亲领着我玩，给我讲这宝石传说的日子也一下子过去将近三十年。唉，人生啊……"林阳说到这里突然降了调。

卢琪抿起嘴笑了一下说："你这个人就是太执着了。一个传说也能让你认真那么多年，至于别的当然就可想而知了。"

林阳知道卢琪话里这"别的"指的是什么，就故意没接着她的话题说下去。

"从小到大直到今天为止，走过了那么多的名山大川，一共也没找到几块透明的石头，更不用说能照见人心的了。不过即使没有那块宝石，我也觉得我的心是红的，其实问心无愧就是那块能照见人心的红心宝石。研究来研究去倒是觉得这宝石的传说似乎应该和道家的思想有着某种关联。道家哲学里讲观心得道：观心就是安心法门，人要能察觉自己的起心动念从而向善去恶。所以我觉得有没有这块宝石其实并不重要，重要的是人都应该学会自我观心，检验自己的心或善良或丑恶，或正直或阴险，说白了就是要看见、认识自己的灵魂。"

"那是要求人具备自省力量的，说来容易，这种自省可不是什么人都能随随便便做到。"卢琪说得很是认真。

"嗯，聪明，一说就指出问题的关键。"林阳侧过脸瞥了一眼，目光留在远方的卢琪身上。

"说正事吧，我在楼里找你半天了。怎么样，你没事吧？这次这一跤摔得可不算轻啊。"卢琪把从远处收回的目光停留在林阳的脸上。

"哈哈，我倒没什么，有趣的是这一切都被你不幸言中了。我在想，看来还是你高我一筹哈。"林阳说着居然笑了起来。

"你这家伙，居然还有心思笑，我都为你发愁。你就是不听我的话！现在感觉怎么样啊？失落还是追悔？"卢琪接着问。

"既不失落也不追悔，而是感到震惊和屈辱。为有人在肆意践踏正义却无人仗义执言而震惊；为这样带有羞辱性的工作安排感到屈辱，而更屈辱的是居然没有一个人站出来说一声反对！我是搞专业的，让我去老干部处还不如把我一撸到底让我回设计组当一名普通工程师好。虽然说不上失落，不过想想心里也会有那么一点儿不平衡。鱼是那么信任水，把其视为生命，最后水却和那些佐料一起把鱼给煮了。"林阳收敛了笑容。

"你是在说老汪？这事也不能全怪他，他有他的难处，真要斗起来，凭他现在的能量还根本不是那些人的对手。"

"没有，我也就随便一说。"

"今后怎么打算？重整旗鼓恐怕还要一个应该不算短的过程。"

"也没有打算啊。就管一辈子老干部吧，最后把自己也管成了一个老干部！哈哈……"林阳又开始调侃。

"都什么时候了，你还在贫！"卢琪没有好气。

"你别生气啊，我刚才是在瞎说胡侃。怎么说呢？只能走一步看一步吧。人也许都是带着使命来到这个世界的。我不后悔，今天的结局也可能是注定的。旧的结束会意味着新的开始。"林阳正视前方，目光如炬。

"你这个人啊，永远都是那么不同凡响。"卢琪侧过头来再一次打量着身边这个自己欣赏的男人。

林阳弯腰拿开了压在杂志上的石头，把那本《新华周刊》卷起握在手里，两人一路聊着，走回了设计大楼。


　　　　沧浪之水清兮，可以濯我缨。
　　　　沧浪之水浊兮，可以濯我足。

　　　　　　　　　　　　　　　　　　　——春秋民歌

不濯缨，不濯足，

沧浪之水与吾何干兮！

——林阳添注

其实地上本没有路，走的人多了，也便成了路。

——鲁迅

当林阳用一手漂亮的硬笔楷书把这首经自己添注改编了的春秋民歌，还有鲁迅的那句名言写毕并压在办公桌的玻璃板下时，瞬间心里变得一片豁然开朗。环顾老干部处这间自己刚刚坐了一周的办公室，他觉得几天来的压抑、怅然、失落、郁闷竟然是那么无谓和可笑。

几天下来，在老干部处一天也不见个人影的办公室，林阳有更多的时间仔细梳理来设计院后这些年遭遇的起起伏伏、风风雨雨，还有那些或热切真挚或口是心非，或行侠仗义或为非作歹，或刚直不阿或卑躬屈膝的形形色色的人物。在改革的问题上，林阳坚信自己没错，也相信自己的诚心和公心。他知道其他的问题都是为了罗列扩大自己所谓错误的范畴，最重要的其实只有一条，那就是自己质疑了领导的工作，让以吴祥运为首的一班人恼羞成怒下不来台。原来以为通过机电二处的改革示范，能让这些人意识到院里存在的问题，现在想来，自己太天真了，同时也真是高看他们了。这些人是听不得质疑和反对的声音的，可没有质疑和反对的声音，就不会产生精髓，更不会辨明真理。

如今，自己提出的改革方案已经胎死腹中，在这里再混下去应该是没有什么意义了，再耗下去也许真的就像自己和卢琪调侃时说的，在这里管一辈子老干部，最后把自己也管成老干部了，而生命、青春、理想、热情也都将在这间不足十二平方米的办公室里消耗殆尽。

林阳有一种冲动，他需要改变，需要在这曾经的努力和奋斗即将开始付之东流的关键时刻，重新找回自己人生的方向。


楚天舒院长因为开会，中午时分才回到办公室，看见一个用硬笔楷书端端正正地写着"辞呈"的大号牛皮纸信封摆在他的办公桌上，那是林阳的辞职报告。

楚天舒把电话打到老干部处没人接听，相关的处室又打了一圈也没找到人。

此时林阳提着一箱属于自己的书籍，已经离开了院办大楼。

快走出设计院大门的时候，他不由自主地停下了脚步。回首望去，那巍峨的办公大楼沐浴着阳光，耸立在一片蓝天白云里。林阳知道，自己走向社会的这第一座城池和驿站，很快就和自己没有关联了。他觉得鼻子一酸，视线瞬间变得模糊起来，热泪开始在眼眶中打转，他拼命地眨着眼睛不让眼泪在这时候流下来。林阳告诉自己不能过分儿女情长，就像自己和卢琪说过的，旧的结束意味着新的开始，此时的人生是班师也是出征。

"风萧萧兮易水寒，壮士一去兮不复还。"此时他心里感觉自己颇为悲壮。使命永远都是神圣的，无论是圆满完成的使命还是草创未就的使命。

走出设计院的大门，迎面碰上了刚刚回来的章小菡。章小菡嗲嗲地问了一句："哎，怎么大中午还出去呀？"

林阳笑了，破天荒还了她一个媚眼，用手指了指前方，大声回答："回家！"

# 第十八章　低成本扩张？

五年之后。

市政协的常委会散了会，林阳就被专程来市政协听会、讲话的市委书记刘有森叫住了。刘书记说："小林你晚上有什么安排？"

"没什么安排呀，怎么有森书记有事情找我？"林阳一见刘书记那个智慧的秃头，脸上就漾起了笑意。

"没事正好，我今晚也空了，正好有时间和你聊聊。你看是我上你的车还是你上我的车？"听书记的口气，似乎这样的安排已板上钉钉，不容置疑。

"没问题，这样我看还是书记上我的车吧。晚上咱俩还是老规矩，一瓶干红，多了不要。"林阳低声说着，扬了扬眉毛冲刘书记笑了。

于是刘有森转身对身边的秘书和司机说："今天晚上你们两个都自由了。明天上午九点，冶金局扩大产能的会，咱们八点半出发，你俩要准时啊！"刘有森一边说着一边伸出右手，用食指在司机小米和秘书小田的脑袋间来回点了两遍。

看到林阳和市委刘书记一道走来，司机慌忙下车拉开了黑色奥迪的两扇后门，林阳在刘书记扭身坐进车门的前一秒，把一只手挡在刘有森那光秃秃的脑袋上方，做了个给他护头的动作，随即自己也上了车。

"走吧小马，送我和书记回家。然后这段你就没事儿了。手机开好，晚上出车我叫你。"林阳向司机吩咐着。

"得咧，林总我知道了。"司机随即发动了车子。

"今天不错嘛，你这搞高科技的如果谈谈工业建设的问题也就不足为奇了，居然还把城市绿色发展说得如此条条是道、透彻全面，真的不错！"刘有森侧过脸，看了一眼林阳笑着说。

"哈哈，书记过奖啦，我那真的是赶鸭子上架。没有办法啊，秘书长点我名了，我就总得说说呀，嘿嘿，有森书记见笑了！"林阳笑着客气着。

"我是认真说的，我看了你发言后与会这些人的总体反映，几乎都是正面的。尤其是做会议记录的那两位秘书，说得非常直接，弄得张院士好像有点下不来台。"

今天会议的议题是《如何加速发展，把我市建设成为绿色城市》。

在议题讨论之前，有一个要通过的人事表决。本来因为要去机场送一位客人，林阳已经请假了，但秘书长怕请假的人多了，人事表决这块儿到会人数不够，这是硬性指标，于是就一个个地打电话，一个个地说服，最后把能来的人都圈来了。

政协主席陈如许亲自主持这次常委会。陈主席先说了说会议的议程，向大家介绍了要表决的人选和讨论的议题。原来是市里有几位局级副局级的干部到了退休年龄，市委准备安排这些人从一线岗位上退下来后再到市政协各专门委员会主任、副主任的岗位上再干上两年。

接下来陈主席告诉与会常委："市委很重视我们今天的会议和议题，市委书记刘有森同志今天特地参加了我们的常委会议，听听我们的讨论情况，然后还有一个重要的讲话，我们欢迎有森书记的到来。"陈主席带头鼓起了掌，于是台上台下一片掌声。刘有森在掌声中向大家点头致意。

表决增补新委员的程序进行得超乎意料地顺利。

接下来主持会议的陈主席说："今天关于增补新委员的表决就到这里了，各位常委都很认真、仔细、慎重地履行了自己的职责。秘书处的同志已经把表决结果写入会议纪要，记录在案，回头我们会向市委认真汇报。下面就开始我们今天的第二项程序，进行关于《把我市加速建成绿色城市》议题的有关讨论。这个文件已经提前发到各位手中了，请各位稍作准备后充分发表意见。"陈主席晃了晃手里的文件稿向大家示意。

会场上响起了一阵轻微的纸张翻动的声音。

第一个发言的是市农委的副主任莫文夫，这是一个干了好几届的"老政协"了。老先生最大的特点有两个：一个是什么都懂又什么都不懂；一个是不管懂与不懂，他的发言却总是必不可少，而且永远抢在前面。

莫文夫首先肯定了市委、市政府、市人大、市政协几套班子把建设绿色城市列为城市发展战略课题的正确性、必要性、前瞻性、可行性，接着列举了我市和发达国家绿色城市以及国内南方城市所存在的差距。从城市森林覆盖面积到小区容积率，从人均占有绿地到城区公园的数量，莫文夫侃侃而谈。关于绿化的诸多问题，居然还引用了一堆貌似翔实却不知从哪得来的数字。

有人开了头，讨论的情绪自然就热烈了起来。

接着林业大学的张院士提了一个较为技术性的问题，他说他去美国、加拿大以及北欧许多国家考察过，在高纬度的城市无论是景观绿化还是一般绿化，种植的树木都以针叶树种为主，很少有地方种植阔叶树种，因为大多数阔叶树种到了冬季都会落叶的。所以建议我们的城市也改为广泛种植针叶树种，以便保证绿化树木四季常青。

接下来的讨论及建议可谓是五花八门。有人提议城区大量的楼房都是平顶结构，是否可以考虑把所有平顶屋顶都有效利用起来，上土施肥、种花种树，而在不占用土地的情况下扩大城市的绿化面积。还有人提了个建议叫"大树进城"，说随着城市容量的不断扩大，一些新建的马路上的主要绿化都是一些小树苗，等待这些小苗长成大树是一个十分漫长的过程，可以考虑把城外林中那些树龄在十年以上的大树直接迁移进城，这样则可以快速解决那些新修道路的绿化问题。

……

人事问题表决结束后，林阳就微闭着眼睛用一只手托着腮一直在打着瞌睡。昨天为西北的一个电厂老总钱行，又是喝酒又是唱歌地陪了整整一个晚上，再加上对听到的那些建议内容也没有丝毫兴趣，于是瞌睡虫来了，上下眼皮开始悄悄地打架。

就在林阳蒙蒙眬眬似睡非睡之际，秘书长居然点了他的名字，把他吓了一跳。秘书长在上边可能看见了林阳在打瞌睡，说："林阳常委，我看你半天了，大家议论了那么多，你一直也没发表意见，是不是该你说说了？"

林阳一激灵，睡意全无。他打开自己面前的话筒开关，冲秘书长笑了笑说："秘书长，今天研讨的问题距离我的专业有点远，我看我还是不说了吧。"

"说说吧？"一旁的陈主席接过了话题，"你林阳同志是市政协中最年轻的常委，学历高，年纪轻，既代表着专业水平也代表着新生力量。至于跨行业跨专业发表意见那也不是问题，我看今天很多发言的常委好像也都与讨论的问题没有什么专业联系。专业这东西，举一反三、一通百通嘛。"陈主席说完把头转向刘书记又补上了一句，"有森书记是吧？"

刘有森此刻面无表情，正襟危坐。

没办法，逼到头上了，于是不想发言的林阳只好打开了话匣子。

"刚才听了几位常委的发言，大家提了许多关于发展绿色城市的想法和建议，无论是专业层面还是技术层面都有很强的针对性和可操作性，每一个发言对于外行的我来说都是一次很好的学习机会。和诸位相同的意见本人就不重复了，我只想谈谈我的想法中与之不同的部分。"林阳伸手拧开矿泉水的瓶盖儿，不慌不忙地喝了一口，"说起建设绿色城市，我们是不是应该首先明确一下关于绿色城市的具体定义，那就是说究竟什么样子的城市才能称得上是绿色城市？刚才我说了，那么多的常委都做了富有建设性的发言，这些意见我完全同意。但是我觉得大家谈了很多，似乎都没有离开一个绿化的问题。这就扯到了我前面说的为什么首先要给什么是绿色城市下一个确切、具体的定义。对于一个真正的绿色城市而言，仅仅绿化得好、绿化率高是远远不够的。一个绿色城市必须是一个绿化得非常好的城市，但是反过来推导不一定是成立的，一个绿化得非常好的城市不见得是一个绿色城市，这就是我们学数学时学的必要条件、充分条件、充要条件之间的相互关系。"

接着林阳把绿色产业结构调整、绿色的环境和生态、绿色能源的普及推广、资源的可再生利用、环境和资源的保护和可持续发展，以及绿色旅游、绿色文化等等绿色概念如数家珍地说了个遍。会场这个时候变得十分安静，只有林阳在那儿侃侃而谈。台上的领导和台下的常委们都现出了复杂的神情。

林阳发言结束后，常委们开始交头接耳、议论纷纷。陈主席笑着说："说得很好嘛，有深度也很全面，还说自己不够专业，我看不仅不比专业人士逊色，而且应该是更具有系统性。看来秘书长点你的名字是点对了！是吧，有森书记？"陈主席又一次把头转向了刘书记。刘有森目视前方，稍作微笑地点了一下头。

陈如许知道林阳和刘有森之间的关系，所以褒奖林阳的时候总是把头转向刘有森说上一句"是吧，有森书记？"

陈如许原来是一所省属大学的大学校长，弃教从政，先是当了一段时间副市长，后来升为市委副书记兼市政协主席。

陈如许温文尔雅、文质彬彬、言谈不凡，一派儒雅的学者型领导风范。当副市长时分管文化、教育、卫生的陈如许，因为教育行政改革、全市中小学特级教师和高级教师逐校轮岗制，以及医疗资源的布局分配等多项改革卓有成效，而在市民群众中有着很高的声望。

陈如许把大部分的政协具体工作都交给了由市委统战部部长兼任的副主席，自己则把精力都放在了市委副书记分管的工作上。

陈如许一介书生出身，并不善于玩弄什么权术，走上仕途以及后来的仕途发展都靠自己的工作努力务实、颇有成效，当然也要靠大环境的成全。

从省委回到自己办公室，陈如许把身体斜在沙发里好一阵沉思。在市委副书记这个位置已经干了六个年头了，这期间尽管兼任了市政协主席这个职位，但他还是把更多的精力放在了市委的工作上。

而今在即将离任副书记职位的前夕，陈如许认真地想了一下，觉得心里还是释然的。自己从不以权谋私，把工作重点放在市委的工作上也不是因为自己贪恋权力，而是他想在这样一个相对行之有效的权力平台上能为市民利益、为城市建设以及权限范畴之内的方方面面多做些工作。

很少吸烟的陈如许坐在沙发里一边抽着烟，一边环视着这间与自己相伴了六年多的办公室，想想这六年多来无论是在这里伏案工作还是接待客人，或者是干部的例行谈话，午饭后斜在沙发里的片刻小憩，它已然成了自己相伴相知的朋友。它见证了自己的辛苦、努力、欣喜、忧伤，堪称知心者，也是知情者。

陈如许是个感情细腻的人，虽不信仰什么宗教，但把身边的所有东西都视为具有灵性。有生命的动物就不用说了，对那些没有生命的东西大到家、办公室，小到家里和办公室里的每一盆花草、戴了多年的眼镜、跟了自己很久的派克金笔，他都会显出一种不同寻常的依恋。

　　而今即将和这个与自己朝夕相处了六年多的地方话别，陈如许心里充满了复杂的情感。他这里坐坐，那里看看，一会儿站在落地窗前看看窗外园中遍地的落叶，一会儿又抬头看着天花板上的水晶吊灯，下意识地把开关开了又关，关了又开。

　　窗外的天色渐渐地暗了下来，半个下午的时光就这样在陈如许的沉思冥想中悄悄地过去了。陈如许想动手收拾下自己的东西，可转念一想那些书籍、文件、办公桌上的摆件、书柜里家人的相框，还有墙上挂着的那些书法家画家送给自己的字画，一一整理起来且费时间呢！再说，组织程序也没走完呢。而且，总得要市委办公厅的同志给弄几个纸箱来也好把这些物品装箱打包啊。于是陈如许把挽起的衬衫袖子又放了下来，脱下的西装也重又穿上。

　　"今天是周末，下周一再一起收拾吧。"陈如许自言自语着，翻了下桌上的台历又在笔筒里抽出一支铅笔在周一的日历记事上写下了粗犷潦草的几个字："收拾东西，准备搬家！"

　　后来发生的事情完全在陈如许的想象和准备之外，弄得一向稳健、得体、有谦谦君子之风的他居然也会有失风度地动了肝火而且到了愤愤然的程度。

　　那个周末的晚上，陈如许最后一次以市委副书记的身份作为重要嘉宾出席了一次不大不小的外事活动，那是美国一家搞环保设备的上市公司在本市开发区投资建厂的落成典礼。请柬是一个多月前收到的，那时已经有了关于他工作变动的一些小道儿传闻。本来想推掉，但送来请柬的开发区主任说典礼仪式上陈书记的即席讲话都已印上了庆典议程，于是他只好答应了下来。

陈如许在庆典主席台上就座的时候，口袋里的手机响了，是市委办公厅方主任打来的，电话那边方主任说有事情要向陈书记汇报。陈如许低声问了句："急吗？我这儿马上要开始了。"方主任说："那陈书记先忙，我等下再打给你。"

接下来就是震耳欲聋的庆典音乐，各路代表包括陈如许的讲话发言，以及接下来的鸡尾酒会，整整热闹了一个晚上。

市委这边儿刘有森和陈如许外语都不错，不过刘有森是当年留苏的副博士，精通的自然是俄语，而今天晚上倒是陈如许那一口标准又优雅的伦敦口音吸引了诸多投资方的嘉宾聚在他的身边与他谈笑风生。

陈如许喜欢这种用英文交流的场合，在身心愉悦的同时明显能感觉得到周围投在自己身上的那些羡慕而又敬佩的目光。一般乘飞机出行的时候，陈如许大多数的时间都在沉默无言和闭目冥想中度过，哪怕有秘书和随行在自己身边。可一旦身边坐着讲英文的外国人，他就会一反常态地打开自己的话匣子，话题也无所不在、海阔天空。

因为和这几个美国人聊得不错，陈如许在酒会上喝得比往常稍多了一点儿，回家冲了个澡就睡了，方主任再来电话时，陈如许一点儿也没听到。

早晨醒来时，看到方主任发来的短信，陈如许才知道昨天晚上办公厅连夜加班把自己的办公室倒出来了，原因是新来的闫书记说周一要进来办公。方主任在昨晚庆典仪式开始时打来电话要说的就是这件事。

看了短信息的陈如许觉得一股热血冲上了自己的头顶，他愤然把手里的手机掷在了地板上，手机在地板上跳了两下，于是机身、盖板、电池瞬间解体，四下散落。

陈如许很愤怒，这干部调整不还没有正式公布吗？你闫家俊至于这么急切，周一就要坐这间办公室吗？一点儿整理搬家的时间都不给留出来，这对他陈如许也太不尊重了吧？还有市委办公厅，都说人走茶凉，这人还没走呢，茶就凉透了！他们至于周末加班加点地为腾办公室而不顾及他的感受和面子吗？自己在任上时这些人一天躬谦逢迎、鞍前马后，可如今连干部调整的决定还没有正式宣布，这些人居然就变了脸！人哪！陈如许无奈地长叹一声。

陈如许心里知道，他此番工作调整与刘有森有着绝对的关联，有消息透露说正是刘有森提出的最初动意。陈如许对此不满但也理解，这是迟早的事情。究其原因那就是他俩缺乏通常人们认为班子里主要领导相互之间应有的互补性。两个人都是学者型的干部，都是高级知识分子，一个曾经是搞空气动力学的研究员，一个原来是教分析化学的大学教授，两个人连做事的风格、讲话的方式以及仪表风度都有着许多惊人的相似之处。

当陈如许无意中发现刘有森和许多企业界的政协委员关系都不错时，心里产生了一种微妙的想法：他们的关系如此密切，那么接下来会让人联想到什么呢？于是陈如许就有意识地在许多场合故意渲染和揭示这种关系，似乎是在让更多的人看清这种种关系的存在。正是基于此才有了今天常委会上一遍遍的"有森书记，是吧？"以及刘有森的正襟危坐和面无表情。


林阳在车上打电话给一家叫"梅龙镇"的本帮菜馆，要了四只清蒸大闸蟹、两只澳洲网鲍、一盘龙井虾仁、一条清蒸白鱼以及什么四季烤麸、马兰头拌香干之类的下酒小菜。到家不久，菜馆的伙计就提着两副老上海滩流行的木质菜盒，把菜品送上了楼。

离婚后的林阳为了图省事，手机里存了好多饭馆的号码，平时晚餐时自己冷冷清清一个人，弄点稀粥面条什么的也就马马虎虎混过去了，如果有朋友到家里来，基本上都是点外卖。

刘有森是江苏苏州人，和林阳算是老乡，他们的老家一个在苏南，一个在苏北。刘有森喜欢吃正宗的上海本帮菜，所以林阳每次请刘有森吃饭，无论在家里还是饭馆，基本上都是老一套。

今天林阳开了一瓶 1979 年的拉菲，不过这并没有引起刘有森更大的关注，他今天的注意力显然不在眼前的酒菜上。

刘有森告诉林阳十五大之后民营经济已经不再是仅仅属于全民经济的从属和补充地位，中国经济已由以全民经济为主，其他经济成分为辅的宏观经济模式，转化为多种经营成分并存的社会主义市场经济。这是中央十五大政治报告中明确阐明了的。对于那些亏损严重、出路渺茫的企业，市里已经决定不再施以救济和保护，资不抵债的任其走破产程序。这样的话，就给这些有着一定规模的民营企业提供了一个千载难逢的低成本扩张的机会。

低成本扩张？这不是在别人陷于困境之际乘人之危和趁火打劫吗？林阳心里这么想，却一脸困惑的样子说："有森书记，我还没有完全领会您的意思，这具体的问题还要请您明示。"

刘有森端起高脚杯，抿了一口红酒，望着林阳，一脸的意味深长："真的没懂？你呀，都说你是绝顶的聪明人，政治经济整天挂在嘴边儿，这点儿道道还没悟出来的话，这聪明可是要大打折扣了。大学里的政治课程有一门《马克思主义政治经济学》吧？如果我没说错的话还应该是必修的基础课。我们抛开前边马克思主义的定语不谈，为什么叫政治经济学？那可见政治和经济是互为关联、互为影响的。政治经济学研究财富的创造模式和财富的分配机制，但还有一条教材里无法体现的东西，那就是一个社会的政治和政策中那些随机的变化。所以聪明的人搞经济要巧妙地利用政治，利用每一个新的政治环境，利用政策变化中的每一次波峰浪谷。峰谷、潮汐、落差代表啥呀？说这个你最专业啦，那不就是能量吗！"

"嘿嘿，老师一席话，胜过学生读十年书。道理上我明白，只是这种事情不知该从何下手，还是那句话，请老师明示，学生愿闻其详。"林阳笑着一脸谦恭地举起酒杯，二人的酒杯即将相碰的瞬间，林阳把酒杯降低了高度，把杯口碰在了对方的杯身上。

林阳与刘有森在私下的场合尤其是谈论某些郑重的话题时，经常会以师生相称。两人念的是同一所大学，只是前后差了二十多年，后来关系渐渐密切起来后，也不知什么时候开始，学长变成了老师，学弟变成了学生。刘有森也不介意这种称呼的改变，听起来似乎还有些受用。颇为有趣的是二人一定程度上都觉得重视了对方，一个是不会随便什么人都可以认作老师，一个是不会随便什么人都可以收为学生。

林阳的确是个有趣的人物，大学毕业游走于体制内外这么多年下来，结识的人数不胜数，那些脾气怪异又恃才傲物的家伙大都对林阳比较接纳。当年在设计院时，二次室的老主任也是留苏的副博士老艾就对手下说过："别都打着我的牌子，以我学生的名义说事儿，我可没那么多的学生。在院里我的学生只有两个，一个是汪文辉，一个是林阳。"这话后来传到了林阳耳朵里，他为此还好一阵沾沾自喜，能入老艾的法眼，说明自己干得还不错，而且那时汪文辉已经是设计院的一院之长了。

"说具体的吧，市里决定从轻工系统原有的几家产品陈旧、效益低下、资不抵债的工厂开始，启动破产转让程序。第一批有缝纫机、轻型车、印铁制品和模具电器四家。其中缝纫机和模具电器的地理位置都不错，属于中心城区，另外两家嘛，稍远一点，但是有占地面积的优势。哎，你不就是从这儿上的大学吗？这些厂子都是几十年的老厂，你应该有些了解，起码不生疏吧！"刘有森说话时一直在晃动着手里的高脚杯，说完这些才把酒杯放在鼻子前闻了闻，然后抿上了一口。

"这几家工厂地点我基本都知道，就地点而言都不错，各有千秋。不过这些厂子的经营情况，包括人员情况就不太知道了，只是听说有的工厂已经有两三年没发工资了。兼并也好，转让购买也好，得了解一下企业的包袱究竟有多大。土地、厂房、设备这些都好办，那些都是死的东西，可这人员安置是大问题，那些辛辛苦苦为新中国建设干了那么多年的工人，总要对他们有一个像样的安置。就那么让他们下岗回家、失去工作，把人推向社会，是一件近乎冷酷的事情。一名工人后面就是一个家庭，换位思考一下，企业家心里也会有所不安。转让也好，购买也好，无论是什么形式，我觉得工人的安置都是第一位的。不能连人带物一起接受，那就一定得开出让工人们能接受的条件来啊。"林阳说得一脸的诚挚。

刘有森不住地点头，目光没有离开林阳的脸，似乎要从这张脸上寻找到什么。当林阳的话说完，刘有森主动拿起酒杯和林阳碰了一下说："说得不错，你是一个有社会责任心的企业家！"

林阳很兴奋，不知是酒精的作用还是因为听了书记同志的褒奖，面孔红红地说："有森书记过奖了，这应该不算什么，学生受老师您影响多年，办企业的初衷是希望通过实业承担社会责任，如果仅为一己生活也不必为此兴师动众、四海奔波，把公司发展成今天了。企业的发展固然重要，但企业家的良心更为重要。老师的教导已成为学生的座右铭，我时刻铭记在心！"

刘有森笑了，然后垂下眼帘把目光落在自己的酒杯里，紫红色晶莹剔透的酒浆间映着一簇水晶吊灯的光痕。

"有社会责任心是正确的，不过人员安置的问题也没有你想象的那么严重。改革的每一项内容都是一个新生的胎儿，因为新生命的诞生而承受生产前的阵痛在所难免，而且这种阵痛也注定要传导到家庭和社会的方方面面。不能因噎废食，也不能因为有阵痛就放弃生产吧？"刘有森深度近视镜片后的一双眼睛始终漾着微笑，说得心平气静但口气不容置疑。

林阳把托着腮的手放下，端起桌子上的醒酒器给两人的杯子里又加了些酒，然后说："我明白了，有森书记，感谢老师对我的器重和帮助，您看您这么忙还惦记着为我寻找发展的机会。这两天把手里的事情处理一下，然后我就抓紧调研，搞出两个可行的方案让老师过目。"

"好哇，四个企业的基础资料田秘书那儿都有，我让他抽时间转给你。"刘有森说完抿着嘴注视了一下林阳，然后长长地出了一口气。

两人接着山南海北地聊了一大阵，这次家庭小酌就接近了尾声。刘有森今天吃得不多，喝得也没有往次酣畅淋漓，可能是因为自己的提议没有得到林阳一拍即合的认同和热情洋溢的响应吧。

刘有森喜欢成熟，喜欢那种一下就可以看透或者悟出领导心思的人，只要你成熟练达又绝对忠诚，他甚至可以容忍你对事情、对他人的老谋深算。这样看来，林阳的聪明似乎是有限的，接触这么久，他已经基本上了解林阳的性情。太感性和情绪化无论在官场还是商场都注定成不了大事。

一瓶拉菲喝了大半个晚上，该说的话也说完了，刘有森起身告辞。

林阳打电话叫来司机小马送书记回家，拉开后车门，他照例为刘书记做了个遮挡头部的动作。刘有森坐定后冲送行的林阳笑笑，说了一句："嗯，今晚你的这瓶拉菲真的不错。"

# 第十九章　存在即为合理

　　刘有森和林阳，无论是从二十几岁的年龄差距还是从相差悬殊的社会地位上看，二人之间似乎都不应该存在什么更深的瓜葛，而这段忘年之交的结成最初仅仅是因为彼此的好感。

　　那时林阳从设计院辞职出来已经有三四年的时间了。这期间从一无所有、白手起家到拥有了自己公司，拥有了近百人的技术和管理团队，办公楼豪华气派，设备现代，车马齐备，最重要的是他把业务拓展到了几乎覆盖全国所有的省份，在同期挂牌开张的科技型企业里可以称得上是发展迅速。

　　林阳公司的大会议室里挂了一张喷绘的全国地图，公司业务开展到哪个省份，就在所在的省会处用不干胶贴上一颗红色的五角星，终于有一天红色五角星贴遍了全国的所有省份。

　　刘有森第一次见到林阳是因为视察他的企业。听了林阳简洁又不乏思想性的工作汇报后，刘有森在主管经济的副市长和开发区主任的陪同下，饶有兴致地参观了林阳的公司，他很想知道这个年轻的公司如何在短短几年的时间里完成从无到有、从小到大再到业绩骄人这样魔术般的奇迹。在公司大会议室的这幅遍布红星的业务地图前，刘有森停住了脚步，他对陪同的人员感慨："而今在建设和改革的大潮中，像林阳这样的年轻人无疑真是赶上了一个好的时代。我印象里也有过两张贴着红旗的地图。一张是建国前夕上海学生地下组织总部墙壁上贴着的一张，当时图上长江以北的地区已经贴满了红旗，而解放军刚刚取得了渡江战役的胜利。地下组织的同学们就围坐在这张地图下开会，研究部署如何配合解放军的攻城行动，如何藏匿教授、保护学校，如何配合工人地下党保护电厂水厂等城市设施不被破坏，而这之后不久就迎来了解放军解放上海的枪炮声。而另一张则是'文革'时期一张印满红旗的地图，地图还被取了名字，叫作《祖国山河一片红》，是为了庆祝全国所有省份全部都成立了革命委员会。这两张地图无论哪一张，所反映的背景都是国家当时正经历着的动荡。而今不然了，一个新创建不久的科技企业把红星贴遍了全国，地图后面的背景不再是动荡和不安，而是经济成就和个人价值的实现。我们当然可以大声地说是党的改革开放政策让如今的年轻人赶上了前所未有的好时代！"

就是那一次视察，这位思维敏捷、口齿伶俐的林阳和他的公司不仅进入了刘有森的视线，而且给他留下了比较深刻的印象。后来他知道了林阳居然还是自己的大学校友，于是就把林阳拉进了本市的校友会，还亲自提名让林阳当了校友会的副会长。

校友会改选那天，刚刚当选副会长的林阳一脸神采飞扬地坐在主席台上刘有森的身边，与身边那些暮气沉沉的会长和副会长相比，这张充满着青春活力和蓬勃朝气的面孔吸引着台下诸多校友的眼球，让人为之交头接耳、议论纷纷。他的一段热情洋溢的即兴讲话也赢得了一阵热烈的掌声。

在接下来的酒会上，林阳给刘有森敬酒，说了敬酒词后，他说："有森书记我先干为敬了。"一口干掉了杯中的白酒，然后把杯口朝下又做了个喝干的示意动作。刘有森平时不怎么喝白酒，就只喝半杯表示了一下，于是林阳开始不依不饶。刘有森的随行都站起身来保护书记，有人说有森书记平时不喝白酒，和他喝了半杯已经很破例了，他不要得寸进尺嘛。也有的人挡在书记前面要替书记与林阳干杯，结果林阳的一句话把大家都镇住了。他说："今天在座的学长也好，学弟也好，都是校友，所以就不讲社会上的官衔和职务了，今天我们这里没有市委书记，要是一定要讲职务，那也只能讲校友会里的职务。"随即笑着把头转向刘有森说，"有森会长，咱们校友会里您是会长，我是副会长，要论级别，你我的级别只有半级之差，这没错吧？副会长敬会长一杯酒还有问题吗？"周围的人神经紧张之际，刘有森却哈哈大笑说："不错，你我的级别只差半级，当然喝酒干杯也不是问题。"于是仰脸干掉了杯里的半杯白酒。

酒桌上的气氛瞬间又热烈了起来。

从那时开始，两人间的这段忘年之交开始渐渐升温，见面交流的时间也逐步多了起来。在刘有森的关照下，林阳由市科委体改处提名，以科学技术界成功人士的身份进入了市政协，后来因为参政议政的表现以及诸多优秀提案又被选为了政协常委。

林阳敬重刘有森不仅是因为他与自己关系不错，也不仅因为他是一个在自己看来处事低调、平易近人、求真务实的地方好官，更重要的是林阳认为他是一位思想深邃、头脑清晰、追求真理、有坚定原则的政治家。

两人经常在一起研究政治经济学理论，讨论经济体制和政治体制的改革模式，希望能总结出一个各方面都说得过去的社会发展途径。

尽管类似的问题已远远地超过了他们两个所应该考虑的范畴，但两人却依然乐此不疲。彼此的相互赏识渐渐地上升为一种超越身份地位的志同道合。

有一次林阳去市政府办完事后顺路去刘有森的办公室坐了一阵。看时间已是中午了，刘有森就把林阳留下来，说让林阳也一起尝尝他们的午饭。

驱车回公司的路上，林阳还在回味着刚才的四菜一汤。尽管饭菜的数量不多，但味道鲜美、用料考究、做工精细。其实饭菜并不重要，他吃的是一种象征、一种地位与身份的象征。就像手里驾驶的这台奥迪，车型中上，无论是品牌还是性能根本无法与那些什么奔驰、宝马相提并论，却令诸多企业家情有独钟。黑色奥迪竟也成了地位与身份的象征。

林阳与刘有森的交往动机是纯洁的。他很在意与刘有森之间这种似乎没有边际、没有约束的讨论。在这样一个对话的氛围里，大学时代的那些壮志和理想，那种"天将降大任于斯人也"的激情似乎又回到自己的身上。

林阳曾经想自己作为发起人搞一个"企业家读书会"，把企业界和大学里一些乐于关注政治经济的朋友通过读书会的方式圈在一起，再请刘有森以读书会名誉会长或者高级顾问的身份出面。一些参加人已经非正式地联系了，对方也愿意加入，不过刘有森并没有支持林阳的这个想法。刘有森说："小林，这个还是算了吧，我看有些研讨还是局限于你我个人的层面比较好。一来人多了很难保证不鱼龙混杂，也不一定能保证研讨的质量。真知需要实践的检验也需要理论的支持不假，但这理论往往来源于深度而并非广度。二来什么读书会啊、研究会啊，人们认知水平不同，牵涉到敏感问题就不好了，别抓不到鱼反而惹了一身腥。我们重在讨论研究，又何必一定要流于形式呢？"

林阳十分理解刘有森的苦衷，身为党的高级干部，他必须做到谨言慎行，不当的言论或行为轻则可以令仕途止步不前，重则会导致不堪设想的后果。对于刘有森这样的年纪，仕途的进步已经无所谓了，但是起码要保全个人的政治生命，有一个平稳且完整的结局。于是林阳打消了办企业家读书会的念头。

读书会没有做成，不过两人探讨问题依旧，关系热度不减。

不久后的一天，刘有森留苏时的老同学、时任莫斯科动力研究院的院长尼古拉·伊万诺夫从莫斯科来华办事，听说他的老同学现在是这个城市的市委书记，于是特地来了一次专程拜访。刘有森考虑这伊万诺夫此行是老同学间的私人访问，不便以市委或市政府的名义接待，于是就请林阳出头帮忙接待。林阳在市里一家历史悠久的豪华俄式西餐厅以刘有森的名义接待了伊万诺夫一行。宴会上刘有森是请客的主人，林阳则以刘有森学生的名义坐在陪客席上。尽管林阳在大学里的第二外语是俄语，不过二外只开一年，凭那点儿会话基础当然应付不了这样的场面。为了不至于让有森书记反过来给自己当翻译，细心的林阳还特地带上了自己公司的俄语翻译一起作陪。

虽然苏联解体已经有好长一段时间了，但是因为计划经济向市场经济转型缓慢，俄罗斯在经济上遇到了较大的困难，连这满是学者风范的国家级研究院的院长也不得不为生意而出来四处奔波。

在东道主和主陪两番热情洋溢的祝酒之后，伊万诺夫庄严地举起了酒杯：

"如果我说得不错，现在该由我来说几句祝酒的话了。今天的宴会让我很激动也很感动。激动的是我的老同学刘如今有这样的成绩。我在中国走了几座城市，看到中国工业现代化进程的快速发展，我为中国人在不是很长的时间里取得如此的成就感到由衷的高兴。我和刘是在莫斯科动力学院时的同学，那时的中国留学生都是在竭尽努力向苏联学习，学习苏联的工业技术，学习苏联的管理模式，学习苏联的计划经济。而今该是我们俄罗斯向中国学习的时候了，这一巨大的变化源于一批像我的老同学刘一样的人的努力。为此我激动不已，中国的今天也许正预示着我们的明天。而令我感动的是，今天我的老同学不是以工作身份在这里宴请我，而是以老同学、老朋友的私人身份，这让我深深地感到任凭岁月流逝而无法褪色的同窗情谊，也让我回味起与他一起度过的那些充满理想和青春的同窗岁月。同学就是时光河流上的摆渡之舟，把我们的心摆渡到那些曾经的彼岸。所以现在我提议让我们干杯！为友谊、为同窗、为健康、为相会！"伊万诺夫站起身，端着酒杯与一桌人依次碰过。

席间刘有森特地向伊万诺夫介绍了一番林阳，说他的业务做得满世界都是，如果他有机会去俄罗斯，就让他代替自己去看望老同学伊万诺夫院长。

伊万诺夫一边听着刘有森的介绍，一边不断转过头去打量着林阳，刘有森说完，伊万诺夫立刻向林阳伸出了大拇指说："好样儿的！你看上去给我的感觉就是那么与众不同。我的老同学刘的介绍也证实了我的这种感觉。其实也不用介绍，如果你是个普通的人、平庸的人，我相信也不会成为刘的学生。不是吗？"伊万诺夫说完还幽默地耸了耸肩膀，把一桌人都逗笑了。

伊万诺夫接着向林阳举起了酒杯说："祝愿你的企业越办越好，也希望早日在俄罗斯见到你。在莫斯科我可能找不到这样豪华的餐厅来招待你，但我会竭尽全力帮助你，给你介绍更多的朋友。要知道，在俄罗斯的动力工程界，无论是在核动力还是常规动力领域，我伊万诺夫都算得上是一个重量级的人物。"伊万诺夫眉飞色舞地说到这里还挥起双手，双拳紧握，在胸前抖动了几下，做了个表示力量的动作。

接待老师的同窗自然应当热烈盛情。第二天晚上，林阳又以东道主的身份为伊万诺夫举行了一次豪华的中式晚宴。刘有森因为会议没有结束无法前来参加，所以整个晚宴上的交流几乎都是在伊万诺夫和林阳之间进行的，翻译老章和其他陪同人员只是依次为伊万诺夫一行敬了敬酒。

备受款待的伊万诺夫带着林阳以刘有森名义送给他的一大堆礼

物，通过海关免检的贵宾通道，神情愉悦地登上了飞往哈巴罗夫斯克的飞机。与林阳握手道别后，他还张开双臂把林阳紧紧地拥抱了一下，并且在林阳耳边说了一句："林，你是我在中国最好的朋友之一，希望能尽早在莫斯科见到你！"然后向林阳一行人摇着手，三步一回头地登上了飞机的舷梯。片刻之后，林阳的车子也快速开出了停机坪。

不知从什么时候开始，林阳渐渐成了刘有森除了工作之外的重要依靠。有时间两人依旧在一起研讨一些社会问题，但与之前不同的是，刘有森有时会把自己家里的一些私事交由林阳协助办理，而林阳几乎成了刘有森的一位忠诚可靠且切实可用的私人幕僚。刘有森有一项业余爱好，就是喜欢摄影。有时赶上礼拜天无事又摄瘾大发，他就叫林阳开上一辆吉普车，后备厢里带上功能齐全的"长枪短炮"和大小不一的三脚架以及点心吃食和矿泉水，跑到很远的郊外或丛林或水边去找寻捕捉，那些蜻蜓点水、鸟妈喂仔、云霞初起、涟漪四散等等稍纵即逝却又令人心醉的灵美瞬间。

聪明人一点就透，其实林阳心里非常明白，那天晚上刘有森向自己透露市里那四家濒临破产的工厂即将转让出卖，以及让秘书把相关资料细节转给自己的意图。交情嘛，总是相互的，有森书记一定是希望他在这次"低成本扩张"的浪潮中能有所作为，才向他透露这些信息和机会的，当然也可以保证在这次"扩张"行为中助他一臂之力。可问题没有想象中那么简单，就像林阳预感的一样，土地、厂房、设备这些死的东西都好说，最大的问题将会发生在这些破产转让企业的人员安置上。

林阳首先考虑的是那家地处中心城区，地理位置优越的市属国企缝纫机厂。这是一家"大跃进"年代里诞生的老厂，在计划经济的年代曾经风光一时，生产的"蜻蜓牌"脚踏式缝纫机曾在许多年里供不应求，甚至要凭票供货。那时候缝纫机是一个家庭的"四大件"之一，而且是最占有空间的一件。一户人家如果在窗前、屋角摆放上一台缝纫机，那全家人的脸上都会有无限的荣耀和气派。有的人家比较爱惜，平时就把缝纫机的机头翻放在下面，机架变成了一个矩形的小桌，然后在小桌上蒙上一块台布，讲究点情调的还在小桌上摆上一个玻璃花瓶，里边插上几枝色调艳丽但姿态千篇一律的塑料花卉。有的人家比较张扬，索性就不把机头翻下去，平日里就明晃晃地摆在那里，那些机身上的黑漆、金字，电镀的压脚、手轮就在不同的角度上反射着光线，刺激着人们的眼睛，让人一瞬间就感觉到这缝纫机的存在。

改革开放后情况就不同了，随着洋装的涌入和普及，五花八门、五光十色的各地甚至是各国服装令人应接不暇，本地的服装企业也清一色地使用了电脑控制的生产流水线。很少有人自做服装了，缝纫机在家庭的地位自然也是一落千丈。为了给音响、冰箱、电视机这些新的"大件儿"腾地方，许多家庭甚至将其当作废铁卖掉了。而与此同时，生产缝纫机的工厂却没有停下生产的步伐。于是工厂生产的产品大量积压，企业资产的负债越来越大，工厂已经接近两年没发工资了，破产对这间没有出路的企业而言似乎已成定局。

林阳去缝纫机厂实地考察调研的时候，正碰上厂里的工人在集中闹事儿。也不知道工人们从什么渠道得来了消息，说工厂即将走破产程序，工人们即将失去工作，被解散回家。传闻有鼻子有眼，甚至连给下岗工人买断工龄的标准都说得一清二楚。

工人在工厂办公小楼前的篮球场站了黑压压的一群。领头儿的是翻砂车间清砂工段的工段长王晓东。说来也巧，这人林阳许多年前就认识。王晓东的父亲叫王焕明，当年是林阳父亲医院里维修医疗设备的电工技师。此刻王晓东正站在东侧篮球架下的一块石墩上，对着黑压压的人群慷慨陈词：

"这个厂子里的很多职工都是父一代、子一代，就连我来厂也有二十多年的时间了。缝纫机厂不仅是我们精神的寄托，更是我们的身家和性命！可如今这些很快就什么都没有了，工厂要破产，领导干部可以到别的地方去继续当官，可我们这些工人怎么办？据说给我们买断工龄的标准是一年工龄五百元，这样算下来有四十年工龄的老师傅才能得到两万元，像我这样二十多年工龄的人才能得到一万多一点，可这点钱够干什么呢？拿了这钱，工厂就与我们再无关系了。把我们推向社会后，生活要自己谋，劳保要自己交，可物价、房价、孩子的教育成本都在年年上涨，生活会变成什么样子呢？我们的未来就变成了一个未知数！我学过政治经济学，在资本主义社会里资本家们的发家都是依靠剥削工人阶级生产劳动的剩余价值。而我们是社会主义国家，工人阶级是国家的主人，我们生产劳动的剩余价值给了国家，我们是心甘情愿的，因为我们是国营职工，国家也给了我们生活保障的承诺。可今天他们突然翻脸不认账了，就凭领导开了个会，就凭一纸文件就让我们下岗、失业！那好，我倒是要问一问，那么多年我们工人生产劳动的剩余价值哪里去了？

人群里出现了一阵骚动，很多人对王晓东的观点表示认同。

王晓东的话讲得条条是道而且很具有煽动性。林阳站在黑压压的人群里，默默地听着。

"大家都知道，就在一个月前咱们厂里装配车间的马宗顺师傅因为工厂发不出工资，孩子得了白血病没钱就医，一家三口服毒自尽了。我们为马师傅悲伤、同情的同时，是不是也要想想这样的问题：谁能保证我们中间的哪个人不是下一个马宗顺？所以我的意见是，咱们工人同志们得团结起来，不能就这样任人宰割了！昨天市总工会的什么刘主席还有我们主管局的领导不是都来过了吗？但也没解决什么问题。我们必须联合起来发出自己的声音！王晓东话音一落，人群里又发出一阵支持、认同的声音。

王晓东讲话里提到的刘主席，林阳很熟，是两年前刘有森为之引荐的。刘主席叫刘山，曾经是刘有森的秘书，会讲话、文采好、反应快，是秘书班子里重要的笔杆子之一，同时也是刘有森私人的智囊和棋友。在给刘有森服务了几年之后，刘山被安排在了市总工会主席的位置上。

刘山是个才思敏捷、善于捕捉思想、应变能力极强、能言善辩的家伙。缝纫机厂工人闹事儿的问题由他出面最终都是无功而返的结果，说明了事态的复杂和高难度。这点林阳在刚才王晓东那番很有逻辑性又煽动性极强的讲话中就能感觉得出来。

工人们最后一致推举王晓东作为工人总代表，又推举了几名工人代表组成一个临时工代会负责出面与厂方进行谈判。

人群散了后，林阳留下来，见了这位多年未见的王晓东。

"是晓东吧？好多年未见，还记得我吗？"林阳向王晓东伸出了右手。

王晓东眨了几下眼睛，黝黑又布满皱纹的面孔上立刻漾起了笑意："你是林阳！可是有很多年没见到你了！你比从前胖了些，壮实了不少，不过还是一眼就能认出来。"王晓东握住林阳的手不断地摇着。

"你和以前相比变化不大，只是比以前黑了点儿，人更精神了！"林阳说话时目光一直没有离开王晓东那张黝黑的脸。

"自从你大学毕业分配回来，很多年就没再见到。我去过你家原来住的平房那儿找过林伯，可那一带都拆迁了，也不知你家搬到了什么地方，后来就没了音讯。林伯还好吧？"

"我爸走了。到今年的十月十七号就七周年了。"说到这儿，林阳垂下了眼睛。

"哎呀，我真是一点儿信息也不知道。要不然，唉，怎么也得去送送老人家。我没忘，林伯是我们王家的大恩人！"王晓东十分真诚地感慨。

"不说这些了，晓东，什么时候当上工人领袖了？我刚才看你那架势一下子想起了好几个从前电影、小说中的工人领袖。"

"咳，什么领袖不领袖的，我那也是被逼无奈。工厂要破产倒闭，工人们要下岗失业，被逼到这个份儿上，总得有个人站出来代表大伙儿出头说话呀。我也没别的本事，就一个脾气犟，什么事情都一条道跑到黑，还一个胆子大，多大的事儿我也不惧。就凭这两点大伙让我当了工人代表。哎，我还没问你呢，现在在哪儿上班呢？你怎么跑到这儿来了？"

林阳考虑王晓东以及那些工人刚才的情绪，无法真实地告知自己的身份和此行的来意，就随口编了个谎说在一家科技公司上班，为一项电磁阀的专利技术要去工厂技术科见一个人，结果信息搞错了，工厂技术科根本没有这个人，正好碰上了刚才的事情。

"我刚才听了你的讲话，工人们更关心的可能是自身的利益，而且是当前的利益。你想过你们这样下去最终的目的是什么吗？也就是说想得到一个什么样子的结果？"

"哎，还是你厉害，一下子就问到点子上了，那些大道理是用来调动、激化大多数人的情绪的。至于基本的目标我们几个工人代表也好，联系人也好，也在一起碰过几次，可以说是基本上统一了思想。我们的目标就是：第一、阻止工厂走破产之路，拒绝对工人下岗失业的安置；第二、我们要求改组工会，成立一个真正由工人推举的工会组织，在这基础上成立工厂管理委员会，调整产品让工厂起死回生，实现企业脱困、工人自救！"王晓东黝黑的脸上泛起了一丝血色，说话也铿锵有力了起来。

"不错呀，目标的确有些振奋人心。不过你说的要改组工会，我倒要给你泼点儿冷水。我们的工会组织现状也好，产生程序也好，你是应该了解的，几十年一贯制，你想自发选举恐怕不是件容易的事情。与改组工会相比，你的具体实现方案更为重要，要既能说服相关部门和领导改变或者暂缓已经既定的破产转让决定，又能在相对短的时间里改变工厂的经营现状进而出现起色，那你的治理方案是否切实可行是问题的关键。"

"对呀，说得太对了。今天这么巧能遇见你真是上天的安排。你学问大，见识广，快给我们出出谋、划划策！"王晓东一脸的兴高采烈。

两人又沿着工厂脱困、工人自救的话题聊了一大阵。林阳看了看手表起身告辞。王晓东要留林阳吃饭，林阳说今天不了，以后还有机会。

两人在厂门外握手道别后，林阳没有走向自己的汽车却朝相反的方向走了，待回头确认王晓东已经回去，这才拨通了司机小马的手机："喂，我在厂门西侧大约三百米的地方，对，你开过来吧。"

# 第二十章　父一辈，子一辈

尽管这些年来几乎没有什么联系，但严格说来王晓东与林阳家的关系还真算得上是父一辈、子一辈。

王晓东的父亲王焕明为人豪爽、乐于助人，因此有着极好的人缘儿。再加上他是一个能工巧匠，谁家有什么小东西、小物件需要修理，比如什么收音机、台灯、电熨斗、自来水龙头、浮漂、门弓子等等，都乐意跑来找他。求他的人往往不需多说多讲，只是扒着电工室的门喊了句："王师傅，我家的××坏了！"只要王焕明在，准能听到他用音调高高的山东普通话回一嗓子："知道了，下班儿在医院门口等我一块儿走！"有时候也不用求，只要他知道了谁家里有什么事儿就会主动找上门来。活儿干完了，既不吃饭，也不要谢，唯一的嗜好就是点燃一支卷烟，歪着头，眯着眼，一双细长的眼睛不停地眨着，把他的"工作成果"在一阵喷云吐雾中好一番欣赏。

王焕明有个响亮的外号：瘸王。

林阳小时候，王焕明是他家的常客。那时候也不知道他叫王焕明，只知道他叫瘸王，有着孩子都喜欢的好性格。至于他是因为姓王而被称为瘸王，还是因为什么麻烦棘手的活儿都不曾难倒他才被誉为瘸王，以及一个普通工人为什么成了院长林文竖家里的座上宾，就一概不得而知了。

瘸王当过兵，是从陆军某工程兵部队复员到地方的，最早的时候不叫瘸王，当然那时也不瘸。

有一年春天，一场罕见的大风刮断了医院的供电电路，整个医院都停电了。当时医院住院处妇产科正好有一位孕妇因为顺产不成，在转做剖宫产手术。孕妇羊水已经破了快一天，宫缩也很有规律，肚子疼得昏天黑地，但就是不见开指，是典型的难产。而在这个时候停电，可想而知对这一母一婴两个生命而言将意味着什么。那时候，没有现代的逆变电源，也没有后来十分普及的小型发电设备，要想抢救这孕妇和婴儿的生命，就只能靠接上被大风刮断的供电电路了。

找供电部门修复，已经来不及了，医院里唯一的一名外线电工又因为在老家的老婆要生孩子这两天请了假。医院的值班总务长找到了在家里刚刚吃过晚饭的王焕明，看能否来一次越级办事儿。瘫王听了，一没多问，二没多讲，把手里没抽完的半截子卷烟往他那用树根雕成的烟缸里一捻，只说了一个字"走"，就一路小跑到电工班，拿上了工具、电缆、脚扣子、安全带，然后又一路小跑奔了事故现场。

线路接通了，手术台上方的无影灯重放出了银色的光辉，大夫和护士们又开始穿梭忙碌。电线杆上的王焕明回头看了一眼灯火通明的医院大楼，长出了一口气，舒心地笑了。他想把工具插回后屁股上的工具袋，随后准备下杆。然而就在他重新绷紧安全带的一瞬间，不幸发生了。安全带脱扣，王焕明从十四米高的电杆上一个倒栽葱摔了下来。

这一瞬间成了王焕明人生的转折。

如果没有这次事故，王焕明也许会成为其他的什么王，而这次事故注定让他成了瘫王。

半年后，瘫王又上班了。还是那张布满皱纹却总是笑呵呵的面孔，还是那双细长细长经常眯成一条线的眼睛，还是抽着那一支接一支的劣质卷烟，不同的是两条腿变成了两条细长又不听使唤的帆布口袋，腰上多了块不锈钢的钢夹板，而挂着双拐的瘸王也终于有了自己的坐骑——一辆红色的手摇三轮车，车把上还立着一面紫绒黄穗的三角形小旗，上面绣着"残疾人专用"。

身体的残疾、行动的不便似乎并没有给瘸王带来什么心理的负担，他依旧上班干活，依旧帮人修理电器，依旧每天忙忙碌碌、乐此不疲。

由于瘸王没有外线电工的操作证，那次事故就成了他违章操作，主管部门不同意按工伤处理。是院长林文竖通过一篇《换取两个生命的代价》的报告，以及多方求助，才为瘸王讨回了公道。据说林文竖有一次还为此和主管厅长发了很大的火，一向为人谦和的他居然会指着厅长的鼻子大骂他是官僚作风，还质问人家："亏你还管理了这么多医院，你懂得什么叫救死扶伤吗？是规章重要还是人命重要？"

瘸王此刻倒并不急于讨到什么结果，从不多说什么，安静地面对这周围的一切。这次伤残事故后，从院里的领导到医生护士以至于家属院里的老人孩子们，对这个普通的工人师傅似乎都多了几分敬重，瘸王也深知凭着院长的为人，医院无疑会厚待他。

林家的水箱坏了，瘸王摇着车子来把水箱修好；家里前街后街两个门，林阳母亲说想装两个声音不同的电铃以示区分，瘸王马上帮着装上了两个频率不同的讯响器……没有什么活儿时瘸王也会来林家坐一坐。其实有些小活儿林文竖原本可以通知总务处派工人来处理的，然而他却总是用征询的目光望着妻子说："让老王来给弄弄吧，老王伤了后单位里有些设备维修的活儿他插不上手了，闲着他又很难过。""对了，晚上顺便多烧两个菜。"林文竖经常在走出家门之前补上这么一句。

"哎。"妻子答应着，目送着丈夫远去的背影。

日子久了，瘸王成了林家的常客。因为来林家的路上要经过一段很长的坡路，手摇车摇着太吃力了，林阳父亲就叫瘸王每次来时都带上儿子王晓东，以便车子爬坡的时候儿子能推上一把。就这样林家的孩子们和王晓东也渐渐熟悉了起来。

瘸王领着林家的孩子们拉天线、装二极管收音机、用铁丝编鸟笼子，林家的孩子们把这个拄着双拐、和蔼可亲的瘸王真当成了忘年的朋友。瘸王也不把自己当成外人，于是不知什么时候开始，夫人的称谓变成了大嫂，院长的称呼变成了大哥，瘸王也成了院长家的座上宾。

"文革"之后，一切都渐渐恢复了常态。因为工作需要，林文竖在本市的卫生系统中，率先得到平反、官复原职，继续当他的院长。不再有争斗，不再有迫害，不再有攻击，一切都似乎恢复到了浩劫前的平静，然而时光却呼啸着过了十年。

十年的时间在漫漫历史长河中也许只是一朵微不足道的浪花，可对一个人而言，那或许是青春，或许是华彩，或许是烂漫，或许是一生中最美好的一段。

十年之后，林文竖除了两鬓多了些白发外倒没有什么更多的变化，腰杆仍旧笔直，一双眼睛也依旧炯炯有神。那段时间每天下班都很晚，回到家后，一边吃饭一边和妻子聊着医院里的事情，内容无外乎是"医院急需恢复正轨"，"十年几乎青黄不接，要突破政策把那些'文革'中整过人、造过反但业务尚属尖子的人才，还有个别工农兵学员中的佼佼者尽快补充到各科的关键岗位"云云。其实，妻子并不关心丈夫的这些"工作汇报"，只是在饭桌上倾听丈夫的诉说似乎已经是许多年来养成的一种习惯和默契。

一个深秋的下午，林阳骑着车子去父亲的医院驮白菜，在那段长坡道上，刚好遇上了因在揭发他父亲的大字报上签名而久已疏远的瘸王。瘸王比从前苍老了许多，头发几乎全白了，黝黑的脸上布满了岁月刻下的千沟万壑。他依旧摇着他那辆红色的手摇三轮车。车体已经显得很陈旧了，表面的烤漆大部分已经脱落，露出了下面的锈迹斑斑。

瘸王的车子摇得很慢，确切地说应该是摇得非常吃力，无论是手臂的动作还是面部的表情都显得那么艰难。坡路才上了不到一半，瘸王的脸上已是一层细密的汗水了。林阳架好车，一路小跑过去帮瘸王把车子推上了坡。瘸王侧过头来笑笑说："谢谢你呀，小伙子！"还是那口口音浓重的山东普通话，说话间露出了一口齿隙染满烟渍的牙齿。他用衣袖揩了揩脸上的汗水，摇着车子慢慢地走了。瘸王自然不会认出林阳。岁月如梭，林阳已经从当年那个蹦蹦跳跳的小不点变成了一个英俊的小伙子。

林阳目送着瘸王摇着车子渐渐远去的背影，回味着刚才他那并不轻松的一笑，无论怎么样也无法把他和当年的那个神采飞扬的瘸王联系在一起。

再后来，瘸王病了。是肺癌。

在瘸王住院的时候，林文竖去看过他，当时瘸王正睡着。他的女儿欲叫醒他，林文竖摆摆手说："不要叫醒他了，他难得睡一会儿，这种病只有在睡觉时才没有痛苦。"

病房里很冷清，没有什么人来过，人们似乎已经忘记了瘸王当年那几近英雄般的壮举，似乎已经忘记了还有这样一个老工人的存在。林文竖在瘸王的病床前坐了好一阵，目光一直没有离开瘸王那张布满岁月风尘的脸。他在想什么呢？是在怀想岁月留下的那有几许遗憾的故事，还是在这张写满沧桑的脸上寻找那尘封的从前？

瘸王醒来的时候，林文竖已经走了。听着女儿的讲述，很久都不曾有过笑容的瘸王竟挂上了一脸的笑意。当女儿把林文竖带去的钱和当年他最喜欢吃的凤尾鱼罐头送到床头时，瘫王终于忍不住失声痛哭、老泪纵横。

王焕明最终没有抗拒得了死神的召唤，在一个寒冷的风雪黄昏离开了这个充满温情又充满冷漠、令他感动又令他遗憾的世界。

瘫王死后不久的一天，他的儿子王晓东来到了林家，说是他父亲临终前嘱咐他一定要来看看林伯伯。他父亲对他说："我这一辈子没有做过对不起别人的事，就是当年为抢救那个产妇从电线杆上摔下来，摔成了残废也从来没后悔过。唯一后悔的就是那几年对不起你林伯伯。人家对咱那可是有恩啊，待我像亲兄弟，可我却在人家倒霉的时候冷落了人家。还有给你林伯伯贴的那些大字报，那签名根本不是我签的也不是我要签的，那都是汽车班的刘青干的。当年他把汽车开出去往外倒油卖钱被人发现了，就托总务处长求情，你林伯伯最痛恨这种人，没给面子把他处分了，调离了岗位。他怀恨在心，运动开始就拉了一堆工人整你林伯伯。刘青知道你林伯伯待我好，才把我的名字故意写在最前面，我知道他的恶毒用心，他那是利用我在向你林伯伯心上捅刀子啊！都是我胆子小，造反派这边儿不敢得罪，又怕人看见，你林伯伯那边儿也不敢去解释。有一次在路上遇见了你林伯母，你林伯母看我那眼神啊，像刀子一样扎着我的心哪。我自知理亏，都不敢抬头看一眼。这一下就这么多年过去了，运动结束你林伯伯得到平反，官复原职，我还哪有脸这时候再去解释当年啊！这事儿在我心里好长时间了，堵得慌啊，我肠子都悔青了！我寻思着什么时候你林伯伯家里有点儿什么活儿，他再叫上我一次，我再帮上一次忙，和他好好唠扯唠扯，我就死也瞑目了，可天不遂愿哪！我死后你要经常去你林伯伯家看看，有什么粗活儿就帮着干干，你林伯伯一家那是读书人，不会干活呢。"

王晓东还没学完瘫王的这段话，林文竖已经是失声痛哭了，林阳母亲也坐在一旁陪着抹眼泪，显然她在心中已经原谅了那个曾经被她说成是以怨报德、忘恩负义的痼王。

不久，中断了十年的大学招生恢复了，林家的三个孩子都准备参加高考。林文竖每每通过朋友搞来的复习材料都是一式四份，而多出来的一份就打发林阳给王晓东送去。林文竖多次鼓励王晓东，希望他通过努力考上大学，也算让九泉之下的父亲能得到安慰。

那年秋天，林家的姐弟三人同时迈进了大学的门槛。林文竖格外地兴奋，历史好像开了一个喜剧性十足的玩笑，把这本该由他一次次分享的喜悦，集中起来一次性地带给了他。

与林家三姐弟对比明显的是王晓东的名落孙山。也难怪，王晓东七〇年初中毕业，正好赶上了"文革"期间中学毕业生里那唯一可以不去上山下乡、在城里分配工作的一届。王晓东被分配到缝纫机厂，工厂当时挺有名气，只是工种太差了，是铸造车间的翻砂工。尽管这样，比起往届和后边的那些到广阔天地里锤炼意志、滚一身泥巴、炼一颗红心的同学还是幸运多了。王晓东文化基础薄弱，再加上翻砂工要几乎整日里对那些铸件里外的砂型敲敲打打，根本没有什么成块儿的学习时间，而大学停止招生这十年积攒下来的考生势如开闸的洪水，在这样的竞争中失利也属自然。

大学的第一个寒假，林阳回家过年和家人团聚。姐弟三人各自炫耀着自己学校的历史和光环，以及半年以来各自的学习成绩，林阳还朗读了一篇自己用英文创作的小诗《致我的父亲母亲》。林文竖夫妇双双高兴得合不拢嘴，不仅是因为孩子们谨小慎微了十年的日子终于在一个扬眉吐气的艳阳秋日里终结，更高兴的是他们在每一个孩子的身上看到一种心灵阳光的照耀，还有那些喜人的成长和成熟。

春节前的一天，林阳按父亲的吩咐，拿上父亲单位里分福利分来的海鱼和豆油，去看望一下王晓东的母亲。瘸王死后，林文竖每逢年节单位里发放福利，都把自己的那份派林阳去送到瘸王的家里。

望着儿子棉袄外边套着洗得褪色的蓝制服、灰毛线围巾、千层底的北京二棉鞋这套朴素的装扮，林文竖心里涌起一种复杂的感情，有欣慰也有心疼。

"那两个家伙指不上啦，这事儿回回都是你。"父亲在提着东西即将出门的儿子肩膀上拍了拍。

"没问题，责无旁贷！领导还有什么交代？"儿子回过身来，笑嘻嘻地与父亲调侃。

父亲在儿子胸前轻轻捶了一拳："油嘴滑舌！谁是你的领导？我是你老爹！咱们家就是排领导也排不上我啊，要有领导那也是你妈！"

"嘿嘿，我老爹果然有自知之明！知人者智，自知者明呀。"

"嗬，《道德经》念得不错呀，下边呢？"

"胜人者有力，胜己者强。知足者富，强行者有志。不失其所者久，死而不亡者寿……"

"嘿嘿，行了，快走吧，路上小心点儿！"林文竖笑了，又一次拍了拍儿子。而就在儿子转身的瞬间，他的目光在儿子胸前轻微地滞留了一下。

林阳似乎立刻意识到了什么，低头看了一下自己的胸前，迈出门槛一半的脚又收了回来。他放下手里的东西，腾出手来低头摘掉了别在胸前的校徽交给了父亲。

"今天不戴这个了，老爹你先替我保管着。"

"那也好，回头再戴吧。"林文竖接过那枚校徽攥在手里，接着又张开手，把校徽托在手里仔细端详了一番。

儿子的敏感让林文竖甚至有些折服。就在自己目光略作停留的一瞬，儿子似乎就洞穿了自己的心思：毕竟王家还有一个高考落榜了的王晓东。

三个孩子中，林文竖有些偏爱林阳。不仅因为他是自己的小儿子，更因为小儿子善良、顺从、聪明、善解人意，也肯为别人着想。林文竖每每看着小儿子，就会感到心中有一块软软的东西在被轻轻地拨弄。

后来林文竖在"超期服役"了三年后退休，而因为老城区改造，家里的老房子也拆迁了。于是好长一段时间里林家与王晓东家失去了联系。林阳去缝纫机厂的这次调研之行，又让这两个少年时相识的朋友在生活的路上再次相遇。


林阳在汪秘书提供的资料上了解到，作为地方国营性质的缝纫机厂在编和退休的工人干部总数大约不到四百。工厂的厂房和设备按财务折旧算下来基本就没有什么东西了，主要是这近四百人的工龄买断，再加上工厂的历史负债，还有地皮费用。

林阳粗粗估算了一下，所有这些，两千多万拿下是没有任何问题的，届时如果刘有森再能和主管工厂的轻工局、国资委打打招呼，可能还用不了那么多。资金问题也好办，自己公司拿一部分，再找银行贷一部分也就解决了，只要合同文书中承诺好，工人买断工龄的钱如期发出去，至于地皮费用、工厂历史负债什么的，就是缓交应该也不是问题。

不过这样算下来，这付给工人买断工龄的费用是一个比较低的标准，说得过去，拿不出手。林阳也正是在这个问题上的反复斟酌，才表现出对整个收购计划的举棋不定、犹豫不决。

那天在现场听了王晓东的慷慨陈词，看到那么多为即将失去工作或愁容满面或义愤填膺的工人群众，林阳进一步纠结了起来。

下海这些年来，林阳所做的所有生意都是以自己专业为基础的国家工程，甚至是国家重点工程，所有的项目从未与自然人发生任何关联。而今这么一个"低成本扩张"的机会，却要自己亲自面对那一个个买断工龄、下岗失业的工人，不仅是要面对，而且完全可以说是自己的所谓发展、扩张的行为改变了那几百号人的生活乃至生存之路。要自己亲手了断那些工人们几十年来引以为豪的身份和梦想，想起来他就会觉得头皮有些发怵。

这个社会不知从什么时候开始认同了丛林法则，认同了弱肉强食，不过林阳认为丛林法则应该适用于老虎、狮子、豹子之间，而绝非是虎狮与松鼠山雀之间。

他想起了曹禺的《雷雨》。无论是当年读剧本还是后来看话剧，那个剧中的周朴园都是人们心中痛恨的对象，他阴险、狡诈、虚伪，为了自己的利益不择手段甚至不惜牺牲别人的生命。戏剧揭露的是旧社会的罪恶，表现的是资本家和工人之间的阶级矛盾。那天去了缝纫机厂之后，林阳总觉得自己就是那个为利益绞尽脑汁不择手段的周朴园，而王晓东就是那个剧中的鲁大海。

不过林阳的自责是多余的，良心决定了他真的不是那个《雷雨》中的周朴园。在不知底细的王晓东连续找了他几次之后，林阳居然答应帮助他们，寻工厂走出困境的起死回生之路。

王晓东还把林阳介绍给了工代会里的其他成员，那些皮肤黝黑、粗手大脚的工人一个个对林阳尊敬有加。林阳有时会和他们一起坐进工厂对面的小酒馆，抽着劣质香烟，喝着散装的烧酒，一盘花生米、一盘豆腐干就是下酒小菜，一同谋划着这间濒临破产的工厂会拥有的明天和未来。那个一头褐色卷发，长得相对白净，说话有些文绉绉，喜欢读诗写诗的大何，一次给林阳敬酒时说："患难中见真情，缝纫机厂落到今天的地步，干部和技术人员都快走光了，只剩下了咱们这些空有一身力气的工人。林工你就是上苍派遣来帮助我们的。我代表这些兄弟们说上一句'谢谢你！'这次无论成败，我们都感谢你！你在我们心中就是那个神话中给人们盗来天火的普罗米修斯！"

大何的话说得林阳心中一热，他举杯和大家干掉了杯中的烧酒，眼睛里涌出了眼泪。

王晓东问林阳怎么啦，林阳挥挥手说："没事儿。哇，你们这小烧太辣了！"

为了探讨王晓东他们的"工代会"是否具有合法性的问题，林阳把这个星期六的晚上空出来，专门请了一次总工会的刘主席刘山。因为刘有森的缘故，再加上文学上的兴趣相投，两人相处得还不错。

刘山每次来都带着自己的女友婉云，一个女人味儿和文化范儿都十足的小女子。朋友的女人嘛，林阳自然也不愿意多问，只知道婉云是一名唱花旦的演员，天资条件和唱功台风都不错，堪称一流。至于婉云后来为什么离开了省京剧团，以及小了刘山二十多岁的她怎么成了他的情人，林阳就一概不得而知了。

席间，林阳详细问起了王晓东他们在工厂里自发成立的"工代会"在法律上是否存在什么问题。刘山的态度是：作为工厂关闭、转制过程中的临时性组织，短时间存在应该问题不大，但要想成为取代原有工会的正式组织肯定不行。中华人民共和国是有《工会法》的，法外成立的组织，得到的只能是非法的定性。

说完刘山眯起眼睛用奇怪的眼神打量着林阳问了句："林老板怎么关心起这些问题来了？我的印象里林老板一向都是打着飞的、赚着大钱、玩着潇洒、天马行空的儒商才子，哎，怎么关心起工人的事情来了？不是想当救世主吧？"

"哈哈，救世主是耶稣当的，我们一介俗身、肉眼凡胎岂敢造次？恐怕说说都是冒犯吧！其实就是一位朋友向我咨询的，我说那没问题呀，总工会的刘主席，那是咱们哥儿们啊！这不一问就知道刘主席门儿清，连我都跟着上普法教育课了！来，婉云小姐随意，咱们俩干一个。"林阳一边调侃一边冲刘山举起手里的酒杯。

"不比从前了，最近一段这工会的工作还真是碰到了许多新情况和新问题。主要都是一些外企和民企的工人和资方发生的一些矛盾。国企的不多，个别有几个主要是走破产拍卖程序的那几家。你别说，还真是不能小看这些工人们，有的问题提得非常尖锐！"刘主席拿起饭桌上的"中华"，抽出一支点上，深深地吸了一口。

"那你这主席怎么办才好啊？要站在哪方的立场呢？"林阳也顺手点燃了支香烟。

"怎么办才好？没什么好办法，安抚呗。主要就是压事儿，别让他们把事态搞大。我这总工会的主席这一段时间都成了救火队长和和稀泥的专业户了！至于老弟你说的立场嘛，没有立场就是最大的立场。老弟，什么都不好干哪，别看我现在级别是正局，可我最羡慕的就是老弟你，既不用看上边的脸子，也不用看下边的脸子，人生最大的喜悦是什么？是有一个自由之身哪！"刘山感慨之余又把脸转向这阵没插话、一直在静听二人谈话的婉云，"哎！我这孩儿今天怎么这么沉静？怎么到了林老板这儿妖娆妩媚都变成端庄矜持了？"刘山在非常熟的熟人面前一向把婉云称作他的"孩儿"，一来可以尽显与婉云之间的无限亲密，二来也让别的男人断了在婉云身上的非分之想。

刘山不愧是笔杆子出身，表述得准确到位，婉云脸一红，低头笑了，笑得果真是矜持端庄。

刘山接着对婉云说："孩儿你今天吃得可不够生猛，想吃什么你就随便要，林老板和我不分你我，他做东那就是和我做东一样。是吧，林老板？"

"那是那是。绝大多数的东西我和刘主席是不分你我的，但是也有一定要分你我的东西，比如说女朋友……"林阳端着酒杯调侃了一句。

"哈哈哈哈！"刘山的笑声震得山响。

婉云起身去洗手间的时候，刘山对林阳说："兄弟，一会儿你得在你小招待所里给我开间房，我得用半个晚上。"林阳说："别半个晚上了，你半个晚上出来进去地让我员工看了大家都没面子，委屈你刘主席就用一整个晚上吧！"

刘山笑了说："行，老弟，那就听你的！"

于是林阳拿起手机接通了电话："喂？刘师傅吧？""哎，是我。""我的朋友刘主席今晚要连夜赶写一份材料，你把203给他打开。对，备好热水，别的都不用管了。好，回见。"

撂了手机，林阳对刘山说："说好了，给你开的203，吃过饭你们就过去吧。"

"得咧！来，喝酒！"刘山一脸兴奋地又举起了酒杯。

接着推杯换盏了一阵，刘山就不想再喝了，面对即将开始的床第之欢，他显得似乎有些心情急迫。

买过单又坐了一会儿，刘山的车来了。刘主席示意林阳一道走，林阳摇摇手说不了，他想一个人散步回去。其实他心里是在为婉云考虑，刘山和婉云去的是他的招待所过夜，不随车同行是为了让婉云不至于在他的面前过于难堪。

林阳边思考问题边往回走着。夜色变得越来越浓，那些没有灯光、尚未竣工的高层建筑像一个个奇形怪状、面目狰狞的巨兽，挺立在深深的夜色里。林阳很多年以来就喜欢这种在夜色里独自行走的感觉，可以无人干扰，我行我素。抬头仰望夜空，星河浩瀚，思绪便也随着夜色而漫游了起来。他想起了贾岛的名句："独行潭底影，数息树边身。"虽然生活不至于那么空寂，但灯红酒绿、笑语盈盈之后，宴席散去便是孤独来袭。不，不仅仅是孤独，更大的感受是空虚！自己似乎是既要独自承受、担负起这黑夜的重量，同时灵魂和身体却又在这黑夜的裹挟里漂浮不定。

严格意义上讲，林阳知道自己和刘山的友谊是流于表面的，两人本不属于同一种人，无论是价值观还是内心世界都存在着巨大的差距。之所以至今还处得不错，一来是因为刘有森的关系，二来文学层面的交流和欣赏是一个友谊的媒介，再者还有很重要的一条，就是无论是在领导层面还是在社会层面的第三方面前，两人表现出了相互欣赏、相互重视、相互给面子。和所有的人一样，一个理想主义者的身上照样会体现人性的弱点，只是程度不同而已。林阳偶尔也会反思这种所谓友谊的实质，但是马上就会说服自己：这就是关系，这就是社会。价值取向和审美情调不同不一定不能成为朋友，何况自己与刘山之间内在的审美存在着不同，但外在的审美还是基本形同的嘛！再者说了，刘有森书记也是对刘山欣赏有加。能进入刘有森这样大人物的"法眼"，其方方面面当然一定会有过人之处！

相处的日子久了，就不会再有这样的反思和质疑，不知不觉中，刘山就真的成了林阳不错的朋友。

回到家冲了个澡正要躺下，手机响了，是林阳的一位朋友、C省电力局生产部的迟跃安打来的。此前不久林阳的公司刚投标了C省一座直流高压换流站的工程。

对方说此项目对招投标双方都是事关重大，开标前后还有一些问题答疑，林阳最好亲自带队来一趟。

听着电话的林阳暗自笑了一下，看得出换流站工程投标的事情前途一片光明。他明白迟跃安要他亲自来一趟的背后意味着什么。

于是林阳对迟跃安说："没问题，给我准确的时间，我好预订机票。"接着两人又胡侃了一阵方才撂了电话。

林阳裹着被子躺在床上却久久不能入睡。迟跃安的电话，刘有森的眼神，王晓东们的诚挚和期盼，还有刘山对问题企业和工人的轻描淡写，以及婉云在他面前所表现的端庄和矜持……所有这些如同电影里的蒙太奇镜头，忽而推出，忽而闪回。

这一夜，他失眠了。

# 第二十一章　高贵与卑微之间

周日上午，刺眼的太阳。

一夜激情后的刘山一脸倦容。他一面为婉云整理着衣领和纽扣，一面问她想吃点什么。

婉云说不吃了，她急着要去父母家里看看，都一个星期没去了。两人说着走出了林阳公司的招待所。

刘山看了看手表："哟，都十点钟了，咱们还是吃点东西吧，让你饿着肚子去父母家，那岂不是我的罪过！要么去吃烤串儿吧，去元大都？"

"不啦，我真急着回去。上次回家时老妈的美尼尔氏综合症又犯了，打了几次电话她说好多了，可我一直也没见到人，这礼拜天我要再不赶过去，就是罪人啦。你那烤串儿留着改日吧！"婉云一边说着一边从手包里摸出了一副墨镜戴上。

"那我叫小陈过来送你回去。"刘山从口袋里掏出手机。

"大礼拜天的，你让人家小陈歇歇吧。再说他从那么远赶过来，来回一折腾，我到家还不得中午了？没事，我自己打的走。"婉云从刘山手里拿过手机，关上翻盖儿又还给了他。

在十字路口，婉云截了一辆出租车，刘山要随车送婉云，婉云说："别送了，你何必还要卖一个搭一个，你自己先去吃点儿什么，然后回家睡觉，你看你这一脸的疲惫相。"

"那还不都是因为你！"刘山用一只手搓着婉云的脸，笑得有些淫荡。

婉云摇下后车窗向刘山摇了摇手，随即对司机说："走吧，去梨园小区。"

这一夜，面对刘山的兴致勃勃、翻云覆雨，婉云显得很被动，没有往日里那种无论是心态上还是身体上的主动迎合。婉云心里有些生他的气：幽会嘛，当然不是什么问题，可为什么一定要在林老板公司的招待所？为什么要把这种两个人之间私密的事情故意展示给别人？婉云知道，其实他的家里是空着的，他的太太出差在外尚未回来，他一夜间的激情放松和没给太太打任何一个请假、编谎的电话，就足以证实自己的判断。其实这些问号都是多余的，婉云能体会到刘山之所以这样做的意图和目的。很明显，这一切都是他做给林老板看的。

婚外情在这个社会里本来就是无法明里言说的事情。即使拥有一千种理由，人们也照样会把婚外情和那个叫作"不正经"的词联系在一起。

对于婚外情，婉云在骨子里是认可接受的。本来嘛，婚姻里的爱情已经死亡，那个只靠法律关系维系关联的丈夫早已和自己形同陌路，那么作为一个女人要在这样一个纷繁复杂、危机四伏的世界里找寻一个可以依靠的臂膀，让一颗沉浮未央、虚实不定的心能情有所依，也是一件理所当然，再平常不过的事情。只是婉云实在不希望把婚外情与婚外性混为一谈，尽管这两者几乎是一对孪生的因果，更不希望在林老板这样自己既欣赏又喜欢的人物面前显露自己的这一面。大张旗鼓地在林老板公司的招待所过夜，这不是有意张扬两人之间的性关系吗？于是就有了这一夜的应付和被动。

婉云体悟到了酒局散后林老板为什么不肯坐刘山的车：他一定是不愿看到她处于一个难堪的境地，想想真是难为了这一番良苦用心。

婉云对林阳的印象极好，不像那些有了点臭钱就不知天高地厚、粗野无知、俗不可耐的商人。林阳身上体现出的价值认知、审美情趣、气度气质，以及谈话时的幽默风趣和举手投足间的风度翩翩，都让婉云欣赏有加，甚至可以说是有些着迷。所有这些已经足以说明林阳是一位有魅力的男人了，更何况他身上还闪烁着令当下所有人羡慕的身份地位和财富光环。

正是这种欣赏和认同，才让婉云每每见到林阳会一改往日里那种略带野性的泼辣而变得端庄矜持了起来。而这一切似乎又都被世故到老谋深算的刘山看了个底透，当然也不会逃过林阳的眼睛。

正如婉云所料，一向得意、自负、自我感觉良好的刘山在林阳的面前第一次感到了某种不自信。除了那些财富、地位和学历的光环外，更重要的是林阳身上那种令人羡慕的青春活力，毕竟林阳小了他整整十一岁！

刘山是"文革"前老高三的学生。高三那年学习成绩还算不错的他正努力复习，准备在年中的高考中大展宏图之际，"文革"爆发了。全国的高等教育就此中断，刘山在家里当了一年多无业游民之后背上行李挎包，和许许多多年纪参差不齐、届别高低不一的同学一道奔赴了广阔天地。在生产建设兵团一待就是五年，这期间他当过普通农工、放过马、当过连部的宣传干事，后来调到团部当了团部通讯员。

在团首长的身边工作，待遇好，消息灵，又时常可以出出差什么的，当时是令许许多多知青羡慕、向往的岗位，可刘山却好一段时间里高兴不起来。不仅高兴不起来，工作还经常如临深渊、如履薄冰。原因就是团长和政委这两个自己主要伺候的对象之间整日都矛盾重重。

团长是当年转业的十万官兵中的干部，是一个山东大汉，火爆脾气、直来直去、大嗓门儿整日震得山响，不带脏字就不开口的主儿。而政委却是一个白面书生，不仅整日文绉绉地咬文嚼字，更会忽而阶级斗争，忽而路线斗争地无限上纲上线。按理说这两个性格迥异的人一个抓生产管理，一个抓思想政治，在一起合作应该正好是条件互补呀，可这两个人偏偏尿不到一个壶里！你说东，我偏要说西，你支持，我就一定反对，弄得团部的几个参谋、干事、通讯员什么的一天到晚无所适从。刘山采取的是不站队、不划线，两边都交的方式。每次探亲返回时，刘山会找机会趁没人时悄悄塞给团长两条省城里凭票供应的甲级香烟，也会找同样的机会给不抽烟的政委塞上两斤托人从上海捎来的花生牛轧。

"文革"的第六个年头，经历了一年试点试验后，各种大学开始面向基层招收工农兵学员，刘山所在的团也分到了一个农学院土壤学专业的名额。

工农兵学员的产生原则本来是具有基层推荐、群众评议、单位政审、上级审批一整套貌似完备的程序，不过所谓的原则也毕竟是人来掌握的。

团政委当时搞了一位上海的女知青，本以为开了洋荤、享了云雨之欢后会平安无事，他的地位加上颇有文化相的小白脸，哪个女知青和自己好了不会暗自窃喜？可这位上海丫头偏偏不是那盏省油的灯，和他上了床后就死缠烂打地非要嫁给他不可。可他是有妇之夫啊！老婆在兵团总部医院当护士，最重要的是他的老丈人是大名鼎鼎的兵团副司令！

从师部拿回工农兵学员名额的团政委觉得这是自己摆脱那位上海丫头的最好机会了，就背着团长准备报上那位上海女知青。谁知团长不知从哪也知道了这档子事儿。他要送的是自己的小舅子，而且还指责政委："你这掌的是屁原则？工农兵大学生是厂来厂去，社来社去，只有推荐这些坐地户才能保证这些学员毕业后回到兵团、服务兵团！"于是二人为此争执不下。而最后的结果就是鹬蚌相争渔翁得利，他们都不肯同意对方的人选，双方妥协的结果就是刘山顺风顺水地搭上了这趟这工农兵学员的首班车。

三年后，大学毕业的刘山也没有社来社去，而是被分配到了省城里的农业科学院，在土壤室当了一名技术员，当然这要归功于他在校期间找的女朋友也就是后来的太太齐艳丽，因为齐艳丽的父亲发挥了作用。

再后来，刘山在农科院院办副主任的位置上调到了市委，先当了一段综合秘书后又当了常委秘书。尽管这段时间里除了秘书之外什么"长"的头衔也没挂，但他认为也是很值得，凭自己的经验，鞍前马后地服务于领导，如果不出什么意外的话，肯定最后会有好果子吃，就是捡漏也能捡上个金元宝！

任常委秘书期间，刘山又一次遇上了与在兵团当通讯员时一样的问题和处境：这次是刘有森与陈如许之间的明争暗斗。

与从前不同的是，这次再采取双方都不得罪当老好人的态度不行了，关键的时候要明确立场，要站对路线，要表明态度。在做了一系列功课后，刘山果断地把自己的这一宝押给了刘有森。在老书记即将离休离任，主管工业城建的刘有森和主管教科文卫的陈如许二位谁来接班的问题上，大家都莫衷一是的时刻，刘山一篇赞扬歌颂刘有森力主改观城市面貌，题为《励精图治》的报告文学发表在报纸的头版头条，为刘有森在关键时刻赢来了绝对的加分。刘有森顺利接班后，很快就把刘山调到自己身边做了专职秘书。于是刘山就成了刘有森贴身的私人幕僚外加创意、文章方面的参谋和第一笔杆子。

两年后，刘山凭借有目共睹的出色的工作表现，一跃成了市总工会的主席。

就这样，刘山努力靠近领导总会有好果子吃的经验生涯里，又多了一个大大的金元宝！

刘山回到家，把皮包放下就一屁股坐在了沙发里。老婆出差还没回来，女儿住在寄宿学校，面对冷锅冷灶、冷冷清清的家，他感到有些落寞。

老婆齐艳丽在省外事办工作，经常会有出差任务。对于老婆出差，刘山怀有一种矛盾的心理，既愿意又不愿意。从给予自己自由的角度讲，老婆出差越久甚至不回来才好，那样的话可以随时随地和自己的女人们幽会放纵，不必提心吊胆，也不必为自己的晚归向老婆请假，还要胡乱编排那些不着边际的谎话和理由。然而幽会和放纵的时光都是短暂的，尽管有时会激情一夜，但天总会亮的。每每离开那些缠绵的温柔之乡，回到自己家里面对毫无生气的冷锅冷灶和一地灰尘时，他便又会想起老婆，想起老婆在家时的种种好处，想起老婆每天晚上都光着脚丫，赤着胳膊把家里上上下下擦得一尘不染。还有每当他说有点儿饿了，老婆会在半夜三更跳下床去，只一会儿的工夫就给他端来一碗飘着葱花和油花的热汤面。

伺候丈夫、料理家务，齐艳丽的确是没的说。要论长相，她也还不错，外表看上去属于那种高挑、丰满、圆润、性感的女人，只是在举手投足之间给人的感觉似乎多了些男人才应该具有的彪悍，而少了些那种小鸟依人的女人味。

其实缺少点女人味也不重要，当年刘山在农学院决定和齐艳丽定下终身的时候，齐艳丽就是今天的性格。而很多年来，最让刘山觉得不舒服的是，齐艳丽因为家庭优越感而滋生出对自己丈夫的那种居高临下。确切地说，刘山这些年来无论是当年工农兵学员毕业留城、进农科院，还是后来在院里被提拔重用和再后来的工作调动都少不了他老丈人的一路提携。后来老丈人退休了，他也交上了刘有森，因为在一个正确的时刻选择了一个正确的人，并且为之做了一件正确的事情，他的仕途有了难得的突飞猛进。刘山时常对自己这一段的精彩经历颇为得意甚至有些沾沾自喜，可老婆偏偏不买账，每每他为此兴致勃勃的时候，齐艳丽总会说："得了吧，别臭美了，也不想想你原来是干什么的。要不是我爸，就你一工农兵学员毕业时能留省城、提干？没我爸你现在还不一定在干什么呢！做人还是小时候课文里那句话，吃水别忘挖井人！"

老婆的话让刘山顿觉大煞风景，立马没了脾气。

他们年轻时有传言说齐艳丽和她的一位主任的关系不清不楚，不过刘山也没有抓到切实的真凭实据，也就不了了之了。妻子红杏出墙没有找到证据，可他自己拈花惹草倒变得一发而不可收。有趣的是，不知是比较的作用还是刺激的作用，在外面猎艳潇洒够了的刘山每每回到家里，对老婆竟然还比平时多了几分热情和冲动。有时他觉得这样的日子也挺好，时下不是有一句时髦的话叫"家里红旗不倒，家外彩旗飘飘"吗？

刘山就是要在有限的生命时段里占有更多的资源，包括财富、地位，当然也包括形形色色的女人。他征服女人的手段多种多样，有的是用地位的光环，有的是用才气的魅力，有的是用各种许诺，等等，不一而足。

而婉云并不在刘山的管辖范围之内，他是靠才气和地位以及殷勤等多重魅力征服她的。这原本一场令他引以为荣的艳情，在婉云和林阳相识后出现了他认为的那么一点小小的不和谐。刘山注意到每次带婉云参加林老板的宴席时，她身上神态和情绪的变化。这种突然而至的文静、端庄还有那么一点矜持，让刘山意识到了婉云似乎很是在意她在林老板面前的形象和表现，这让他感觉颇为不爽。于是有了刘山故意在林阳公司的招待所过夜，而没想到的是这一切似乎都被婉云看穿了，婉云一夜的被动让他更加证实了自己的想法。

一向很自信、自我感觉良好的刘山在林阳的面前有些不太自信，相比之下，自己除了空有一个地位外，没有更多的优势，林阳身上具备的学识、儒雅、青春活力和身家财富，更是他难以企及的。也难怪连刘有森这样的人物都和这家伙交情深厚！

刘山爬起来，打开冰箱看了看，又把门关上了。菜肉什么的都还有，只是他有些懒得动手，一个人烧饭，费了半天劲一个人吃，有什么意思呢？于是他拿上手包锁好房门，在楼下四下张望了一阵，去了一家卖沙县馄饨的小店。

就在刘山在家里落寞无聊的时候，林阳带着自己的工程设计人员和王晓东他们几个，以及缝纫机厂仅剩的两名技术员，正在缝纫机厂的技术室里忙得不可开交。

原本是做缝纫机的工厂现在要给林阳的公司做机械系统的工程配套，在工装设备、车间布局、工艺路线等诸多方面都存在着相当的差距。不过王晓东他们很有信心，说这些应该都不是问题，不合规的东西就动手改造嘛。到时候可以发动群众，工人们还是爱这个工厂的，如果工厂有被挽救的可能，要大家出工出力，相信大家一定不会袖手旁观、推辞拒绝。工厂的日子好了，工人的日子当然就跟着好了嘛。最关键的问题是要能生产出来、卖得出去。

对林阳来说，自己公司配套的产品只要能做好，给谁做都是做，与其给那些不愁生计、条件优越的公司锦上添花，倒不如给王晓东所在的工厂。多为别人雪中送炭，这是父亲当年的教诲。

最后商量的结果：由林阳公司向缝纫机厂提供机械系统的全部图纸资料、工艺流程及产品检验大纲，他再派两名技术人员到工厂做生产技术咨询服务，并且由林阳公司先拿出五十万元作为缝纫机厂项目的启动资金，待生产出合格产品后用产品抵扣偿还。

由王晓东等人负责向工厂领导层做关于车间规划、布局、车间工装改造和工人配套，以及销售合同的签订等一系列事宜的汇报交底。

　　合作终于有眉目了，对濒临倒闭破产的缝纫机厂也许这就是一次涅槃重生的开始。王晓东多少天来愁眉不展的脸上露出了笑意，尽管还是肤色黝黑，但脸上的线条明显变得柔和了许多。

　　当年连续三年高考失利的王晓东，最后上的是广播电视大学。不过人们都知道当时这上电大的都是大学漏子，电大的学生显然不能和那些正规院校的毕业生相提并论。电大一般都是半脱产学习，考虑走正规渠道要半脱产，厂里肯定不会同意，王晓东就采取这周耽误两天上班、下周耽误两天上课的办法应付了下来。好在那几年厂里的生产已经开始不景气了，劳动纪律、考勤制度等等早已没有了从前的全面和严格。就这样王晓东稀里糊涂地念完了三年的电大。

　　拿了电大毕业文凭的王晓东兴致勃勃地找到厂领导，希望能够转干，谁知厂长的态度让他顿觉被迎面泼了一盆冷水。厂长说不承认这毕业文凭，原因是王晓东上电大时就没有经过厂方的同意。王晓东还要争辩，厂长说："你就别说了，你那半脱产学习是怎么学下来的？我没追究你三年时间里那么多的旷工就已经够照顾你了，人不能得寸进尺啊！你旷工上学，回头我还给你转干，别人要都这么干，我这厂长还当不当了？"于是王晓东只好回车间继续当他的翻砂工。车间主任老姚原来就和王晓东关系不错，也挺讲哥们儿义气的。当年王晓东隔三岔五旷工上课时，老姚不是睁一只眼闭一只眼，就是帮着编排人不在的理由。老姚说："厂长那儿的主我做不了，但咱们这翻砂车间的主我能做得了。转干转不了那你就在工人里当干部吧！"就让王晓东当了清砂工段的工段长。要是老姚在，王晓东今天肯定会觉得自信多了，以前很多事情上老姚都是他的主心骨，可惜老姚头两年得肝癌死了，扔下了老婆和一个正上高中的孩子。因老姚的离去，王晓东那段时间里一场一场可是没少哭。

老姚死后，厂里给车间安排了新主任。这新主任一不懂生产，二不懂工人，一天就知道指手画脚、吆五喝六，再就是不折不扣地传达和执行领导的指示，就是一活脱脱的厂领导的传声筒。新主任和很多人都处不来，和王晓东就更不用说了。不过也没什么关系了，工厂停产、工人停薪这几年，连很多工人都出去自寻出路了，厂里很难见到什么厂长主任的影子。

王晓东以工代会的名义好不容易找到了厂长，拿出了工厂转产自救的方案，结果却碰了钉子。厂长对此的冷漠让王晓东吃惊而又觉得不可理喻。

厂长板着面孔说："作为一名工人，你的精神可嘉。但是缝纫机厂走破产拍卖程序是上边制定的战略性决策，不是你这样凭着个人热情和风头主义再拉上点儿项目订单就能左右的。从计划经济向市场经济转轨的过程中，死掉一些企业是再正常不过的事儿。再说了，你知道工厂的资产负债数据吗？你知道工厂的历史欠债吗？我们这些厂领导也不是白吃干饭的，如果有机会把工厂搞好，你以为我们都不能做或者不会做，一定要轮得上你吗？做人首先要做到心中有数，不要看低了别人，也不要高估了自己！"

"那眼前就有自救的机会，为什么不能试一试？不实践一番你怎么就知道不行？作为一厂之长，难道你一定要看到工厂破产，看到你的职工下岗失业，看到马祖顺一家三口的悲剧再次上演才心满意足？你怎么比资本家的心肠还硬？认为我是仅凭个人热情和风头主义，那是你的想法，厂长你可能也就这个认知程度了。不过我还要告诉你，我今天找你不是代表我个人，而是代表'工代会'！"

王晓东也来了脾气。

"你也别跟我说什么理论、实践的。我知道你念过电大，你这样的人我见得多了，那些正规名牌大学毕业的，哪个不比你厉害？还提你们的'工代会'，你们那个所谓的工代会是非法组织知道不？中华人民共和国有《工会法》，法外成立的组织不是非法组织是什么？我们考虑按进度安排，这工厂也存在不了几天了，也就不和你们这班人计较，你们居然还得寸进尺！你放心吧，我是不会让销售部门去签你那什么鸟合同的！"厂长越说越来气。

"厂长，我们是来和你商量问题的，这不是无理取闹！你要这样，那就别怪我们不给你留面子了。我们会通过法律手段为自己维权，也会做一些工作来引起有关部门和领导的重视！我还就不相信没有一个说理的地方了！"

"哟，我还没看出来，你还有那么大本事呢？你随便了！这工厂破产倒闭又不是我提出来的，我怕什么？"厂长的口气变得油腔滑调，说话间一脸的嘲笑。

原本设想的商谈，还有准备好的那么多建设性的意见，结果根本没来得及说出来，谈话就被迫中断了。王晓东黑脸上的线条又皱在了一起。

几经周折，王晓东见到了刘山，他大概介绍了情况后，刘山拍着他的肩膀一脸的热情洋溢："兄弟，你提到了林老板给了你们配套的生产任务，那你一定是林老板的兄弟啦，我也是林老板的兄弟啊，而且是不分彼此的兄弟！兄弟的兄弟是什么呀，那自然也是兄弟啦！所以以后咱们就得按兄弟论，当兄弟处！再者说了，那工会是什么？工会是工人之家呀！你们的事情包在我身上，我会把你们的诉求转达到市里，咱们一定能找到一个多赢的解决方案！你就相信我一回吧，没错！"

"是，我也听林阳说起过你，你们是好朋友……"面对刘山的热情洋溢王晓东一下子变得腼腆了起来。

"走吧，快中午了，今天就请你小酌一把，正好也谈谈你的那些方案。"

"不啦，改日吧，改日叫上林阳我来请你。"王晓东客气地推辞。

"那么客气！可不像工人领袖的范儿啊！再客气就不是兄弟啦！"刘山笑嘻嘻地在王晓东腰间捶了一拳。

就这样刘山连拉带扯地把王晓东拉进了离市委不远的一家叫"红灯笼"的餐馆，这里是刘山吃饭喝酒的点儿。

王晓东想把林阳叫来，就用餐厅的电话打林阳的手机，打了好多次，对方一直是关机状态。

王晓东不知道，此刻的林阳正坐在南飞的航班上，凝望着舷窗外变化万千的滚滚云海。

# 第二十二章　是名媛还是妓女

合同中标给林阳带来的喜悦中也夹杂着不安和困惑，他心里明白是那四十万现金起了决定性的作用，这让他隐隐有些不安。如此说来自己这岂不是行贿吗？以前以课题合作、咨询费等的名义给客户送些钱物的事情当然也不少，不过大笔地送钱对林阳而言这还是第一次。

得到中标通知的林阳感到了一阵不知是兴奋还是忐忑带来的晕厥，成就感和负罪感交替萦绕在心际。这是他人生里第一次靠不磊落、不正当的手段赢得的游戏，他感觉自己好像是一个处男平生第一次在一个美丽女人的身上迸射了激情与快感，兴奋、战栗、惊怵，但激情过之后却不知这个美丽女人是名媛还是妓女。他不知道是谁之过。是自己奸污了时代，还是时代强暴了自己？

林阳正在昏昏沉沉中纠结的时候，手机响了，是迟跃安打来的。迟跃安在电话的那边笑容可掬，说："老兄你今天大获全胜了，晚上要不要去庆祝一下？"林阳笑着说那是必须的。

晚上在香奈尔饭店顶层的旋转餐厅，林阳和迟跃安两人落座在一张四人台边。这餐厅是整个城市的制高点，凭窗望去，灯火层叠、熠熠生辉的夜色一览无余、尽收眼底。餐厅每小时旋转一周，远处的夜色在不知不觉间悄悄地改变着模样。

迟跃安特地点了一瓶二十一年的皇家礼炮，说要庆祝林阳击败另外两家投标对手一举中标。林阳点了一大盘清蒸大闸蟹，还要了几个下酒的小菜，外加两份佛跳墙。

迟跃安指着台面上的皇家礼炮说："老兄，不是我奢侈啊，礼炮是用来庆祝的，今天对你而言是值得庆祝的日子。”

林阳笑着给迟跃安倒了半杯："怎么会有奢侈之说？你我兄弟在一起，喝散装也算不上寒酸，喝路易十三也算不上奢侈，是吧？怎么样？来点儿柠檬冰块儿？"

迟跃安摆了摆手："不要了，来纯的吧。"

"来吧老兄，祝贺你啦！这换流站项目追踪了那么久，这下你终于又可以放下心来轻松一下了。最重要的是有了这个开头，后续项目的前途将是一片光明！"迟跃安举起了酒杯。

"那还不是要感谢老弟你呀！没有你的努力、关照和斡旋，那是万万不可能的。这一点老兄心里有数啊，老兄心里有数！不动声色又掌控全局于股掌之间，老弟你的能量让兄弟我佩服啊！"林阳说着也举起了酒杯。

"我们兄弟之间你还客气？毛毛雨的事情，不足挂齿啊！哈哈，不足挂齿。至于老兄说的胸中有数嘛，老弟我也是一样，这叫彼此彼此哈！"两人嘿嘿笑着碰过杯，迟跃安掰下一只蟹腿在嘴里反反复复地咬着。林阳见状叫服务生送来了一套吃蟹工具，把一把蟹钳递给了迟跃安。

迟跃安连续捏开了几只蟹腿放在食碟里，笑逐颜开地说刚刚还束手无策，现在好了，这叫一物降一物，随即把蟹钳又推给了林阳。

"老弟你那些棘手的事情就是这螃蟹腿，你就是这把钳子，硬度十足、坚无不摧呀。"林阳一边说着，也捏开两只蟹腿放在盘子里。

"哈哈，老兄，那要看是什么事情。工程定标的事情上嘛，老弟的能力还可以吧，可以算是这把钳子。在别的问题上，有时就是这螃蟹腿喽，任人摆弄，任人拿捏。"

林阳知道迟跃安指的是提干方面的不如意，见其目光由明转暗，便赶紧岔开了话题。

"南方院拉了那么大的阵势来，服装清一色是他们的院服，一派志在必得的神气，落标了会不会不肯甘休啊？"

"管他呢！妈的整天以行业老大自居，动不动就搬出个领导来说情，傲得他妈尾巴都翘到天上去了，我才不买他们的账！你这里论资质、业绩、诚信度、资信保证一样不少，只要通过了投标资格审察，大家就基本平起平坐了。再说最后评标有评标委员会，又是技术分，又是商务分的，你得了高分就中标嘛，有什么关系？至于你是怎么得的高分，那就只有我老迟心里知道了！你就安心放松、喝酒，回头叫你手下过来具体签合同办手续就好了！来，老兄喝一口！威士忌喝起来感觉不错，就是不能大口干杯！"

"是啊，所以才叫品酒嘛。来吧，不能大口干杯，我们就小步快跑！"林阳举起酒杯，两人又一次碰过。

那琥珀色的液体口感浓烈，带着橡木的原香在舌齿间丝丝滑过，进入胃里后就不再是醇香甘美而是变成了激情的燃料，躁动中的人似乎随时随地都可以燃烧起来。

餐厅旋转了三周，一瓶皇家礼炮和六瓶德国黑啤都见了底。迟跃安说喝好了，今天喝得很尽兴。于是林阳喊服务生来买了单。

等电梯的时候，迟跃安看着林阳的脸问："老兄你累了吧？"

"没有啊，不会。"林阳拉着长声，故作一脸轻松。

"那要不我们去洗洗，轻松一下？"

"好哇，没问题。"林阳知道迟跃安说的"洗洗"指的是什么。

上了电梯，迟跃安按了十三楼，林阳才知道要去的洗浴就在这家饭店里。这家饭店叫香奈尔，因为是这城里除了电视塔外最高的建筑物，同时又有顶层的旋转餐厅而名噪一时。林阳在这里招待过几次朋友和客户，一直觉得从饭店的名字看好像和那个法国的时尚品牌有什么关系。进了十三楼，霓虹耀眼、金碧辉煌的环境还有祖胸露背、衣着暴露的小姐，让他马上意识到此香奈尔非彼香奈儿，与之关联的并非优雅和时尚，而是乱人心意的暧昧和诱惑。

两个人在温泉池里泡了一阵，再去芬兰桑拿房蒸了一下，冲洗干净后又去休息厅泡了壶茶、抽了两支烟，这时服务生来问两位先生休息好了没有，要不要去选选小姐。迟跃安把手里的大半截香烟掐灭在烟缸里，说了声"走吧"，两人就随服务生进了小姐们的候客间。

一阵零零落落的"先生好！"把林阳吓了一跳，小姐们起立列队，整整齐齐站了两行，看上去足有一个排的编制。女孩子们都穿成了三点式，都在微笑、挺胸，摆出自己认为满意的神态和引人注目的姿势。

面对那么一大片白花花的丰乳肥胸、美腿翘臀，林阳头晕了一下，不由自主地做了两次深呼吸。他想起了小时候跟同学的父亲去参观过的屠宰场，刚才的深呼吸就是他下意识地想确认在嗅觉上是不是也能找到那种屠宰场的感觉。其实林阳心里明白，卖笑和卖肉是没有什么严格的界限的，所谓的按摩说白了就是卖淫嫖娼，而令他惊讶的是，这种事情居然在这里能做得如此明目张胆，不，应该是明火执仗！

下海的这些年，也算阅尽了人间万象。就说这客户的喜好和要求吧，那也是千差万别。林阳接待的客户群就能反映出各不相同的开放度。

当西北华中的客人对招待的要求还局限于喝大酒、打通关的时候，华东沿海的客户们已经是酒喝微醺，然后搂着坐台小姐在KTV里潇洒了。当中西部地区的客户们终于也鼓起勇气找小姐进了KTV包房，经济发达地区的客户们已经是酒后必"洗"了。老百姓日常生活里的三个字"洗个澡"，在这里则成了一个人人心领神会的代名词。

　　还有那些回扣和好处费。当欠发达地区的客户们还小打小闹、遮遮掩掩，以课题费、咨询费等等的名义收取点好处费时，发达地区的客户们已经可以用百分比来明算回扣的数额了。当然，欠发达地区总是在向发达地区学习着、演化着、靠近着。林阳有时想起这些也会感到一阵纠结，但随即转念一想，管他呢，别人能搞，我们为什么不能搞？再者说，你不搞，就没生意做，那么多人吃什么？喝什么？未来？未来跟自己什么关系？每个人都是这世界舞台上的匆匆过客！

　　迟跃安很老练地笑着，一边和那个小姐调情，一边掐掐这个小姐的大腿、胳膊，最后领走了一位皮肤白皙、人高马大的小姐。林阳也慌忙胡乱叫上了一位。离开候客间时，全体小姐齐刷刷地向两人鞠躬道谢："谢谢先生的光临！祝你愉快！"然后有几个小姐还给被选中的两位小姐一个或拥抱或拍手的致意，说上一句"祝贺你，你真幸运！"

　　林阳想起若干年前自己在设计院被破格提拔时的一个由头就是干部的专业化，而今真是所有社会范畴都要与时俱进，时下连小姐都专业化了，一个个竟是如此训练有素。

　　林阳摇着手牌和小姐进了包房，瞎聊了一阵就给小姐签了单，让她走了，这种场合他经常会碰到，可以对小姐们搂搂抱抱、拍拍捏捏，但他从来不和她们来真格的。一来是他生来有洁癖，这样一个去洗手间都要出入洗两次手的人，一想到和小姐亲密接触，一想到此前一刻这部肉制的机器尚不知在何人的手里操纵、使用，便生出一种极不适应的心理反应。从小做医生的父亲对他的种种教育中排在第一位的就是要讲究卫生。那时候无论是放学、上街，还是踢球什么的，晚上回来一进家门，只要父亲在家，林阳的第一件事情就是跑到卫生间把手、脸都洗干净。有时候忘记了，父亲也不用讲话，把手指冲着林阳的脑门儿一指，儿子立马就乖乖地把洗手洗脸的事儿想了起来。这种教育被印在了脑子里，融化在血液中，落实在了行动上。读大学时，炎炎夏日里同学们乘公交出行，林阳总要把一只手套套在扶扶手的右手上。男同学们因此嘲笑他太讲究，缺少爷们儿气，宋雪娃却把这事儿当成了他的优点四处宣扬。

再者就是拍拍捏捏也就算了，真要是和小姐动真格的，林阳会感到被沉重的耻辱感所包围，那是小姐的耻辱，也是自己的耻辱。人毕竟是高级动物，没有相互爱恋，没有相互欣赏，甚至连相互认识都不曾有过，只凭几百块人民币就脱衣服上床，这不是耻辱是什么？这交易或许也能买回瞬间的快感，但快感之后呢？即使没有害怕染病的胆战心惊，也一定是内心充满了懊悔和羞耻。

他可以与之亲近的女人一定是可爱的女人，而可爱的女人除了肉体之外，更重要的是在于身上的气质和内涵，人总还是要有些情调的。小姐们的搔首弄姿、眉来眼去从来不会引起林阳的任何兴趣，倒是卢琪、章小蒴这样和自己有过肌肤之亲，既熟悉又有感觉的女人偶尔会在某个寂静的夜晚走进他怀春的梦境。尤其是卢琪。

离婚很长一段时间后，在感情世界一片空白的情况下，多年前与卢琪之间的这种若有若无、模棱两可的情愫，终于在一个暮春的风雨之夜演化成了真正的肉体关系。其实林阳明白，无论是姐弟恋也好，还是同事恋也好，最后的结局都是无果而终，只是彼时深陷空虚和寂寞中的他不想也无法左右自己。

也许是因为家庭、父母、处事方式、价值标准等多方面的问题，也许是这婚姻的决定过于草率，而经别人介绍的双方又缺乏更深的了解，或许是因为刚刚下海忙碌而无头绪的日子里忽略了妻子，还是什么别的原因，林阳的婚姻仅仅维持了一年不到就匆忙画上了句号。因为没有孩子也不存在抚养权的问题，所以婚离得超乎想象地平静。尽管离婚是妻子孟雪提出来的，不过分家时林阳依旧对孟雪照顾有加。人生几乎所有一切都是要付出代价的，包括草率、冲动、意气和张扬。不同的只是轻重程度和长短期限而已。有的代价只是短期心头的阴影，有的却成了背负一生的十字架。

协议离婚时，林阳考虑孟雪离婚后住回娘家会有诸多的不便，且外人看着也不好看，就把房子给了孟雪，一并留给她的还有家里的存款、家具和电器什么的，林阳基本上算是净身出户了。街道办事处办理离婚手续的人也觉得有些稀奇：怎么离婚是由女方提出来的，房屋财产反倒都给了女方？最后那几位办事员大姐在一阵窃窃私语中得出了肯定的结论：一定是这男方不正经，或者有什么短处抓在女方手里才会有这种不甚公平的家产分配。

离婚后林阳自己搬了出去，但房门的钥匙还一直带在身上，有时空闲下来他也会回去帮孟雪收拾一下家务，再买些果蔬食品塞进冰箱。然而这样的时间并不长，有一天林阳回去时发现钥匙打不开房门了，打电话给孟雪，她说钥匙丢了，为防万一就更换了锁芯。不过孟雪并没有说要马上回来，也没有再给林阳新钥匙的意思。林阳在门前呆立了一阵就回了母亲家，把一堆食品都塞进了母亲的冰箱。

母亲说："前天刚刚买过，怎么又买东西了？"

儿子于是故作糊涂："是前天买的？嗨，你看我这脑子，居然还不如我的老娘！"

在这之前林阳就注意到了孟雪家里一些细微的变化，比如原来双人床上的东西都被撤掉，只留了一被一枕；镜框墙上的镜框还在，而里边原来二人的合影都被换成了或风景或花卉的图片；没用林阳动手，自来水滤水器的安装和阳台上花架的加高都照样弄得有模有样，等等。这些和后来的钥匙事件联系在一起，林阳方才大梦初醒：

原来自己已是一个不被需要之人，于是知道之前的这一切努力只不过是自欺欺人和一厢情愿。离婚就是离婚了，婚姻已成了过去时，已经没有了任何回旋的余地。

半年后在杭州举行的一次行业年会上，林阳与卢琪不期而遇。

这真是一次上帝的安排，让两人重拾了那久违的感觉。参会的那几天两人每日里几乎形影不离，仿佛又回到了从前在葛家岩工地的日子。

一天会间休息的时候，会务组的几位和大家商量要安排与会的代表们出去转转。

林阳说："去哪呀？哪都是人满为患，真的哪也不想去！"

对林阳说来，杭州的确是来的次数太多了，西湖已经熟得不能再熟。留在美好记忆里的西湖少女已经被时光、人流、污染和金币折磨蹂躏成了面目全非的半老徐娘。不见了许多年前的那种安然、优雅、空灵和静谧，商业化似乎充斥着西湖的每一寸空间，很难再产生那种人与自然间的心灵对话。隆冬时节尚且还会好些，可眼下已是四月下旬接近"五一"，杭州已经进入了一年一度的旅游旺季。

"不去湖边也罢，这么大个西湖周边既清净又好玩的地方还多着呢。可以下午的时候到黄龙看看，那儿的游人少，还可以看见非常罕见的方竹。知道吗？竹子是方的！"会务组的马杰积极建议。

方竹？林阳的心动了一下，以至于马杰后面说的话什么也没听进去。

复会后，浙大电力系的一位老教授在介绍一项新型的系统潮流稳定技术，老教授方言口音很重，再加上表述得有些枯燥无味，以至于很多人都在下面昏昏欲睡。

林阳在一张纸片上写下了"去看方竹？"然后把纸片推给了卢

琪。卢琪看了看在下面写下了"正合我意"，又把纸片推了回来。接下来两人一先一后离开了会场。

马杰说得果然不错，黄龙悄悄地隐藏在夕阳的静谧里，青山滴翠，曲径通幽。栖霞岭是以桃花得名的。此时已经过了桃花的花期，看不到桃花盛开时节的云蒸霞蔚、如火如荼，茂密葱郁的林木和安详静谧的山路似乎都已忘记了这里曾经的火热和绚丽。

方竹林就坐落在栖霞岭的北坡上，竹叶茂密，枝干挺拔。方竹的姿态看上去与平常的毛竹几乎别无二致，只有近看，才能发现方竹挺拔的枝干上多了不同凡响的形态，那就是棱角分明。

两人一路聊下来很是兴奋，和从前朝夕相处的日子里一样依然是调侃如旧，滔滔不绝。有趣的是，两人的话语神情、一颦一笑间竟然没有一丝分别已久的生疏。看过方竹，二人又从黄龙折回湖边，在阮公墩对面的楼外楼吃了很久的晚餐。往回走时下起了小雨。风裹挟着雨滴打在人的脸上身上，湿冷中却满是惬意。

回到宾馆已是深夜了。在电梯里林阳轻声问了卢琪一句："要不到我房里坐坐？"卢琪垂下眼睛没有回答，却在电梯到达林阳住的楼层时跟了下来。

房门一关上，两人就拥抱在了一起。这一切来得是那么情不自禁又不约而同，两人都没有讲话，都不拒绝，都很主动，而这两人间迟来的第一次竟然像一对老情人般地娴熟和默契。

激情尽兴之后，卢琪全身软绵绵的没有任何气力，一阵阵晕厥来袭，太阳穴也不知为什么会间歇出现一阵脉冲式的疼痛。不过晕厥也好，疼痛也好，卢琪都不会在意，这个晚上她平生第一次找到了做女人的感觉。激情之后，林阳附在卢琪耳边轻声问了句："想过我们会这样吗？"卢琪没有回答，只是闭着双眼轻轻地点了点头。

当两人都安静下来的时候，听到了一阵阵瓢泼的雨声，原本的霏霏小雨不知是什么时候变成了大雨倾盆。

林阳说："有的人注定要成为生命里不可分割的部分。"

卢琪接上："有的事情在生命里想躲也躲不开。"

……

小姐坚决不搞，小费必须照付，这是林阳对这件事情的原则和手段。小费付过了，证明你也把什么事都做了，否则客户朋友们会认为你假清高、装正经，不够哥们儿，不够肝胆。如果给人留下了这样的印象，人家凭什么为你办事，收你的好处？在这种关系里，义气、哥们儿的评判标准就是能不能在一起吃喝嫖赌。你混迹其中，吃喝嫖赌来者不惧，才会被视为圈子里的朋友，项目、工程才有考虑你的余地，否则，对不起，当你的局外人去吧！

在包房里独坐了半个多小时，林阳估摸着时间差不多了，就起身去了休息室，走廊里刚好碰上迟跃安正搂着那个高挑的小姐亲热个没完，看来是要告别的意思。

洗了澡又跑到 24 小时营业的大排档里吃了宵夜，已经是凌晨三点了。林阳送走迟跃安后独自回到了宾馆。

也许是过了午夜的缘故，或者是连续折腾的时间太久受到的又都是不良刺激，林阳躺下后翻来覆去也无法入睡，大脑一时间变成了一个光怪陆离、变幻多端的舞台，曾经经历的故事一场场上演，曾经遇到的人物也变成了形形色色的演员在不断上上下下，忽而登台亮相，忽而退场谢幕。当然在今天这个舞台上出现频率最高的，自然是和他一起泡了整整一个晚上的迟跃安了。

省局生产处水电组的基本成员是三个年龄相仿的年轻人，说是年轻，其实工作也有六七年的光景了。三个人同一年毕业于同一所学校，只是所学专业各不相同。徐伟光负责水文，胡亚杰负责水工，迟跃安负责机电，号称是生产处水电组的"三剑客"。"三剑客"工作到位并且能各自独撑局面后，原来水电组的两位老同志一个升为局里主管水电的副总工程师，一个升为生产处主管水电的副处长。林阳就是在那一年结识了迟跃安。

当时由迟跃安组织各水电厂二次保护的技术人员到省局，由林阳给讲课。课讲得不错，林阳办事情又出手大方，加上还有一层局长的关系，迟跃安和林阳很快就成了不错的朋友。

所谓局长的关系也极其富有戏剧性。局长程天恒是当年留苏的副博士，留学前是清华大三的学生。汪文辉当了院长后，有一次在报业大厦餐厅宴请自己不同时期的各路部下，林阳也在受邀之列。因为林阳已经下海不是院里常见的人了，同时他的公司办得风生水起，业务做遍了全国，甚至做到了俄罗斯、乌克兰和南非，在市政协常委会上的谈话、发言也不同凡响，屡见报端，汪文辉就把这个自己曾经"喜爱"的小兄弟让到了身边主客的位置。

席间闲聊的时候，林阳无意间说出了第二天的安排，说明天下午的飞机飞 R 城，到省局去做一次技术讲座。汪文辉说："哟，巧了，他们的局长一周前我刚刚接待过。程天恒局长是我清华的学长、莫斯科动力学院的副博士，比老艾小两期，是个一板一眼的老学究。哎，要不要我给你引荐一下？"于是汪文辉从秘书小马的提包里拿出了设计院的信纸，给林阳写了张引见的条子。

老同事相见的机会也不多，再加上被邀的客人里还有卢琪、洪铁川这样的心仪之人，同时又得到汪文辉的引见也是个意外的收获，林阳兴奋之余就多喝了几杯。分手时和老同事一个个握手话别，握到卢琪时，林阳低头贴在她耳边悄悄说了句"哪天我单独请你啊！"卢琪目视前方，没说话，也没有笑，只是握着林阳的手使劲地捏了一下。

林阳拿了汪文辉的条子，即兴发挥，买了一堆本地特产带上，算是汪文辉带给程天恒局长的礼物。

　　到省局后，林阳没有先去见局长，而是先去了生产处，自我介绍后，和迟跃安还有主管水电的副处长齐全等人好一番地公事公办。临了林阳说："我还要去见一下你们程局，他的同学委托我带东西给他。"林阳脱口把校友说成了同学。生产处在座的几位听说林阳要见一把手，目光和口气都瞬间变得温和了许多，都争着给带路。就这样，林阳在生产处的几位前呼后拥下，大摇大摆地进了程天恒的办公室。

　　程天恒看了汪文辉的信，一脸客气地接待了林阳。从工作到天气，山南海北聊了半个时辰。程天恒局长说："真是不巧，今晚省里接待一个台湾来的能源与经贸代表团，指名要我参加，不好缺席。这样，今晚生产处的几位同志代表我来招待你。"接着程天恒又把头转向齐全说，"老齐呀，晚上客人就交给你们了，要招待好啊！"齐全躬身微笑点头："那是一定的，那是一定的！"

　　告辞出门前，林阳指了指沙发上的那堆东西说："这是汪文辉院长托我带给您的，我的任务算是完成了！"程天恒笑着说："这个汪文辉，这么周到，还带东西给我！替我谢谢你们汪院长吧！"随后二人握手话别。

　　晚上，在省局楼下不远处一个叫荣国府的饭店，齐副处长设宴代表程天恒局长也代表生产处招待了林阳。至此，C省的工作开局顺利。

　　接下来办讲座、讲课、答疑、跑现场、做测绘、谈协议、签合同，一系列的事情办完，生产处从处长到水电组的三剑客，还有一些基层电厂的厂长总工，都跟林阳混成了哥们儿。

　　离开设计院这些年，林阳与人打交道的水平和喝酒的能力一样突飞猛进到了出神入化的地步，吹捧奉承早已是小菜一碟。最初林阳还会时有脸红和羞涩，而随着不断地历练，羞涩感早已荡然无存。尽管心里对某人充满了鄙视，但嘴上却照样把此人捧上了天。至于投其所好嘛，用发挥得淋漓尽致来形容也毫不过分。

比如今晚一起吃饭的迟跃安，林阳深知两人的内心完全属于两个不同的世界，也深知两人之间所谓友情的基础只不过是建立在各自的利益之上。他在心里对迟跃安实用主义的处世哲学压根儿就不屑一顾，但表面上依旧是满口的哥们儿、兄弟、义气、肝胆。对真诚之人回以真诚，对虚伪之人报以虚伪。这样想来，林阳充满矛盾的心理会得到些许相对的释然，甚至变得心安理得。有时想想自己曾经的胸怀大志、书生意气，想想自己曾经的血气方刚、正直率真，再看看今天的自己，他会在心底泛起一阵无奈的苦笑。

当然诸多的交情中也有许多是发自内心的真诚。卢琪、章小菡，与他已经是情人关系了，不算在交情的范畴。像吴书岳、洪铁川、汪文辉、王晓东、刘有森等等很多人真的还都是真诚之人。而这些人中刘有森更是一个特例，林阳对刘有森除了那些一样的好感觉外，还多了几分发自内心的崇拜。

有时林阳会在一场场灯红酒绿、推杯换盏之后静下来审问自己：你这家伙在脱离体制之后的这些年里是不是学坏了？是不是变得很无耻？学会了放浪轻浮不算，最重要的是怎么也学会了世故、虚伪、狡猾和势利？把厌恶的说成喜欢，把鄙视的说成仰慕，你不觉得自我羞愧吗？你不是最不容忍别人的虚伪吗？怎么现在自己也变得和你曾经鄙视的人如出一辙？从前的那个清白、干净、率真、满脑子理想主义的你呢？如此说来你现在究竟算是一个好人还是一个坏人？

每每想到这些，林阳的心里就会变得如同一团乱麻，有时觉得自己正行走在深渊的边缘，有时觉得自己已经坠入了深渊正在加速坠落，而挣扎着试图挣脱坠落却双手无着。有时也会为自己开脱：这些不是自己的过错，我只是无奈地和社会处在了同一个参照系。

　　曙光透过落地窗帘的缝隙射了进来，房间里一片光影朦胧。林阳看了看手表，已经是早上六点了，又是彻夜未眠！他起身下地打开随身的皮箱，翻出一副黑色的眼罩戴上，然后又重新躺下，什么也不再去想。他要强迫自己睡一会儿，积蓄一点儿精力。昨天迟跃安已经给他要了车，今天要亲自去一趟工程现场，近四个小时的车程，一路风尘，一路颠簸，真得给自己预存些精力和体力。

　　不知是什么都不再想了的指令起了作用还是真的有些困了，再次躺下的林阳不久就发出了有节奏的鼾声。

# 第二十三章　伏尔加格勒

果然不出林阳所料，南方院公司在揭标之后仍旧揪住电力局不依不饶，不肯善罢甘休。先是对评标的公平性提出异议，可是一看评标委员会里评委们的门头儿和职务又觉得实在是得罪不起这些人，搞不好会由此彻底失去 C 省的这块市场。于是又对中标单位林阳公司的资质提出了质疑，可得到的又是一个反对无效。在多重反对无效的情况下，南方院公司一行身着统一服装的家伙们悻悻地踏上了归途。

然而事情远没有就此完结。换流站工程是南方院公司在中国南方的垄断工程，基本上垄断了南方的全部，岂能容得他人介入。

南方院公司顾问小组有个退休返聘的老顾问叫程海山，退休前是部里科技司的一位司级调研员，曾经当过一段副司长，资格老，又挂了国内行业学会的副理事长、享受国务院政府特殊津贴等一堆头衔和光环，退休后就被南方院公司聘来为其站台。

站台这种领导出面为企业撑场子、撑腰的事情在今天已是屡见不鲜。中国是个人情社会，人与人交往免不了要相互站台、捧场助阵，这其中自然是各取所需。企业需要站台人的人脉、关系以至于地位和威信，站台人当然也不能白站，不管以什么方式都会从企业中获取利益，说白了其实就是另外一种形式的交易。

程海山因为原来职务的原因，在为南方院公司站台中收入颇丰，除了每月固定的工资收入外，还按自己出面协调成交的工程项目成交总额提取一定比例的顾问咨询费。不要小看了这咨询费，动辄几千万的项目，即使咨询费只是一个很小的比例，数目也已经是十分可观了。而且南方院公司是典型的院办国企，为其站台助威自然也是冠冕堂皇，不会引起人的注意，也不会有什么大的风险。

程海山没有想到自己追踪了一年多的 C 省项目被林阳的公司拦路打劫。事先他与省局主管生产技术的领导多次打过招呼，对方都说没有什么问题，而且还说明没有问题的理由："长江以南不都是你们公司的工程吗，即使不是这样，你这科技司老领导的面子也是要给的呀！"

"嘿嘿，领导现在已不是了，不过我还要真心感谢你们这么照顾我的这张老面子。"

然而程海山这一单貌似板上钉钉的生意，却在这些承诺和理由带来的扬扬自得里翻了船。

其实程海山无论在仕途高度还是专业领域上都可以算得上是功成名就之人。程海山退休后不去颐养天年反而跑出来为企业站台拉票的原因，一是不甘退休后的失落，希望在系统里还能时常展示一下自己的面孔，而更重要的原因却是自己在美国的小儿子。小儿子学的是金融管理，本来是出国深造的，那年以六百二十分的托福成绩进入了佐治亚州立大学。三年之后拿了硕士学位的儿子，成了亚特兰大银行屈指可数的中国雇员之一。

然而就在程海山得意地向同事、朋友炫耀小儿子的成功之际，小儿子程刚在美国却发生了一场变故，程海山的得意和炫耀也只好到此戛然而止。

进入亚特兰大银行的第二年，程刚相处了五年多的女朋友因为吸毒被美国警方拘捕。为了给女友办理取保候审，程刚不得不东拼西凑地凑足了那笔高额保释金。本来保释金是可以在开庭后退还的，可是女友却为了逃避法律追究在开庭前出逃了。保释金无法返还，债主却不断找上门来。程刚作为一个普通留学生，在美国的社会圈子也十分有限，那笔保释金的大部分是来源于华人社会圈里黑老大的高利贷。

当程海山得知儿子的详情时，利生利、利滚利，程刚在美国已是债台高筑了。于是程海山不得不在国内为小儿子筹钱还债。在女儿和大儿子处借了一部分，加上自己这么多年来的积蓄，但还是远远不够，于是程海山就在南方院公司借了一笔，为小儿子还清了高利贷。南方院公司的总经理田玮是程海山的老部下，当年在科技司提副处长的时候程海山帮了忙。田玮能在激烈的竞争中如愿以偿，自然不会忘记老领导的关照。田玮得知了老领导时下的境遇对程海山说："这样吧，我们开会制订一个承揽工程项目的中介提成政策，一些相关工程您就出出马、跑跑路，给工程甲方的领导和关键人物做做工作、拉拉关系，然后定期写一份工程项目追踪报告，这样只要工程拿下来，公司就在签订合同并收了甲方一期预付款后，按政策规定的提成比例给您提一部分中介咨询费。这样既有公司制订的政策条例，又有您撰写的项目追踪报告，这钱拿得就合规合法了。"

程海山说："小田啊，怎么感谢你呢？你可是帮了我的大忙了！这样吧，这事情由我出面，收益算我们俩的。"

"哪里话，老领导的事情就是我田玮的事情！田玮永远也不会忘记当年在科技司老领导对我的栽培！至于给我钱就不必了，您拿这钱没有问题，我要是拿就有问题了。"田玮一脸的微笑。

"我明白，我明白。"程海山不住地点头。

从那时起，程海山开始了退休后的站台和跑路工作。在诸多工程项目的甲方单位都能看到他的身影。当然了，老关系老面子还是有一定的作用的，程海山每到一处项目单位，其单位领导总要安排见面、接待，并且透露一些工程项目上的设想和需求。这样刚好让程海山接下来的项目追踪报告可以写得丰富翔实。

于是程海山的生意做得顺风顺水。田玮不好收现金，程海山就把要送的钱买成各色各样的玉石，送给了田玮，这个田玮是个玉石的玩家。程海山还每每附上一张发票放在玉石盒底，有时候会让老板把发票数额写高一些。老主顾了，珠宝行老板自然是心领神会也乐得配合。

而这 C 省几乎到手的项目却被这个林阳拦路打劫，的确超出了程海山的预料。更重要的是，有了第一次也许就会有第二次，如果每次投标都来这么一次狭路相逢，那后果将不堪设想。一定要想办法把这个家伙干掉！煮熟的鸭子飞了，不过等着瞧，这鸭子落在谁的盘子里还不一定！程海山愤然之余还在想如何把这个在换流工程上异军突起的林阳消灭在成长的路上。

换流站的核心部件是高电压大电流的超功率换流元件，此时国内还不能生产，要全部依赖进口。其实所说的进口在全球的范围内也只有两家公司，一家是美国的西部电子公司，一家是俄国伏尔加格勒的巴索夫动力联合企业。因为超功率换流元件最早是给电磁和激光武器提供激发电源用的，所以这两家公司都有相当程度的军事工业背景。

签完合同的林阳怎么也没有想到会在功率元件的采购上遇上麻烦，更没有想到这背后的黑手是自己的竞争对手程海山。先是公司采购部对美国公司的询价传真得到了一个意外的回复，传真上说据有关消息透露，中国在美国公司采购的功率换流元件涉嫌用于已被美国政府宣布禁运的国家，包括伊朗、朝鲜和古巴等国。鉴于此，目前暂时停止功率元件向中国的出口。待美国商务部有了明确的调查结果，能够否认上述消息时，才可恢复对中国出口。

林阳看过之后随手把传真塞给了采购部经理，骂了句："妈的，怎么可能有这种事情！等到美国商务部有了调查结果，黄花菜都凉了！联系俄国的巴索夫吧！"

采购部经理从文件夹上取下另一份传真："俄国公司也出了问题，他们刚刚和中国南方院公司签订了在中国的独家代理协议，我们向南方院公司询价了，价格简直高得离谱！"

林阳挥了挥手没有接采购经理递来的传真，把目光转向窗外，也不知是对谁沉吟了一句："果然是一场阴谋，哼，釜底抽薪！"

全球的两条供货渠道暂时都被堵死了，自己的公司一向是以销定产，根本没有任何的采购储备，而向南方院采购元件成本会高得使项目全面亏损，而南方院正是要以此把林阳的石彤公司在换流站工程上扼杀在摇篮里。

就在林阳为功率元件的事情大伤脑筋、一筹莫展的时候，程海山的电话打到了林阳的手机上。程海山一番自我介绍之后说："听说你们的功率元件采购方面出了问题，如果你乐意我们可以帮你解决这个问题。"解决的第一方案是贵方出面与 C 省电力公司解除合同，南方院以相同的工程价格和供货周期重新签订，南方院公司负责说服 C 省电力公司不再追究石彤公司的任何违约责任；第二个方案是林阳的石彤公司将工程全部转包给南方院公司，可以给石彤公司留百分之六的税费和过手费。两个方案可以任选其一，最重要的是南方院公司有足够可以保证 C 省工程工期的元件储备。

林阳在电话这边儿尽管是一脸愤怒，但还是一派客气商量的语气，先恭维了一阵程海山在系统中的影响和地位，然后说："问题确实碰到了，程总那元件的价格就没的商量了？按目前情况，我们的确有些无能为力，那实在不行就按程总的方案吧。不过既然程总给我们两个方案，总要给我们一个选择的过程，工作你们南方院可以先做着，我们这边儿再商量一下。"

程海山在电话里只说了几个回合，没费什么周折就基本上得到了自己想要的结果，心想系统中都传说这个林阳能力超群、神通广大，现在看来也不过如此，不过是个彬彬有礼、言语得体但知难而退的小小经理而已。程海山的心情轻松了下来，甚至为自己这样一个釜底抽薪的手段有些暗自得意。中国公司涉嫌违反美国有关禁运条例的信息是自己放出去的，当然这之前南方公司已经做了一批为数不少的元件储备。美国商务部要完成相关调查起码也要半年的时间甚至更长，而俄国的巴索夫公司又与南方院签订了在中国的独家代理协议。对林阳的石彤公司而言，两条元件渠道都堵死了，而C省换流站工程的交付工期已经敲死，没有任何回旋余地，这样的话就是再给林阳十倍的能耐恐怕也是回天无力了。于是在程海山的建议下，南方院公司按招标文件里面的技术要求，先行把设计工作开展了起来。在程海山看来，自己给了林阳两个方案，无论是哪个方案，林阳的石彤公司必然都是被缴械无疑。

当采购经理向自己汇报元件采购出现了问题，且拿出美国公司和俄罗斯公司的两份拒绝供货的传真时，林阳即刻就明白了这是南方院搞的一场阴谋。最初他尚且为南方院为了市场垄断而采取如此下流的阴谋手段而感到愤怒，不过很快就平静了下来。林阳扪心自问，他自己在这场招投标中不也是使了手段、做了手脚、破了规矩吗？这就是商界。竞争就是斗争，商场就是战场。斗争也好、战斗也好，一定会决出胜负，那么手段也许不再重要，重要的是那顶胜利者的桂冠最后会戴在谁的头上！

冷静下来的林阳仔细分析了眼前的形势：美国方面既然已经是商务部出面负责调查，恐怕短时间很难做通工作了，而且美国人也未必能接受任何人的说服和公关，用金钱开路的机会和成功率几乎为零。相比之下，俄罗斯公司应该会有更多的机会。苏联解体这些年来，因为计划经济的市场化转型并非顺利，他们国内的经济几乎没有什么起色，甚至是一年不如一年。通货膨胀、卢布贬值、失业扩大，一般百姓生活得几近苦不堪言。不仅如此，生活拮据、物资匮乏以及缺失监督机制和沿袭官僚作风，也导致了社会腐败盛行。如此社会氛围下，在那儿打开缺口应该是不成问题的，关键要看怎么做！何况自己还接待过那个莫斯科动力研究院的院长伊万诺夫，也许关键时他也能助自己一臂之力。尽管这段时间不在，公司里积了一堆要办的事情，林阳还是把这些事务能放手的放手，能搁置的搁置。功率元件的问题事关重大，关系着公司未来是否可以在全国的输电换流工程中占有一席之地，他决定还是亲自跑一趟。

伏尔加河是俄罗斯的母亲河，全长三千六百多公里，是俄罗斯的第一大河流也是世界第一大的内流河。伏尔加格勒城就坐落在下游的伏尔加河畔，是一座气候宜人、风景秀丽的城市。

伏尔加格勒大约有四百多年的历史，最早的时候叫察里津。林阳记得小时候看过一部苏联电影，就叫《保卫察里津》，讲的是十月革命后斯大林在这里领导苏联红军进行了著名的察里津保卫战，击溃了哥萨克白军的故事。后来为了纪念斯大林领导的这场战役，察里津就改名为斯大林格勒。到了二十世纪六十年代初的赫鲁晓夫时代，由于反对个人崇拜，全面否定了斯大林，于是由赫鲁晓夫提议将斯大林格勒改名为今天的伏尔加格勒。

林阳对伏尔加这个名字并不陌生，甚至可以说是认识已久，小时候每天接送父亲上下班的就是一台"伏尔加"牌子的银灰色小轿车，这车子浑身上下让林阳记得最清楚的是车头上那只后蹄发力、前蹄腾空的银色小鹿。当然，后来"文革"开始，父亲被批，那只银色小鹿就再也没有看到。

再一重深刻印象就是很早的时候看到的一幅油画，那是列宾著名的作品——《伏尔加河上的纤夫》。画面里夏日的暑气笼罩着大地，一条破旧的缆绳把一群形形色色的纤夫连接在一起。他们低头、躬身吃力地向前缓行，仿佛能听到画面里传出低沉的号子声和喘息声。残酷的现实让他们沦为奴隶，一群纤夫的苦难正是当时整个俄罗斯苦难的缩影。让林阳无法忘怀的是，画里一群古铜色皮肤的纤夫里有唯一一位皮肤白皙的年轻人，当其他的纤夫低头躬身负重前行时，这个白皮肤的年轻人却扬着头颐凝视着远方。那年轻人一定是一个刚刚入伙的纤夫后生，不甘心承受命运的苦难，于是昂着头在向苍天索要一个公平的答案。那是一群不屈的灵魂，与其说纤夫们拉着那条破旧又沉重的纤绳，不如说是在挣脱捆绑命运的锁链。

　　这些就是林阳对伏尔加这个名字的最初印象。而今当他真正置身在风光秀丽的伏尔加河畔，一览伏尔加河的宁静宽阔、碧波如镜时，才觉得自己很好笑。伏尔加不是那只车头上的小鹿，也不是油画里那条若隐若现的蓝带似的背景，而是一条大河、一座城市、一个美丽又富庶之地。

　　巴索夫动力联合企业就坐落在伏尔加格勒市区的一片林荫中，清一色的五层楼房，黄墙红瓦，看上去安静而神秘。这是一家苏联时代服务于军事工业的电力电子研究院，苏联解体后计划经济不复存在，同时因为国防开支的问题，军事需求锐减，于是就将很多原本应用于军事工业的技术转而应用于民用工业，超功率换流元件就是这些技术之一。

　　林阳到这里已经一周多的时间了，到目前为止还是一无所获。到达莫斯科的时候，曾经去动力研究院找过一次伊万诺夫，希望在此次伏尔加格勒之行中能得到他的引见。当时伊万诺夫正忙着要去圣彼得堡出差，是晚上的火车。伊万诺夫说："真的非常抱歉，这个单位我听说过，不过他们不是属于我们动力系统的单位，好像是军工系统的吧，所以与之并不熟悉。这样，我让我的同事们看看能否找到什么人和这个巴索夫公司取得联系。不过要等我从圣彼得堡回来才有结果。"

林阳觉得坐等伊万诺夫的结果有些不太靠谱，于是只在莫斯科停留了一个晚上，第二天就飞到了伏尔加格勒。与公司谈了几个回合，人都混得挺熟，但是功率元件的问题还是没有任何进展。不过林阳本人倒似乎并不着急，一派不温不火、不紧不慢的样子。林阳从俄方那个名叫萨哈林的副总经理口中得知，不久前中国南方院公司的程海山一行到访巴索夫公司，以高于俄方报价百分之十的结算价格作为条件，签署了巴索夫在中国的独家代理协议，按协议规定，巴索夫无法向南方院公司以外的中国公司供货。不过巴索夫公司的几位高管对林阳一行的印象很好，对林阳的事情也深表同情，但关键是这几位都不是最终的决策人。

这几天林阳和翻译老章以及随行老刘，几乎变成了巴索夫公司的员工。上班时间过一点就进了巴索夫大门，中午就在员工食堂和员工们一起吃饭，下班的时候就请上几位副总经理、总工程师、总会计师到市中心的一家大型音乐餐厅喝酒、唱歌。

俄罗斯人爱唱爱跳爱喝酒，每每都是彬彬有礼的祝酒词之后，几杯伏特加下肚，气氛就热烈了起来，主客之间也不再讲什么彬彬有礼了。十几天的时间下来，人已熟得不能再熟。萨哈林早上见到林阳有时会说："早上好，亲爱的林，你要先告诉我今晚是不是又有什么活动，如果有，我要让我的太太做好准备！"

"有啊，当然有，不过我有一个要求，今晚要请你太太和我跳上一曲华尔兹。"林阳笑着调侃。

"太好了！没问题！"萨哈林笑嘻嘻地在林阳肩上拍了两下。

巴索夫公司在林阳看来有两个有意思也值得交往的人：一个是

这个副总经理萨哈林，一个是公司的总工程师谢尔盖。

　　萨哈林原来是军人出身，是一名退伍的空军少校。他很注重自己这段军人经历，经常以此自居，认识不久便透露了自己的这段历史。林阳一行背后都叫他少校。也许是军人的习惯吧，萨哈林整天昂首挺胸、腰板笔直，走路也是大步流星、虎虎生威的样子。少校是个喜欢修边幅的人。白里透红的脸上连鬓胡子总是刮得干干净净。有意思的是，这样一张颇有棱角的男子汉面孔上，一双灰蓝色的眼睛却充满了女人的温情。萨哈林总喜欢穿一身空军蓝的西装，系一条窄窄的和西装颜色一样的领带。林阳说这衣服可真漂亮，颜色像蓝天一样纯净。他这么喜欢穿天蓝色的西装，打天蓝色的领带，一定是心中还装着他的空军情结吧？萨哈林听过，向林阳伸出大拇指笑了，露出了一口洁白而又漂亮的牙齿。萨哈林为人豪爽又热诚，总是神采飞扬，看上去就是个心底格外干净的人，每每请他吃饭、送他太太小礼物什么的，他都要很认真地感谢一下。有时候他端着酒杯会把祝酒词说上个五六分钟，翻译老章有一次酒后抱怨："这个少校，祝酒词说了那么久，我这端着酒杯的手都弄得发酸了！"

　　与少校不同，总工程师谢尔盖是个极其沉稳的学者。谢尔盖五十多岁，个子不高，一头鬈曲的金发总有两绺飘在前额上，白皙的脸上总是透着和善的微笑。不知为什么，谢尔盖的眼睛看上去似乎总是透着一股淡淡的忧郁，经常是在说着什么或者看着什么的时候突然就收敛起了笑容。后来少校向林阳透露："前几年谢尔盖唯一的女儿得白血病死了，谢尔盖至今还为这事儿伤心着，当然一起伤心的还有他的太太娜塔莎。现在娜塔莎除了身体不好之外还患有轻度的抑郁症，所以谢尔盖除了上班时间之外总是形影不离地陪着妻子，两人一起做饭，一起吃饭，一起散步，一起遛狗，如今两个人真的是相依为命了。唉，两个可怜人！"少校的语气里充满了怜悯和同情。

林阳一下明白了自己请客时为什么谢尔盖来的次数有限，为什么每次他总坐在太太身边像照看小孩子一样照看她，还有为什么娜塔莎一见了年轻的姑娘就会变得两眼发直。

谢尔盖性格持重不喜欢多说多讲，一般情况下总是默默地听别人讲话，不过有时要是谈到技术层面的得意之处时，也会一时变得眉飞色舞起来。

因为中心问题是功率元件嘛，所以话题会经常在元件方面。有一次林阳问谢尔盖："原理上扩散型元件的初始导通沟道只有一个点，你们的元件用什么办法把电流做得那么大？总工程师先生可以给我讲讲无妨，请放心，我们搞的是电路应用，不是搞半导体器件的，再说你们这样的大功率技术也一定有专利保护，我只是有些感兴趣。"

谢尔盖听了哈哈地笑了起来，说："这没有什么专利，只是一个纳浩（knowhow 的音译，意为窍门）。你即使是搞器件的，我也可以告诉你，原理上就是多点初始导通。原理就这么简单一句话，关键在于元件烧结的扩散工艺。据我所知，地球上掌握这项技术工艺的人可以说是屈指可数。"谢尔盖说到这里一脸的眉飞色舞，不过突然像又想起了什么，快速收敛了笑容。

巴索夫的总经理叫乌里杨诺夫，是一个有犹太血统的俄罗斯人，将近六十岁的样子，长得人高马大、面色红润，一双灰眼睛里闪烁着犹太人特有的精明，而精明之余还有那么一点小小的狡黠。

林阳一行来到巴索夫后与乌里杨诺夫只见了两面。一次是最初的礼节性拜访，一次是萨哈林在员工食堂回请林阳一行，少校把总经理给请了过来。总经理出面自然就成了晚宴的主人。哇，祝酒词说得那叫一个无比恢宏！从反法西斯战争的盟友说到唇齿相依的邻邦，从曾经的国际社会主义阵营说到当下共同面对的改革开放，从传统的友谊说到未来的愿景，林阳心想这哪里是一个总经理的祝酒词啊！不怪少校说他们总经理是个政治家，还是一个列宁主义的忠实信徒。

祝酒词说得洋洋洒洒，伏特加也没少喝，酒过三巡林阳还即兴唱了一支俄文歌曲，就是列宁最喜欢的那首《我的祖国》，这让乌里杨诺夫大为赞赏。不过气氛热烈归热烈，热烈过后关于功率元件的问题还是那两个字：不卖。

这天午饭吃过，少校就跑来告诉林阳说："你们先回招待所吧，等下我去找你们。"少校一改往日的神采飞扬，声音变得低沉，表情也很严肃，看上去好像有什么重要的事情，于是林阳一行就回了招待所。

大约一个小时之后，少校就一个人开着他的那台"拉达"来了。

林阳招呼萨哈林坐下，又吩咐老刘给他泡茶，萨哈林摆摆手说不用泡茶了，他坐一会儿说说话就走。

接着萨哈林说："有一个消息我必须要告诉你们，总经理乌里杨诺夫马上要去度假了，假期是三周。你们的问题如果不解决，再找机会最起码也要在一个月以后了。明天上午他会在办公室待一个上午，这也许是你们最后的机会了。我可以安排你们去再见他一次，和他客气一番后再提一遍你们的请求。这些天来我们几个副总、总工都努力为你们说了很多好话，但关键不在我们身上，而是在于乌里杨诺夫。我今天让你们提前回来，一来是这里说话方便，二来是给你们留下一段准备的时间。话我只能说到这里了，祝你们好运！"少校伸出手来和林阳使劲握了握。

林阳明白萨哈林说话的神态和握手的力度都意味着什么。

翌日早晨，迎着明媚的阳光，林阳和翻译老章走进了乌里杨诺夫那间明朗宽大的办公室。办公室很大，大到让人感觉有些空旷。

一张硕大、花纹明晰的水曲柳办公桌，明亮的桌面把斜照进来的阳光反射得五颜六色。办公桌上干干净净，只有一红一白两部电话和一个翻页台历。不像其他人喜欢把书架置于办公桌的后面，乌里杨诺夫办公桌的后面是一面白色的墙壁，而墙上唯一的装饰是一张装着列宁像的画框。

双方寒暄后，林阳把目光落在墙上的那幅列宁像上。他先是用崇敬的目光端详了一阵，然后一面继续端详，一面像是自言自语又像是对乌里杨诺夫说："噢，伟大的列宁，曾经是俄国人和中国人共同的革命导师！"

"不是曾经，是依旧！起码对我来说是这样。"乌里杨诺夫说得甚是坚定。

林阳回过头笑着冲总经理竖起了大拇指说："总经理是一个了不起的人，您的品格让我折服。当人们都在忘却过去随波逐流的时候，在您这里让我看到了人类久违的信仰、信念、精神和意志！了不起！"

乌里杨诺夫笑了，笑得竟然还有几分腼腆。他说这没有什么，人的信仰应该是恒久的，忘记过去就意味着背叛，他只是一个列宁主义的忠实信徒。

林阳跨前一步伸出手说："那我们应该再次握握手，不是为相识也不是为再见，而是为了共同的价值观，为了列宁主义，为了理解万岁！"

于是两人的手再次握在了一起。

翻译老章一边翻译一边心里感叹，这位林老板真是太精明了，精明到几乎可以洞穿人的内心世界。凭着从萨哈林那里得来的一些了解和眼前这间办公室里的陈设，就准确推断出了主人的喜好和价值观，用信仰和理解把人心拉近。这家伙什么时候成了列宁主义的信徒！

接下来就言归正传了。林阳说："听说总经理要和夫人去度假了，我特地前来看望一下。这段时间下来，我们已经是好朋友了，中国有一句谚语叫'好朋友就该不分你我'，朋友的事情当然就应该是自己的事情。喏，这个送给你，你和夫人可以在度假期间买点什么纪念品，希望您和夫人度过一个快乐的假期。请我的朋友放心，这纯粹是私人之间的交往，与工作无关，与公司也无关。"林阳一面打着手势，一面把一个装有三万美金的大信封放在了乌里杨诺夫的办公桌上。

乌里杨诺夫一边问着这是什么，一边打开信封看了一下，然后对林阳说："林，这不太好吧，我是一名俄共党员，还是人民代表，这样的话……"乌里杨诺夫目光对着桌子上的信封，又是撇嘴又是摇头又是摊手。

"我说过了，这是我们之间的私人交往。我还要告诉你，乌里杨诺夫同志，我在中国也是人民代表！乌里杨诺夫同志，如果有时间我还要邀请您和夫人去中国做客，我们可以一边吃着北京烤鸭，一边研讨当今的世界革命！"

乌里杨诺夫笑了，这次笑得非常由衷，他说："达瓦里希林，既然你我都同志相称了，又说到了世界革命，那我就以革命的名义收下同志的这番深情厚谊。"

乌里杨诺夫拉开抽屉，伸手把桌上的信封口袋搂了进去，装了三捆美元的信封口袋落进抽屉的瞬间发出了一声咕咚的闷响。随后乌里杨诺夫关上抽屉，一脸郑重地对林阳说："既然是朋友又是同志，你的事情我一定会给予帮助的，不过我要花点时间考虑一下怎么办才好。平衡，关键是平衡，要让我们、你们，还有中国南方院公司都能说得过去。"

"噢，那真是太感谢您了，乌里杨诺夫同志。您的这句话对我来说，用中国成语形容，那就叫作定海神针！不过我们的时间有点紧迫，您看能否这样，您通过俄国的一家第三方公司做一次转手，把功率元件卖给我们，这样问题不就全部解决了？中国方面您还照旧和南方院公司执行你们签订的独家代理协议，只是我们走俄国另外的渠道，这样就找到了您刚才说到的平衡。只有一个问题，据我了解，巴索夫公司卖给俄国的功率元件都要做工程跟踪的，而对这样一个搞贸易的第三方公司，巴索夫不去做元件流向跟踪就可以了。"林阳边说边把茶台上的茶杯和托盘摆开，比画着几家公司的相互关系。

乌里杨诺夫的目光停留在林阳的脸上，大约有十几秒钟后便一个人鼓起掌来，随后对林阳说："达瓦里希林，你很了不起，我在为你的聪明、智慧、真诚和善良鼓掌。不错，这的确是一个多赢方案，把第三方选成一家科工贸一体化的公司就更加无懈可击了。我这下马上安排。"随后乌里杨诺夫就打电话把萨哈林叫了进来。

功率元件的问题就这样解决了。萨哈林在伏尔加格勒找了一家科工贸一体化的公司和林阳签署了供货合同，价格就是巴索夫公司的公开报价。事情已全部办好，不过林阳似乎还没有要走的意思。这让翻译老章和随行老刘都有些奇怪。最奇怪的是，林阳让老章陪着去了好几次总工程师谢尔盖的家。在谢尔盖的太太娜塔莎上吐下泻，而且因为抑郁症拒绝去医院而用俄罗斯药品无效的情况下，林阳用随身携带的藿香正气水治好了娜塔莎的病，还凭空送给了谢尔盖一万美元的礼金！那是一万美金啊！老章不理解，你说给乌里杨诺夫送钱是必须的，人家一把手大权在握，无论是一手生意还是二手生意都得人家准许。给萨哈林钱也没问题，这家伙这样热心地跑前跑后，在总经理面前给说了不少好话，关键时刻还给透露总经理的行程计划，况且那钱人家萨哈林根本就没要。萨哈林看到要送给他的美元时，眼里未见喜悦反而飘过了一片阴云。从来都是兴高采烈的萨哈林第一次把脸沉了下来。他把装钱的信封塞给林阳，一脸严肃地说："林，把这件不快的事情忘掉吧，如果我收了钱，我们就不是朋友了。还有更重要的就是，我曾经是一名军人，军人的最高理想境界就是荣誉，而荣誉是不可以被出卖更不能被玷污的。请相信我的真诚，人和人是不同的，每个人都有自己的做人原则。"萨哈林令人感动也令人钦佩。可那总工程师谢尔盖也没做什么呀，不就是有时候凑在一起讨论讨论那些有关元件的技术问题吗？再说总工太太娜塔莎的病还是那盒藿香正气水给治好的呢！人家已经千恩万谢了，结果反过来还给人家送钱！这个林老板，一定是送礼送疯了。

出国的时候他们是在俄罗斯的远东城市哈巴罗夫斯克入境的，那个边境城市美元、人民币、卢布三种货币通用。出国的钱都在老刘身上保管，换汇、开销、记账这些当然也都是老刘的事情。林阳当时吩咐老刘带出来的六万多美元不能动，美元体积小，携带方便，这是办事碰到问题时用来送礼的；把随身的人民币留足回程国内部分的路费后全部兑成卢布。老刘把兑换的卢布装了半皮箱，冲着翻译老章笑道："我今天也是好几百万的富翁了！"

老章笑着说："还要加一括号——卢布！"

结果换了那么多卢布没用完，倒把美元送给了不该送的人，这个林阳！不过公司是人家的，钱也是人家的，让他怎么办就怎么办吧！打工的人最好的工作态度就是两个字：听喝！

又过了两天，终于等来了林阳返程的决定。不过这两天过得还真的不错。解决了问题，大家心情都很好，去了伏尔加河畔公园，参观了一座贯流式的水电站，看了无名烈士纪念碑和纪念碑下的长明火，又拍摄了许多城市的街景，总之把这伏尔加格勒玩了个遍。

中午十一时的航班飞莫斯科。早晨萨哈林、谢尔盖来给林阳一行送行，总会计师瓦琳琴娜也来了，她是受总经理乌里杨诺夫之托。

俄罗斯人很讲究礼节，几个人都给林阳带来了分别的礼物。

萨哈林送给林阳的是一件天蓝色的风衣。萨哈林说："你总说我的衣服、领带颜色漂亮，现在把一样颜色的风衣送给你。这是蓝天的颜色，我们不属于一个国度，但都在同一片蓝天下，蓝天属于我属于你也属于我们每一个人。就像我，不当军人就不能在蓝天上飞翔了，但每每看到蓝天却总能让自己的心飞起来。希望你也一样，穿上天空蓝仰望蓝天，让心飞起来！"

谢尔盖送给林阳的是一小幅装帧精美的油画，画的是伏尔加河上的日出。画框是用白桦树皮做成的，精美又别致。谢尔盖说："我看你非常喜爱我们的伏尔加河，就给你买了这幅小油画送你做个纪念吧。伏尔加河是俄罗斯的母亲河，我们对母亲河充满了深深的热爱。我们生活在这里，每天都在伏尔加河的身边，伏尔加河总让她的儿女们惊喜不断。带上这幅小画，伏尔加河就在你的身边了。热爱她吧，无论在天涯海角，每一个热爱伏尔加河的人都会成为她的儿女。"谢尔盖紧拉着林阳的手握了又握。

瓦琳琴娜送来的是一束香水百合，她说百合花是用来祝福的，还用她说不成句的中文祝福林阳顺利、幸福。

林阳很是感动，说了很多感谢的话，与几位俄罗斯朋友反复握手、拥抱，最后上了送机的汽车。

莫斯科飞北京的航班是第二天下午的。晚餐时喝了点小酒，饭桌上三个人都为这一个月来的经历感慨万千，话题也自然离不开打交道的这些人：老谋深算、满口列宁语录的乌里杨诺夫，热情真诚又纯洁义气的少校萨哈林，性格沉稳但总是充满忧郁的谢尔盖，还有温文尔雅又美丽端庄的瓦琳琴娜……

回到自己的房间，林阳闲得无聊就打开皮箱把少校送他的天蓝色风衣试了一下，不错，还真挺合身。接着他又拿出谢尔盖送的那幅小油画借着床灯的光看了又看。他想起了分别时谢尔盖说过的话："伏尔加河总让她的儿女们惊喜不断……每一个热爱伏尔加河的人都会成为她的儿女。"热爱……儿女……惊喜不断，什么惊喜呢？林阳沉吟着。突然一个想法像一道闪电在他脑海里瞬间点亮。他跳下床，从皮箱里拿出一把随身携带的简易瑞士军刀轻轻划开画框后面的背板，是意料之外却也是意料之中，里面居然镶嵌着一张 3.5 英寸的软盘！

林阳抓起软盘就冲到了翻译老章的房间，冲他大喊："快，快把电脑打开！"

电脑启动刚一完成，林阳就迫不及待地把磁盘塞进了进去。然而打开文件时屏幕上出现的却都是一屏一屏的乱码。

"来，给我吧，换一下俄文的系统试试。"老章说着把电脑接了过去。

换成俄文系统后，屏幕上不再是乱码了。老章俯身看过发出了一声惊呼："天哪，这是功率元件扩散技术的全部工艺！"

# 第二十四章　谁才是救世主

王晓东的努力最终没有成功，缝纫机厂破产拍卖以及下岗职工安置仅仅历时两个多月就完成了近百分之八十。给工人开出的条件是原缝纫机厂的工人可以双向选择：可以一次性拿到每年九百元买断工龄的补偿款，从此自谋生路；也可以由一间生产净水器的民企负责接收，企业根据个人情况安排工作。

条件一公布，工人们立刻开始议论纷纷。比最早的方案中每年买断工龄款翻了近一倍倒不是什么突出亮点，工人们似乎更关心更在乎那份每天朝八晚五有班上、有活儿干，每月能拿回家工资过日子的工作，毕竟没有工作、没有工资的时间太长了。而更重要的是，净水器公司的老板和市委市政府立了军令状，要在三到五年内把公司打造成行业龙头，成为全国一流的民企。诱惑还不止这些，净水器的老板对缝纫机厂安置下来的职工许下一个书面承诺，那就是工作三年后，如果有工人自愿下岗放弃工作，公司还按和当下一样的标准发放买断工龄的现金补偿。

绝大多数工人都对这个安置方案表现出了极大的兴趣。就说那一次性工龄买断吧，是，这样当时就能见到一笔活钱，可是以后的日子怎么办啊？那还不得完全靠个人去自谋生路！是，做个小生意、开个小吃店、倒腾个小买卖也能赚钱糊口，可做生意总会有风险，谁能保证只赚不赔啊，那万一要是赔了呢？可这净水器的方案就不同了，有工做、有班上、有工资，那日子岂不又回到了从前？尽管从前要加班、要会战，还有时候会义务献工，但是那日子过得实诚啊，再说工人不就是要上班做工吗？退一万步讲，即使是公司没干好，或者自己不愿干了，人家不是还有一个书面承诺吗？可以按当下买断工龄一样的标准发给现金补偿！这岂不是上了双保险！

就这样王晓东的工代会被快速瓦解了，他的生产自救、振兴工厂的方案也以流产告终。最初的时候只是工代会里出现了分歧意见，有人继续支持王晓东的振兴计划，有人则不再支持他，说净水器公司是一个难得的机会，而且还有承诺的后续保障，不应该错失良机。后来净水器公司的老板梁再兴来见了一次工代会的成员。梁老板说："各位师傅都是工人之中的佼佼者，有担当、有水平、有责任心，我们公司就需要这样的员工。希望大家接受兴特，工代会的师傅如果进了兴特，我保证各位任职于公司生产环节的管理岗位，而且待遇从优！"兴特是净水器公司的名号。梁老板来过不久，工代会里的人就大部分缴械了，坚持原来想法的只剩下了王晓东自己和那个长头发爱写诗的大何。

不过很多工人无论是买断工龄的还是到净水器公司工作的，都还是从心里感谢王晓东的，若不是他带头和各方沟通这件事，也许不会有今天这样的结果。先不说有个净水器公司接收，就说那买断工龄的补偿钱，要是不去争，按工龄每年给你四五百块把你打发了还不干瞅着！

王晓东这几天的心情很不好，几乎整天泡在烟酒里度日。他就不明白，这帮工友们为什么会这么轻易就得到满足，为什么给了点条件、好处就不再坚持，就会轻易被分化、瓦解。唉！

大何来看过王晓东几次，陪他一起喝酒、一起抽烟、一起聊这次破产事件的始末。大何问王晓东他自己的事情是怎么考虑的。王晓东说："我还陷在这件事里没缓过神儿来，自己的事情还没来得及多想。那哥们儿你是怎么考虑的呀？"大何倒很干脆地说："我也没想，不过也算想好了，兄弟你上哪我就上哪，我跟着你！"大何一句话把王晓东说出了眼泪。

兴特净水器的老板梁再兴原来是一家大型国企的计划员。他是厂技校毕业的，学的工种是电焊。干了几年电焊工的梁再兴实在受不了那一蹲就是老半天，夏天整个人都泡在汗水里，冬天胸前暖风吹背后寒的辛苦，于是为人比较活分的他挖门子送礼，当上了供应处的一名管理电子元器件的材料采购计划员。

梁再兴是一个相当精明的人，接手这份工作不久就发现了生产管理上存在的巨大漏洞，那就是车间领取材料的单据竟然既没有事前审查也没有事后复核。车间不是独立法人，只是一个二级核算机构，发生的成本上报财务处后就汇总在工作号的成本账里一起核销了。天哪，这不是意味着车间生产用的元器件想领多少就领多少，料单上填上多少就可以领多少吗！

弄清了来龙去脉的梁再兴于是打起了材料的歪主意。不过这件事情一个人是做不来的，车间那边必须要有人合作才行。于是梁再兴今天请吃饭，明天请喝酒，后天玩牌地交下了装配车间的领料员王孟仁。那王孟仁也是一个爱吃、爱喝、爱玩，见利眼开的主儿，于是二人一拍即合做起了这无本的生意。

王孟仁拿到车间班组提上来的领料单后，就去找主管主任签字盖章，然后趁办公室没人的时间垫好事先准备好的复写纸，在料单出库联的元件数量上要么在后面添个"0"，要么在前面加个"1"，就算大功告成了。到了梁再兴这儿，他心领神会，撕下领料联附上一张出库单，材料元件就这么领出去了。事后王孟仁再把多领的东西交给梁再兴，梁再兴去找卖方单位，要么退成现金，要么换成贵重的家用电器什么的。两人的合作屡屡得手！日子也过得滋润了起来。两个家伙常在一起一边喝着小酒，一边感叹和相互分享这些陡然增加的财富给人带来的欢愉。

可是好景不长，在后来的一次为节能增效而进行的成本核查中，成本会计发现某些元件在相同的产品里应用数量竟有十倍之差，于是两人的事情彻底败露。

好在这两人做得不算太久，从第一笔交易到东窗事发，总共也就不到一年的时间。尽管性质恶劣，但单位领导还是放了两人一条生路，没有经过公安局和检察院，只是把两人做了开除厂籍的处分。

于是梁再兴开始流落社会。这期间他倒卖过服装、开过饭馆、搞过推销，后来在开发区租了一栋大楼办起了兴特净水器公司。因为广告宣传的力度大，引起了各方的注意，于是省市领导来开发区视察时，开发区方面都把兴特净水器公司作为视察的一个点儿。梁再兴吩咐自己的几个手下，在他近距离给领导汇报时，一定要抓紧机会，不同机位、不同角度多照一些照片，别吝惜胶卷，不怕多照，不怕照虚，必要时连拍都行。于是每当梁再兴近距离给领导们汇报时，身边照相机的快门声会咔嚓咔嚓地响成一片。

没多久，若干张放大成三十六寸的梁再兴与各个层级领导的合影，就在梁再兴的办公室与会议室之间的走廊上挂了整整一面墙！在这片"画廊"的背景下，再加上梁再兴到处渲染自己与领导的关系和那些似是而非的企业经营数据，兴特净水器公司变成了开发区重点扶持企业，在信贷、环保认证、厂房租赁等诸多方面得到了有关部门的多重关照。

就在缝纫机厂破产拍卖的当事几方因为拍卖价格、工人补偿等诸多问题焦灼、拉锯的时候，梁再兴站出来主动向市委市政府请缨。他表示兴特净水器公司愿意接收那三百多名缝纫机厂的下岗工人，并且承诺三年后如果其中的工人自愿下岗放弃工作，公司还按一样的标准发放工龄买断补偿。梁再兴还表示自己的企业在发展的过程中得到了市委市政府多方面的关照和支持，而在改革推动中碰到了问题的情况下，自己理所当然应该站出来为改革站脚助威，为政府排忧解难！

"这是一个有良心有觉悟的企业家！"刘有森对此给予了高度的肯定。

至此，缝纫机厂的破产拍卖事宜得以快速收官，百分之八十的工人选择了进入兴特公司，其余的人选择了一次性买断从此自谋生路。缝纫机厂的工人们从此告别了这间他们曾经引以为豪、视作自己家园的工厂，那些曾经的骄傲、苦痛、愤怒和深情都化成了未来记忆的碎片。那块风雨中挂了几十年的厂牌被摘下，这片土地和厂房如今有了新的主人——东宇公司。

待林阳国内国外转战了一圈儿回来，缝纫机厂的事情已经接近尾声。王晓东面对林阳一脸无奈："事情的变化之快超过你我的想象，就是你在也是无能为力。工人们几乎是一夜之间就齐刷刷地接受了兴特公司安置的工作，就连我这工代会里也就剩下了我和大何。后来我们俩也决定随大流走吧，要是兴特办得好，大家日子都过得好，也是一件天大的好事儿！"

"你能这么想得开，我很是为你高兴，生活中能平静地随遇而安的人，其实也是一种另类的强者，是心的强者。既然决定了，你先过去吧，工作上要是有什么不顺心不如意的，你就到我这儿来。我这公司是搞高科技的，要安排三百多名普通工人肯定不行，但安排少数人还没有问题。"

"不用，起码现在还不用。前一段牵扯了你那么多的精力，我已经很是过意不去了！对了，原来说的那些配套产品没耽误你们什么事情吧？"

"没什么事儿，这么短的时间里能有什么事儿！我们公司的机械系统配套都是和工程等同进度，原来准备交给你们的配套也都是远期项目。你想啊，连等你们全新上马都能等，还能在乎这么点儿时间？你就放心吧！"

"说起来也挺有意思的，当时你没在，总工会的刘主席还请我吃了一次饭。喝酒的时候我把你要帮我们工厂开发产品，做高科技配套，让我们生产自救走出困境的事情和他说了，他也说好事情啊，一定没问题的，还赞扬你说你不仅能力超群还有一副菩萨心肠，说找到了你就是找到救世主了。哈，结果没想到这么短的时间又杀出来一个救世主！"

"救世主？哈哈，这刘山可真敢说。"林阳想起了曾经和刘山的谈话。

折腾了将近半年的缝纫机厂破产转卖的事情，就这样快速落下了帷幕。林阳凭着直觉总感到这里面哪个地方有些不对劲，但不对劲在什么地方，他自己也说不清。说不清索性就不想了，刚从俄罗斯回来不久，桌子上公司的文件、要会签的产品技术报告、市政协常委会的会议通知等等积了一大堆，等把这些都处理完，找个时间约上刘有森聊聊，也许就什么都明白了。

午饭后送走王晓东，林阳没午睡就开始整理这段时间桌子上积攒下来的那些文件、资料和信函什么的。这时电话响了，是迟跃安打来的。迟跃安在电话里询问换流站工程的进度情况，说："南方院的程海山打来电话说你们的功率元件采购发生了问题，工程设备肯定不能如期交付，南方院公司的元件有足够的采购储备，如果现在就终止与石彤公司的合同找南方院合作，时间上还能来得及，否则将面临合同违约、工程延误的风险。我当时回答说，这些情况我还不知道，那是合同乙方的事。如果他们违约，我们会追究石彤公司的法律责任，把石彤公司送上法庭，但我们不能主动终止合同，那就是我们违约了。就我个人而言，我也不在乎工程延误，因为中标单位的选定不是我一个人的事，那是评标委员会的集体决定。"就这样程海山在迟跃安这里碰了个不软不硬的钉子。不过迟跃安确实有些不放心，就打电话来询问。

林阳说："老弟放心吧，项目一切运行正常，关于你说的功率元件，我的银行信用证都开出去了。对方已经空运发货，过几天报了关，我们的东西就拿到了。不过这些你就装作一概不知，让南方院公司白忙活一段吧！"

迟跃安在电话那边说："那就好，那就好，有你这话我就放心了，老兄你我是命运共同体，一荣俱荣，一损俱损啊！"

"你就放一百个心吧，不仅这次换流站的工程要保质保期，下边我们还有更大的计划。"

迟跃安当然不知道林阳说的更大的计划，指的就是功率元件的国产化。如果国产化成功，会大大降低输电换流工程的设备成本。不仅如此，还会彻底突破从国外进口的诸多限制瓶颈，到那时什么美国的禁运条例呀，俄罗斯的独家代理协议呀就统统都成了一堆废纸！有一句老话，你有、他有不如咱自己有，话虽朴实但道理千真万确。对技术而言，那就是你会、他会不如咱自己会。

搞功率元件国产化的这个想法，是林阳在从哈巴罗夫斯克飞往莫斯科的航班上萌生的，所以才有了伏尔加格勒那段泡在巴索夫公司没完没了的日子，才有了对总工程师谢尔盖又是请客送礼又是治病许愿的那些格外关照。随行的老刘和翻译老章都是在最后看到软盘里那份功率元件扩散工艺资料的那一刻，才一下子明白了林阳的真正意图。

地处西北的秦岭整流器研究所是国内最大的电力电子器件的科

研和生产单位，无论是科研技术还是生产规模在国内该领域绝对堪称第一。还是在设计院工作的时候，因为工作的原因林阳就对秦岭所非常熟悉，也有一些朋友，离开设计院后这合作关系一直延续了下来。林阳拟好了条件，派一名副总到秦岭所谈下了合作的技术协议。协议的中心内容就是由石彤公司向秦岭所提供大功率元件多点扩散的物理原理和全部工艺技术，由秦岭所负责烧结实验。此项技术工艺由石彤公司无偿提供，如实验失败，双方互不追责；如试验成功，石彤公司得到的回报则是在未来十年内，可以随时得到秦岭所以百分之六十出厂价提供的限于应用工程的功率元件。

　　至此换流站工程的进度和功率元件的国产化合作都有了落实，一连紧张了几个月的林阳终于松了一口气。

　　下班之前手机响了，是章小菡打来的，电话那边的章小菡依然是那口嗲嗲的上海普通话："哇，真不容易把你找到，你这家伙这么长的时间杳无音信，打了好多次电话都没打通。上次一别已经有好几个月了，老实说，是不是把我忘了？"

　　林阳嘿嘿地笑着："哪里话，就是把我认识的人全都忘记也不能忘记你呀！前一段在忙，从国内忙到国外，这不刚从莫斯科回来没几天。在俄罗斯的时候一和俄罗斯姑娘跳舞就想起了你，想起你的美丽动人和风姿绰约，还有那双迷人的玉腿。"

　　"得了吧，你这家伙就是嘴甜，一张嘴就把女人弄得神魂颠倒的。怎么在俄罗斯泡洋妞了？开洋荤了吧？"章小菡在电话那边咻咻地笑着。

　　"净瞎扯，那都是一般应酬、工作需要！你还不了解我吗？我这人就是有那贼心也没那贼胆呀！再说我这人恋旧，洋荤哪有旧情好啊，你说呢？"章小菡的电话好像来得正是时机，林阳刚刚放松下来不久的身心突然来了闲情逸致，以至于点燃了身体里那股沉寂已久的躁动。

两人又在电话里打情骂俏了一阵，林阳说："晚上一起吃晚饭吧，我们公司边儿上开了一间叫'小背篓'的火锅店，涮品是各种各样的蘑菇、菌类，挺好吃，也挺别致的。"章小菡说："直接去你家吧，吃的你就不用管了，我买啥你就吃啥好了。"林阳笑着说："行，就听你的，你这家伙那么性急！"就把电话撂了。

章小菡在林阳离开设计院的第二年经人介绍认识了前夫杨大伟，相处了一段时间就结了婚。只是没有想到，这桩婚事从开始就注定要成为一颗苦果。

杨大伟出身干部家庭，父亲是正厅，母亲是正处，他本人是电子局技术处的一名工程师，各方面条件都不错，人也仪表堂堂。缺点嘛，那就是干部家庭的优越感，再加上他是父母唯一的独苗被娇生惯养宠出来的坏脾气，人很自私、任性，在家庭问题上还有些霸道。

婚后章小菡两口子和公公婆婆生活在一起。在这样一个家庭里，性格外向、泼辣的章小菡感到生活得很是压抑，日子沉闷得像一潭死水，没有自由，没有流动，空气似乎都凝固了起来。

最糟糕的是，那杨大伟是个从不担事儿的主儿，夫妻之间哪能没有矛盾、摩擦呢？可每逢夫妻吵架，这杨大伟都要去自己的母亲那里告章小菡的状，弄得章小菡生气之余还有些哭笑不得。一般的男人都会拼命在自己父母面前说老婆的好话，为老婆争理，可她的丈夫杨大伟，整个一个全拧！

说起婚姻，一般人都会讲个门当户对，这话看似俗气却有着一定的道理。假如联姻的男女双方都是懂得尊重、通情达理之人，当然没的说，如果不是就有问题了，双方家庭地位的差距会成为这婚姻的裂隙，直至发展成无法逾越的鸿沟。

杨家老夫妻就不属于懂得尊重和通情达理之人。每每小夫妻发生了矛盾，杨大伟去母亲那里告媳妇的状，杨母都会不问青红皂白，指着章小菡的鼻子就是一阵声色俱厉的指责。章小菡觉得委屈，有时会向公公求助，希望得到公公一句公正的评判，然而她每每都失望了。公公经常慢条斯理地放下手里的报纸、摘下花镜，然后一板一眼地对章小菡说："大伟那儿工作繁忙，你要多支持他、多理解他、多帮助他，不应该总是这样争吵、负气、意气用事。能进入这样一个家庭对你来说已经是福气了，你应该格外珍惜才是。"

　　章小菡仿佛坠入了一个冰冷的井底，环顾四周只有冰冷潮湿的墙壁和杨家人一双双居高临下的眼睛。这样的日子周而复始，像一首不和谐交响曲里的刺耳旋律。几近崩溃的章小菡彻底失望了，于是索性提出了离婚。

　　因为既没有孩子问题，也没有什么财产分割的问题，婚离得倒是非常顺利。离了婚的章小菡没见一丝难过的神情，居然在自己的卧室里唱了一曲红歌——《解放区的天是明朗的天》。离了婚的章小菡真的如同经历了一次人生的解放，又回到了原来一天到晚热情奔放、无忧无虑的日子。

　　那年北方气温反常，天气热得特别早，才五月末白天气温竟然高到了三十四五度，而且还有进一步上升的趋势。石彤公司正在搞一个全国水电系统的微机保护新产品介绍及培训，为了躲避高温就临时把培训地点改在了镜泊湖边的避暑山庄。

　　会议及培训结束已经是六月上旬了。林阳回到办公室，照例要整理翻阅这些天来积在桌子上的那些文件、信件、会议通知等等。翻着翻着林阳愣住了，这非年非节的，怎么有人还会寄贺卡来？打开粉色的口袋，里面还真是一张贺卡。贺卡的图案是一道彩虹和一个五彩的热气球，热气球下的篮筐里装满了大大小小的红心和礼物。

赠言处写着："童年是一道梦中的彩虹，灿烂绚丽、七彩缤纷。梦境终究要醒来，而那条彩虹却不会散去，像一座彩桥，高架在生命的昨天与今天。愿我的朋友像那只热气球，载着童心和愿望永远和彩虹相伴。祝林阳小朋友儿童节快乐！"而落款处没留名字，却恶作剧似的写着"猜猜我是谁？"后边还画了一个圆圆的笑脸。

林阳又拿起了贺卡口袋，口袋上的地址栏里只写着两个字"内详"。是谁呢？开这样颇为优雅的玩笑，居然还敢叫自己小朋友！林阳眨着眼睛竭力思索。

最后还是从那形方角圆、略显粗犷的字迹里想出了答案：章小菡！

林阳对章小菡的字迹是有印象的。当年在设计院当机电二处处长时，章小菡的团委一有活动要申请个钱、物、车什么的，都是她亲自手写那些申请报告，报告当然要送林阳这儿来批，所以他留下了挺深的印象。不像卢琪一手字清丽、娟秀，章小菡的字写得方方大大、略有圆角，有些粗犷野性的味道，看上去不像一个女孩子的笔迹，倒像出自一个男人之手。那时林阳曾经为此感叹：字如其人这话似乎真是有一定的道理，只是像的不是人的外形而是人的性格。

于是林阳提笔在贺卡上"猜猜我是谁"的后面用力写了三个大字：章小菡！想了想又在下边留下了自己的手机号码，然后把贺卡装入一个大信封封好，写上设计院章小菡的地址交给了办事秘书。

两天后，章小菡咪咪地笑着，把电话打到了林阳的手机上。

晚上，在一家日本料理餐厅，因为多年不见，又是从前的故事，又是今天的话题，两人一口气把晚饭吃到了半夜。章小菡很兴奋，似乎又找到了多年前的那种情意绵绵。

喝了一晚上的酒，说了一晚上的话，章小菡跟着回了林阳的家。接下去的事情当然是可想而知了，一切都在两人各自的意料之中。

铺天盖地的激情之后，世界变得安静了下来。窗外月光如水。

章小菡轻轻抚摸着林阳的脸庞，许久之后叹了口气说："你这该死的家伙，这个晚上竟然让我等了那么久！"

林阳也坦白："那年冬天，你穿着超短裙在你家里请我喝咖啡时，一看到你的那双修长的玉腿，我的心都乱了，怦怦直跳，生怕乱了方寸。结果那蓝山咖啡是什么味道压根儿就没喝出来！"

章小菡咯咯地笑了，接着又叹了口气说："那次你要真是乱了方寸该有多好！"

从那时起两人就成了情人关系。从暮春到初秋，每次见面时章小菡穿的永远是质地不同、样式各异、露着一双玉腿的超短裙。

傍晚时分，林阳下班到家。一天不在家想给室内通通风，推开阳台窗子凭窗望去，只见章小菡穿了一款青花瓷图案的短款旗袍，手里提着一袋吃食，正袅袅婷婷地走进小区。石板路上响起了高跟鞋有节奏的踢踏声。

林阳暗自笑了，随手打开了房门……

# 第二十五章　一花一世界

秋天。

一个不好的消息传来：吴书岳死了。

癌细胞没有因为吴书岳一辈子的善良而放弃对他的攻击。他在初秋的一个寂静凌晨，静静地离开了这个曾经带给他欢喜也带给他悲哀，带给他残酷也带给他热诚的世界。

一花一世界，一叶一菩提。这个像路边野花野草一样蓬勃的生命，从成长到凋零的所有人生故事似乎在印证着苦难和残缺的同时，也诠释了善良和美好。

这天是吴书岳的葬礼。天空布满了灰暗的阴霾，清晨的时候还下了一阵小雨，也许苍天也在和送葬的人们一样惋惜这样一个生命的离去。

林阳一身肃穆的黑衣，夹在送葬的人群里。他是前天晚上得到的老吴去世的消息。已是设计分院书记的洪铁川给林阳打来了电话，告诉他老吴去世了。说老吴还在清醒状态下交代后事的时候，说了一个心愿，说如果他真到了那天，希望可能的话，通知林阳来送送他。林阳听了鼻子一酸，什么也没多说，只问了下葬礼的地点和时间，然后说了句后天早上他准时到，就挂了电话。

吴书岳住院的时候，林阳去看望过几次。第一次去的时候，老吴还不知道自己得的是什么病，见到林阳来看他很是高兴，谈笑风生地和林阳聊了一个多小时。他告诉林阳，自己得的是胆管阻塞，因为胆汁分泌不出去所以引起了疼痛，连大便都变成了陶土色，做了个手术通开就好了。还说在医院住一段就回去上班，把最后这两年做好，然后退休了就到林阳的公司来。

林阳了解老吴的病情，心里很难过却装作一脸轻松地和他谈笑风生。林阳说："老吴，你是个全才也是个大才，你要去我那里，我得认真考虑下专门为你成立个什么部门才行。不过有一点，不管是什么部门，你我的办公室可不能靠得太近，否则你每天上班都跑到我这儿来又是政治又是历史又是美学地神侃一顿不算，我还要天天供你烟抽。"林阳说完两人都哈哈大笑，他们都想起了从前那些在一起整日厮混的日子。

笑过之后，吴书岳变得一脸严肃地问林阳："说实话，离开咱们院这么多年，你后悔不后悔呀？你看楚院长退休后汪文辉接任了，你要不走，汪文辉倒出来的这副院长和设计分院院长的位置就是你的了，真的，非你莫属。"

"哈哈，你老吴还不了解我？我的人生从来都与后悔这个词无缘。我这不挺好吗？天马行空、独往独来的。再说连你老吴这样的全才大才都说退了之后要投奔我，那还不足以说明我这儿状态还不错吗？"

"那是那是，要论自由，要算财富，那你的状态是没比的，选择的道路也完全正确。可我总觉得你是个干大事儿的人。干大事儿就要有一个干大事儿的平台。凭你的水平能力和聪明才智，应该登上一个更大的舞台，扮演或者说驾驭一个更大的角色。我记得以前和你说过，不要以为权力都是肮脏的，对于百姓而言，恶毒的人掌握权力就是对民作孽，善良的人掌握权力就是为民造福！"说起自己这套理论，吴书岳两眼闪闪发光，看上去完全不像一个病入膏肓的人。

老吴这番话让林阳收敛了笑容，他低下头去有了一阵短暂若有所思的沉默，接下来他马上意识到了什么，抬起头来勾起食指向上推了推鼻梁上有些滑下来的眼镜,冲着老吴笑了:"嗨,不说那些了,现在既是事过境迁也是时过境迁了,我现在真的挺好的。别的想法都先放一放,先把公司发展壮大。做大做强了也许就会有说话的余地,那要看未来社会发展到哪一步,但是不做大的话肯定没有我说话的余地。我来这一路上只有一些水果店铺,所以就给你买了些水果,你现在想吃点什么?"林阳一面说着一面撕开果篮上面的玻璃纸。

"现在不吃,你坐下我们接着唠吧。兄弟你送的这果篮子我得多摆放几天,多看几次,心里就多爽几次。看看就能想起咱们那些从前的日子。"老吴说的话让林阳顿觉喉咙一哽。

林阳最后一次看望老吴是去 C 省投标之前。那时候,吴书岳已经瘦成了一堆皮包骨。

看到林阳来,老吴眼睛一亮,勉强坐了起来,居然还冲林阳笑了笑,不过这笑容里充满了无奈和苦涩。老吴说:"看来我去不了你的公司了,死神随时会到来把我带走。随时是什么时候我不知道,也许是年底,也许是下个月,也许是明天,死亡也需要耐心等待。不过你来看我,我还是非常高兴的。你那么忙,整天飞来飞去坐飞机像打的似的,还抽时间来看我,足以见得你我之间的情谊。看到你,我的疼痛就轻了。"

"老吴你快别这么说,你得好好活着,我们公司还等着请你给做未来策略研究呢。病痛谁都会摊上,其实也并不可怕,战略上藐视它,战术上重视它就是了。你说死亡也需要耐心等待,其实生命里所有的东西,在上帝没有揭示它的未来之前都需要耐心等待,等待是希望,也是智慧。"林阳一阵轻声开导。

"是,我也没有想不开,其实我想得很明白。人的生命就是这么一个过程:诞生、成长、壮大、衰亡,就像一部剧本或者一个故事的起承转合。每个过程都是必须经历的，这对任何人都是一样。有时想想，我这一生从童年到青年再到现在，经历也算丰富。人生就是这样，当你走过岁月的沧桑回首过往时，曾经的苦难也都会转化为回忆中的甜蜜，因为那些日子记载着生命中的朝气、坚强、华彩。我这一生，真正快乐的日子不多，我很怀念咱们在一起时那班前一支烟、一顿侃，班后喝小酒、看邮票的日子。那段日子我过得非常快乐，所以呀，你是我记忆里为数不多的快乐符号之一。"

老吴的话令林阳热泪盈眶。为了不让老吴看见，林阳就躲开他的目光，忙着打开一盒速食海参，又往茶杯里倒上温水泡了两勺同仁堂的蜂王浆，端到了老吴床边的床头柜上。林阳说："这海参你每天吃一个，还有蜂王浆每天早晚喝一次，一次两勺，记得只能用温水泡。这些都是生白细胞的东西，你一定按时吃，别怕麻烦，吃完了我再给你买。"

"你看你，又花了那么多钱给我。海参和王浆的功效我都知道，不过真不知道用在我身上还有没有意义。不过老弟你的情谊我心领了，说老实话，我老婆也没你对我这么好。"老吴说着落下了眼泪。

两人又聊了一会儿，林阳告诉老吴他要乘明早的飞机出差，今晚汪文辉院长还在报业大厦安排了个活动，于是就起身告辞。

吴书岳让林阳等等，说着下地从病床底下拿出了一个帆布口袋交到了林阳的手上。老吴说："这个你拿去，我不需要了，你我兄弟一场，这个也许就是将来你我兄弟之间的念想了。"

林阳打开帆布口袋，里面竟是老吴攒了一辈子的那几大册邮票，他的眼前浮现起从前老吴给自己展示邮票时的样子。有一次，林阳伸手翻老吴的集邮册却被他吭喝住了，老吴递给林阳一副精细的白线手套说了句："戴上手套再翻！记着翻邮票时戴手套是规矩！"然后自己也戴上手套翻开集邮册，指着一张淡绿色的邮票一脸得意，

"这张怎么样？没见过吧？清朝一分银的大龙票！这是中国历史上的第一枚邮票，难得吧？有点遗憾的是，我这就一单张，要是能凑上一套，就更了不起了！"

老吴也不知道从哪儿淘来这么多珍稀的邮票，有清朝的，有民国的，建国后的就更是丰富多彩了，从开国大典到"大跃进"大炼钢铁，从北京风光到"文革"时代毛主席去安源、祖国刘山一片红……简直可以说是应有尽有。那次真是让林阳开了眼、长了见识。

而今老吴却要把这攒了一辈子的集邮册送给他，这价值太贵重了，而这里的情谊更贵重！

林阳一面把集邮册装回口袋放到老吴的病床上，一面对他说："老吴你的心意我领了，不过这东西我真的不能收，攒了一辈子的挚爱和情趣，怎么能说送人就送人？这样，你保管好，等你出了院，我去你家，咱一起再欣赏。这回我一定记着戴手套！你歇着，我走了，出差回来再来看你！"

林阳冲老吴摇着手走了，老吴慌忙站起来冲林阳喊了句："你回来，听我说！哎呀，真让我着急！"

老吴是湖南人，老婆王丽娜原来家也不在本市，两个人在这儿基本上没有什么亲戚，葬礼上来的大多数都是设计院的人。设计分院的党政一把手洪铁川、卢琪都到场了，还有老吴在不同时期班组里的同事。

老吴的老婆王丽娜一身白色孝服，目光有些呆滞，脸上透着憔悴。

按北方的规矩，葬礼的当日，配偶是不去火葬场和墓地的。据说是怕由此让活人也"跟了去"。可王丽娜不肯留下，执意要去。王丽娜说："让我去送送他吧，这也是最后一次了。"在吴书岳的遗体推入焚尸炉的一瞬间，王丽娜一声凄厉的惨叫："老吴啊，我对不起你！"

送葬的队伍里还有一个异常悲痛的人，这就是梅姨。多年不见的梅姨变得苍老到几乎很难辨认。黑灰色的脸上布满了岁月刻下的千沟万壑，一头花白的头发又稀又枯。整个葬礼梅姨的眼泪就从来没有断过，这老吴是梅姨生命中除了丈夫刘平安外唯一驻在心底的男人。

一座又矮又小的墓碑，碑座的后面开了一块骨灰盒大小的洞，这就是老吴未来永远的家了。骨灰盒放进去后，墓地的工人用几块红砖和两锹水泥把洞口封好，从此墓穴里的老吴和他的朋友同事、和外边的世界阴阳两隔。

送葬的人们默默地看着工人把这一切做完，开始聚拢在墓碑的正面做最后的祭拜。卢琪和林阳的目光无意间碰在了一起，两人都没有任何表情，只是不约而同地相互摇了摇手。

按民俗，再过几天亲人们要给故去的人烧头七，林阳对卢琪和洪铁川说："老吴一没儿女，二没亲戚，要不烧头七的时候我们都来吧，也给地下的老吴壮壮声势。"卢琪和洪铁川几乎异口同声："听你的。"两人答应得如此爽快，一半是为和老吴的同事相处，一半也是因为这是林阳的提议。

烧头七的那天天气晴朗，林阳公司出了一台面包车，还带了两个年轻的帮手，拉上洪铁川、卢琪，还有老吴的老婆王丽娜，买了香火纸钱就去了墓地。王丽娜身上还背着那个装满了集邮册的帆布口袋。

路上王丽娜把那个帆布口袋交给林阳，说："老吴在遗嘱里说了两件关于你的事儿，一个是希望你能来参加他的葬礼，你果然来了；再一个就是要我务必把这个邮票口袋交给你，我得遵循老吴的嘱咐啊。

林阳接过那个沉甸甸的口袋，一时泪如雨下，随即把东西交给公司的两个随行年轻人说："一会儿你们帮我拿着。"

　　大家谁也没想到，除了这一车人之外还真有人赶来给老吴烧头七。还没走到地方，远远地就看见老吴的墓前站着一老一少两个女人。

　　是梅姨和她的养女吴小雨。

　　听见身后的人声，梅姨慢慢地转过身来似乎冲着卢琪微笑了一下，黑灰的脸上居然还泛起了一丝红色。梅姨说："一想老吴也没个儿女来给他烧这头七，我就和孩子来了。没想到你们都来了，你们这些人可真是有情有义。"随后梅姨把女孩推到前边说这是她的女儿小雨，让小雨给这些叔叔阿姨们行个礼!

　　十几年的光阴过去，当年那个襁褓里又紫又黑的婴儿已经长成了亭亭玉立的大姑娘。吴小雨脖子上戴着一副三层心缘型水磨钻的项链，项链上的钻粒在阳光的照耀下光芒四射。这个林阳认识，而且印象深刻。那是当年孩子被抱走时，老吴给孩子留下的纪念。林阳想起了十几年前的那个沉重的傍晚，想起了梅姨抱走孩子时老吴的痛哭失声和热泪纵横。

　　这抱养的孩子终究是和养父母之间没有遗传基因的联系。吴小雨与梅姨无论是身段还是脸盘都没有任何相似之处。梅姨是一个不怎么漂亮的女人，而这养女吴小雨却出落得水葱似的白嫩漂亮，眉心还长了一颗美人痣，整个儿一个活脱脱的古典美人儿，只是不知是因为身世还是因为别的什么，小雨的那双丹凤眼里透着一股深深的忧郁。

　　香炉里插着高香，瓦盆里没有燃尽的纸钱冒着青烟忽明忽暗。显然梅姨母女已经祭拜过了。林阳说："来吧，同志们，该我们的了。"于是大家七手八脚地开始点香烧纸。王丽娜一面把纸钱投入火盆，一面念念有词。

香云缭绕中，瓦盆里的纸钱燃得差不多了。这时林阳从来帮忙的年轻人手上拿过那个帆布口袋，取出了那厚厚的几大本集邮册。翻开最上面的一本，在扉页上镶着一张他和老吴的照片，林阳仔细端详了一下，那是当年两人一起出差时去听了一场交响音乐会，开场前在北京民族文化宫门前的合影。他取下照片又在集邮册里随便抽出了一张邮票小心翼翼地放在了衬衫前胸的口袋里，然后把几本集邮册一起放进了那个余烬未熄的瓦盆。

林阳半蹲半跪在瓦盆前，用打火机把那些集邮册点燃，然后拿着那根已经烧黑了半截的竹棍慢慢地拨弄着渐渐旺盛起来的火焰。林阳对着吱吱作响的火焰说："老吴，谢谢你对我的这番情意，纪念我留了，但更大更深的纪念是把这份情意埋藏在心底。你千万别生我的气，我今天把这些集邮再给你寄去。你在那边一定是寂寞的，有了这些邮票，你以后除了回忆一生中那些酸甜苦辣的人生片段外，也好有一样毕生挚爱、喜欢玩赏的东西陪伴。还有手套，我也一道给你寄过去了，我一直记着你的话，翻邮票时要戴手套，这是规矩。"

站在一旁的卢琪泪雨滂沱，透过热泪的帘幕她静静地注视着眼前半蹲半跪的林阳，仿佛在欣赏一件稀世的艺术品雕像。

梅姨因为是工人编制，所以按政策在头两年年满五十岁的时候就退了休。她工作了一辈子闲不下来，同时也是因为女儿在读书生活的坡道还没有爬完，退了休的梅姨又申请返聘继续上班，当然申请很快获批，她成了院里的编外保洁工。

退休后愿意被返聘的人，一是曾经位高权重者，可以继续发挥昔日的余威，可以利用这已经衰减大半的权力为自己收获那些已经缩了水的利益；其次就是那些曾经的技术权威，既可以展示自己在专业领域的权威依旧，又可以每月拿一份不菲的收入。那么这两类人还有一个共性的问题，那就是返聘可以减轻、减缓因为退休而带来的精神层面的巨大失落。

可是梅姨作为一名清洁工人，退休后放着轻松清静的日子不过，居然又被院里返聘了回来。

梅姨是在设计大楼的前厅公告板上看到机电二处贴的老吴去世的讣告。最初她以为自己看花了眼，走到近前使劲揉了揉眼睛再定神看时，才知道一切都是千真万确。梅姨顿觉一阵天旋地转，眼前一下子黑了下来，同时前胸一阵难忍的疼痛，无法站稳的她不由自主地蹲了下去。疼痛缓解后，梅姨这才哭出了声来。

此时梅姨的心情是复杂的，悲伤、痛苦之余还有那么一点遗憾和失落。老吴啊，你可真是没有那享福的命，本准备让你老了的时候顺心如意地享几天清福，谁知道你都没活到老的那一天！梅姨在心里深深地叹息着。女儿小雨已经上高二了，按梅姨的设想，一是要让女儿念上一个好大学，毕业后再有一个稳定、安逸、体面的工作。那时老吴也老了，就把女儿送到他的身边，毕竟老吴还给小雨当过一个礼拜的父亲！那天会是个什么样子呢？梅姨不止一次地在心里描绘着老了的吴书岳，见到这个曾是他七天的女儿时的神情。那神情该是什么样子呢？惊喜？激动？到时候一定要让小雨大大方方地跟老吴叫声爸爸，让老吴知道这人生也不完全都是苦事儿、难事儿，好人终究会有好报的，这好报不就是人们常说的快乐和幸福吗？小雨是一个格外善良的孩子，梅姨坚信这世上血缘并不重要，而爱才是重中之重；梅姨也相信有了吴小雨，老吴拥有的一定是一个快乐幸福的晚年。

对了，老吴一定会对她说些感谢之类的话，不过她才不要他的感谢，因为她做的这一切都是自己心甘情愿的，为了孩子小雨，当然也是为了老吴！不过面对老吴的感谢，她总要回答呀，她该说些什么呢？

就这样，那个对未来某一天的期盼憧憬和陪伴小雨一天天长大，成了梅姨生活的动力和快乐之源；而那一天如果面对老吴的感谢该如何回答，就成了梅姨一闲下来就会萦绕在心里的一个重要问题。

这天下午，梅姨拖着沉重的步伐在设计院偌大的院子里转了整整一个下午，时而泪眼婆娑，时而深深叹息。借助院里一草一木的参照，她努力在记忆中追想那些与老吴一起工作时朝夕相处的点点滴滴。

下班的铃声响了，员工们踩着铃声鱼贯而出，恍惚中梅姨觉得所有的人都变得那么遥远和陌生，似乎都是来自另外一个星球。这个傍晚，梅姨破例没有下班就跑回家去给小雨做晚饭，而是在设计院的大院里一直转悠到了天黑。

在走廊日光灯清冷的光影下，梅姨站在设计大楼一楼的楼梯旁，她的面前正是那间当年老吴下放保洁队时他们俩休息和放置工具的储物间。现在后勤处已经改名为物业公司，在群楼里有保洁队专门的休息室，这间储物间早已废弃不用了。梅姨竭力回忆着当年和老吴在这里朝夕相处的每一个细节，眼睛里又一次涌出了热泪。她下意识地伸手拨弄着那把挂在储物间门上的挂锁，岁月的侵袭中，那挂锁已是锈迹斑斑……

# 第二十六章　石破天惊

秦岭所拿到了俄国功率元件扩散的工艺技术后，只用了半年时间来进行技术消化和设备改造，就烧结出了大电流功率元件。比俄国的元件还有所突破，其标称功率是俄国的 1.2 倍。秦岭所上到领导下到课题小组都喜出望外，课题还获得了国家科技进步二等奖。当然秦岭所也没有忘记给他们带来这扩散工艺技术的功臣林阳，除了兑现与石彤公司签订的以成本价提供元件的合同协议外，还把石彤公司拉进了课题的合作单位，并且给石彤公司付了五十万元的技术咨询费。林阳说不错呀，一年前那趟俄罗斯之行总算没有白跑。五十万技术咨询费并不重要，其实不给也行，重要的是从大的方面讲，中国人有了自己的功率元件，从此可以不再受人制约；从小的方面讲，自己的公司可以用别人百分之六十甚至更低的价格拿到换流站核心部分的功率元件，那今后石彤公司在全国的换流站工程中还愁没有竞争力吗？

C 省的换流站工程已经如期顺利投产，石彤公司垫付的工程款也如期拿到。投入系统一年后召开了技术鉴定会，鉴定报告的结果是系统指标全部达标。二期工程招标工作刚刚结束，因为能拿到秦岭所提供的优惠价元件，石彤公司以绝对的价格优势中标二期工程。这回也不用搞公关、上手段了，评标委员会里商务组和技术组形成一边倒的意见。

南方院公司的程海山在 C 省换流站工程的问题上跌了一跤。让程海山难堪的倒不是投标的失利，而是他太过于自信了，没把林阳和石彤公司放在眼里，在没有合同的情况下就在南方院公司安排了

C省换流站的部分工程设计，最后弄巧成拙让南方院公司为此做了大量的无用功。

当程海山得到了俄国巴索夫已经通过第三方对石彤公司供货的信息时，他才如梦初醒。本想通过封锁国外的供货渠道把石彤公司的系统扼杀在摇篮里，结果事与愿违，倒让自己栽了这么大个跟头。他在心里大骂巴索夫那些人不讲义气和信用的同时，也暗自感叹这林阳的能力还真是不容小觑，原来那电话里的彬彬有礼、唯唯诺诺都是为了麻痹自己的表面现象。这个林阳，太狡猾了！

程海山曾发传真质疑俄国的巴索夫公司，结果巴索夫方面却来了个一推六二五，说本公司是严格遵守双方签订的代理协议的，在中国绝对没有卖给中国南方院公司以外的任何公司。程海山气得把巴索夫来的传真揉成一团，一屁股坐在了沙发上，他不仅气自己吃了个哑巴亏，而且还后悔由于太过于自信让自己在南方院丢了面子。后边的事情更是让他始料不及，几次换流站招投标都是石彤公司以低于南方院百分之二十至三十的价格中标，南方院公司在换流站工程上一家独大的局面就这样被彻底打破了。过了没多久，程海山因为顶不住大家的议论纷纷，就离开了南方院公司结束了站台跑路的日子，不过他的钱也捞得差不多了，不仅早已还清了小儿子所欠的高利贷，给小儿子在美国置下了一栋别墅和两部汽车，还给自己存了一笔数目不小的养老钱。不过对程海山来说坏事也许意味着好事。以提成的方式拿到的这些报酬严格意义上当然是存在问题的，有时想想自己从一项项的工程中得到的那些好处和回扣，以及给田玮的那些玉石和黄金，程海山就会不寒而栗，甚至晚上偶尔的一次敲门声都弄得他心惊肉跳以至于辗转反侧、彻夜难眠。

本来还想和这石彤公司、和林阳这家伙一争高低斗上一番的，后来程海山想想觉得不妥。这个林阳是一个不按常理出牌的家伙，再斗下去的话他那恭谦、客气的背后指不定又会弄出些什么幺蛾子。在南方院这几年自己毕竟是有许许多多短处的，自己以咨询服务费的名义拿到的那些钱款，说是不当收入亦可，说是经济犯罪也不是没有依据，更何况自己还给了田玮那么多的回扣！回扣自然属于行贿的范畴，如此说来这咨询服务的性质其实早已变成了行贿受贿和共谋分赃！所以呢，既然院里很多人对此有了想法，那就刚好来个顺势而为、见好就收，反正钱也赚得差不多了！面对职业生涯里那些曾经灰色的、不为人知或者不愿为人知的故事，最好的方式就是想办法尽量淡化，最好的结局就是能够实现一次不声不响的"软着陆"。而能够平安软着陆的唯一办法就是急流勇退！

于是程海山迅速地淡出了人们的视线。

与此同时，随着国家送变电工程改造升级的推进，换流站工程遍地开花呈井喷态势，而具有价格和技术双重优势的石彤公司也迎来了一个辉煌的时代。


又是一年春草绿。河畔新的一茬桃红柳绿把这春天渲染得妩媚又充满热烈。河堤以外这些年来新建的建筑已经是高低错落、鳞次栉比了。河堤内因为是泄洪通道不准许建有任何建筑，所以看上去风景依旧，唯一变化的就是当年的那些树木变得更加粗壮也更加茂密了，它们似乎用一年年不断扩展的大红大绿来展示自己的成长。

因为一项工程与设计院的数据衔接出了点问题，工程部的经理老肖认为是设计院在有意刁难石彤公司。老肖说得义愤填膺，林阳说："得了，你也别生气了，事情也许不像你想象的那样。这样吧，这设计院是我的老巢，我陪你们工程部项目组的人一起跑上一趟，也好顺便看看我的那些老同事。"

因为事先打了电话，院长汪文辉就把其他的安排都推掉了，专门等着他这个小兄弟的到来。林阳离开设计院后的这些年，每每碰到什么与设计院有关联的事情，汪文辉都是满口应承、关照有加。一方面是因为林阳是他曾经"喜爱"的小兄弟，另一方面是因为当年党委会表决免去林阳处长职务时，面对吴祥运的咄咄逼人和其手下人的气焰嚣张，他和楚天舒都违心地投了赞成票。当时林阳的确有些想不通，还和卢琪抱怨过偌大的党委会里竟然没有一个人能够仗义执言，其实说的就是汪文辉和楚天舒。不过不久林阳就把这事忘掉了，卢琪说得对，这老汪根本就不是那帮人的对手。然而汪文辉却没有忘记，总觉得自己在这件事情上对林阳心存亏欠。

和汪文辉聊了一个多小时，接着去机电处看了一些当年的老同事。中午汪文辉亲自出面，由几个机电处的老人儿陪着在院招待所宴请了林阳、老肖一行，大半天的时间就这么过去了。看到设计院的一把手都出面接待了石彤公司这伙人，老肖悄悄地贴着林阳的耳朵说了句："不好意思啊林总，是我把事想错了！"

离开院里这么多年，大家相聚的机会并不算多，尤其是和那些机电处做具体设计工作的老同事。两年前吴书岳的葬礼上倒是见过几个人，但因为葬礼的氛围也没能多聊，不过今天总算是有一个海聊神侃的机会。无论是曾经的往事还是那些林阳走后的新闻旧闻，都成了饭桌上令他们兴致盎然的话题。

老党委书记吴祥运和汪文辉搭班子不到两年就到站退休了，原来管后勤总务的副院长王晨接替吴祥运当了党委书记。

卢琪已是院里的副总工程师兼设计分院的院长，洪铁川是设计分院的党委书记。多年的媳妇熬成婆，连袁清涟都当上了二处保护室的主任了。

李子明在两年前死了，时间大约在吴书岳死之前。

吴祥运在退休前想利用自己这最后的权力，把来院里工作不久的小儿子吴征提成副处级，具体是在组织部和宣传部都行，于是就把自己这个想法和组织部部长，也是自己的老部下刘少伟说了，让他在会上把吴征的事情提出来。刘少伟按吴祥运的吩咐办了，不承想这时已是一把手的院长并且大权在握的汪文辉坚决不同意。不过汪文辉还是给了吴祥运面子，说他不是不同意吴征提职，只是不同意在这两个部门。全院上上下下都知道吴征与吴书记的关系，自古就有"举贤不避亲"一说，但那也要看是什么情况。

汪文辉还私下对吴祥运说："你儿子吴征是有专业的人，年纪轻轻就到组织部、宣传部去混，一来对他自己的发展不见得好，咱们这儿毕竟是一个专业的设计研究单位；二来吴征太年轻了，来院里的时间又不长，这样提拔怕也不好和群众交代。提吴征我不反对，做党务工作我也没有意见，但他有专业，提起来也应该放到一个专业处室去当个副书记，于他个人、于我们工作都有利。你看这样吧，把吴征提到机电二处去当个副书记，可以考虑让他主持二处的政治工作，把老李李子明调到老干部处去当一把手，让他党务行政一担挑了。这样吴征有了个在政治工作上独当一面的机会，李子明那儿也不必再总出现让人头疼的问题。"

吴祥运知道，汪文辉说得柔和却是柔中含刚、不容置疑。以前汪文辉当副院长的时候自己并没看透，这汪文辉做人能伸能屈、做事刚柔并济，绝对是个不好对付的主儿。同意这方案吧，李子明那儿肯定会牢骚满腹，而且也有点对不起这个追随自己多年的兄弟；不同意吧，自己的任期临近届满，再拖下去恐怕小儿子吴征提副处的事情就彻底泡汤了。思来想去、权衡再三，吴祥运还是决定同意了汪文辉的方案，力保儿子吴征的提拔，只是觉得有些委屈了李子明。

果然李子明对这样的工作调动意见很大，以至于在家里泡了近一年的病号。这期间经人推荐介绍李子明迷恋上了气功，而且居然一发而不可收拾到了走火入魔的程度。后来李子明经常受邀、四处讲学，俨然以一个气功大师自居，经常发功给别人驱邪治病，甚至坐在家里发功要几千公里外的广州患者接功祛病。

也许是气功练得不得要领伤了身体，也许是因为对自己的"一把连"吴祥运书记这样的工作安排失望、生气，感到备受冷落而长期郁闷，李子明成了真正的病号，被确诊为肝癌后没多久就死于多脏器衰竭。

李子明的葬礼上，曾经是他秘书的罗富全容光焕发，一身笔挺的灰西装，还打了一条绛紫色的领带，在葬礼上显得格外扎眼。

老肖的问题解决了，酒足饭饱的同时又神侃了小半天儿，林阳与汪文辉及其部下们握手道别。汽车还没驶出设计院大门，林阳一眼看见了走在路上的骆青霜，于是就叫司机停了车。

骆青霜比从前黑了许多、瘦了许多也老了许多，大家依然小骆小骆地叫着，可小骆如今已经变成了老骆。不过她依旧精明、有灵气，精神头十足。远远地见到林阳，小骆就笑盈盈地迎了上来。说来小骆也是个了不起的女人，老马离世后，小骆一个人日夜操劳，含辛茹苦地把俩儿子都带大了。这个在老马身边娇惯了半辈子的小女人，在丈夫离开自己的那一刻起就变得坚强了起来。她知道自己曾经依靠的肩膀倒下了，未来和两个儿子的生活必须也只能依靠自己的肩膀担起来。而她这一担就担起了一家人的生活，担起了两个儿子的成长和十几年的光阴。两个儿子也很懂事，老大成绩优秀，老二成绩中等，共同的特点是从不在外惹是生非，如今都已经读完了大学。老大马太是商业大学毕业的，学的是金融管理专业，现在在中行剥离的资产管理公司工作。小儿子马可是农大毕业的，学的是生物工程专业，毕业后没找到合适的接收单位，目前在给一家搞生物肥料的私企打工。马可上大学时林阳还帮过一次忙。那年高考，本来就是中等成绩的马可过度紧张没怎么发挥好，算上少数民族的加分还差了两分没进二本录取的分数线，于是小骆通过洪铁川找到了林阳，说："你在外面认识的人多，我们马可只差了两分，看能不能想想办法。所填的志愿里上哪个都行，要不然就得耽误一年让孩子复读再考，这孩子实在是太苦太累了！"

林阳说行啊，马可的事儿他一定帮忙，他还真有一个叫严冬的中学同学在省招办工作，对了，现在叫考试院。

严冬把林阳递上的姓名考号往桌子上一丢，冲着林阳一阵哈哈大笑说："老兄，你老外了，现在高考录取都是计算机提档了，你别说差两分，就是差了 0.5 分这考生档案也提不出去啊！"

"有没有什么别的办法呢？你得给想想办法。严冬老弟你看我什么时候给你找过麻烦呀？我可不是那破车爱揽债的主儿。这个特殊，这是我师傅的儿子。这个你务必得管，不行花些钱也行。"

"哎，你别说，要是肯花钱还真有办法，那就走自费扩招吧，走自费他这成绩算高的了。"严冬一边说着一边抓起办公桌上的茶水杯递给林阳。

"自费扩招？这孩子的成绩还成了高分？那得扩进来多少啊！还有就是走自费扩招会不会让学生有心理压力，觉得低人一等啊？"

"哈哈，这个你就不懂啦！没听说过教育产业化吗？这扩招也属于教育产业化的一部分。至于学生有心理压力，只要你家里拿得起银子，什么压力也不存在！除了录取通知晚几天到，其他和正常生一模一样，毕业一样发文凭，只要你不把我是自费生写在自己脑门子上，别人谁也不知道是怎么回事！"

"嘿，那太好了！就这么办！没说的，严冬，今天晚上咱们得喝上一场啦！"林阳心里一块石头落了地，在他看来，钱能解决的问题都不是问题。

"没问题，你安排，我随时出席。不过不管是办事还是不办事，喝酒永远都是你请我，嘿嘿，谁让你是大款呢？"

就这样林阳把正常学费外的六万块钱交了，马可顺利地被农大录取。小骆问林阳："马可的事办得这么好，你看你同学那儿咱们该怎么表示一下啊？"

林阳摆摆手说："真的什么也不用，那严冬是我的同学也是我的哥们儿，只要马可顺利入学就万事大吉！"

于是小骆笑盈盈地冲林阳竖着大拇指："你可真是个大能人！"随即眯起眼睛望着远方叹了口气又感慨了一句，"行啊，老马和你真没白师徒一场！"直到马可毕业，小骆和马可都不知道林阳给马可支付自费学费这码子事。

两人站在路边聊了一阵，林阳看了看等在一旁的一车人，说那儿还有一车人等他，没什么事情他先走了，于是伸出手来和骆青霜挥手道别。小骆笑眯眯地看着林阳说："今天真是巧，你半辈子都不到院里来一趟，结果来了就叫我碰上了。要说事呢还真有一件，刚不是和你说马太有对象了吗？过几天那女孩子要到家里来，算是第一次登门儿吧。我寻思你要是不出差，那天也到家里来坐坐，一起见见。你这见多识广，又讲感觉又懂心理的，也给我们马太把把关，算是为你师傅尽义务吧！"林阳说没问题，到时候提前给他打电话，他好安排时间。林阳一边说着还一边伸出右手在耳边做了个打电话的手势。

小骆挥着手，目送林阳一行的汽车出门右转消失在设计院的门外。

回到公司看没有什么要紧的事情，林阳就叫司机小马把自己送了回去。中午的酒喝得有些多，以至于半个下午都觉得头昏昏沉沉。中午在酒桌上上映的是一场车轮大战，几乎桌上的每个人都单独敬了林阳一杯。都是老同事了不好推辞，老肖他们几个有意要替老板挡一挡，但当事人都不同意，弄得林阳没办法只好一杯一杯地干了下去。而这种场面免不了还要再回敬几杯，于是就真的喝多了。回到家的林阳顾不上洗洗涮涮就一头栽在沙发里，把身体蜷曲成一个弓形，很快就睡了过去。

天色渐渐转暗了，房间里的一切都变得朦胧了起来，客厅里萨克斯曲《回家》深沉而又执着地反复回荡着。

大约七点钟的时候，林阳被一阵手机铃声叫醒。电话是婉云打来的，她在电话的那边劈头问道："到哪了？我已经到了半天了，一壶茶都喝了大半也不见你的影子，你不会把和我约好的事忘了吧？"

林阳猛然想起几天前和婉云约了今天晚上见面，于是一边冲手机说怎么会忘呢，让她稍等片刻，他马上就到，一边跳起身来关掉了音响。

电话那边婉云瞬间降调又变得极为温柔："不着急，我等你。一路小心，慢点开车！"

"好咧，一会儿见。"林阳一边合上手机一边快速穿上外衣冲了出去。

夜色里的华光路像一位青楼名妓，一到了晚上就告别了白日里的昏沉和慵懒，变得容光焕发，花枝招展了起来。各式林立的招牌五光十色，闪烁不停的霓虹灯也显得格外耀眼。再加上进进出出的各式汽车、迎来送往的嘈杂人声，华光路在天黑之后才进入一天之中的华彩时段。把华光路走到底右转出去，就是约好和婉云会面的那家叫"朝花夕拾"的茶楼。

林阳在迎宾小姐的引领下走到一间名为"凌云"的包间。迎宾小姐在门上轻轻敲了两下，里面传来婉云一声清亮又拖着长声的回应："哎，请进！"

林阳谢过迎宾小姐，推门进了包间。略施淡妆的婉云身着一件半红半蓝的中式外套笑盈盈地迎上来。茶桌上茶盘、茶杯、茶壶、果盘和各色的小吃摆得满满的，玻璃水壶里的开水还在冒着袅袅的热气，刚刚开过的样子。

"不好意思。非常抱歉，有点儿事情缠住了，让你久等！"

"没关系啦，你还那么客气。其实有时候等待的感觉也挺好的。"婉云一脸的微笑。

林阳一面把手包放下，在婉云拉过来的椅子上坐定，一面打量她身上的外套说："嘿，不错呀，红的像火焰，蓝的像海水。热烈中蕴含着沉静，沉静中又彰显着热烈，似乎在表达一种人性的矛盾和统一。"

"要说审美的高明啊，还真得说是林老板，和一般人就是不一样！欣赏的眼光和境界总是高人一筹，无人能及呢！"婉云说得一双媚眼里流光四射。

"哈哈，婉云对林老板总是高看一筹，无人能及可不敢当。对于审美我是个另类，自然喜欢的也是另类。当然美学里的另类也是有原则的，那就是要另类得和谐而不突兀。就比如这件衣服穿在你的身上。"林阳一边说着一边把一个杯子放到自己面前，然后提起茶壶先给婉云的杯子续上，再给自己的杯子也倒满。

"哎，这茶的味道相当不错！"林阳端起茶杯闻了闻，然后喝了一口咂了咂嘴。

"是明前的毛峰。约了你后我特地让这儿的老板专门准备的。我就知道，林老板口味刁着呢！"婉云说得扬扬得意。

"没有啊，喝茶我是从不挑剔的，你说论颜色红、绿、青、黄、黑、白、花，论品级贡品、极品、农夫品，可以说是来者不拒。茶和酒一样，本身有品级，但品级有时不是最重要的，重要的是看谁和你一起喝！婉云的茶嘛，哪怕只是农夫的粗茶也会让人喝得心旷神怡。"

"真的吗？你是肺腑之言还是油嘴滑舌啊？"婉云的脸上飘过一片红云。

"当然是肺腑之言。调侃归调侃，油滑腔调也会时而有之，但要看说话的对象，因人而异吧！"林阳说得一本正经。

"那我太感动了，能让林老板重视是我一生最大的荣耀。哎？这些茶食也不知你喜不喜欢，你看看还要点什么？"婉云用手指点了点桌子上的茶点，随手把一本印制精美的茶水单推给林阳。

中午喝了一肚子酒也没吃什么，感到饥肠辘辘的林阳随手翻了翻说："要不来碗方便面？"

"你没吃饭？嗨，那你怎么不早说？我们换一家饭店吧，边吃边聊。让你饿肚子陪我岂不是罪过！"婉云说着站起身来。

林阳一边摆手示意婉云坐下一边说："换什么饭店呀，这儿的环境多好！你看茶楼叫朝花夕拾，包间叫凌云，在凌云之处鸟瞰人间的朝花夕拾，什么意境啊，你我都成仙了嘛！你就给我叫一碗方便面就好，你不知道，那些年一年到头总跑现场，有时赶不上吃饭了，方便面泡泡就是一顿。现在很长时间不吃了，还真有点儿想。就这样，算你满足我一次吧。"

"你这么说，婉云就只能照办了。只要林老板能满足，要婉云什么都可以，随时随地。只是这次，这哪里是什么满足，分明是受委屈嘛！"婉云说得目光闪烁。

林阳垂下眼帘不再看婉云的眼睛："净瞎说，怎么能是委屈呢？对于受者而言，想要的就是最好的，除非到了不想要的时候。你说呢？"

婉云没有回答，抿起嘴角又伸出拇指做了个赞美的表示。

于是婉云叫来服务生点了两碗"康师傅"。林阳问干吗点两碗呀，婉云笑笑："陪你吃。"

　　两人山南海北地扯了一阵不着边际的话题，茶水喝了几巡，充饥的面条也吃过了，林阳对婉云说："说正事吧，婉云今天约我来有什么指示啊？肯定不只是喝喝茶水、聊聊美学、说说风月吧？"

　　"指示可不敢当。不过你这话我可是有意见呢！怎么我们就不可以一起聊聊美学、说说风月，一定要有正事吗？听这意思似乎是没什么要紧事还约不出来你啦？"

　　"我可不是那个意思，婉云不可以曲解人意啊！"林阳有些语塞。婉云扑哧一声笑了说："得了，你一准儿也没那个意思，不过让你说着了，约你来还真有美学和风月以外的事情想和你聊聊。至于是不是属于正事的范畴，那就得林老板自己判断了。"

　　"哎，这还差不多！"林阳一边应和着婉云，一边提起玻璃水壶给茶壶里续满了水。

　　"我要是没猜错，林老板一定是有日子没和刘有森见面了吧？"婉云从果盘里叉起了一片哈密瓜递了过去。

　　听到婉云的话，林阳愣了一下，下意识地接过她递来的果叉，随即想了一下说："你别说，还真是有一段时间了，不，是有相当一段时间了！咦？你怎么想起问这个问题来了？"

　　"我是谁呀？哈，别忘了我是演员出身。这社会就是一个大舞台，每个人都在这个舞台上扮演着形形色色的角色。无论是喜剧型的还是悲剧型的，是真挚的还是伪善的，是理想主义者还是现实主义者，他都有一个真实的内心世界。演员说简单也不简单，说简单了就是演戏，说不简单呢，要想演得好，演得出神入化、恰如其分，就一定要进入那个角色的内心世界。这需要什么呀？观察、了解、体会，以至于琢磨。比如说你林老板，我就看透了。你是一个地道的理想主义者，有时理想化得几近天真。当然，我也见过纯粹地道的现实主义者，还见过老道的以理想主义面目出现的现实主义者。这世界丰富多彩、变化万千，你所需要的就是体验。其实社会地位也好，人格水平也好，价值取向也好，很多东西都是相对的关系。你总徘徊在一小块平地上的时候，迎面的一个小山丘也会让你高山仰止、肃然起敬，可当你走近它，甚至走上它的时候，可能会发现这山丘上荒草遍布、荆棘丛生、上不达天、下不接地，实在没什么壮美可言，而放眼望去，阳光之下阡陌纵横，你曾经站立的那片平地也许才是真正的美景。"

婉云的一番话令林阳有些吃惊，他惊异于这小女子竟然有如此思想和洞察力，相识这么久，过去还真是小看其人了。

林阳从俄罗斯回来之后一共去看刘有森三次，前两次见到了，第三次被秘书小田挡了驾。即使见了面的那两次也是显得略有匆忙，谈的东西既不够宽泛也不够深入。刘有森依然表现得很亲近，依然和从前一样嘘寒问暖，问了个人又问公司，不过让人感到那只是一种客气和礼节。礼节过后两人的谈话会不时出现一段段中断静场，而从前却不是这样的。过去两人之间的那种不分地位、亲密无间的关系似乎已经被打破。刘有森越是客气，林阳就越发觉得浑身不自在。

林阳怀念以前和他一起讨论哲学和经济学、讨论社会、讨论改革方式等等的那些日子，尽管这些话题似乎已经超出了他们所应该关注的范畴。那时候林阳对两人间的所有话题都充满了热情，会慷慨激昂、热血冲动，也会妙语连珠、灵光闪现。有时甚至会忘掉了身份和时代，觉得自己就是那个二十世纪三十年代末投身革命的进步青年，而刘有森就是自己的引路人，是自己的思想偶像和人生导师。

第二次去的时候，两人照样寒暄了几句。刘有森还问起了林阳在婚姻上有什么新的打算，还说事业要干，家庭也要有，差不多也该再重新组个家了。社会是由千千万万个家庭这样的细胞组成的肌体，都像他这样不要家庭，那社会不就有问题了？面对这些不着边际的话题，林阳只好嘿嘿地笑着简单地迎合。

两人漫无边际地聊了一阵，秘书小田进来报告说东宇公司的齐总来了。刘有森说："我这儿有客人，你让他先等我一会儿。"秘书小田答应了一声又瞭了林阳一眼就退出去了。

林阳觉得书记的客人等在那里，自己再坐下去岂不是太不识趣，于是笑着站起身告辞。

刘有森一脸微笑："干吗那么着急？再坐一会儿嘛，也不是什么要紧的客人，让他再等一会儿！"

"不啦，我倒真是没什么正事。这样，有森书记你先忙，我们找机会再聊。你什么时间有空儿就给我打电话，我的时间可以自由安排。"林阳说着向刘有森伸手道别。

刘有森握着林阳的手摇着："那也好，这次就不留你了，咱们改日再聊！"

再后来，林阳没有等来刘有森的相约，倒是等来了秘书小田的挡驾。


"婉云说的恐怕不是什么山丘吧？如果我没猜错，你说的这所谓山丘其实是人，是一个以理想主义面目出现的现实主义者。你能不能就不转弯抹角地比喻了，说说具体的？"林阳的思绪从短暂的回忆中拉了回来。

"哟，林老板那么睿智的人向来都是一点就透，还一定要婉云说得那么直白？这样吧，咱俩赌一把。我刚才的话是有所指的，你猜对了，我就给你讲一些你所不知的内幕故事；要是猜不出来，你今晚就陪我喝茶水、聊风月！"婉云忽而又娇嗔了起来。

林阳说好吧，受了刚才话题的启发，就用手指在茶桌上写了个字。婉云说："什么呀，你再来一遍，我得正对着。"于是就站起身走到林阳的背后，弯腰低头，长发的发梢儿扫在了林阳的脸颊上。

　　林阳端起茶杯，倒了一点茶水在托盘里，然后用食指蘸着茶水在茶桌上写下了了个"刘"字。

　　婉云看后站直身子，在转身的瞬间拍了拍林阳的左肩膀又使劲地捏了两下说："啥也别说了，今儿你赢了！"随即转回林阳的对面坐定继续说，"君子说话算数，输赢得兑现，我今天就给你讲点儿你不知道的内幕故事。其实刚才和你打赌都是逗着玩的，今天约你来就是想把那些你不知道的内幕告诉你。其实我早已有这个想法了。"

　　"好呀，我知道你会的。捷克有个非凡的艾玛，咱们这里有个非凡的婉云。那就这样，今天听你讲内幕故事，哪天我请你专场谈风月。"林阳说着欠身给婉云把茶水续上，又把一包面巾纸打开，抽出几张放在她的面前。

　　婉云用手扶了茶杯，然后双眼正视林阳，慢悠悠地打开了话匣子。

　　"你知道我和刘山已经分手有好一段时间了，我今天说的与我和他分手无关。即使我们没分手，有些话我也迟早会讲给你，分不分手不影响我对很多问题的看法，还有我得到的结论。认识你林阳这么久了，凭直觉也好其他也好，也算对你有所了解。刘有森是你的学长兼老师，刘山是你的铁哥们儿，我不知道你是不是认真想过，你们真的是一类人吗？我的结论是，无论是价值观还是人品，你们都不在一个层面上，而人和人之间价值观的差异就形成了不可弥补的距离。以前觉得这种东西有点虚无缥缈，可经历了世事纷纭、阅人无数之后，终于知道了这是真真切切的现实。俗话说物以类聚、人以群分，所以无论是刘有森还是刘山，与你之间的友谊基础我并不看好。"

林阳一句话没插，很耐心、很安静地听着，不过脸上的表情却渐渐凝重了起来，婉云的话似乎触到了他心里的痛处。

婉云就这样滔滔不绝，从缝纫机厂的破产清算到工厂的出让，从东宇公司股东的构成到那块地皮的转卖，还有下岗工人安置的骗局，甚至连恩威并施让王晓东和他的工代会缴械，以及听说林阳要帮助王晓东他们挽救工厂后刘有森对林阳的评价，等等，这么多的事情，这个婉云居然全都了如指掌！

林阳听着这一段段自己曾经想过但又不敢也不愿去想的故事，半是意料之中半是惊愕不已。意料之中的是，当时那个叫梁再兴的人大包大揽承诺安置缝纫机厂的下岗工人时，自己就没有看好，而且还预感到其中会有什么问题，只是后来忙来忙去没有机会多想。而令他惊愕到瞠目结舌的是，所有这些背后的操纵者竟然是刘有森。

林阳曾经想过刘有森可能与此会有关联，后来转念一想有关联似乎也属正常，一个地方的一把手对于地方上的一些相对重大事件又怎么能够置身事外呢？可眼下婉云说得一板一眼似乎有凭有据。

看林阳的神态还是一副将信将疑的样子，婉云说："我讲的已经够多了，信不信由你了，最好的办法是调动你的社会关系去证实真伪。这些话我只对你一个人讲了，以后也没有第二个。给你讲这些也没别的意思，你是一个典型的理想主义者，理想主义会让人有目标和希望地活在理想里，理想主义有时也会让人盲目地生活在虚幻里。两者的区别就是能不能清晰地认识到现实。我已经从虚幻中走出了，希望你也是。"

林阳抿着双唇注视着婉云，似乎要在这张美丽又几近复杂的脸上解读出什么。

玻璃壶里的水在轻轻地沸腾着。

"谢谢你啊婉云，今天晚上给了我这么多的内幕信息。我明白你的意思，你的那句话说得太经典了，理想主义的真切与虚幻取决于能不能清晰地认识到现实。好得很，足可以成为婉云语录啦！"林阳笑着冲婉云竖了一下拇指。

"嗨！哪里是什么经典！咱们林老板又夸大其词啦！"林阳的赞美竟然让婉云的脸上瞬间燃起了一片绯红。

两人结束有关内幕信息的话题，又山南海北地聊了一阵，这次茶会就告一段落了。林阳觉得婉云似乎有好几次欲言又止，可当他中断自己的话示意她"你说"时，她又摆摆手表示没有什么。

把婉云送回家，林阳与她握手道别："你上去吧，我在这儿目送你上去。"

上了楼梯的婉云走了几步又折了回来。她把林阳拉到门洞前边那棵老槐树的阴影里。

婉云说："有件事我本来没想对你说，可是想来想去，还是想听听你的意见。是这样，一年前我们文化局参与联合扫黄打非时，我认识了一个叫翟彬的报社记者，他当时负责这项工作的通讯报道，后来就渐渐熟了。这个人还不错，挺正直的。最近他正式向我求婚了，而且他也知道我和刘山过去的事情，并且表示并不在意，只要和我在一起就好。我还没有想好怎么来回复他，林老板能帮我出主意吗？"

"婉云这件事情都让我帮忙出主意，真令我很感动，可见咱们是'近人儿'。人我没见到过，出主意也只能是一般性的原则。那么第一，人品要好，要诚挚透明；第二，他要爱你，爱得义无反顾、没有条件。这两条都做到了就可以考虑，至于别的东西，那些什么门第、条件之类啦，倒是不一定格外重要。婉云也不能总这么飘着了，无论是家庭还是感情都要有个正经的归宿才是。"

“好的，我知道了。”婉云把手伸给林阳使劲握了一下，转身低头快步离去。对婉云而言，林阳的态度是在意料之中的，只是这意料之中真正变成现实的时候，她还是感到心头一时涌起的失落和怅然。

　　锁好汽车进了院门，时间已经过了半夜。小区门卫值班的老文头儿见到林阳喊了句：“回来这么晚，又喝了？”

　　林阳笑着回了句：“晚了点儿，没喝多！”

　　老文头儿在林阳身后没头没脑地喊了一句：“明天有雨！”

# 第二十七章　大梦方醒

　　婉云和翟彬结婚后就变成了一个基本上足不出户的家庭主妇。不过说足不出户也有些不够确切，因为每天还要下楼买买菜，偶尔也开车去趟超市，基本上都是独自行动，基本上和外界断了往来。丈夫翟彬每天到报社去吃员工早餐，婉云自己就可以一口气把觉睡到中午才起来。起床梳洗之后，就着牛奶、果汁吃上两个面包圈，接着就下楼去买些晚餐需要的菜品，同时也借机活动舒展一下身体。从街上回来再把晚餐的食材洗切制备完毕，天色就已经接近黄昏时分了。这时婉云会用温水毛巾把面孔仔细擦拭一遍，再补补妆，然后打开激光唱机反复播放班德瑞演奏的《阳光海岸》或是《迷雾森林》，泡上一杯浓香的咖啡再倒上一杯"轩尼诗"，把身体沉在茶吧的沙发里，静静地等待着丈夫的归来。

　　婉云家的装修很有特色。当年买下这套四室两厅时，婉云就筹划着这屋子的功能分区和结构设计，最后打掉了一间卧室的间壁，在变成 L 形的客厅一角开辟出了一个温馨典雅、古洋并举的茶吧。

　　婉云这时会舒适地蜷坐在沙发里，静静地在夕阳里聆听那大自然的和声，微眯的眼睛里时而是森林的迷雾，时而是海岸的阳光。婉云喜欢每天这段美酒加咖啡的时光。"轩尼诗"喝掉半杯，再添上半杯冰水，如此周而复始，"轩尼诗"的味道从浓烈变成了寡淡，再由寡淡变成了无味，最后就变成了地地道道的清水。

　　真水无香。婉云常常会由此想起自己的生活。曾经香浓，曾经绚丽，曾经诗情似酒，然而随着岁月的消散和爱情的稀释，美酒变成了水酒，水酒已不再醉人，而最后水酒也不再是酒，而是变成了一杯真正的清水。无论曾经是浓烈还是甘醇，而今早已没了知觉，充其量也只是一缕淡然且被尘封的记忆。真水无香，绚丽之极归于平淡。婉云经常这样想着在心底嫣然一笑，也不知是自慰还是自嘲。

和刘山的分手并没有令婉云痛心疾首、肝肠寸断，那是一次理智到波澜不惊的分别，就像在感情的深潭里丢下了一颗小小的石子，水面荡起几波涟漪，不久就归于了平静。如果说在意，婉云不在意自己，也不在意刘山，而是在意自己和他在一起耗掉的那好几年的青春时光。

婉云和刘山是在七八年前的一个"五一"节演出晚会上认识的。那时四十挂零的刘山已经是市总工会的主席了，出口成章、能言善辩、风流倜傥，再加上地位，让这位官场上的幸运儿理所当然地成了许多女子心中的一道亮丽风景。

作为京剧团里的台柱子之一，婉云的唱段和名字出现在了晚会的节目单里。那时"文革"已经结束十几年了，但人们对"文革"中样板戏里的一些唱段似乎依然是热度未消。青衣花旦兼唱的婉云以一曲杨子荣的《打虎上山》作为个人节目的压轴戏，竟然博得了个满堂彩，一时间掌声、喝彩声如潮水涌动。当然这掌声不仅因为那雄浑高亢的曲调和铿锵激昂的唱词，更因为这高昂华丽的唱腔出自一位年轻貌美、面若桃花、女扮男装的花旦反串！

晚会在《咱们工人有力量》的大合唱中落下了帷幕。婉云和众多演员们在后台卸了妆，陆陆续续走出文化宫的大门。婉云今晚显得很是兴奋，平日里白皙的面孔由于兴奋而涨得绯红，像一枝艳丽的玫瑰绽放在了这五月的夜色里。刚才潮水般的掌声似乎还无休止地在耳畔回响，那一次次谢幕时的喜悦依然挂在眉眼之间。婉云心里还在想着那个流光溢彩的舞台，和自己对每一句唱词的把握和处理。最后的几声哈哈大笑好像有些过于豪迈了，如果能有所收敛，就一定能更恰到好处地体现女扮男装的风格和韵味，效果也许会更好。她又转念一想：哎，管它呢，唱也唱完了，掌声中连续三次的谢幕就足以说明观众的认同，现在回家才是当务之急！

这时一个文质彬彬的青年截住了正在左顾右盼、欲搭一个顺风车的婉云，把一大束玫瑰花递到了她的手上。青年人自我介绍说："我叫陆平，是市总工会刘主席的秘书。婉云小姐今天唱得太好了，这是刘主席给您献的鲜花，是对您的演唱的嘉奖，也是祝福的心意。"青年人优雅地一笑。

婉云还要推辞，陆平瞬间变得一脸的可怜巴巴："婉云小姐，恳请你务必收下，我临时受命出去买花，已经回来迟了，赶回来时晚会都散了场，要再送不出去该如何向领导交代？您是艺术家，一看就知书达理，我想您肯定不会为难我们这些做秘书的人吧？"

婉云不愿意为难别人，再说无非就是束鲜花嘛，于是也就不再推辞。这时一个中等身材，留着小背头，戴一副黑边变色眼镜的中年男子一脸微笑地走了过来。陆平慌忙介绍说："婉云小姐，这位就是我们刘主席。"刘山朗声笑着，从头到脚打量一遍婉云，最后把目光停在了她的脸上。他的声音洪亮而又富有磁性："哦，今晚婉云小姐唱得太好了，不仅字正腔圆而且激情澎湃！我坐在下边陪着省市领导，一直感觉这台节目怎么如此平淡，结果婉云小姐一登台、一亮相，这气场立马就不一样了。一曲《打虎上山》打出了整场的高潮！世界上有两种东西最能让人们群情振奋、心潮激荡，一个是政治家的煽情演讲，再一个就是艺术家的忘情表演。如此说来，政治家和艺术家也是既各有千秋又一脉相承啊！"

婉云赶紧轻轻地行了个浅礼以表谢意，笑着说："刘主席您太客气了，我哪有那么好啊，总工会办的晚会，高潮点当然应该是《咱们工人有力量》啊！"

刘山又是一阵朗声大笑，用手指着婉云的头说："这个婉云啊，不错！了不起！不仅唱得好，人居然还这么幽默！"刘山无论是讲话还是说笑声似乎都包含了丰富的内涵，既能让人感受到做领导的居高临下，又不失一种朋友间的热情和亲切，也许这正是所谓的拿捏得当。

刘山说要用车送婉云回家，婉云稍作客气了一下就答应了。司机小陈一见刘山一行人过来，赶忙下车拉开了后边的两扇车门。

二十分钟的车程，刘山一路上兴致勃勃。博学多才、热诚知性，这是他留给婉云的第一印象。

到了婉云家楼下，刘山也下了车。婉云说谢谢刘主席送的鲜花，还用车送她回来，说话时还向他举了举手里的玫瑰。刘山故作严肃："婉云小姐这么客气，我可要批评你了！"接下来又变了神态，一脸微笑，"哈哈，这些都是我的荣幸，再说今后咱们就是朋友了嘛！以后有什么事情尽管找我啊！"他一边说着一边打开随身携带的名片夹摸出一张名片，递给了婉云。

婉云示意要送他走，他忙说："别送我，你上楼我在这儿听着，送人一定要送到家啊！"随即伸出手去拍了拍婉云的肩膀。婉云笑了：这个做工人工作的领导还真是细心周到、平易近人。

两人道别后，婉云就上了楼。刘山在一楼楼梯间听着，婉云的脚步声由强变弱，最后是一声门响。他走出楼门，走几步又回头向楼上的窗户望了望，随即快步回到车上。

司机小陈问了句："咱们回家吗？"

刘山斜倚在后靠背上，掏出一支"中华"点燃，深深地吸了一口，接着吐出了个又大又圆的烟圈儿，这才说："陈儿啊，你还得历练哪，还得加强文化学习！怎么不会揣摩领导的心思呢？今天急着回家干吗？走，老地方，我请你们扎啤羊肉串！"

小陈一脸坏笑说了句："好嘞，领导。"随即就发动了车子。

刘山很会做人，与自己身边的下属都相处得十分融洽，工作时间之外多以兄弟相称。下属们这时还是一口一个主席，而刘山把他们介绍给自己社会上的朋友时，却从来不介绍什么他的司机、他的秘书，而总是说这位是他的小兄弟小陈，这位是他的小兄弟小陆，等等。下属们受宠若惊之余对他更是充满了崇敬和爱戴。当然，对身边的下属光这些还不够，还必须要给他们一些好处，当然这好处可以是已经兑现的实惠，也可以是期待之中的承诺。最主要的是，这些好处的共同特点就是基本上都属于无须自己破费，而只需动动手里的权力就可以送出的人情。司机小陈得到的最大实惠就是跟了刘山后，在积分不够的情况下，刘山力排众议以特殊奖励的名义分了他一套两室一厅的房子，而奖励的缘由就是有一次小陈在河边游泳曾救过一个落水孩子的见义勇为。有了房子，再加上刘山亲自证婚，小陈的婚事办得风风光光，自然在老婆和老婆家人的眼里也撑足了面子。于是小陈自然和刘山亲密无间。

秘书陆平得到的则是一个美好可期却尚未兑现的承诺。刘山说："小陆，你无论是文字水平还是公关能力都不错，好好干，我是很推崇干部要人尽其才的，不会亏待你。在中国的官场上，一般给领导当秘书都不会白当，起早贪黑、鞍前马后地跟着领导，最后领导当然要有所回报。慢慢来，凡事都得有个过程。等找个机会先提成正科级秘书，我不能管你一辈子，一旦到了放手的时候，让你直接正处，一步到位！"陆平感激之余把他当成了亲哥哥看待，除了给他写各类发言材料之外，还承担起了刘山除了对上级领导以外的所有内政外交。尽管这承诺尚未兑现，但陆平似乎已经感觉到了刘山对自己的知遇之恩，处长的头衔似乎早已是自己的囊中之物，关键是看届时坐的是哪把椅子了。

从那次开始，刘山会经常出现在有婉云演出的前排观众席上。鲜花、掌声、宵夜还有赞美，让婉云越发对他充满了好感。还有那些时尚小巧的手机、白皮金链的爱马仕、足足可以遮上半个面孔的太阳镜，也让婉云在同事和朋友面前挣足了面子。更让婉云感动的是，有时尽管刘山有事不能来看自己的演出，也要准时派司机小陈来专车接送，他的车几乎成了自己的专车！而最重要的是刘山的出现让婉云原本黯淡的生活一时间增加了许多亮色。有时候刘山有酒局宴请之类的活动就请婉云参加，他每每都要向自己的朋友把婉云隆重介绍一番。这时他会绅士风度十足地接过婉云的外衣和挎包一一挂好，再做出一个潇洒的邀请手势，让婉云坐在自己的身边。而且每每在落座前还要亲自动手要么为其拉一拉椅子，要么为其正一正靠背，以示殷勤和关爱。

在一个浮华而缺乏深度的社会里，虚荣恐怕是最好不过的利器了，既可以缴械男人的智慧，也可以捕获女人的芳心。当然被缴械也好，被捕获也好，前提是个人的价值观要同步于社会的价值体系。这把利器对那些不被周围社会左右，具有独立价值取向的人是无效的，可惜婉云还不属于此类人的范畴。

在刘山殷勤周到的关爱和无微不至的呵护下，几个月下来婉云如期就范，没费什么周折就成了刘山到手的猎物。

当然，这一方面要归结于刘山的娴熟手段和优雅魅力，同时也和婉云的夫妻关系和家庭现状不无关联，可谓天时、地利、人和。刘山后来在好朋友圈子里说起和婉云的关系时，总会容光焕发不无骄傲地说，那是在一个正确的时间为一件正确的事情做出的正确选择。

婉云在省戏校上学的时候学的是武旦，因为练功刻苦，身功已成就得几近无可挑剔。于是她的老师就发了话,允许婉云在不影响自己专业的情况下去学其他门类的旦角。这种情况一般是不会发生的,婉云觉得老师对自己的宽松和厚爱完全是源于自己的天赋和努力,其实这其中还有另外一层她所不知晓的关系,那就是老师和她的父亲当年曾经是一对令无数人为之羡慕,号称是戏校里金童玉女的绝配情人!后来因为政治运动中的出身、派别、政治倾向等等原本应该与爱情无关的东西,被棒打了鸳鸯。这种悲剧在当时几乎随时随地都在发生着、上演着。一夜之间,大梦方醒。等到事过境迁,一切都晚了。于是痛心也好,追悔也好,只能无奈地面对未来那一长串惆怅、寡淡的日子。

婉云果然不负老师所望,先天的条件加上后天的悟性,让她在毕业时已经成了一名罕见的全才旦角。武旦的激烈、花旦的活泼、青衣的端庄、刀马旦的气势,婉云都可以驾轻就熟,得心应手地演绎到极致。

从戏校毕业后,婉云被分配到了省里的京剧团。年轻、漂亮、能唱能耍、文武兼备的全才小旦风姿绰约、玉树临风,很快吸引了众多青睐的目光。这其中有衣冠楚楚的剧团领导,有生龙活虎的当红武生,有江南才子型的白面小生,也有长发披肩、文化气息十足的编导。而最后婉云却选择了团里默默无闻,在后台工作却颇有几分才气的舞美设计曲喆。这看似意料之外的选择却也在情理之中,即便是那几个热烈、狂放、自以为是、志在必得的追求者也瞬间没了脾气。曲喆不仅能写能画颇有内秀,还能把写给婉云的诗用一手漂亮的小行楷写在空白扇面上,把婉云未化妆没行头的素颜画得眉目传神。他还有一个重要的在团里无人可比的条件,那就是他的父亲是京剧团的一团之长!

婉云的想法还是过于单纯了,毕竟还是不谙世事的年轻人。作为一团之长的公公，在她婚后不但没有给予她任何期许中的关照和偏爱，反而在很多事情上都处心积虑地以避嫌、公心、严于律己的名义有意地压制。

那时团里正在复排一部传统剧目《嫦娥奔月》，团里从上到下、从行政到业务公认的嫦娥A角是非婉云莫属，婉云也因此做了许多从心理上到技术上的准备。而团长却大笔一挥让于梅上了A角，唱功、做功、舞功和形象俱佳的婉云只能屈居B角，当了嫦娥的替补队员。

省文化厅奖励各剧团的优秀青年演员，团里从演员队到人事科都推荐上报了婉云，团长却在会上，以工作时间短了一些为由拿掉婉云而换上了于梅。

类似的事情已经有过很多次了。开始时婉云认为公公的做法也许不无道理，一家三口都在这团里，有些问题太敏感了，作为一团之长，公公这样做一定有他自己的苦衷。但公公一而再、再而三这么做终于让婉云忍无可忍地爆发了。

那天下班后，婉云把正在书房里对着一个扇面画画的丈夫拉到自己的房间，一把按在了椅子上，劈头就是一句：

"喂，怎么回事嘛？我不是你爸的儿媳妇，还是于梅是你爸的至亲至爱？这么多次了，我现在已经不求什么特殊关照，只求能做到公平公正就好了，怎么在我这儿连要一个基本的公平都不行？去问问你爸，是什么意思嘛！"

曲喆竭力为父亲辩解，婉云根本无法信服。于是从那时开始，这个家里就变得狼烟四起、烽火不断。

从公公对自己的步步打压，到丈夫苍白无力的辩解，婉云从中悟出了个中的缘由：公公一定是不希望自己业务格外冒尖，恐一旦自己哪天成了团里的当红大牌、明星台柱，他儿子的婚姻会因此根基不牢、朝不保夕。想到这里，婉云脸上浮起了一丝轻蔑的冷笑：这岂不是看低了我婉云，看低了这段情缘，也看低了这爷儿俩自己吗？难道婚姻不靠真诚、关爱、情分来维系，倒要靠心计、阴谋来维持吗？"

　　于是婉云和丈夫曲喆不再争吵，但心却已经不再属于这个曾经令自己温暖的家。

　　婚姻是个奇怪的东西，当夫妻双方打打闹闹、争争吵吵，这日子还是有救的，因为还彼此在意，还要争出个你错我对。而他们一旦不吵不闹了，已经不再去在意对方的一切，已经彼此放弃时，这婚姻基本上是走到了无可挽回的地步。对于婚姻而言，放弃自然就意味着死亡。

　　刘山就是在那段时间进入了婉云的生活，用他自己的话说这叫恰逢其时。

　　五年多的时光就在这无数个灯红酒绿、夜夜笙歌的日子里悄然逝去。婉云终于和曲喆办理了离婚手续。曲喆曾经发誓不和婉云离婚并且扬言要把她拖到老、拖到死为止，但后来还是同意离婚了。因为他知道婉云已经没有回心转意的可能了，否则不可能大庭广众下明目张胆地和刘山出双入对。而更重要的是他最近也有了新的女人，也希望尽快摆脱原有家庭名义的束缚，快些还自己一个自由之身。

　　当婉云像伊佐拉拿着自由解放证书般拿着自己的离婚协议找到刘山时，却没有在他的脸上看到如期的喜悦和幸福。他只是端起酒杯，用比以往平静许多的神情和口气说了句："好哇！自由了，祝贺你！"那么祝贺之后呢？没有了下文。停顿了一阵，刘山恢复到往日的一脸关切说："自由之后要好好地休息一段，婉云是该好好安排一下自己的生活了。"那口气似乎不是出自一个热切的情人，倒俨然是一位关心妹妹的老大哥。当婉云在这样一个时刻听到他对自己的称呼从平日里的"孩儿"改成婉云时，就在心里基本证实了对刘山曾经的判断。两人各怀心事地瞎聊了半个下午就各自回家了，没有再像从前那样吃了一下午的午餐，接着满大街去找晚餐，也再没有了任何的亲密和缠绵。

其实婉云离婚可以说是基本上与刘山无关。日子过到了这一步，家庭、夫妻早已是名存实亡，那么不离婚干什么呢？现在已经是两败俱伤了，耗下去的结果只能是相互伤害得更为深重。至于刘山，婉云并没有想在他这里得到什么感情的偿还，甚至都不曾期许他的一个什么口头的承诺，因为她太了解他了。

几年厮混下来，婉云在很多大大小小的事情上看透了刘山性情的本色，而这些正是她所不希望看到的。关于刘山人格上的问号在婉云心底已经画过不止一次了。

那是一个寒冬的周日，婉云应邀早早地到了刘山的家。对刘山而言，今天是个好日子，太太去了新加坡，周日市里和单位都没有什么安排，可以关掉手机和自己的情人饮饮美酒、品品佳肴、说说情话，再行两段床第之欢，这从早到晚徜徉于温柔之乡的日子想想都叫人怦然心动、惬意无穷。

刘山扎着个围裙，把婉云按在厨房的一把椅子上，在她的额头上轻轻亲了一下说："孩儿今天你什么也不用动，今天本主席彻底归你所有，归你享用！"说到后边刘山还微笑着用贪婪中夹杂着淫荡的眼神和婉云对视了一下。

今天刘山确实高兴，嘴里哼着"今天是个好日子，什么事儿都能成"，还不时拿一片刚切好的香肠或一枚才出了锅的丸子喂进婉云的嘴里。

饭还没做一半，门铃响了。刘山蹑手蹑脚地走过去扒着门镜看了下，原来是他年逾七旬的父亲，正扛着半面袋子什么东西站在门外。他迟疑了一下随即走回客厅，目光落向别处似乎在考虑着什么。

婉云从厨房走出来，望着他轻声问道："是谁呀？"他把食指放到嘴前冲婉云嘘了一声，轻声说："是我老爹，前几天乡下来了亲戚，肯定是给我送什么黏豆包、干豆腐来了！这老爷子也不嫌累！"

"那你快让他老人家进来呀！"婉云说着欲去开门，却被他一把拉住了。他小声说："别开门，他敲上一阵就会走的。要是让他进来，咱俩今天就全泡汤了！"刘山笑了，居然还刮了下婉云的鼻子。

果然，门铃声变成了一阵敲门声，接下来敲门声又变成了一阵沉重蹒跚的脚步声渐渐远去。刘山终于松了一口气，又开始高声炫耀自己的精湛厨艺了。但不知为什么，婉云却一直高兴不起来，面对那一桌子美味佳肴也没了胃口。

酒喝得微醺，刘山开始主动与婉云亲热，大概是由于今天无人干扰或者是有了几分醉意，他异常地投入。然而这次婉云却只是被动应付着，几乎没有什么感觉。

这次的事情让婉云很受震动，她耳边总会响起那一串沉重的由近而远的脚步声。为什么不把老人让进来呢？哪怕只是暖暖身、歇一歇、喝杯水？俄罗斯有一句谚语叫"不看你待我，要看你待人"。能为了自己的偷欢时光而把七十开外、冒着严寒踩着冰雪跑来给儿子送东西的父亲拒之门外，这人的良心何在？对生身之父尚且如此，那么对他人呢？

也许你可以把这事情归于对我的爱，但是这种爱会让我备受煎熬。我喜欢你对我的爱，但爱是有前提的，我不喜欢把这种爱建立在自私和无良的基础上。婉云在心里对刘山说。

当然刘山的糗事还不止这一件。比如把家里过了期的葛根粉拆了包装，再附上一页字迹如行云流水的便签，送给喝醉了酒的部下，部下却因此而唏嘘不已、感激涕零。再比如，一次他喝酒应酬了一个晚上，夜半时分想起婉云，想叫她过来。婉云已经躺下了，说太晚了，明天吧。结果刘山发来信息说："小陈的车马上到你家楼下，他的太太马上要生了，我们都不懂，你不来谁来呀？"小陈没日没夜地接送婉云那么久，婉云和他的私人关系自然不错，看了短信慌忙爬起身，穿上衣服急匆匆地跑到楼下。上了车她却发现随着歌曲节奏在方向盘上打着拍子的小陈一脸的悠闲轻松，一问才知道小陈媳妇的预产期还有一个多月呢！婉云气得要下车，小陈却笑嘻嘻地说："别呀，主席请你，要不把你接回去，我怎么跟他交代呀，你可不能为难我啊！"小陈依旧是一脸的坏笑，鼻子、眼睛、嘴巴都挤到了一块儿。

还有那回明明他老婆出差在外，家里空着，却一定要和她在林老板的招待所过夜，这不就是故意要在林阳面前昭示和渲染与她的性关系吗？这就是你刘山对我的尊重和爱护？

还有在缝纫机厂下岗工人的安置骗局里刘山的巧言欺骗和助纣为虐。也许是为了在她面前显示他与上层的关系密切，他倒是讲出了那么多的内幕实情，可这更加激起了婉云心中对他的不屑：如此做法，你刘山的良心呢？

而最后让婉云在心里把对他的品格的问号定格成惊叹号的是他的秘书陆平。

陆平任劳任怨、没日没夜地给刘山当了几年的秘书，从起草发言材料到打理行政事务，从接人挡酒这些单位里的公关应酬，到买花送水这样的私情家事，几乎是包揽无余。妻子常常怪罪陆平不顾家事，对家庭和妻子，陆平也自知愧疚。每当妻子怪罪，陆平总是低眉顺眼、轻声轻气地安慰她："让你辛苦了，我知道这都是我不好。也没办法呀，谁让咱的命运都握在别人的手里呢？你再熬一熬，等我上了正处，日子就好了。不行到时候我也用一秘书天天侍候你！"

"谁稀罕你的正处还有秘书！我只是巴望着你能每天朝九晚五，

咱们只过正常人的日子就好了！"妻子每每都送给陆平一个白眼和一脸的不屑一顾。

陆平不忘刘山曾经对自己的承诺，当秘书到第六个年头时，正好有一个升职的机会，尽管有些不好意思提及但还是转弯抹角地向刘山表达了自己的心愿。本来陆平也没想说，但那时干部中疯传说刘主席要调去市人大的一个什么委员会当主任。陆平恐一旦刘山被调走，自己这些年的心血和汗水将会付诸东流，于是就硬着头皮向他做了表白。

刘山说："小陆你这事我在心里装着呢，不过干部调整换届要到后年，单独提拔个干部，动的又是领导的秘书，这事也不太好解释，你先别急，咱们先观望一下。"

陆平说："主席，机会倒是有一个啊，就是不知行不行。您看人事处的孙处长脑出血已经变成了植物人，这人事处那么大一摊子事情得有人做有人管哪。可能我直接去做正职也不太合适，要么主席把阎副处长扶了正，我去补阎副处长这个缺就可以了。"陆平心想别指望什么正处、什么一步到位了，副处也行啊！要饭吃就别嫌馊了！

刘山哈哈一笑说："哎，小陆你不说我倒还忘了这个碴儿，行，我看看怎么办好。"他接着又说，"这老孙得的是失去意识的病，已经成了植物人，基本上不可逆了，要是意识完好，哪怕是癌症什么的，还真不能这么办！"

"那是，那是。"陆平点头称是，接着又把刘山提升到人文主义情怀的层面上好一阵歌颂。

一个月后，人事处干部调整的红头文件下来了，原有的阎副处长成了处长，阎副处长空出的位子补缺却不是陆平，而是宣传处的正科级主任科员白媛媛。据说白媛媛是美色与金钱并举，一举拿下刘山的。

陆平为此气得差点儿吐了血。

和婉云说这些话的时候，陆平已经调出了总工会，以科级干部的身份到团市委组联处当了一名联络干事。许诺给太太的正处级没有兑现，倒是过上了太太所希望的朝九晚五的日子。

陆平用了半个下午把所有的故事给婉云讲完，最后说："我为我曾经的许多行为感到不耻，也向你道歉。你骨子里是个好人，听我一句忠告，离开他吧。对你而言，陷得越深，明白得就越晚，明白得越晚，受的伤害就越大。我已经调到团市委工作了，那边有什么事情可以去找我，我在组联处。"陆平说完，道了再见，推开咖啡杯子就走了，婉云却在咖啡厅里一直坐到了天黑。

离婚后的婉云只见了刘山那一面，过后两人一直没有联系。经过一番考虑，婉云决定给他打个摊牌的电话。其实结果早已可想而知，甚至可以说那正是婉云想要的结果，但这电话一定还要打，婉云希望让自己的判断得到一次不含糊的证实。

果然，电话那边的刘山听到婉云要与之结婚的逼宫后，没有了往日的潇洒和爽快，变得支支吾吾了起来。先说婉云这事还不能急于求成，还得有个过程。接着又推说最近工作可能要调整也许会有晋升，这种时候办离婚，负面效应太大肯定不行，让婉云理解，再给他些时间。电话那边的称呼再次由以往的"孩儿"变成了婉云。

婉云在电话里听到他支吾、推搪的一瞬间，心里竟然变得好一阵轻松，她突然觉得天空一下子变得晴朗了。

第二天一早，婉云第一件事就是去移动营业厅给自己换了张新的电话卡。出来的时候，抬眼望去天空很蓝，几朵轻柔的白云在天空中飘飞穿行。婉云长舒了一口气，庆幸自己人生中的第二次解放。

## 第二十八章　流浪者之歌

小提琴如诉如咽。时而激越，时而舒缓，时而是草原沙地，时而是空谷山泉，有铁血激情的山盟海誓，也有如泣如诉的内心独白。音响里索菲亚·穆特在反复演奏着萨里萨蒂的那首《流浪者之歌》。

斜阳的脚步随着音乐声如期而至，黄昏的静寂不经意间在音乐声中转化成了一种心灵的追寻和向往：流浪者的足音，流浪者的征尘，流浪者的爱恋和倾诉、流浪者的向往和企盼。

流霞飞涌，残阳如血。在残阳里刚刚驻足的有驼队、马帮、篷车、猎犬，还有他们的主人。

这是林阳记忆里对流浪最原始的印象。

那些流浪的人，那些流浪的心，何处才是你的家园，何时才是你的归期？

其实每个人都是流浪者。

不管身处何方，无论是富丽堂皇、高度现代化的城市，还是贫瘠闭塞、距现代文明万里之遥的穷乡僻壤；无论是"风光无限"的上流社会，还是"平庸不堪"的市井天地；无论是生命的大半都在客居他乡，还是脚步从来就没有离开过故园半步，与现实的归宿无关，就灵魂而言，每个人都是流浪者。只不过有的是"形"的流浪，有的是"心"的流浪。

不知从什么时候开始，林阳喜欢上了萨里萨蒂的这首《流浪者之歌》。而在那忧郁到爆发、悲伤成呐喊的旋律里，林阳觉得坐在富丽堂皇的家里品着拉菲或是路易十三的自己，却丝毫找不到家园和归宿的感觉。曾经令自己心仪并引以为傲的独处时光，从由来已久的静谧安详变得时常令他坐卧不宁，灵魂像一个断了线的风筝一样没有目标，没有方向，没有动力，时高时低，在风中飘忽不定。心是茫然的，思绪是茫然的，甚至连脸上的线条都是茫然的，他觉得自己成了一个地地道道的流浪者。

这样的情绪已经有相当长的一段时间了，而时至今日似乎并没有产生任何好转的迹象。有时候林阳甚至怀疑自己是不是得了抑郁症。

最初让林阳的心里失去宁静的是两年前的一个春末夏初的日子，就是那次和婉云在"朝花夕拾"喝茶后不久。

对于婉云那天晚上透露给他的那些关于刘有森的内幕故事，林阳还是有些将信将疑。他真的不愿相信那个自己崇拜的导师和偶像、学长兼挚友，气宇轩昂、举止高贵、满脑子思想和哲学的刘有森会是那样一个龌龊的小人，尽管这段时间自己与他的来往越来越少了。不过他的脑子里偶尔也会有一些疑问时隐时现：自己与这位德高望重、地位显赫的学长兼朋友之间究竟是知音几许、友情几许？就像婉云问的那样"你们真的是一路人吗？"尤其是在缝纫机厂事件之后，两人关系日渐衰减的热度似乎更加耐人寻味。林阳尽量调整自己的思想和情绪，尽可能不往这些方面去想，但是很徒劳。人的思维规律就是，一旦进入了某一个特定的循环后就很难再游离出来。而走出循环的唯一出口就是把造成这种思维循环的症结解开。

后来的事实是症结解开，那些曾经令林阳将信将疑的神秘故事终于得到了证实，而他的心里却没有得到任何如期的轻松和解脱。

按着婉云的建议，林阳通过自己的一位在区法院经济厅当厅长的朋友拿了一封法院的介绍信，以诉讼查档的名义调取了东宇房地产公司的工商档案。资料显示在缝纫机厂破产转卖之前成立的东宇公司目前已处于废业状态，一切经营活动均已停止，企业档案袋上印着一个长方形的废业红章。翻开档案文件，林阳更是吃惊不小，在股东登记栏里刘有森女婿马强和儿媳王海燕的名字都赫然在目，更让林阳吃惊的是，公司的第三大股东居然是那间兴特净水器公司的老板梁再兴！据工商档案的记载推算，东宇公司在将手里那块廉价获得的原缝纫机厂地块儿转手以超高价格卖给香港地产商人后，就申请了临时歇业，最后以公司经营不善、巨额亏损为理由进行了解体清算。

　　尽管之前听了一晚婉云的爆料，但这份尘封一隅的废业档案还是让林阳看得好一阵心惊肉跳。至此，一切迷局全部解开，婉云说得没错，正是自己的偶像和导师、学长兼挚友刘有森亲手导演了这场巨大的骗局！东宇公司如今已不复存在，同样消失的企业还有那个兴特净水器公司。缝纫机厂的那个黄金地块儿无疑已经顺利变现，各路股东自然会各得其所不在话下，而唯一苦的是那些被愚弄了的下岗工人，满怀希望地进入了兴特净水器公司工作，很多人还嚷嚷着这回上了双保险，结果却落了个鸡飞蛋打。当缝纫机厂下岗工人安置的问题再起波澜时，兴特公司已经是一个负债累累的空壳公司。那个曾经被刘有森誉为"有良心、有觉悟"的企业家梁再兴，早已跑路不知去向，当然结果想来其实并不突兀，因为从始至终这就是一个巨大的骗局。

　　林阳曾经联系过王晓东，想知道一下王晓东的近况，看看兴特公司黄摊了，他那里需不需要什么帮助，可是一直也没有联系上。后来偶然一次林阳在路上碰见了那个长头发大何，当时大何正骑着三轮车给客户送水。寒暄了几句后，大何告诉林阳，王晓东因为二次失业的问题和原来工代会里的工友们发了脾气，埋怨大家见利忘义不肯坚持才有了今天，最后赌气一人去了西北的一座金矿当矿工去了，不过大何说他也没有王晓东的联系方式。

　　看过了东宇公司企业档案后的林阳，很长一段时间里一直忍受着一种失落的煎熬，心里有一种不可言明的苦痛，是被欺骗还是被戏弄的感觉，自己也一时难以界定。独自一人的时候有一次他竟然还为此落了泪。

林阳的记忆里，童年时哭过的次数太多无法记清了，而长大成人之后真正伤心哭过的只有那么有限的几次。记忆深刻的两次分别是父亲和母亲的离世。双亲的离世让林阳心痛不已，那是无法不铭记的切肤之痛，痛得无法忘怀，痛得刻骨铭心。尤其是父亲的离去，他在毫无征兆的情况下突然走了，让人猝不及防。那一年林阳的天塌了，很长时间里都无法接受这样一个现实。

后来随着年龄的增长，他对死亡有了真正意义上的理解。生命就是这样一个过程，死亡是任何人都无法回避的问题。如果用死亡作为人生参照，那人生是毫无意义的。塞内加说："不要为部分失去的生活哭泣，君不见全部的人生都催人泪下。"把死亡作为终极目标的话，无疑每个人的人生都是一场悲剧，无论你是富甲天下还是穷困潦倒，无论你是达官显贵还是庶民百姓。那么就追求过程好了，人生的意义就寓于努力生活的过程之中。弄通了人生与死亡的逻辑关系，人会变得轻松许多，也会正视死亡这个会把人生一切都罩上虚无色彩的字眼。

而这次林阳面临的是一种精神意义上的死亡，就像是诗人臧克家说的："有些人活着，他已经死了。"那个在他心中被树为偶像、奉若神明的导师和学长刘有森在他心中这次真的死了。很多次的难过都是因为与亲人或好友的生死别离，这次对刘有森也是一样，不同的是这次的别离与肉体和生命无关，他是在精神层面上与曾经的亲人永诀了。这种悲情之中还含有更多的哀怨，让他难过的不仅是因为这样一个灵魂的死亡，他更难过于自己曾经为这个死去的灵魂付出过无数仰慕、笃信、真挚和热诚。对了，还有崇拜和追随。

想来很是可笑，到最后林阳也没有认清刘有森与自己的友谊是基于一个什么样的基础，而这却被一个局外人婉云一语道破。

这些年来，其实林阳也见过一些官场上的不良现象，可他始终认为，唯独他刘有森是不可以这样做的，他是作为理想主义的化身、作为一种神明在自己心头被供奉的呀，他是神啊！

一夜之间，这神像从神龛中滚落，随着落地之声摔成了粉身碎骨。那个曾经是丰碑般的刘有森而今在林阳的心里已经走进了灵魂的墓穴，让林阳惊怵的是丰碑与墓碑之间原来只有咫尺之遥。一个以理想主义者的面目出现，利用了理想主义的现实主义者，当理想主义没有了利用价值时，理想主义者的面具就没有了存在的必要。这就是两个人后来日渐疏远的根本原因。婉云的判断和定性都是准确的。

不久后，林阳听到了他接受调查的消息。人算不如天算，刘有森机关算尽，到底还是未能善终。陈如许也因为年龄原因从领导岗位卸任。他谢绝了诸多企业为壮门面而开出的高薪、股份等等诸多足以诱惑人心的条件，却去了没有工资、没有补贴，只给发车马费的少工委，依旧是一板一眼、兢兢业业。陈如许为自己在少工委这边上下八城日夜奔波的工作很是满意。他认为当代国人缺少的不是金钱、财富、楼宇、汽车这些物质的东西，而是人的三观建设。他寄希望于未来，未来从孩子抓起吧。而孩子的塑造重在教育，当然这个教育不只是课堂上的教育，而是人心、人性、价值取向、审美情趣等等各方面广义的教育。对这一点，林阳深为赞同，他在心里由衷感叹陈如许才是一个真正的理想主义者，同时也懊悔自己在那么长的时间里跟错了人。

理想偶像顷刻间轰然倒塌给林阳带来的冲击和震撼还余波未消，不想另一件深深刺痛他神经的事情竟到来了。

那天 C 省电力公司的迟跃安来了。他此行是来本市参加一个系统内的年度经济工作会议。多年以来的夙愿终于变成了现实，迟跃安奇迹般地在三年多的时间里顺利完成了仕途上的两级连跳，而今已是一家容量百万千瓦的大型电厂的一把手了。

这家伙从前一天到晚蛰伏观望的日子已经熬得太久了，熬得连他自己差点都没了信心。不过想想也没办法，谁让他是出自一个农民之家呢？那个和自己同届的胡德亮当年刚刚三十出头就当了电力设计院的一把手！工作能力嘛，当然也不能否认，重要的是胡德亮的父亲和岳父都不是等闲之辈。可他有什么呢？父母都是农民，兄弟姐妹中只有他一人受了高等教育，岳父岳母都是一般的中学教师。环顾亲人圈子里是没有什么人可以指望的了，未来只能寄希望于自己。

不过最初的努力并不顺利，他努力表现加上处长齐全的鼎力推荐，总算接近了业务主管副总刘子敬。他与刘总处得还算不错，也有了一些私人往来。刘子敬说："你工作以来一直在生产部，没有基层工作的经验是个问题。这样，找个时间把你提起来放到下面的厂站做一段时间副职，然后再调回省公司。有了基层工作的经历，后边的事情就好办多了，起码你不再瘸腿了嘛！"听得心动，于是迟跃安就把宝押在了刘子敬身上。刘子敬爱好摄影，迟跃安就长枪短炮地送去装备；去西北开会时会避开同事给刘子敬买上二斤昂贵的冬虫夏草。然而实在是命运弄人，刘子敬的许诺还未来得及实施，突然一天一纸调令将他调往了广东。人都走了，纵有千般承诺又有什么意义！迟跃安为此沮丧了很久。

刘子敬的继任者白光晨也是专业干部出身。那年电力系统改制，电力局一分为四变成四家发电和输电公司，原有的干部配备不够用了，就集中提拔一大批专业干部进入了领导层。白光晨就是那次被提拔成了省公司的纪检组长兼工会主席。白光晨生性严肃不善言辞，是个凡事较真儿的人，这性格放在纪检组长的工作岗位上倒还真是说得过去。可麻烦的是他还要兼上工会主席，工会的工作需要热情、外向、圆滑、世故，这哪里符合白光晨的性格？和纪检部门的工作方式整个一个满拧！早已厌烦了整日里频频身份转换的白光晨，就趁刘子敬工作调动的时机申请把职务变成了主管生产技术部门的副总经理，也算是专业归队吧。

面对新来的主管领导，迟跃安想在白光晨身上复制先前的手段，结果却碰了钉子。白光晨是个送礼不收、好话不听的主儿，而且他在纪检组长岗位上的时候，就听到过关于迟跃安的一些风言风语。这些风言风语的内容主要关于两个方面：一个是迟跃安在一些招标工程中有得好处、吃回扣的嫌疑；再一个就是个人的生活作风问题。疯传迟跃安和公司很多处室的女性有染，还包养了一段一个基层电厂招待所的女服务员。据说那个女服务员还真是认真的，动了真情，口口声声说迟跃安是她的挚爱，怀了他的孩子也坚决要生下来。不过后来孩子还是打掉了，迟跃安与这小女子也最终断了往来。有一次喝多了酒的迟跃安和一个自己的哥们儿吹起这件事情时，说和那个丫头一共搞了多少回，一共搭了多少钱，除下来平均每次三百多块吧，基本和在外面嫖娼相当，可那个丫头干净啊，不用担心得病，也不用担心被抓。迟跃安和这哥们儿讲得扬扬得意，不承想他这哥们儿却认为人家那丫头真情对他，他却把真情换算成嫖娼，也太不地道了！再加上这哥们也在力争被提拔，迟跃安自然也算作是潜在的对手，于是就把他的这些糗事有目的地给泄露了出去。白光晨听到这些故事时，嘴里只吐了两个字：无耻！所以在白光晨眼里，迟跃安即便算不上十恶不赦也是个十足不正派的人。

仕途进步又一次搁浅的迟跃安无奈之下只好把目光投向了自己社会上的这帮朋友。还别说，这些社会人儿还真是神通广大，居然没费什么力气就把一把手老总的亲舅舅给挖了出来。好酒好烟好筵席一顿公关，这位舅舅成了迟跃安的忘年好友。在老总舅舅的努力斡旋下，迟跃安奇迹般地在三年多的时间里完成了这仕途上的两连跳。

对于迟跃安的到来，还是要认真且高规格接待的。毕竟在石彤公司换流站工程起步之时，迟跃安还是帮了大忙的，尽管石彤公司为此也付出了一笔数目不小的代价。

迟跃安打电话来，说会议这边宾馆有点乱，要是方便的话晚饭后就住在林阳那边不回去了。林阳明白迟跃安的那点儿小心思，嘴上说好的，没问题，让办公室给他订间安静点儿的五星级，心里却骂了一句：这个迟跃安简直是一头种猪！走到哪儿嫖到哪儿，他妈的也不知道哪来那么大的干劲儿！

晚上的酒宴定在了香格里拉饭店。徐嘉惠、梁思清等几个副总，办公室副主任小付，还有换流站工程部的经理等一应出席作陪。

推杯换盏时就看得出来，迟跃安明显留了量。这家伙恶习不改，不想多喝一定是想给夜里的艳遇留有足够的清醒和充分的体力吧！

饭局散的时候，林阳一边和迟跃安笑嘻嘻地寒暄着，一边招手把办公室小付叫了过来。林阳对迟跃安说："兄弟，今晚我就不奉陪了，一会儿让小付陪你去玩。要讲玩，我不行，我们小付才是行家里手！"接着又转过脸来对小付说，"今晚一定把迟总陪好！玩什么由迟总任选，你就负责结账买单和安全就好。不得有误啊，出了纰漏，我拿你是问！"

小付嬉皮笑脸地说："得咧，林总您就瞧好吧！满不满意让迟总明天自己跟您说！"

翌日早晨，林阳应邀要去政协参加一个由经济委员会召开的会议。开会时间是九点三十分，看时间还早，林阳赶到香格里拉饭店准备看望一下迟跃安，顺便用车把他捎到他们的会场。贵客来临，第二天早晨要去宾馆看望问候一下，这是多年来形成的礼节。

穿着睡衣的迟跃安给林阳打开房门，还显得有些睡眼惺忪。"老兄这么早？"迟跃安边说边双手揉着眼框。

"早？不早了，你看都几点了！怎么老弟还在你的温柔乡里？"林阳一边说着一边抬手指了指自己的手表。

"嘿嘿，昨夜折腾得晚了点。来坐吧，我这儿有多米尼加的雪茄。"迟跃安说着把一盒黑色铁盒的雪茄递了过来。

"嘿，奢侈品嘛！"落了座的林阳接过雪茄盒看了看又下意识地环顾了一下房间。

房间里的寝具有些凌乱，床单、被罩、枕头、睡衣、浴巾丢了一床，沙发上的抱枕旁放着一个黑色牛津布的学生包。

迟跃安要泡茶，林阳摆了摆手说不用了，一早晨汤汤水水喝了一肚子。其实说自己吃了早餐是假话，有洁癖的他主要是忍受不了迟跃安那双摸了小姐又捏茶叶的手才是真正的原因。

迟跃安说："你们小付这家伙不错啊，对你交代的事情唯命是从、一丝不苟。昨晚小付居然给我找了个雏！我搞前检查了，真正的处女！哇，爽歪歪了，老弟我不枉此行啊！不好意思啊，又让老兄你破费了，不过这八千元花得值，太值了！"迟跃安说完仰头朝天，吐了一个又大又圆的烟圈。

"哈哈，我说过小付是行家里手嘛。不过老弟你还是身体好，体力十足，干劲十足，老兄佩服呀！"

"这丫头真好。你知道的，我对一般的小姐搞完了之后恨不得马上打发走人，这丫头太难得了，有些舍不得，我就包了宿。处女嘛，当然是头一回做，来了之后还后悔了，我费了好大的劲折腾到后半夜都没办法，最后还是来的霸王硬上弓！这丫头脸小，完事后还大哭了一场。这不人还在里边洗澡呢，洗了一个多小时了。"迟跃安说着冲卫生间的门努了努嘴。

林阳这才注意到卫生间一直响着隐约的水声。

"啊，还没走，要不我先走吧，一会儿再要个车送你，不然等下她出来弄得挺尴尬的。"

"没关系啦！你这老兄，我都不尴尬你有什么好尴尬的！我今晚还想要她，正好你老兄也帮我看看嘛。"

说话间卫生间的门声一响，人走了出来，居然在卫生间里穿好了，浑身上下全副武装。白运动鞋、蓝牛仔装，适中的身材、圆润的曲线，再往上看是一张清纯白皙、富有弹性的面孔，眉心还长了一颗美人痣，完全是一副学生妹的模样。只是那一双剑眉下的杏核眼中透着深深的忧郁。

这张似曾相识的面孔让林阳的目光在上面停留了一瞬，随即吃惊地倒吸了一口冷气：天哪，怎么会是这样！这小姐竟然是梅姨的女儿吴小雨！

林阳被惊得茫然失措、呆若木鸡，随即马上就恢复了常态，于是装作若无其事的样子听起了迟跃安的介绍。

"哎，这位文小姐是我的朋友。要不晚上我们一道吃饭吧？"迟跃安用询问的口气望着林阳说道。

吴小雨在这儿变成了文小姐。

"好啊，没问题。文小姐把电话留给我，晚上我派司机去接吧。"

吴小雨抬头看了林阳一眼，接着垂下头下意识地摆弄着自己的手指。

"好呀，那就这么定了。老兄这间房还给我留着吧，晚上我还住这边。"

"没问题啦。"林阳冲迟跃安做了个 OK 的手势。

会要开一整天。因为想着吴小雨的事儿而有些心神不宁的林阳中途跟经委会的主任请了假，中午一过就在师范大学的东门外见到了吴小雨。

　　为了方便说话，林阳是自己开车来的。师范大学东门离动物园特近，林阳就把车停在了动物园的停车场里。

　　上了车的吴小雨一直看着窗外一言不发。

　　林阳停好车子侧过头来看了吴小雨一眼说："我可不是给那个人来找什么文小姐的，我也不认识那个出卖自己的文小姐，我认识的是吴小雨。能给我说说吗？这是为什么？"

　　吴小雨把头垂得很低，开始低声抽泣，抽泣声越来越大，最后变成了号啕大哭。那悲痛欲绝的哭声告诉林阳，吴小雨这孩子能走到这一步一定是在身心上承受着难以想象的压力、屈辱和委屈。于是他想应该不要用这种刺激的方式说话才好，就暂停了问话，打开一包面巾纸，抽了几张递给了小雨。

　　过了一阵，小雨哭声的幅度和节奏都慢慢地降了下来，最后变成了间歇的抽泣，一双红肿的眼睛不时抬起来看一眼窗外。

　　"我姓林，是你妈妈设计院里的同事。你还很小的时候我就见过你。我猜想你一定是碰到了什么为难的事情，不然怎么会这样对待自己？发生了什么事情你就跟我说吧，我也许会帮得上你。"林阳的语气变得十分柔和。

　　"我知道你。妈妈给我讲起过，那年和妈妈去给吴爸烧头七时我还见过你，那天你烧了好几册的邮票，当时在场的很多人都哭了，我印象很深。所以今天早晨我一眼就把你给认出来了。"小雨一开始还夹杂着抽泣，渐渐地话变得连续了起来，有趣的是她称吴书岳为吴爸。

　　"说起你吴爸，我还忘记了告诉你，我是你吴爸最好的朋友。"

"我知道，看得出来。给吴爸烧头七的那天我就感觉到了。"

"既然这样，那就告诉我吧，发生了什么事情呢？什么事情会让你对自己痛下如此死手？居然可以把自己……"林阳把话到嘴边的"卖掉"两个字咽了回去。

"是，是妈妈病了……"刚刚安静下来能正常说话的吴小雨又双手捂脸号啕大哭了起来。

稍事平静后，吴小雨跟林阳讲起了她妈妈梅姨。

梅姨这几年得了很严重的心脏病，不能活动，稍一活动就上不来气，还不时会心脏疼，疼起来脸色蜡黄，出一身的冷汗。医生说是冠心病，后来拍片子证实心脏的血管被堵塞了，心脏冠状动脉上的三根血管只剩下一根叫回旋支的是通的，但也被堵了百分之四五十。医生说病情很严重，随时都会有生命危险，建议尽快做心血管支架介入手术。可这种手术不在医保报销的范围之内。问医生手术大约要花多少钱，医生说看片子的情况血管支架介入恐怕要做三个，总费用大约在二十五至三十万元之间吧。三十万元！这对于梅姨这样的工薪阶层无疑是一个天文数字，更何况小雨还在读书，生活正在爬坡阶段呢。小雨高中时是学校的佼佼者，本可以报考更好的学校，可权衡来又权衡去还是报了师范，而且还是本市的院校。师范的学费低，在本市读书既省去了很多路费又可以走读，省掉了住校的费用，总之是要降低读大学的成本。

梅姨听了医生的介绍笑笑说谢谢大夫了，她们回去商量一下。可商量什么呢？商量就能拿出三十万元的治病钱？

从医院出来的梅姨一个人去了久违的教堂。

很长一段时间以来因为身体的原因和要照看小雨，她来教堂的次数已经少得屈指可数了。梅姨觉得自己真是一个忘恩负义的小人，不，应该说是罪人。当年丈夫死去时把自己从痛苦的深渊中救赎出来的是耶稣，而随着痛苦的渐渐淡化和生活的琐碎窘迫，她与上帝的交流也变得时多时少。信徒们起立祷告的时候，梅姨泪流满面。她祈祷上帝原谅自己的软弱和过错，上帝从不丢弃他那些迷失的孩子就像牧者从不丢弃那些迷失的羔羊。如果她真的要去天堂了，求上帝带领看护好她的女儿吴小雨。

教会散会的时候，梅姨从口袋里摸出二十块钱投进了教堂门旁的奉献箱。走了几步似乎又觉得有什么不妥，于是又返身回去，在身上又摸出一张五十元的钞票再一次投了进去。

出了教堂，梅姨去商场买了好几斤毛线，有蓝的也有红的，有纯毛的也有混纺的，梅姨把除做饭和陪女儿说说话以外的时间全部都用在了织毛衣毛裤上。

织毛衣不是什么负重的活儿，但梅姨也会有一阵阵喘不上气的时候。每当这时她就会吃上两片便宜的"心痛定"，微闭上眼睛休息一会儿。

梅姨在心里盘算了一下，自己那点儿积蓄让小雨完成学业直至工作是不成问题的，何况真到了那天，按规定还有相当于十二个月工资的抚恤金。这么多年来母女俩一直住在当年院里分给她的那一屋一厨里，丈夫刘平安是烈士，相信她走后院里也不会不让小雨在房子里继续住下去，所以住也不是问题。小雨已经长大了，自己是可以照顾好自己的，做吃做喝洗洗涮涮都可以，就是不会这女孩子本该都会的针线活儿，嗨，现在这些孩子！

梅姨打算给小雨织上三套毛衣毛裤，一套穿三年，节俭点儿穿怎么也能穿上十年了。等织完毛衣，再给小雨做上几身棉衣，就是不知道自己这身体能支撑到哪一天。

与此同时，吴小雨也一改从前在家和学校之间两点一线式的生活，开始悄悄地忙碌了起来。她先是打算做家教。于是傍晚中学生们放学之际经常可以看到吴小雨的身影，她手里捧着一张印着"大学生家教"的A3复印纸，出现在那些由学生和家长们组成的熙熙攘攘的人流里。不过一段时间下来，问津者寥寥。接着吴小雨又找了一个替公司发小广告的活儿，时间花了不少，可赚的钱寥寥无几。小雨常在心中哀叹，这样下去得什么时候才能给妈妈攒足手术的费用？

艺术系有那么几个珠光宝气、花枝招展的姑娘，很多同学背地里都在对她们几个指指点点、议论纷纷。据说这帮丫头一到晚上就跑到酒吧里去当坐台小姐，现在个个都已是腰缠万贯了，个个都是一身名牌。这几个艺术系的同学里有一个叫杨帆的女孩跟小雨很熟，是从小学中学一路走过来的发小。小雨悄悄地问了杨帆陪酒赚钱的事情，杨帆很坦然说那有什么关系，就那么回事儿嘛，陪客人聊聊天、喝喝酒，天南海北地扯上一阵，标准行情是一场下来一百元到手，碰到大方的主儿没准儿给上二百三百也不好说。酒吧里的客人大多是文客，就是有非分之想也要先和你商量，你把握住自己的分寸坚决不上当就是了。这些文客里也有要和你处感情的，那可千万处不得，搞得不好会把自己掉进去。碰到这样想处感情的行啊，你多给小费吧，觉得差不多了就两个字：开溜！偶尔也会碰到个别的武客，这些人也不过就是会对你动手动脚，摸摸手、捏捏肩、拍拍屁股什么的，再过分的肯定不敢。其实这些也没有什么的，实在觉得不好，老办法一个：溜之大吉！

吴小雨算了一下，如果一天晚上坐两场台起码会有二百元的小费收入，自己再省吃俭用一些，一年下来怎么也能攒上个七万八万的了，三年之内给妈妈攒足手术费应该是没有问题的。经过思想斗争后，小雨还是做出了决定。妈妈你可一定要挺住！她在心里暗自为妈妈鼓劲儿。

从此小雨白天是师大的学生，晚上是那家"一往情深"酒吧里的坐台小姐。

　　对于吴小雨这一段时间的早出晚归，梅姨起初并没在意。女儿已经长大了，大学生有点什么课后的活动或者有个男朋友什么的也属于正常的事情。有一次梅姨还问过小雨，怎么这一天神龙见首不见尾的，是不是有男朋友了？别不好意思说，有朋友也是应该的，都是一个大姑娘了。只要对方人品好，两人真心相爱，她不反对。什么时候有点儿眉目了就领回家里头让她看看。

　　吴小雨在一旁红着面孔笑而不答。

　　不过没过多久梅姨就觉得有些不对了。怎么回事呢？就是有了男朋友也不会天天约会吧？就算是天天约会也不至于弄得那么晚吧？就在梅姨百思不得其解的时候，一天夜里吴小雨噩梦中的一阵挣扎和叫喊终于让梅姨有了近乎确切的答案。

　　那天晚上吴小雨在酒吧里碰到了一个武客，喝多了对小雨拉拉扯扯，又要亲又要抱的，动手动脚还扬言今晚要包了小雨，说她们这些丫头不就是要钱吗，要多少他都有！小雨费尽力气，挣扎了很久才得以夺门而逃。夜里受了惊吓的小雨做了个噩梦，而在梦里的挣扎和逃脱中却把自己的秘密喊了出来。

　　在听了小雨的梦话猜到她这一段时间的行踪的那一刻，梅姨很是震怒，热血涌了上来，有一种要把女儿痛打一顿的冲动。不过想想女儿从小到大的贴心，想想女儿的初衷，如果不是为了她那个身体不争气的母亲，怎么会如此？想想梅姨的心就软了，再说她就是想打也打不了，狂跳的心脏让她连站起来的力气都没有。梅姨躺在床上无声地哭了，泪水沿着她布满皱纹的面颊汹涌而下。

　　梅姨想到过一死了之。那些管心脏疼的药片无论是哪一种，只要是成瓶地吞下去，要一个毙命的结果都是不成问题的。可是她不能这样死。基督徒是不可以自我了断生命的，否则灵魂就不会得到拯救，就去不了天堂。如果被关在了天堂的门外，她与丈夫刘平安就永无团聚之日了，与吴书岳也不会再有哪怕是一刻的重逢。于是梅姨只好一次次祷告祈求上帝，差不多的时候就接她去天堂，这样就可以解除自己和女儿的双重苦难。

可是总要想出一个制止女儿在这条路上继续走下去的办法啊，思来想去梅姨做出了一个重大的决定，她要把小雨的身世如实告诉她，甚至要告诉她被抱养来时的一切详情细节，告诉她自己不是她的亲妈，她也不是自己的亲女儿！梅姨认为掐断了血缘亲情自然会让小雨暂时为自己的身世痛苦上一阵，与此同时也会一定程度上减少小雨对这个养母不放弃的努力，而后者正是梅姨想要的结果。

然而梅姨想错了，正是自己的一番告白让吴小雨在这条路上加速走向了极端。

小雨最初听了梅姨的讲述根本就无法相信。不是亲生的？不是亲生的，妈妈能对她那么好吗？从小到大对她关怀备至，不是亲生的能二十年如一日吗？不是亲生的能在她生病时背着她跑步去医院而累吐血吗？不是亲生的能在她生病时跪在地上手抚着她的额头一夜一夜地为她祷告上帝吗？还有，捡来的孩子应该随妈妈姓梅啊，可自己为什么会姓吴？

关于父亲的这个疑问，对吴小雨而言已是由来已久。小的时候母亲总说父亲到很远的地方去出差了。因为总也没有父亲的归期，后来母亲告诉吴小雨父亲确实出差了，不过牺牲在了岗位上。那次妈妈和自己抱头痛哭了很久。那次在老吴的葬礼上和后来烧头七的日子，看到母亲哭成了泪人，小雨隐约觉得自己就是妈妈和那个吴书岳的孩子，只是可能妈妈心里有什么苦衷不肯说吧！

至于妈妈为什么这么说，唯一的解释就是那一定是妈妈心疼女儿，不肯拖累女儿，于是胡乱编造！

可后来妈妈又讲了许多她被抱养来的细节，从吴书岳、王丽娜两个人为什么没有孩子，到襁褓里的她怎样被放到了吴家的门前，从吴书岳养了她一个礼拜，老婆王丽娜死活不许他再养下去，到梅姨的接手，还有从吴家被抱走那天在场的同事以及那串她从小就有的水磨钻项链……

这下吴小雨觉得妈妈的话也许真的不是胡乱编造。于是她哭了，二十年的人生里第一次感到了凄凉。这种凄凉和一种感动在心里反复交织着。凄凉是因为自己的身世，刚刚来到这世界的自己就遭到了遗弃；感动的是妈妈把自己视作己出、视为珍宝地呵护了那么多年。

妈妈讲过之后就不出声了。吴小雨哭了一阵发现妈妈没了动静就跑到她身边查看。天哪，妈妈的脸已经变成了青灰色，难忍的疼痛让她双眉紧皱。小雨慌忙给妈妈舌下塞了两片硝酸甘油。看来妈妈的病已经容不得更多的等待时间了，不过无论如何也不能让她就这样死去！妈妈的病大半是因为生活的操劳，吴小雨开始在心里怨恨那对抛弃自己的生身父母。

不错，她的身体是那两个人给的，可如今为了挽救养她长大的母亲，报答她的养育之恩，身体可以由她自己任意支配！在小雨看来，这一决定既表达了自己对母亲全部的情义，也是足够让那二人背负后半生的难堪负疚的十字架！

就这样，横下心来的吴小雨决定陪客人出台了。杨帆说女孩子初夜能卖到八千元呢。为自己标价的小雨觉得自己很龌龊，但想到母亲，这种感觉又很快消失了，为救自己的母亲没有什么事情会被称为不光彩。再者说，光彩重要还是妈妈的命重要？也是命运的巧合，于是就有了迟跃安描述的那一幕……

小雨最后拖着哭腔几乎是喊着说："是，我现在知道了，我是抱养来的，可那有什么关系！当生我的父母都不要我，把我抛弃的时候，我妈收了我养了我，那她就是我的亲妈！我知道我妈偏偏在这个时候把我的身世告诉我，她的意图是让我把她放弃！那怎么可能呢？我不但不会放弃我妈，我还要孝敬她一辈子！只要能治好她的病叫我干什么都行！为救我妈我出卖的只是我的是肉体，如果知道了她不是我亲妈就躲开了，就见死不救把她放弃，那我出卖的就是灵魂！林叔你说对人来说是肉体重要还是灵魂重要？"

林阳被问得一时无言以对，几近窒息地听完吴小雨的讲述，惊得半天说不出话来。

吴小雨把头深深地埋在胸前。

沉默了好一阵，林阳对吴小雨说："事已至此，小雨你也别难过了，你对母亲的爱心、努力和付出天地可鉴。这事情不能怪你，一个被逼得走投无路的人做什么样的傻事都不为过，况且你做的这一切还都是为了自己的母亲！至于该怪谁，该由谁来承担责任，我们也不去研究了，你需要尽快把昨天的噩梦忘掉。当然遗忘是需要一点时间的，但是噩梦终究会醒来，每天的太阳会照常升起，日子也会继续下去。对你而言，马上要做的就是尽快让生活回到从前的轨道。母亲的病要治，你的学业也要继续。至于钱的事情，你就别再操心了，我明天就把需要的费用全部给你，也好让梅姨尽快做手术。对她而言，手术做得越早就越有生的机会。"

吴小雨抬起头来，看着林阳一脸的惊诧。

"你别这么看着我。我刚才和你说过了，我是你吴爸吴书岳最好的朋友，也格外敬重梅姨。十九年前梅姨抱走你的那个傍晚我就在场，是见证人之一。所以这件事情无论是关乎你吴爸、梅姨还是关乎你，我都应该是责无旁贷，没什么好吃惊的。"

吴小雨没有回答林阳，却双手掩面又一次地哭出声来。

林阳开车把吴小雨送回校门口的时候，已经是夕阳西下了。如火的夕阳给那些楼宇、校门、树木、操场以及夕阳里的人们都镀上了一层灿烂的金色。

小雨下车前，林阳告诉她为避免骚扰，让她今晚把手机关掉。小雨认真地点着头，随即从书包里翻出手机关了机。

车窗外吴小雨摇着手向林阳道别。林阳轻摁了一下喇叭示意。夕阳里，眼睛有些浮肿的吴小雨冲林阳轻轻地笑了一下，还真是一个少有的东方美人儿。

晚餐时，迟跃安隔一段时间就按一阵手机，为联系不上文小姐而心神不宁。一旁的林阳说现在的小姐们都哪有个准儿啊，联系不上算了，让小付再给他安排一个嘛。

酒局结束，迟跃安似乎没有尽兴，率先一屁股坐在了面包车上。林阳截住了小付低声说了句："晚上再给他找一个小姐，记住越脏的越好！"

小付望着林阳的脸孔愣了一刹那，随即好像明白了什么，脱口说了句："得咧，林总，您就瞧好吧！"

吴小雨的事情在很长一段时间里都让林阳陷入一种极度的纠结之中。

看上去吴小雨似乎得到了林阳的保护和帮助无疑，不过林阳的心里不仅没有坦然轻松反而充满了复杂纠结的情绪。一下是负罪感，一下是欣慰感，整个心绪在这两者之间不断震荡着，无法平息。他不知道自己究竟是一个救赎的天使还是一个毁灭的恶魔，或许两者兼而有之？

夜里，躺在床上的林阳翻来覆去无法入睡，心似乎成了一个游荡的孤魂。世界已是万籁俱寂，只有那首《流浪者之歌》的旋律依稀在心头回荡着……

# 第二十九章　漂泊也是归根

　　时间过得真快。一眨眼卢琪、汪文辉那批人也都陆续到了退休的年龄。

　　汪文辉退休后，作为行政与技术顾问被院里返聘了两年，而后既没有到什么公司挂名，也没有自己兴办个什么实体企业老来创业，而是去美国陪女儿和外孙了。女儿很优秀，在加州大学伯克利分校博士毕业后的第三个年头就拿到了美国的国籍，说来也算是一个奇迹了。

　　老年的汪文辉没有了从前的高高在上和盛气凌人，变得异常温良、随和，与从前相比简直是判若两人。早晨面对镜子洗漱的时候，汪文辉会下意识地停下手里的毛巾，认真注视一下镜子里的面孔：脸上的皱纹又多了些，头发又白了些，怎么眉毛也开始变白了？时光的神笔啊，毫不留情地在人的身上刻下了岁月的痕迹，而那些曾经令人神往、动人心魄的岁月本身，则只能存放在那日渐久远、日趋尘封的回忆之中了。

　　女儿女婿都在 IBM 公司总部上班，看护外孙的任务就落在了汪文辉夫妇的身上。按美国的法律，十二岁以下的孩子是不可以独自留在家里的，否则孩子的监护人将有可能因监护失责受到指控。看看女儿女婿也没有要么请保姆，要么入托管的意思，请孩子的爷爷奶奶来吧，又不放心他们对孩子的初期教育，最后汪文辉夫妇就决定安心留了下来，帮助女儿把孩子带大。最初的签证还是半年一签，后来签成了一年多次往返，再后来女儿有了身份就为汪文辉夫妇申办了绿卡。他们可以长期居留了，从此不必再年年两地间奔波往返，可思乡之情却越发变得浓重。汪文辉有时会掐着手指算着，外孙十二岁的时候自己该是多老了，哦，应该是七十岁了吧？

让汪文辉聊以自慰的是每天都能和自己的外孙在一起，照料他的生活，见证他的成长，铭记他的欢笑，享受他的天真，自然也有个中的乐趣和惬意。这不就是人们常说的天伦之乐吗？而更重要的是在天伦之乐之外还有一番源于骨肉亲情的义务和责任。

外孙很聪明。女儿女婿每天用英文和他讲话，汪文辉就私下里教孩子中文，还教他背诵一些唐诗宋词。他不希望自己的外孙将来有一天会变成一个香蕉孩儿，除了一层黄皮肤和一张东方面孔外对自己的血脉一无所知。

每天夕阳西下的时候，太太在家里忙着准备晚饭，汪文辉会带上外孙去离家不远的海滩上玩上一阵。爷孙二人把鞋子脱下来拎在手里，挽起裤腿，赤脚走在那半水半沙的海滩上。

绚丽的夕阳把海水染成一片璀璨的霞光。大海此刻已变成了一池布满天际、波光粼粼的五彩云锦。

汪文辉一手拎着鞋子，一手牵着外孙，眺望着那除了天海相接什么也看不到的大海尽头。那海天一线之处一定是太平洋的彼岸了。算一算时差，那边现在应该正是拂晓时分，东方天际的鱼肚白正在不断扩散着、明亮着，夜色已经在晨曦中隐去，等一会儿，就应该是朝霞漫天了，那朝霞也和这儿的夕阳一样流光溢彩吗？那河畔的柳枝也许正在晨风中轻轻摇曳，那零零乱乱、强强弱弱的晨练脚步声此刻应该已经响起了吧？

来美国后，一直有一种无法言明的落寞在时时袭扰着他的神经，人好像整日在空中飘着，沉浮不定，既不能飞天，也不能落地。

和大多数从领导岗位上退下来的人一样，退休后的汪文辉已经在最初的两年里体会到了诸多的人间冷暖和世态炎凉。从前人前人后一口一个院长来称呼自己的人，背地里开始直呼自己的名字了。退休前有一段时间他觉得体重有些超标，于是决定每天不乘电梯，靠来回走楼梯来消耗一些多余的热量。那个人事处的处长就在他上下班的时段里守候在楼梯间，专门为陪他爬十层的楼梯，一路笑着、聊着，还帮他提着皮包，时而还要招呼他休息一下。而退下来当了顾问后，他还延续着每天爬楼梯的习惯，可楼梯间里再也看不到这位人事处长的身影了。

还有小车队的队长、调度和那些司机，他在任的时候，有事出去，一说备车，院里的一号车，一台黑色的六缸奥迪会准时等在楼下，司机通常都一边用掸子掸着那原本没有什么灰尘的机器盖板，一边用眼睛瞄着办公楼的大门，一见他出了大楼，就赶紧收起掸子为他拉开右后侧的车门。而退下来后，一号车没有了也许实属正常，而最让他不能容忍的是从原来的车等人变成了人等车！

还有一些曾经受惠于他的中层干部，还有院办那些曾经蝴蝶恋花般围着自己的秘书……

甚至有人开始在一些公开场合批评他当院长这几年思想保守、鲜有突破。也有人说他任人唯亲、善于搞小圈子，几年前那次在报业大厦宴请自己各路部下的聚餐也被人抓了话柄。

尽管如此，汪文辉还是对那片土地，对那个他工作、生活了三十多年的单位充满了感情。那里毕竟是自己播撒青春和汗水的地方，是自己成长和收获的地方，是自己人生启航的此岸也是抵达的彼岸。地位不在了，权力交出了，又看到了那么多的人情变故和人性落差，但一看到那在霞光云锦的背景里巍然耸立的设计大楼，一听到上班人群鱼贯而入的匆匆脚步声，汪文辉心里就会充满了沉静和踏实。

而现在不同了，像一只小鸟，曾经天空就是自己的家，曾经飞翔就是自己的梦，如今却被囚禁在笼中，日子无忧但也平淡无奇。今天就是昨天的再现，明天则是今天的翻版。

为打发时光，汪文辉去唐人街买了笔墨还有一刀宣纸，趁外孙睡午觉的时候，他就一个人悄悄练起了书法。汪文辉书法的功底不错，写得一手漂亮的行楷。当年在清华读书的时候，同学就发现了他这手漂亮的行书。工作之初那段时间，正赶上特殊的历史时期，为了不引来更多的麻烦，汪文辉把自己的书法才能隐藏了起来，只是偶尔在家里写上一阵，写的东西也从不保留，要么撕得粉碎，要么付之一炬。

而今字迹依旧，却已物是人非了。练书法似乎并没有让汪文辉压抑的情绪得以排解，字迹动感依然，而人却充满了沉沉的暮气。"白发催人老，青阳逼岁除""乡泪客中尽，孤帆天际看""林花谢了春红，太匆匆，无奈朝来寒雨，晚来风"，孟浩然和李后主似乎成了最合汪文辉心意的朋友。有一天他竟然自创了一句"苦海无边死为岸"写在了纸上。正端详品味之时，去超市的太太回来了，听到钥匙开门的声音，汪文辉慌忙把正在端详的这幅自创佳句揉成一团丢在了纸篓里。

太太进来看了一眼说："又写字了？今儿写的是《虞美人》还是《浪淘沙》？你呀，都快成李煜第二了。写字嘛，还是挺好的一件事儿，不过要写就换点内容，总写那亡国之君的东西，情绪都变得阴暗了，你自己不感觉吗？"太太一面把菜一件一件从篮子里拿出来，一面和汪文辉唠叨着。

汪文辉端来洗菜盆，欲动手帮忙，太太说时间尚早，他就别动手了，接着写他的孟浩然、李后主吧，不过可得注意他的情绪别影响到了孩子们。太太的唠叨依旧。

汪文辉自己也很奇怪，退休以后自己的脾气怎么会变得越来越温和，简直不像从前的那个自己。面对太太的唠叨，如果是从前他恐怕早已是声色俱厉、火冒三丈了，可如今却是习以为常、听之任之，也许这就是古人说的六十耳顺？

其实荷尔蒙分泌的改变只是其中的原因之一，更重要的原因是汪文辉以容忍太太的一切的方式来作为心底对她的补偿，因为他从来没有真正爱过自己的妻子。

还是在读高中的时候，汪文辉就感觉自己的"性趣"存在点儿问题：不喜欢也不接近女孩子，倒是对那些漂亮的男生充满兴趣。汪文辉曾经为此深感不安，试图自我改变但总是无功而返。仪表堂堂、美如冠玉加上超好的成绩，让很多姑娘为他倾心，主动送来情书诉说衷肠，有直白式的，有婉约型的，但得到的结果不是当面婉拒，就是音信全无。自不量力者倒也释然，而那些品学兼优、才貌双全的女孩们会悻悻地认为汪文辉是病态地不近女色。当清华大学的录取通知书寄到他家乡那个偏远的冀北小城，终于给了不近女色的汪文辉一个最佳的注解和诠释。

上大学的时候，很多同学都先是学习爱情双丰收，接着革命爱情双丰收，而汪文辉的感情世界却一直是一纸空白、颗粒无收。参加工作好长一段时间后，在同事异样的眼神里汪文辉以完成任务或者堵别人嘴的心态，娶了外表和自己并不匹配的太太，而在他的心里却从来不曾爱过太太。

其实汪文辉并不是不喜欢自己的爱人，而是在广义上不喜欢女人。女人漂亮也好，丑陋也好，聪明也好，愚蠢也好，在汪文辉看来基本上没有什么大区别，女人都属于丑陋和愚蠢之类。

当年当上一把手不久，院党委宣传部的女干事白桦作为市里报社的通讯员写了一篇名为《时代弄潮儿》的文章，以报告文学的形式发表在报纸上，占了整整一版半的篇幅，对以汪文辉为核心的领导层实施的设计院改革大加赞赏，文章通篇不乏溢美之词。而事后白桦却被汪文辉毫不留情地骂了个狗血喷头，他还留下了一大串质疑：你了解改革工作的全盘吗？自己院里的人写我，是否有自吹自擂、自我张扬之嫌？我们是部里垂直管理的，你在地方报纸上做如此文章，让部里怎么看？那次白桦是哭着走出汪文辉的办公室的，高挑的身材有些佝偻，漂亮脸蛋上的淡妆也被泪痕弄得斑斑驳驳。为这，白桦一个人跑到河对岸的树林里大哭了一场，还发誓从此再不写关于设计院的文章。

爱自己是幸福的，被别人爱也是幸福的。当汪文辉许多年后体会到爱别人也是一种更大的幸福时，未免为时已晚。亡羊补牢吧，于是汪文辉不知从什么时候开始对自己的太太变得温和、宽容了起来，笑意也开始荡漾在那张布满岁月沟壑，曾经总是威严十足的脸上。太太自然更是为这样的变化惊喜不已。

当然这也不排除荷尔蒙分泌改变所起的作用。

年轻时见到年轻、漂亮、白皙、干净的大男孩，他就会忍不住多看两眼，而这两眼就足以让血液的流速加快，让他产生一种冲动，那是真正意义上的怦然心动。

当年出国来美学习所在的城市是弗吉尼亚州的匹兹堡，在那个城市的东区有一个街区是"gay"（男同性恋）们的专属活动区域。有一次美方公司的人驾车拉着汪文辉一行从那里经过，还特地对那里做了简短的介绍。汪文辉从车窗里望去，阑珊的街灯下，真的有几对个子高高低低、头发长长短短的男人在街灯的暗影里静静地相拥着、亲吻着。汪文辉顿觉热血涌上了心头，好像是许多什么小生灵在抓挠着心脏，痒得几乎不能自拔。

汽车慢慢驶过，把那幕街景甩在了身后，汪文辉还特地回头，从面包车的后风挡向车后望了望，街景相似，只是没有了刚才那让人怦然心动的一幕。过后汪文辉曾有过去那个街区看看的冲动，但仅仅是冲动而已，满足冲动是要具备勇气和付出代价的，这两者他都不具备。于是那一幕街景成了一幅固化在汪文辉心底的底片，每每想起都会让他心里充满无限的遐想和渴望。

而今女儿住的城市比匹兹堡要大很多，在合法红灯区附近的"gay"活动区域不止一处，个人行动方面也没有了当年来自集体的约束，然而汪文辉却从来没有去过任何一处，甚至从来没有那样的念头。欲望和兴趣是一对相辅相成、如影随形的孪生兄弟，欲望荡然无存，自然兴趣也会消失殆尽。

老了的汪文辉似乎终于从那种状态中走了出来，只不过经常是欣喜与懊悔并行，快乐与苦涩参半。他心里越来越对妻子充满了负疚之情，懊悔那么多悄悄在身旁流逝的日子里，自己对妻子的忽视和冷漠。

汪文辉想起女儿小时候，一天夜里突发急腹症，夫妻二人抱着孩子往医院跑。正值寒冬腊月，北风呼啸，风雪弥漫。风吹着大片的雪花打在人的脸上，眼睛都没法儿睁开。抱着孩子下楼的汪文辉没走多远就一个趔趄，摔了一跤，孩子也从手里摔飞了出去。

要是一般的女人也许早就埋怨上了，而妻子却一句埋怨都没有，自己抱起孩子哄上一阵，又腾出一只手帮汪文辉拍了拍身上的雪，接下来抱着孩子一路小跑到了医院。孩子被推进手术室，妻子却像一个倒空的口袋一样瘫倒在手术室外的长椅上。

还有后来他和吴祥运的激烈交锋，部人事司派人来宣布暂时免去他的职务的那天，他像一只斗败了的公鸡回到家时，等着他的竟然是妻子做的一大桌子菜！怎么？嘲笑自己？他正要发作之时，妻子已笑盈盈地端起了酒杯："部人事司来人的事情我中午就听说了，我下午没去上班，做了菜，备了酒。来，干一杯！庆祝你得到了自由和解放！"妻子的目光清澈诚挚。

那一瞬间汪文辉那张一贯孤傲清高、刻板威严的脸，突然抽搐了几下，眼里涌出了罕见的滚烫泪水。

妻子喝干了杯子里的酒接着说："你也别难过，院里几千号人，毕竟还有很多人是理解你、支持你的。退一万步讲，即使所有的人都不理解、不支持你，你还有你的妻子、女儿。家就是你的战略大后方，我和你的女儿永远是你的精神后盾！什么院长、什么一把手，我都不在乎，我其实早就不想当这个设计院的第一夫人了。我们娘俩儿只在乎你，只要你好好地活着，接着当船长，咱们家的这艘船就永远不会沉没！"

那天晚上，汪文辉醉了。

每日里最能冲淡汪文辉落寞情绪的时候，一个是一家人团聚在一起的晚餐时间，再就是每天下午和外孙在海边游玩嬉戏的这段时间。

晚餐时，女儿女婿会讲讲周边的要闻趣事，妻子会讲讲当天的菜品，有时也会讲讲女儿的童年、少年时代，而更多的时间是大人们都在哄这个小外孙，想办法让这个一到吃饭时就东张西望，注意力不在吃饭上的孩子把饭吃到肚子里。

汪文辉这时倒是不太多讲话，把半杯威士忌加上冰块儿，一小口一小口地抿着。温柔的目光在妻子、女儿、外孙的脸上一遍遍轮番扫过，脸上的线条也变得极为柔和。

人的心态会决定生活的基调。

有一天也是一场温馨的晚餐后，酒喝得微醺的汪文辉脸上泛着淡淡的红光，没有像往常一样吃过晚饭坐在水族箱前喂鱼，而是去书房里挥毫泼墨写下了一幅横开的条幅："莫道桑榆晚，为霞尚满天。"妻子走进来看了一阵，一只手轻轻地抓住了汪文辉的胳膊，眼睛却没有离开那幅墨迹未干的条幅。她说："这就对了！我也喜欢刘禹锡。"

　　不知什么时候，夕阳变得暗淡了起来，海水也从波光粼粼变成了光影阑珊。一波又一波的海浪漫过来，把这一老一小刚才在海滩上堆建的沙堡冲塌、冲散，最后沙堡消失得无影无踪。汪文辉望着这些坍塌、散落的沙堡若有所思地凝神了片刻，这才想起涨晚潮了，已经到了回家时分。

　　玩累了的外孙吵着要外公来背，于是汪文辉就蹲下身背上外孙，起身后又把背上的外孙向上抖了抖。夕阳的余晖照耀着这一老一小走上了回家之路。汪文辉这时觉得心地变得十分柔软，觉得背上背的是自己的外孙也是自己烂漫的童年。

　　背上的外孙搂着汪文辉的脖子得意忘形地喊着："外公，你是我的大马，快点儿跑啊！"汪文辉笑了："是，外公是大马，迈克是骑士！"

　　"今天回家给外婆背什么呀？"汪文辉大声地问。

　　于是外孙拉着稚气的长声：

　　"君问归期未有期，

　　巴山夜雨涨秋池。

　　何当共剪西窗烛，

　　却话巴山夜雨时。"

　　……

# 第三十章　生死界河两岸

北京。

雍和宫里香云缭绕、人头攒动。

一个面孔白皙、戴黑边秀琅眼镜、短发齐耳、气质华贵，看上去五十多岁的妇女正把一大束点燃的香烛插上香炉。

这人就是卢琪。

时光毫不留情地在她的脸上刻下了岁月的痕迹。尽管是这样，这痕迹也显得是那么与众不同，尚能看出这张面孔曾经的娇美和风韵。而今美丽退去，但那曾经的优雅还在。优雅是与年龄无关的，如果一定要说有关，那就是老来的优雅变得更加厚重了，就像是青春华年品过的一瓶葡萄美酒，岁月的流逝让酒浆干涸了，酒瓶也不见了踪影，甚至连酒杯都不知了去向，但那曾经在舌尖齿隙间的醇香和甘美却依旧，永远留在了记忆里。优雅就是这醇香甘美的葡萄酒永不散去的余韵。

卢琪刚刚办完了退休手续，因为晋升了正高职称，所以在岗位上比一般的女同志多干了五年。在工作方面卢琪忙忙碌碌也总算修成了正果，在领导层里技术岗的女干部凤毛麟角的设计院，卢琪一直干到了院里的副总工程师兼任设计分院的院长，技术上成了全国屈指可数的著名继电保护专家，还兼任着全国机电工程学会继电保护分会的副理事长、专业核心期刊的副主编等一些专业领域的虚职和头衔。职业生涯可以称得上是功成名就。

卢琪退休之后就回到了北京。她像一片树叶随风飘荡，三十多年后，当这片叶子终于又飘回那阔别已久却牵挂不断的故乡时，才猝然发现人已经进入了花甲之年。

母亲在世的时候，赶上东四隆福寺那一带进行老城区改造，拆迁的结果是母亲用家里那套四合院儿换了四套面积相当的公寓楼房。她自己住了一套，分给三个儿女每人一套。能在自己还健在时把产业分配给儿女对母亲而言也是一件幸事和快事，只是可惜了那一院子的杏树、海棠，那是母亲对父亲的情愫和念想。

于是卢琪在北京又有了个自己的家。儿子大学毕业后在北京找了工作，而丈夫已于退休的前几年病逝，卢琪就和新婚的儿子儿媳一起住在自己的这套公寓里。

母亲是在卢琪五十岁那年冬天去世的。

那年冬天，北京格外寒冷，阴沉沉的天空像一块灰色的铅板压在人的头顶，让人透不过气来。来自内蒙古锡林郭勒草原的风沙打在人的脸上，刺痛在人的心里。

卢琪不是学医学的，但也明白心功和肾功同时衰竭，对一个病人意味着什么。大夫摇着头叹了口气，只在唇齿间挤出了一句冰冷的话："准备吧，没希望了。"从那一刻开始，卢琪就跪在床边，握着母亲的右手，一刻也没有松开，直至母亲离去。

那时母亲已经气若游丝，卢琪觉得母亲的手似乎已经没有了什么温度。卢琪想起自己的童年，那时的母亲是那么漂亮、优雅、神采奕奕。因为自己学习成绩优异，母亲曾经多次在开家长会时受邀介绍对子女的教育经验。每当这时母亲总是一脸笑容，脖子上系着红领巾，满面春风地站在讲台上。

卢琪想起"文革"时期母亲如何含辛茹苦支撑着这个支离破碎的家，想起自己在大学里为表示革命而提出和剥削阶级家庭决裂时母亲的平静和宽容，想起工作后每每出差经过北京，为母亲收拾家务时她手扶着门框注视着自己的那深情慈祥的眼神，想起每次分别前母亲给自己包饺子时的专心致志，还有离家时分暮色苍茫里母亲在老家门台上那伫立的身影和不舍的神情……卢琪想起了很多很多。

而今这个生了自己、养了自己、培育了自己、宽容了自己、始终钟爱自己的母亲就要离开自己了。生命里曾经有那么多次和母亲的别离，而这次的别离却是永远。

想起这些，卢琪泪如雨下。

怀着对母亲的负疚、难舍、痛惜之心，卢琪就这样一直流着泪把母亲的手长时间地握着。"文革"期间那次与家庭的决裂声明，许多年来一直是困扰卢琪的一个心结，忏悔和歉意在她深感负疚的心里交相缠绕，但卢琪却从未面对母亲说出过，她总是以其他的方式变相地表明自己的心迹。

傍晚时分，母亲的眼睛睁开了，凝视着天花板，而且看上去比之前明亮了很多。卢琪本能地觉得这是母亲的最后时分了，也是自己当面向母亲忏悔的最后机会。她俯下身轻声问了句："妈妈您感觉怎么样？要喝点儿什么吗？"母亲眼睛仍旧望着天花板没有反应。于是她把脸贴在母亲的脸上，在母亲耳边轻声说了句："妈妈，小女儿为三十二年前的事情向您道歉，其实我在心里早已经忏悔过很多次了！"

母亲被握着的手在卢琪手掌里轻微地动了一下，脸上竟然掠过一丝可以察觉的笑意。

当亲人们哭声四起的时候，卢琪才意识到母亲已经离开了自己。她在哽咽和抽泣间透过一双苦涩迷离的眼睛仔细端详着母亲，她要认真地多看上一阵，把母亲的样子记在心底，因为现实中的母亲即将随风而去，再要相见，要么是在天堂，要么就是在梦中了。

接下来打击卢琪的是当年的情人潘志平和丈夫王国海的相继离去。

卢琪是个热情与温良兼备的女人，工作上叱咤风云，在家中相夫教子也是有模有样。丈夫王国海从年轻时就身体不好，患有肝病，要经常吃汤药，卢琪有很长时间都是守着一把黑乎乎的药壶，在弥漫着中草药味道的空气里度过一个又一个漫长的夜晚。当然丈夫也爱她、心疼她。那时的红色电影里经常有一句台词叫"一切权力归农会"，丈夫就经常戏言家里一切权力归妇女会，不过这个妇女会只有卢琪一个成员。孩子功课学得也不错，属于不让人操心的类型。按说平静的日子应该很好了，但在卢琪心底总有一种驱之不散的淡淡的怅然。

　　卢琪自知这份怅然很大程度上来自她的感情世界。一生之中，与她有感情纠葛的有三个男人：初恋情人潘志平、丈夫王国海和让她感情和行为相继出轨的林阳。最后的结局是不该抛弃的抛弃了，没想得到的得到了，本该属于精神层面的恋情在一个风雨交加的夜晚转换成了肉体之欢，而这肉体的结合又在她心底烙下了多重负疚和更大的怅然失落。负疚是自然的，就无须解释了。很久以来卢琪一直认为感情出轨和行为出轨是两件事，一个属于情感层面，一个属于道德层面。情感上的出轨似乎无可非议，有了行为出轨才真触及了道德的界限。那个酒后的晚上在床上面对活力无限、激情四射的林阳而高潮迭起的时候，她的大脑曾一片空白。四十岁冒头的卢琪平生第一次体会到这样的事情居然可以让一个女人痛快得淋漓尽致。那一刻什么道德、底线、清白、操守统统被抛到了九霄云外。而当风暴止息、浪潮退去，一切都回归理性的时候，卢琪才意识到这一夜死去活来的肉体交欢换回来的是一副将背负后半生的精神十字架。她一直认为此生伤害过的男人只有当年的潘志平一个，而一夜之间她伤害的男人就从一个变成了三个。一时间，多重的负疚之情无法平息。对潘志平是感情层面的负疚，对丈夫王国海是道义层面的负疚，而对林阳则是一种精神层面的负疚。

卢琪是在自己的老同学尉迟婕那里听到潘志平的死讯的。原来只知道他毕业后回了杭州老家，后来和同在一个工厂的一位姑娘结了婚，以后就再没了音讯。卢琪那时心里有些酸楚，但还是在心底为潘志平送上过无数次的祝福：祝福他快乐，祝福他美满，祝福他从此幸福一生。卢琪一直认为潘志平越是生活得幸福美满，就越能减轻她心底的不安和负疚。对于潘志平，卢琪并没有彻底忘怀，她对林阳最初的好感甚至都是源于他和潘志平的某种神似。

而尉迟婕带来的消息，却让在潘志平问题上已经心静如水的卢琪心里再起了波澜。长期患有抑郁症的潘志平投江自尽！

卢琪的情绪瞬间跌入了谷底。

读大学时潘志平因为酒后对清华革命运动的性质提出了质疑和批评，还厚古薄今地褒奖了那么多民国时代的清华大师并借此评判今不如昔，从而"荣获"了一顶反革命分子的帽子。毕业时他被打回了原籍，二次分配到了市区里一家生产小型变压器的里弄工厂。

这间里弄工厂和当时全国所有的里弄、街道工厂一样，是"五七"道路的产物，也被称作"五七"工厂，主要是由街道上的一些原本没有工作的家庭妇女组成。潘志平来的这家工厂从支部书记、厂长到普通工人，六七十个员工都是家庭妇女。这些工人妇女对潘志平这个大学生倒是没有什么成见，不，不仅是没有成见，应该是颇为欢迎！

有的女工说："哎哟，不错的嘛，我们娘子军里终于来了一个党代表！"

有的跟着附和："你别说呀，他还真的有点像洪常青呢。"

女工们叽叽喳喳，像在动物园里看动物一样把潘志平好一阵品头论足。

在计划经济时代，这样的里弄工厂都属于计划外经济，生产销售、材料供应等等均需自行解决。厂里的生产销售还好，因为支部书记家是书记专业户，丈夫是家国营大型机床厂的党委书记，就把给机床配套的照明变压器任务给了老婆当书记的小厂，这样小厂的产品就不愁销路了。但材料供应这块对于属于计划外的小厂就比较困难了，生产原料经常都是一些大工厂剩下的边角余料。那些废旧的铜线要送到另外一家做漆包线的里弄工厂重新拉制，还有那些锈迹斑斑的矽钢片，要重新剪裁、除锈、喷漆、叠片等等。潘志平就这样穿着一身肮脏的蓝色劳动布工作服，今天蹲在地上用砂纸给矽钢片除锈，明天戴着口罩给矽钢片喷漆，后天蹬着三轮车去漆包线的厂家拉货，在这些周而复始且简单又费力的劳动中一干就是十年。

这期间潘志平干的唯一一项技术工作就是为小厂造了一个变压器试验台。这点小事对于一个清华的毕业生来说简直就是小菜一碟，却让小厂的女书记很是震撼。买一个正规的试验台需要一笔不小的花费，而潘志平只买了几块电表、几块互感器什么的，就焊了个台架装成了，从此出具的产品报告既完整又精确。由此支书认为潘志平是有内秀的，于是就说和着，一顿强拉硬塞把同在一个小工厂工作的表妹嫁给了潘志平。成了支书表妹夫的潘志平很快脱离了除锈、喷漆、蹬三轮的工作，而被安排在配电室当了一名维修电工。

十年后，潘志平被平反了。接到平反通知的那天，他把自己反锁在狭小的配电室里好一阵号啕大哭，用手揩拭着因情绪失控用头撞墙而使额头渗出的鲜血。

平反后上边落实了政策，潘志平被调到一家大型的国营电子仪器厂当了一名技术员。

离开小工厂那天，许多工友一起把他送出门外，工友们对这个文弱、内向、不多言多语、待人诚挚的知识分子有些依依不舍。支部书记也就是潘志平妻子的表姐，代表所有送行的人向他临别赠言："志平这回到了大单位，要好好干。我就说过英雄总会有用武之地的，今天的结果就说明我们党是正确的，党也是爱你的，努力学习工作，提高思想觉悟，别辜负了党对你的教育和培养。什么时候想念这拨人了就回来看看，我们随时欢迎！"

潘志平不住地点头说会的会的，其实支书说的那些话他什么也没有听进去。回首望去黑压压一片的工友们向自己摇着手，潘志平一瞬间热泪盈眶。渐渐远去的小工厂在夕阳的余晖里与十年前别无二致，依旧是那么破旧，那么寒酸。

十年间潘志平上班的时候，看到小工厂的轮廓经常会想起自己的母校，想起清华园的大门石坊。他总觉得是一场梦，任凭怎样的想象也无法把清华大学这个全国工科的最高学府和眼前的这个破烂不堪的里弄工厂联系在一起。然而现实还是把这二者联系在一起了，而且联系的媒介是一个人的生命印记和青春岁月！

没过多久，已经走了的潘志平又回到了小工厂，并且不是探访而是常驻。他已经辞掉了国营电子仪器厂的工作，回到自己曾经播撒过汗水和青春，曾经让自己领悟苦难和温情，曾经令自己爱恨交织的地方。如今的潘志平身份不同了，自然可以做不同身份的工作，这回他真的要努力。他要努力争取用自己的知识和智慧让这间破旧寒酸的工厂改变模样，为了那些黑手污面但心如美玉的工友们能过上好日子，也为自己能在青春经由的地方找回生命的价值。

潘志平的归来让小厂上上下下都很震动，不久经街道党工委批准，他被任命为小厂主管技术的副厂长，一年后升任了厂长。

然而工作尚未来得及开展，家里后院却起了火。老婆先说潘志平是神经病，简直傻得可以，放着大型国企这样的铁饭碗不端反而回到这个连工资都发不出来的里弄工厂，来和这些家庭妇女一锅搅马勺。这里弄工厂里的男人大多都是问题男人，要么就是像潘志平这样有政治问题的人，要么就是什么刑满释放、劳动教养或者长期拘留的所谓三类人员。老婆怪潘志平放着大国企员工不做偏要来街道上蹚这摊浑水，进而又说知道他为什么要回小工厂，是因为舍不下厂子里某个下乡返城的女知青！弄得潘志平一时间哭笑不得。

潘志平拿老婆没有办法：没有爱，不同道，还得过。面对老婆的无端纠缠，他也曾经想到过离婚，但转念一想，不管是出于何种原因，人家还是在他潘志平戴帽子没被平反的日子里嫁给了他，他现在被平反了，变成了普通人，成了厂里厂外上上下下的红人，这个时候要提离婚，先别提情感，道义上就过不去！

从街道工委书记手里拿过自己的平反材料的第一时间，潘志平想起的第一个人不是老婆，不是家人，而是自己的初恋、后来又抛弃了自己的卢琪。在配电室里一阵捶胸顿足、号啕痛哭后第一个冲动就是很想去见一下卢琪，他想把自己被平反的消息告诉她，告诉她从此自己也是一个普通人了，有权利去活，更有权利去爱！他想告诉她，尽管她当年抛弃了他，抛弃了曾经的爱情和海誓山盟，但他从来没有丝毫怪过她，哪怕是身处人生最为艰难的低谷。

潘志平研究过人本主义心理学家马斯洛提出的人类需求层次理论：人类只有在满足了生理和安全的需要之后才能考虑情感和归属的需求。对马斯洛的理论，潘志平深信不疑。在那样一场波诡云谲、动荡不安、让人极度缺乏安全感的浩劫里，为了自身的安全舍弃了感情和爱恋，对于一个被裹挟在浩劫之中不能自主的女孩子而言算得了什么？最多也只能算成软弱而绝非罪过！

这种冲动像风雨之中的一道闪电，尽管瞬间照亮了心底的昏暗和阴沉，却一晃就消失了。潘志平把平反的文件小心翼翼地卷起，放进了一个铁皮筒里。那铁皮筒是个月饼盒子。大学二年级的中秋，卢琪送给了潘志平一盒稻香村的月饼。月饼吃光了，一对情人也劳燕分飞，这个铁皮做的月饼盒潘志平却带在身边一辈子。潘志平在心里说：算了，岁月荏苒，当年的恋人而今早已为人妻为人母，也许正过着祥和平静的日子，你潘志平有什么权利旧事重提，让你曾经爱恋的人再次因你打破平静的生活？失去的就让它永远地失去吧。人生是单行线而不是环形道，不会有重来的起点。那些美好的回忆就让它们成为自己平生对幸福的品味和理解，尘封在记忆的深处吧。想念幸福时，就打开记忆之门，把它们翻看一次，尘封的幸福会告诉自己此生我认真活过，也认真爱过。

潘志平连续开发了几个给电力系统配套的产品，销路还不错，经济效益也很可观，小工厂很快摆脱了整日捉襟见肘的窘迫日子，日子变得好过了起来。潘志平又在一些有一定文化基础的工友中培训了一批技术骨干和销售骨干。几年的时间下来，小工厂不再破落、沉寂，而是变得风生水起、红红火火。工友们对潘志平万分感激，认为是潘厂长让这个本来已经濒临倒闭的小工厂起死回生，是潘厂长让工友们的一副副愁容化作了一张张笑脸。

因为长期熬夜，生活没有规律，潘志平患上了严重的失眠症，有时连续几个晚上都不能正常入睡，很痛苦。再加上老婆的无端猜忌、吵闹，令潘志平更是心神不宁；而心底的苦楚又无处诉说，终于演变成了严重的抑郁症。

当厂部的几名干部感觉到厂长那几天这也叮咛嘱咐，那也吩咐交代的行为有些不太对头，正要碰头研究如何采取对策，如何为厂长治病时，备受折磨和煎熬的潘志平已在钱塘江畔以投江自杀的方式，结束了自己跌宕起伏、爱恨交加、苦乐并重的一生。

潘志平是在钱塘江北岸大桥下不远的地方投江的。在这里向北可以看到月轮山上的六和塔。

送走了尉迟婕的卢琪那天下午没有回院里，而是独自跑到离设计院较远的一段河堤上，面对河水，背靠堤石，在眼泪、回忆和冥想中度过了整整一个下午。

冥想之中卢琪做好了许多个因果上的假设：假设没有那一场浩劫，假设自己没有抛弃被打成反革命分子的潘志平，假设大学毕业后两人能重归于好，假设在他人生最为艰难的时刻能给他一些宽慰和帮助，那个青年时代曾经是那么蓬勃向上的潘志平，何以会走到放弃生命、自我毁灭的地步！如此说来，自己欠下潘志平的不仅是感情债也是生命债。从这点看，自己不仅是一个薄情女、示弱者，更是一个十足的罪人，起码是一个灵魂的罪人。

然而，生活中是不存在假设的，有的只是坚硬冰冷的现实和令人扼腕痛惜的追悔。逝者已逝，情也好，债也好，如今都已无法偿还了。潘志平是一个典型的理想主义者，也许这就是理想主义者的必然宿命。

卢琪心里甚至明白潘志平为什么要将自杀地点选在钱塘江畔六和塔下，那是恋爱时潘志平曾经多次许诺要带她去游玩的地方。

秋日的河水清莹澄澈、波光粼粼，映着一河的蓝天白云，静静地向远方流去。恍惚间卢琪觉得潘志平正站在河的对岸，微笑着召唤着自己。绚丽的夕阳把他修长的身影镀上了一圈金色的轮线，他微笑如初，音容依旧。卢琪想过河，却既没有桥，也没有船，无奈两人只能隔河相望。

生是肉体与灵魂的合一，死是肉体与灵魂的分离。生时灵魂在生命的此岸，死后灵魂就在生命的彼岸了。卢琪知道，只要自己还活着，这河是永远无法渡过的，那是一条生与死的界河。

母亲的过世、潘志平的自尽，这些连续的痛楚在卢琪的心头尚未平复，新的打击接踵而来。丈夫被查出已是肝癌晚期。

卢琪对丈夫抱有非常复杂的感情。丈夫易于满足，有些平庸，对老婆孩子、家庭亲人的关爱当然是无可挑剔，只是少了潘志平、林阳身上的那些灵气、智慧和理想主义的情怀，而这些恰恰又都是卢琪格外看重的东西。

夫妻之间最重要的是相互理解，或者说"懂得"，而丈夫身上缺少的正是这样关键的东西，卢琪认为丈夫不懂得自己。

在和林阳发生肉体关系的那个夜晚之前，卢琪一向自认为从来没有做过什么对不起丈夫的事情。即使有那次在葛家岩工地醉酒失态时对林阳的温情一抱，即使是在和丈夫亲热时他大脑中出现过林阳的幻象，卢琪也从不认为自己已有负于丈夫。

而自从和林阳在一起的那个风雨夜晚之后，情况就不同了。自知亏心的卢琪对丈夫的态度从一向的我行我素变得开始小心翼翼，甚至不敢去正视丈夫的眼睛；丈夫倒是大大咧咧，似乎什么都没有察觉到的样子。

有一天丈夫心血来潮，自作主张买了两张电影票，说是正在全国风靡的由斯特里普主演的电影《廊桥遗梦》。卢琪说丈夫还浪漫起来了，谁家老夫老妻的还去电影院？不过说归说，卢琪最后还是和丈夫去了。

结果一场电影下来，卢琪好几次哭得泪流满面。那个伤心忧郁的故事触动了卢琪多少年来欲罢不能的那个心结。她明白，自己就是那个女主人公弗朗西斯科。当弗朗西斯科坐着丈夫的小卡车离开加油站，在后视镜里看到大雨瓢泼中全身淋透却一直在目送自己的罗伯特时，她禁不住热泪盈眶，而银幕外的卢琪也在这时哭出了声。

散了场，丈夫看着卢琪哭肿了的眼睛说："你真行。过去都说看唱本掉眼泪是替古人担忧，你这是看电影掉眼泪，替洋人担忧！病得不轻啊！"卢琪低下头没有讲话，于是丈夫也不再讲话。二人回家，一路沉默。

卢琪后来才明白，丈夫此刻的粗陋和俗鄙都是伪装出来的，为的是掩盖他心中沉积已久的郁闷和哀怨。一直以来卢琪都认为丈夫不懂得自己，最初还希望他能改变，但随着生活的日益琐碎，渐渐地就对他不再苛求。环顾周围的人们，不都是过着类似的日子吗？这就是婚姻。爱情满满的婚姻，也许就不是婚姻了。卢琪经常在心里安慰自己。

那天晚上，夫妻生活一向被动的卢琪主动向丈夫表示了温存。王国海笑了，不过卢琪觉得丈夫笑得有些古怪。

这之后不久，丈夫因为右腹疼痛去医院检查，结果被查出患上了肝癌。又去肿瘤医院做了磁共振检查，医生说这病发现得太晚了，已经有了胰腺扩散，没有什么手术价值了，只能用哌替啶止痛，维持这生命的最后时段。卢琪听了顿觉五雷轰顶。

此时的卢琪心态很复杂，悲伤中隐藏着负疚，追悔中包含着自责。此时的她觉得自己就是一个地道的背叛者。如果说当年对潘志平是心灵的背叛，而对丈夫则无论心灵还是身体都是背叛无疑。有些背叛者当良心复苏并且摇醒自己的灵魂之时，还有机会去认错、改过、忏悔，而丈夫的生命却似乎不会给卢琪这样的机会。丈夫的时日不多了，她不愿让一个因为身体的创伤而即将离世之人在离世前再添心灵的创伤。也就是从这时开始，卢琪彻底中断了与林阳的往来。

也许是精神被击溃的缘故，丈夫的身体状况急转直下。

一天晚上丈夫又是一阵剧烈的疼痛，卢琪给他注射了一整支哌替啶他才略微安静了下来。卢琪用温水打湿了毛巾，小心翼翼地为丈夫擦去脸上、颈上因疼痛而沁出的汗水。抚摸着丈夫已经瘦成皮包骨的身体，卢琪无声的眼泪夺眶而出。

这时丈夫挣扎着下了床，拉开床头柜的抽屉，反手向上取下一个用图钉按在柜板背面的信封交给了卢琪。

王国海说："这是我这些年来搞翻译挣的外快，都在这个存折上了。本来准备将来孩子成家的时候给你们一个惊喜，现在看来我等不到那天了。这个你收着，其他还有什么事儿容我再想想。"

"净胡说，你会没事的。你是个好人，按着因果关系，好人也会有好报的！"卢琪轻声地说着，把头依偎在了丈夫的胸前。

"你别安慰我了，我对病情一清二楚。这种病得了就是被判了死刑，没有豁免，只是刑期的到来早一天晚一天的事情了。面对死亡，我很镇静。人都得死，死神的召唤每个人都无法逃脱，无论你是达官显贵还是黎民百姓，在这一点上，上帝是极其公平的。所以我并不怕死。我这一生最大的憾事就是人生不够出色、不够精彩，也不够理想主义，甚至可以算是平庸之辈，让你这样一个出身望族的大家闺秀跟着我受了一辈子的委屈。"

"你别乱说了，我哪里有什么委屈？对我，对我们的孩子，对这个家，你已经尽心尽力做到极致了，都是我不好。"卢琪的话里带上了哭腔。

"你别打断我，我只想告诉你，我是始终如一地爱着你的，不管你身上发生了什么事情，爱都不会由此改变。不知你的感觉如何，因为爱你，所以我对你的一举一动、一颦一笑都了如指掌。其实你的事我什么都知道，你的眼睛和神态已经告诉我了，我不怪你。多少年了，我知道你心里有一个梦，而我不是你梦里的主人。你是个优秀的女人，要好好活下去。如果有来生，我还娶你。那时我一定加倍努力，追寻理想，不再平庸，争取做一回你梦里的真正主人……"

王国海说完，望着天花板长舒了一口气。而这时的卢琪在凄厉的呜咽中已是泪流满面、痛不欲生。

一周后，王国海在妻子和儿子的一声声呼唤中撒手人寰。

邻居张妈是一名虔诚又热心的佛教徒。她告诉卢琪："你家王先生在生命最后的那些时日里，受尽折磨和痛苦，要给逝去的人超度一下，他才能在来世轮回的时候脱离苦痛、重获新生。"卢琪想了想很快就同意了张妈的意见，也就是那一次让卢琪的心皈依了佛门。

一直在香炉前伫立着，直到看到自己奉上的那束香慢慢燃尽，卢琪才拍打着落在衣服上的香灰，轮流伸展一下站得僵直的双腿，慢慢地走出雍和宫的大门。

已经是黄昏时分了，北二环的马路上人流涌动、车流如潮……

# 第三十一章　美妙的白米粥

整整一个伏天，林阳几乎都是在病痛中度过的，体重一下子掉了十多斤，人被病痛折磨得苦不堪言。公司的全部事务都交给了徐嘉惠。床头柜上放着药品和水瓶水杯，他躺在床上，把手机调成了静音，守着一堆书籍、一台笔记本电脑，还有电视机、空调和音响的遥控器，一躺就是整整一天。

每天晚上林阳要做上一锅白米粥，晚上吃一顿然后让电饭煲继续保温，第二天早上再吃一顿。两顿都是一碗白粥外加一碟六必居的辣条。朴素之中有真味，尤其是在病中。吃遍了山珍海味的他，发现这种咸菜用芝麻油和香醋泡过之后味道简直美妙绝伦。

清苦的日子几近艰难，似乎与林阳的条件和身份很不相称，也与过去奢华考究的生活无法比拟，但他却格外享受这种看上去孤独、清苦而心里宁静安详的日子。

徐嘉惠说要派两个人来家里照顾一下他病中的生活，却被林阳拒绝了。其实只要他张一下口，随便打个电话叫别人帮助自己渡过暂时的困境都是不存在问题的，而他却没有向任何人求助。这是许多年养成的习惯，他喜欢一个人独自面对生活中形形色色的困难。喜悦也许还可以与亲人朋友们分享一下，而面对痛苦最好的方式就是一个人独自承受。

病痛苦难之日正是沉静思索之时。在无人干扰的沉寂中思考问题，是上帝赐予一个思考者的良机。在静寂中思考，在思考中醒悟，于是独处时分就有了意义。

人生步履匆匆，岁月是浮云游梦也是流水落花。当年那个反应机敏、心直口快、踌躇满志而又满脑子理想主义的青年，早已过了不惑之年。这些年跌宕起伏的生活里，有潮平风正的顺风顺水，自然也少不了一波三折的逆水行舟。他纯情过也放浪过，激动过也消沉过，追求过也放弃过，得到过关爱也受到过伤害。

人生的意义就是在这遍体鳞伤和磕磕碰碰中不断成长、不断成熟、日渐坚强、日渐丰硕，在磕磕碰碰中领悟生命的真谛，从而把一场场人生的痛苦演绎成一次次生命的欢笑。其实愉悦也好，痛苦也好，所有的感受都是暂时的，都不会在人生里长驻，而唯一能够生死与共的只有自己的灵魂。当岁月之风不断把生命的苍凉吹进心底，有一天自己会在这苍凉之上拨云见日、豁然开朗，人生的许多热闹、喧嚣，对赞誉的期待，被认可的满足其实是那么多余。人生的路上每个人都是孤独的行者，孤独是一场只有一个人的盛宴。

而现在林阳正在病痛缠身中体悟和感受孤独的滋味，他要独自享受和品尝这盛宴之中的每一道美味。

中午的时候，徐嘉惠派人送来了午餐，接着又打来电话，对林阳关怀有加。徐嘉惠是个不错的合作伙伴，做事情一板一眼，很认真，也很精明。因为徐嘉惠的加盟，林阳在公司里的工作相对过去事无巨细的亲力亲为，有了很大程度的解脱。

当年徐嘉惠是冲着石彤公司的发展预期和业绩水平来入股加盟的。那时石彤公司中标了一项梯级水电站自动调度工程。合同上约定分期完成甲方付款，但引进设备这块如果也是分期引进就享受不到外方给予的一次性优惠折扣，而因为多项工程在建，公司的流动资金正处于紧张之时。要向银行贷款吧，手续复杂不说，还要有单位提供担保或者质押，最重要的是工期签得很紧，时间来不及了。林阳就想到了民间融资，于是经人介绍认识了徐嘉惠。

徐嘉惠是个地道的商人，从石彤公司前景上看到了商机，他答应融资给林阳的公司并不是为了贷款利息上的回报，而是想把这七百万作为投资入股，而最终的目的是要把公司在中小板包装上市。一旦上市，那就不是这每年百分之十的利息回报了，三十倍五十倍的收益也不是没有可能的，这叫资本运作。当然这需要有一个过程，企业申报、审计、省证监局审批、国家证监会受理、业绩调查、券商保荐、证监会认证、IPO过会等等一系列纷繁复杂的程序。想来当然相当困难，但徐嘉惠却并不望而生畏，他的信条是当下社会无所谓规则，所有的事情都是事在人为，没有办不到的事情，只有想不到的事情。上市玩的就是一场资本游戏，而这场游戏之中最重要的就是要有一个相对拿得出手的公司载体。徐嘉惠正是看中了石彤公司的现实业绩和发展预期。

徐嘉惠倒也没有藏着掖着，把自己的想法如实与林阳说了。他相信自己提出的资本运作计划定会得到林阳的认同，林阳也一定会同意他作为原始股东入股加盟自己的公司。对于上市这种爆发式的财富增长谁不期待呢？

林阳只考虑了一天就同意了徐嘉惠的入股方案。这既能解决流动资金紧张的燃眉之急，又可以借此把公司上市纳入议程，而且还有人专门为之操刀、跑路、疏通关系、拓展人脉，岂不是美事一件？当然要把公司百分之三十的股份转划到徐嘉惠的名下。那也值得，和自己为投标资质水平的需要而不断增加注册的资本金不同，人家投的都是实实在在的真金白银啊！

于是二人一拍即合，徐嘉惠的七百万补充公司的流动资本，占公司百分之三十的股权，林阳依旧是公司的控股股东，同时继续任公司的董事长，并且保证每年百分之二十以上的利润递增，以备证监部门的考查。同时由徐嘉惠出任公司的总经理一职，管理公司的日常事务并负责公司的上市运作。

两个人的合作就此拉开了序幕。

　　林阳是在去年底由枫树渡电站出差归来后思想出现转折的，那段时间他也病了一阵。

　　那次公司拿下了枫树渡电站保护系统升级改造的全部工程，为表示重视，林阳以董事长的身份亲自带队出席了系统的签约。本来全国的省级电力公司都早已实行集中招标、集中采购了，签约仪式在省城就已完成，但仪式结束后，枫树渡电站的领导邀请林阳一行到厂里看看，林阳不假思索就同意了。一来是合作多年的老朋友，盛情难却；二来是这次技术谈判和商务谈判同步进行，项目的技术队伍都还没走，顺路去一趟现场正好把系统相关的技术数据、空间安排等等做一些测绘和统计，免得回头还要再跑一趟。于是林阳让搞商务的员工们回去了，自己和几个工程师一起去了电站现场。

　　在枫树渡待了两天，几名工程师忙着工作，林阳除了晚上要推杯换盏应酬几个厂领导的轮番宴请之外，整整两个白天都无所事事。闲来无聊的他就到电站附近的小村小镇上转了转。

　　这些小村小镇看上去和十五年前相比几乎是依然如故，基本上没有什么变化，破落依旧，贫穷依旧。只是村上镇上很少见到从前那些扛着锄头，担着担子，推着板车的壮劳力，青壮年们大多都外出打工去了，剩下的基本都是典型的老弱病残。

　　在梅花坞村，林阳和一位带着孙女的白发老农攀谈了起来。老汉说家里最好的日子是二十多年前，那时候村子里人丁兴旺，尽管一年下来也挣不到几个钱，但比起现在来日子还是好过得多。日子的滑坡始于牛角河的上游修了电站。梅花坞是个依水而居的村子，原来村子里大部分耕地都是牛角河边的滩涂地。牛角河河水丰沛，但流速缓慢、河面平静，很多年都没闹过什么水灾，村民就这样把

371

村里的滩涂地改造成了大片丰饶肥美的农田。但修了大坝之后情况就不同了。电站时而蓄水，时而发电，时而泄水调节流量，导致下游水位忽高忽低变化无常。村民们只好放弃原有的滩涂地而改种了山坡地，而山坡地无论是耕种方式还是水土保持都是问题，于是梅花坞的日子就开始滑坡了。

农民的日子不如从前，而与此同时社会的变迁、城市的发展，还有各阶层人们腰包厚起来的速度之快，弄得这些苦日子里的农民们瞠目结舌。于是在农民的眼里以农为本的观念变成了落后和贫穷的代名词，壮劳力们纷纷抛家舍业，形成了浩浩荡荡的农民工大军，他们梦想着凭着自己的一身力气或一门手艺让日子富裕起来、体面起来。就这样，和全国的许多村落一样，梅花坞的壮劳力基本都走空了，留下的就都是这些老弱病残。

"你叫什么名字？"林阳俯下身问那女孩。

女孩没有回答，慌忙躲到爷爷的身后，一双眼睛怯生生地望着林阳。

"说嘛，告诉这位伯伯，你叫啥子名字嘛！"

小姑娘还是没有说话。林阳蹲下身，从上衣口袋里掏出了自己低血糖时应急用的巧克力送给小女孩。小女孩不敢伸手接却抬起头将一双乌黑晶亮的眼睛转向了爷爷。

女孩的爷爷笑着说："啊呀呀，你还那么客气！"随即又低头对女孩说，"伯伯送你糖吃，你就拿着吧，要谢谢伯伯！"小女孩这才从林阳手里接过巧克力，不过依旧低着头不说话。

女孩爷爷说："她叫小花，平日里话也不少，和我们老两口有的说，和家里的鸡鸭鹅狗也有的说，只是一见生人就不敢说话了。也不怪她，这村子里一年到头也见不到一个生人嘛。"

林阳摸了一把小姑娘脏兮兮的脸问老汉："这孩子你就这么在

身边带着，怎么不去送她上学？"

老汉垂下眼帘叹了口气说："怎么不想？也想让她念书，但是念不成了嘛。村里原来有一所山村小学，有一个老师和一个校长。尽管是几个年级的孩子在一起上课，但还是有的上啊。可后来，县上来了领导说啥子复式教学不够规范，就给村上的小学撤了校，把学校并给了四十里外的象山镇小学。学校不提供住宿，可一天来回八十多里，怎么接送啊？最后孩子们就都不念了。我家还好，是个女娃，等长大找个人家嫁出去也就算了。"

林阳掏出随身的面巾纸给小姑娘擦去脸上的污渍，老汉不好意思地说"我来我来"，从林阳手中拿过面巾纸，嘴里还在数落着自己的孙女："你这个娃儿也真是的，前天刚给你洗了脸，今天又脏成这个样子！"

告别白发老汉，林阳一个人又在这个梅花坞转了好大一阵。村子里冷冷清清，很难见到什么人影。深冬的阴霾像灰暗的穹顶笼罩着这片寂静的村落，让人感到一种与世隔绝的沉重和压抑。大概是难耐寒冷，路边几只扭着脖子、把嘴巴深深地插进后背羽毛里的鸭子一动不动。若不是一条黄狗的狂吠把林阳的思绪拉回现实，他会认为此刻自己正游走在一片古老的废墟上。

村东头的两间废弃的土房就是原来村里的小学了。门前油漆剥落、裂痕斑斑的牌子上依稀可见"梅花坞小学"的字样。两间教室的门板已经没有了，门框也扭曲得变了形。林阳用手拨开门上挂着的蜘蛛网侧身走进了一间教室。一阵声响把他吓了一跳，定神看去却是一群在教室里安了家的老鼠见到人来仓皇逃去。几张破旧且看上去就是出自农民之手的简易课桌，还有几个用树墩做成的板凳横七竖八地立于灰尘之中。一张木质黑板除了边缘处已经不见了黑色，原色的木纹纵横裸露着。尽管粉笔字和黑板之间的反差已经不够明显了，但最后一课的内容在灰尘覆盖之下依然可见。黑板中间用粉笔画了一条竖线，左半部分的最上方写着四年级数学，下面写了一些分数的运算法则；右半部分的最上方写着二年级语文，下面写的是祖国、人民、英雄、奉献、幸福、花朵等词以及对应的汉语拼音。

站在黑板前，林阳感到心里隐隐作痛。他想起了刚才见到的那个小女孩小花，想起了许许多多和小花一样的孩子。按黑板上的汉字生词推断，孩子们最后一课的课文大概是这样的内容："因为有了英雄们的奉献，祖国人民过上了好生活，我们是祖国的花朵，正在祖国的大花园里幸福成长……"

可这些小花们真正体验过什么是幸福吗？对于一个儿童而言，幸福就是拥有一个幸福的当下和一个可期的未来。可对小花们来说或许这两者他们都不曾拥有过。

离开梅花坞的时候天色已经接近傍晚，半坡上的村落上空飘起了稀稀落落的炊烟，该是晚饭时分了。袅袅的炊烟和零星的犬吠让这个阴霾之下死气沉沉的村落似乎又获得了些许的生机。

在离村口不远的一间漆黑破旧的木屋前，一个瘦骨嶙峋、白发苍苍的老人正抄着袖子斜倚着一张竹床半醒半睡，一条黄狗和老人的身体成九十度交叉匍匐在老人的膝盖上。这一定是一条忠诚的老狗，希望在这个寒冷的冬日，尽量把身体的热量传递给自己不堪寒冷的主人。旁边一个看上去比小花略小些的男孩，手捧着一个粗瓷饭碗，狼吞虎咽地扒上几口，接着就把饭碗送到黄狗的嘴边。黄狗的身体没有离开主人的膝盖，先用鼻子闻了闻饭碗，接着又用舌头轻轻地在碗里舔了几口，然后就不再吃了，任凭小男孩一会儿央求，一会儿命令。接下来黄狗就开始舔小主人的小手、胳膊、面颊。一双又大又黑的狗眼中流露的竟是人类的深情。

这一幕林阳实在不愿意再看下去了，于是快步离开。这个下午让他的心情格外沉重。梅花坞，这个名字充满诗意的村庄，竟然是这样破落不堪，凄苦满目，不但没有诗意的感觉，还压抑得让人透不过气来。

第二天一早出发，从枫树渡返回省城。车过县城城区的时候，随车来送行并顺路去省公司办事的电站办公室主任老覃说在县城吃个早餐吧，这里的沙土羊肉粉和黄粑很有特色。于是汽车就下了主干道进了城区。进城区不久前面就堵车了，好像是发生了什么事情，警察在前方截住了所有前行的车辆并拉起了警戒线。

车堵了许久，待到林阳跑到前面一探究竟时，他被那极为悲惨的场面震惊得说不出话来。五个流浪的男孩，为了躲避寒冷，钻进一个路旁的垃圾箱里点火取暖，结果一个不落地被熏死在了垃圾箱里。两名穿白衣服戴口罩的医生正俯身，把一块块白布盖在那五具小小的尸体上。

"太惨了！"

"他们在这儿流浪有一段时间了。"

"有时能看见他们一起踢一个破足球。"

"太惨了，这些娃也就十岁左右的样子。"

围观的人们唏嘘不已。

置身现场的林阳被这悲惨的一幕震惊得说不出话来，胸前先是好像被人猛击了一掌，人险些摔倒，紧接着心前区就是一阵剧烈的疼痛，他知道是心绞痛犯了。于是他慌忙从身上摸出随身携带的硝酸甘油，放了一片压在舌下。如果说在梅花坞看到的那些失学的孩子、废弃的学校对林阳而言是一次巨大的心灵震撼，而眼前这五个孩子的悲惨一幕则是一次更加剧烈的心灵刺激，这刺激在很长一段时间里让他寝食难安、坐卧不宁，眼前挥之不去的总是这五个男孩的尸体。

交通恢复后，两台丰田陆地巡洋舰一路风行在一家门面不错的土菜馆前停了下来。老覃把沙土羊肉粉、黄粑、鸡肉米粉还有什么知名的土菜点了一桌子，还点了一瓶习水大曲，他说到省城后客人们就直接去机场了，在这个土菜馆代表电站的领导给林总一行送行。

林阳因为受了刚才的刺激，心神不宁，早已没有了胃口，老覃热情举杯，他只是被动地应付了一下。看林阳气色不好，老覃又关切地问是不是有什么不舒服，林阳只好顺口推说这一路有点晕车，然后就让手下们和覃主任慢慢吃，以要透透风为由离开了饭桌。一向处事周全、说话面面俱到的他那次表现得很是失态。

回来之后，林阳就病倒了。

躺在病床上的他想了很多，甚至是连续的整夜失眠。枫树渡之行促使他思想上有了进一步转折。想想那些孩子，还有身边像梅姨、吴小雨、王晓东等等那么多苦难的人，再想想自己那些奢华的日子，林阳觉得自己简直是一个无地自容的罪人。

下海最初那些年国内国外走南闯北疲于奔波，他满脑子都是工程、项目、投标、赚钱，只想着自己的公司如何战胜竞争对手，如何获取最大的利润，如何做大做强，根本无暇去静下来认真仔细地思考下已经走过和未来面对的人生。也曾为自己打败竞争对手的手段高超而沾沾自喜，也曾为自己能进入像刘有森这样的人物的社交圈子而自鸣得意，也曾在声色犬马、灯红酒绿间放纵身心、迷失自己。然而喧嚣的潮水退去之后，礁石便露出了本来的面目。林阳有一种庆幸的感觉，庆幸自己的灵魂没有丢失，没有走远，更没有变得丑恶。那些青春时代的激情、热血和冲动还在自己的灵魂深处依稀可见。

林阳把自己创建的公司起名为石彤，石彤是英文石头的音译，而彤又代表红色。饱经风雨的他那时只是希望自己这块石头是红色的，即使铺在变革的路上也能保持自己的红心和良知。

而今躺在病床上发烧持续不退的林阳，神志一直处于一种半清醒半昏迷的状态。林阳很怕发烧，区区三十八度多，人就被烧得满脸通红，昏昏沉沉，在这一点上他一点儿也不像父亲。父亲就不怕发烧，当年烧到三十九度多还可以上台主刀手术，手术的结果依然十分成功，事后患者的家属给父亲送来一面绣着"救死扶伤，奋不顾身"的锦旗。林阳崇拜自己的父亲，崇拜父亲刚直不阿的性格，也崇拜父亲悲天悯人的情怀。父亲那种对上不卑不亢、对下和颜悦色的态度铸成了林阳后来的个人性格和处世哲学。后来林阳读到了这句话："当你为人下人时要把自己当人，当你为人上人时要把别人当人。"他顿时觉得豁然开朗，于是立马把这句话当成了自己的座右铭。

烧得昏昏沉沉的林阳大脑中不断出现幻象。此刻父亲穿着医生的白大褂正微笑着向自己走来，父亲笑得依旧很灿烂，一脸的神采飞扬，依然是教诲如旧、细雨和风。林阳每次在梦中见到父亲都是这个样子，而每次父亲要转身离去的时候，他都会紧张又急切地挽留，生怕父亲再次走开。这一急，胸前的疼痛就会把人痛醒，而醒来的现实告诉他这是梦境，父亲早已经离开自己多时，他和父亲之间隔着的是一扇厚重又遥远的天堂之门。

不过这次父亲转身之后只是背向着自己，并没有马上走开，他再次转身的时候，林阳的心里大吃一惊，一向和风细雨、温文尔雅的父亲怎么突然变得一脸的愠怒？向来慈爱的父亲这次变得异常刻薄，说话间竟然满是讽刺的口气："日子过得不错呀，当了富人是不是感觉甚好？我还真得庆幸有了你这样一个儿子！"接着父亲话锋一转，讽刺变成了质问和批评，"人不能成为财富和金钱的奴隶。

这世界上有比财富和金钱更重要的东西，比如说誓言，比如说承诺，比如说善意和良知。金钱是万能的，却又不是万能的。官位、名气、女人、房子、汽车这些也许都能用金钱买到，但我相信真情是买不到的，名节是买不到的，风骨是买不到的，当然良知和正义之心也是买不到的。如果用财富和金钱来衡量，你也许是一个成功者，但如果用名节、风骨、良心来衡量呢？你还是一个成功者吗？在这样一个物欲横流的社会里，你的所谓成功只能说明你是一个随波逐流者，是一个唯利是图、视钱如命的平庸之辈。记得你大三的时候去陕北搞社会调查，看到你因为穷困农民的疾苦而流下的眼泪时，我为有你这样一个有担当、有热血、有良知的儿子感到骄傲。我还鼓励过你，好男儿不在于顺应时代而是在于开创和引领时代。而那些曾经的理想、初心、热泪还有誓言，你现今还记得吗？"

接下来父亲又恢复了往日里的和颜悦色，双眸注视着自己叹了口气说："得天独厚者须替天做事，只是如今信奉这话的人太少了。"说完瞥了一眼儿子就转过身去消失了。林阳在对父亲的呼唤中醒来竟是一身的冷汗。昏沉中的他一下子变得清醒了起来：这就是你要的生活，你要的成就吗？

人不是因罪孽而生，当然也不能为罪孽而活着。

闭上眼睛，那么多故人像电影里的蒙太奇镜头，操着不同的口音，挂着各自的神态扑面而来。

父亲说："看到你因为穷困农民的疾苦而流下的眼泪时，我为有你这样一个有担当、有热血、有良知的儿子感到骄傲……而那些曾经的理想、初心、热泪还有誓言，你现今还记得吗？"

吴书岳说："你是个善良的人也是个思想者。和你的友谊让我毕生难忘，我为有你这样的朋友深感骄傲。"

卢琪说："你这个人啊，总是那么不同凡响。"

陕北魏老伯说："看看你们几个娃子，我就想起了抗战那会儿，也是一大群青年学生，都是从上海来的，和你们一样对咱农民问寒问暖哩！"

梅姨说："我和她说这些，就是让她知道自己的身世，把我放弃，可谁知道小雨这孩子竟会这么犟。"

吴小雨说："为救我妈我出卖的只是我的肉体，如果知道了她不是我亲妈就见死不救，把她放弃，那我出卖的就是灵魂！林叔你说对人来说是肉体重要还是灵魂重要？"

小花爷爷说："怎么不想娃儿们去读书？可读不成了嘛。最后孩子们就都不念了，我家还好，是个女娃，等长大了找个人家嫁出去也就算了。"

……

病中的林阳精神上遭遇了从未有过的一次苦难，不过他明白，这苦难正是自己最需要的，是对自己的救赎。

早晨，高烧退了。林阳照例喝了碗白粥，感觉已经好了很多。

拉开客厅的窗帘，窗外一片阳光明媚。一夜大雨压消了暑气，雨水洗过的天空里一派澄澈。

因为想事情而又是几近彻夜未眠的林阳，对于思考中的问题似乎有了最终的答案。他打开音响拿掉了那张《流浪者之歌》的专辑，放了一张《贝多芬第五交响曲》的 CD 进去，于是满房间都荡漾着那雄健、伟岸的旋律，还有那命运急切的叩门声。

在这命运的叩门声中，他做出了一个必然会令所有人瞠目结舌的决定！

# 第三十二章　天哪！观心宝石！

当这场暴风雨长时间肆虐无休，上游的山洪裹挟着树枝、庄稼、泥沙和石块摧枯拉朽般倾泻而下，在不长的时间里就把这小小的校园变成了一座远离河岸的孤岛时，林阳才意识到把校址选在临近河畔的这块小岗之上是一个致命的错误！然而现在想到这些已经晚了。

整个河道的水位比平时高出了好几米，滚滚洪水中早已不见了牛角河往日的面貌。河水，确切地说是洪水卷着浊浪四处蔓延，一夜之间这小岗上的学校四周已经变成了波浪翻腾的一片汪洋。

望着四周滚滚涌动且不断上涨的洪水，林阳后悔一年前建校选址时自己那一时诗情画意的冲动。

梅花坞因为背靠山梁，被村后的山体屏蔽了通讯的无线信号，而村子里又没有移动通信的蜂窝基站，于是就成了无线通信的盲村。林阳希望学校能够和外部世界密切关联，满足自己需要的同时，也好让学校的孩子们能够更多地了解大山外边那个缤纷的世界，于是就把校址选在了远离村庄的这片开阔的河滩上。因为有了河滩到村落之间的这么一片开阔地，这里的通信信号变得十分畅通。

这块小岗原本是梅花坞几十年前在牛角河滩上修的一个打谷场。很久以前这里曾是一片河心小岛，后来一次洪水泛滥冲毁了下游的大片良田，洪水过后牛角河就改道了。于是河心岛不再是小岛，而是变成了一个连接着河岸的小岗台。那时候，这打谷场也会种上一些庄稼，到了收割的时节，村民们首先收割掉这些场上的庄稼，这块小岗就成了晾晒稻谷的专用场地，接下来脱粒、碾场、分谷直至颗粒归仓。

后来由于上游枫树渡电站大坝的截流，梅花坞村向上撤到了山边的半坡上，与打谷场有了一些距离；再加上这些年来农村的种植结构也发生了很大的变化，种植作物不再以稻谷为主，这个打谷场就被废弃了。

林阳把校址选在这里一来是因为这是有着畅通的无线通信信号，二来也是看好了这里充满诗情画意的风景。站在小岗高处放眼向南望去，牛角河波光粼粼，远方青山如黛，往北看则是村落的炊烟袅袅、梯田层叠、菜花似锦。林阳希望他的这些个头参差不齐的学生们能在这风景如画的环境里滋长出一种由衷的热爱，热爱自然，热爱故园，也热爱这个星球上的每一个生命。

而把办学地点选在了梅花坞，纯粹是因为他那次充满强烈刺激和深深忧伤的枫树渡之行。这里的日子太苦了，太需要一种哪怕是小小的改变。父亲在世的时候也总说锦上添花容易，雪中送炭难。于是他决定把办学点就选在梅花坞。不过实现这次雪中送炭还是要付出些代价的，在资助了县教育局和乡文教股两笔可观的费用后，还不得不在建设校舍时按乡里的要求选择了他们指定的建筑施工队。

为防意外，学校的几十名学生已经冒雨在洪水到来之前全部撤离。林阳找了梅花坞的村支书老谭，想把那十几个外村的孩子暂时分户安置一下。老谭说这场雨大得惊人，是多少年没见过的大雨，搞不好会有山洪暴发。村子本身也不知能不能保住，还是让孩子们随大人集体行动吧。本来林阳也和孩子们一起撤到了村庄一侧的山坡上，可想起了刚刚到货的那些电脑、幻灯机、银幕、手工课的套装以及那么多新教材，还堆在学校门厅的地上，于是他又返身折了回去。一起返回的还有那个刚来不久的青年志愿者，教学生数学课的黄宇辰。

大雨滂沱中被雨水浸泡的河滩变得泥泞不堪，走起路来一步三滑，林阳和黄宇辰几乎是连滚带爬地回到了学校。两人从仓库里找出一些木箱，把堆在地上的东西分门别类装进箱子，再把这些箱子抬到教室里用课桌临时拼凑成的一个台面上。

把这一切安排就绪，两人舒了一口长气。林阳冲着同样满头汗水和雨水的黄宇辰笑了，还伸手拍了拍他的肩膀。

然而当他们走出校门准备原路返回时，两个人却都被眼前的景象惊呆了：洪水不知什么时候已经涌到了脚下！山洪！山洪来了！一片汪洋之中已经没有了返回的路。林阳想起刚才忙着给电脑和教材装箱的时候，听到了一阵沉沉的轰鸣声从上游方向传来，当时雷雨交加，他还以为是雷声呢，也没有往心里去，山洪可能就是那个时候下来的。

退路没有了，两人又返回学校的办公室里坐了下来。看着门外不断上涨的洪水，听着一阵阵暴风雨声，林阳突然觉得原来在大自然的面前人类的能力真的是非常渺小，渺小到几近微不足道。对于大自然，人类不仅要有热爱之情还要怀有敬畏之心，它慈悲也威严。

看远处水面的宽度，估计下泻的流量和流速，能游回去的机会几乎为零，最重要的是黄宇辰还是一个不会游泳的旱鸭子。看来只能坐等救援了，灾难面前唯一能做的就是尽人事、听天命！

林阳在手机通讯录里翻了半天，找到枫树渡电站总工程师胡洪源的电话打了过去。等了好一会儿，胡总才接了电话。胡总说怎么这个时候来电话，他们都忙着抗洪呢！林阳客气了两句就问胡总能不能控制一下电站下泄的流量，下游梅花坞这里已经大面积淹掉了。胡总那边说没有办法啊，他们测算了一下洪水流量，已经超过百年一遇了。所有泄洪道、溢洪道全部开启还不够放的，电站都快要漫坝了！要是因为停止泄洪漫了坝、淹掉了厂房，他们几个中要有人坐牢的！胡总还有些奇怪，问林阳怎么管起梅花坞的事情来了。

一时也无法说清楚的林阳摇着头，无可奈何地撂了电话。他接着拨打了村支书老谭的电话，座机无人接听，手机说不在服务区。两人再次出来观察水情时，洪水已经漫进了操场。

　　林阳跑回自己的宿舍，把几包没有开封的饼干和几包方便面装在一个书包里背在身上，又从床底下拉出一个箱子，在里边翻出一个放了气的救生圈挎在了身上。想了想后他又拿上了一块手机的备用电池和一个停电时用的应急灯，然后站在门口环视了一下自己这间十二平方米的宿舍，接着急匆匆跑去与办公室里的黄宇辰会合。

　　林阳对黄宇辰说："水位越升高，过流面积就越大，过流面积越大，水位上升的速度就会越慢。所以情况不会有那么糟。不过我们一方面要联系救援，一方面也要做好应付最坏情况的准备。"

　　"校长需要我做什么？"黄宇辰没有惊慌，但是一脸的严峻。

　　"你年轻肺活量大，先把这个吹起来，让气足一些。"林阳一边说一边摘下肩上的救生圈递给黄宇辰。

　　"没问题，这个我来。"黄宇辰接过救生圈，拧开气嘴，鼓起腮帮使劲地吹了起来。

　　林阳一面把吹好的救生圈套在黄宇辰的肩膀上一面说："现在先这样，记着，出现了紧急情况，一定要把这个套在胸前。只要救生圈不离身，你就是安全的。"

　　"校长那你呢？这救生圈给你，还有时间，我去卸一块教室的门板。"黄宇辰摘下肩上的救生圈推了过来。

　　"嘿，小伙子聪明，门板是要去卸的，不过这救生圈你必须带在身上！你来的时间不长，一定还不知道，我可不像你是一只旱鸭子，我还是一名资深的游泳健将呢！"满嘴硬气话的林阳其实有些心虚，也有些好笑，就凭自己那点儿水性，那单一的狗刨式，还什么游泳健将呀，要真的是游泳健将的话，来的时候还买什么救生圈！

傍晚的时候，洪水已经漫过校舍的地面。林阳和黄宇辰找来成捆的塑料布封好那些箱子，并且把它们转移到屋顶的水箱棚里，随即二人也被迫撤到了屋顶。可能是大水淹掉了移动通信的蜂窝基站，手机现在已经什么信号都没有了，成了一块名副其实的砖头。

两人坐在一块平放在屋顶的门板上。救生圈、应急灯、饼干、方便面，还有这块救命的门板就是身边的全部家当了。眼下已经和外部世界彻底隔绝，要做的只有一件事情，那就是耐心等待。等待着要么洪水退去，要么救援到来。

天色渐渐地暗了下来，夜幕像一件黑色的道袍张开衣襟把苍穹和大地隔离成两个毫无关联的世界。没有月色，没有星光，也没有任何灯火，黑暗中一片寂静，只有洪水上涨或者旋涡打转时的阵阵水声。

林阳是在那场伏天大病之后的第二年初正式来这里办学的。这之前的几个月时间里，他一直在做准备工作，以及和县教育局、象山镇还有梅花坞村之间的沟通工作。

做了决定的林阳把自己在公司百分之七十的股份以一比一的原始股价，转让给了公司各个层级那些跟随他多年的老员工，另外百分之三十的股份转让给了大股东徐嘉惠。面对同事们的惊讶和不解，林阳说这其实也没什么，只是希望自己离开公司后大家依然会齐心协力让公司继续发展壮大。

徐嘉惠对林阳说："林总，合作了这么久，其实我早就知道你是个有思想也有境界的人，只可惜我老徐就是一个地道的商人，没有你那么高的境界和追求，你现在能做到的我这辈子都做不到。不过有一点请你放心，我会尽我最大的努力管理好石彤公司的，这是你曾经的心血。你今后有什么需求就跟我说，无论是我还是石彤公司都会义不容辞、责无旁贷！"

听着徐嘉惠的信誓旦旦，林阳笑了，他相信徐嘉惠说的都是真的。

　　临行前林阳特地在母亲的房间里睡了一夜，这是母亲过世后的这些年里他第一次睡在她的房间里。

　　这幢独栋的小楼当年某种意义上就是为母亲买下的。那时看好的既是房子的格局，也是周边的环境。小区里房前屋后布满了人工小溪以及绿地、花坛，还有品目繁多的树种。秋天的时候，小溪的流水倒映着蓝天白云的悠远和静谧，一树树的殷红、鲜黄、老绿映衬在蓝天的背景上，把周边渲染得俨然是一个色彩斑斓、诗情画意的世界。

　　房子足够大，环境足够好，林阳希望母亲能在这里安享一个清静、幸福的晚年。

　　母亲的卧室在二楼的南侧，在整个小楼里无论大小、采光还是卫生间配备，都是最好的一间。当年住进来的时候，林阳亲自动员了半天才说服母亲住进了这间主卧。

　　母亲出生于天津的一个大户人家，童年时代的生活可以算得上是锦衣玉食。青年时代正值战乱不断，跟着当军医的丈夫颠沛了大半个中国。相对稳定下来的日子没过上二十年又赶上了"文革"。生活能教会人很多东西，让母亲这样一个从小养尊处优的人变得不辞辛苦、不畏困难、勇敢刚强。

　　林阳觉得如果他想得没错，这里也许就是母亲生命之中最后的驿站了。生命始于童话又终于童话，他希望母亲能在这里享有一个童年般的晚年。后来事实证明，他的选择是非常正确的。

　　母亲过世后，她房间里的一切都保持着原来的风貌没有任何改动。林阳住在楼下很少上来，只是在春节和中秋两个节日和父母亲的生日、祭日才会进来，要么扫一扫房间的灰尘，要么在父母的相片前摆上一盆盛开的秋菊或是百合花。双亲生前都喜爱花卉，在他们二人相继离世之后，为他们买花摆花就成了林阳对父母唯一的祭奠方式。

这次非年非节也不是生日祭日，林阳破例清扫了房间又在房间里摆上了一大盆百合，那曾是母亲的挚爱。想想此行前路漫漫，何日返回也是遥遥无期，随着环顾的视线，他不禁对母亲的这间卧房有些依依不舍，一时间眼泪就充满了眼眶。他用毛巾把父母的相框擦了又擦，又把摆件柜里的那些玉石摆件、首饰盒、工艺钟什么的也擦拭了一遍，然后打开母亲的首饰盒看了看，随手取出一枚精巧纤细的白金戒指戴在了左手的小拇指上。过去身上从不戴任何饰品的林阳这次决定把母亲这枚戒指戴在手上。也许要走千里万里、三年五年，戴上这枚戒指，林阳感觉母亲就像在自己的身边。

出发前的这个晚上，他抱着一床被子跑上楼，睡在了母亲的房间里。躺在母亲的床上似乎又感觉到了她的气息和温度。百合花的香气在空气中淡淡地弥漫着，这一夜他睡得很是安稳。

知道了林阳要离开的消息，一些朋友要么跑来看望，要么打来电话表示关切。

第一个打来电话的是原市政协主席陈如许。老先生也不知道从什么渠道得知了林阳的事情，打电话来嘘寒问暖好一阵关心，说："我非常满意自己的眼光，我没看错，你林阳果然是一个有理想、肯担当、敢作为的人。我也感到非常欣慰，在通向理想的路上有你这样一个有为的同路人。"还上升高度地赞扬说，"事实证明你才是真正有良心的企业家，你在做着关乎民族、关乎国家、关乎未来的大事业！"陈如许的话说得林阳红了眼圈儿，心中好一阵热浪翻滚。

接下来的电话是章小菡打来的。一番钦佩感叹之类的话后，她有些语塞地说："我就不去送你了，打电话送上我的祝福吧，有些事情你懂的！"林阳这边一边说没问题，打电话就很好呀，一边暗自笑了起来。章小菡再婚了，丈夫是个机关干部，人挺好就是有点儿爱吃醋，林阳这个名字对其说来是两个敏感字。

有一天林阳还接到了一个显示是北京移动的电话，可是接起来后"喂"了半天，对方既不回答也不挂机。无奈之下他只好挂断了。片刻之后，这部手机发来了一条信息，只有两个字"祝福"。林阳心中一动，瞬间就猜到了：是卢琪。

送行的酒喝了好几场，来看望话别的有自己公司的各路部下，有政协常委会里几个谈话投机的朋友，还有设计院里几个从前的老同事。林阳调侃："怎么弄得这么兴师动众？好像是一场场最后的晚餐！"

吴小雨陪着梅姨来看过林阳。梅姨的心脏在支了三个支架之后已经基本恢复正常人的水平，不再那么消瘦，气色也红润多了。梅姨为林阳赶织了一套银灰色纯毛的毛线衣裤，是棒针提花的，很厚实，长短也合适。梅姨说："你要去的地方尽管是南方，但是山区的冬天还是很冷的，那种冷不像咱们这边，是潮湿阴冷。这毛衣毛裤你觉得冷的时候就立马穿上。"梅姨没去过南方山区，这些都是当年丈夫刘平安随勘探大队出差时给她的信中说的。

梅姨说："上帝让你对我施以帮助之手，也是让我在这个世界上能再守护小雨一段。我知道我就是给你织上一万套毛衣毛裤也报答不了你对我们母女的恩情，我就什么也不说了。我会每天为你祈祷求神祝福你，让你一切平安，一切顺利！"梅姨说着说着又抹起了眼泪。

在梅姨和林阳聊天的过程中，吴小雨一直没有插话，只是在一旁静静地看着林阳那张有些清瘦、略带疲惫的脸。可以看得出,这曾经是一张线条十足、棱角分明的面孔。而今线条尚在,但眼角细密的鱼尾纹和鬓角的几许白发都在昭示着一个事实:这个男人已经不再年轻。按理说一个事业有成的人又到了这般年纪,理当守着自己经营的那番事业安度光阴、享受生命了,可他却要一切从头开始,只身奔赴那个明知充满艰辛和苦难的旅程,这一切足以证明这是一个地道的理想主义者。

设想着眼前这个人未来的老态:头发会全白还是会掉光呢?是会变得发福还是能保持这种清瘦不变?是会鹤发童颜还是会老态龙钟?想着这些,吴小雨一颗满是温情的心柔软不已。

母女二人起身告辞时,吴小雨从书包里拿出一个水蓝色系着粉色丝带的圆筒纸盒交到林阳手上。吴小雨说:"学校旁边有个陶吧,知道林老师要去南方了,我就在那儿亲手烧了这只茶杯送给你。礼物很廉价也很粗糙,不过从制泥、成型到挂釉、烧制都是我亲手完成的,希望你能喜欢。"

"呦!亲手制作的杯子?好啊,杯子就是一辈子的意思。好嘛,我喜欢。"林阳的一句调侃让吴小雨脸上涌起了一阵绯红。

看吴小雨红了脸,林阳赶紧改口:"你看小雨送我的礼物是亲手做的,妈妈送我的礼物是亲手织的,我也得亲手培养一批出色的学生,才不枉你们亲手制作礼物的一番厚意呀。"

林阳本想打开盒子把礼物看看,可吴小雨却拉着梅姨和主人道别了:"祝林老师一路平安、一切顺利!一个人在外多多保重!注意身体。妈妈会给你祈祷祝福,我也会!"

于是林阳放下手中的盒子与梅姨母女握手道别。

大约在半年前吧,吴小雨对林阳的称呼从原来的林叔叔变成了林老师。

梅姨手术后心功恢复正常，吴小雨成了林阳公司的常客，有事儿没事儿都会跑来坐坐。她似乎变得快乐了许多，话也多了，母亲康复带来的欢愉明显地写在脸上。

有一次聊天时吴小雨问林阳："妈妈能够活下来，你知道我最感谢谁吗？"

林阳说："你可不用感谢我。我跟你说过的，我是你妈的同事，也是你吴爸最好的朋友。"

小雨嫣然一笑说："你可别怪我啊，我实话实说，我只是第二感谢你，其实我最感谢的是上帝！妈把我的身世彻底告诉我的时候，我就知道她是怕连累我，想让我放弃她。那时我一直害怕，怕她想不开，怕她寻短见。所以我一天到晚总看着她。藏了剪子又藏刀，把她每天的用药分到几个小碗里，其余的都藏起来。尽管这样还是整天提心吊胆，生怕哪天看不住她。

"直到有一天听了妈妈的祷告，我一下子就释然了，从此也不再害怕，因为上帝和天堂在约束着妈妈。那天妈祈祷让主快些接她的灵魂，让她脱离这人世的苦难，也好让她的女儿早些脱离自己的连累从而过上相对轻松的日子。妈还对上帝说她知道基督徒是不可以以自杀的方式结束自己生命的，那样的话灵魂就会被上帝抛弃而进不了天堂。对妈妈而言去不了天堂比下地狱还要可怕。下地狱无非是苦难、黑暗、硫黄火湖，而去不了天堂就永远也见不到刘爸和吴爸了，妈妈相信他们一定在天堂里等着和她团聚、重逢。"

就是那次，林阳和吴小雨随便聊起了自己对未来的安排，小雨很吃惊，接下来又很激动，说："我就是学师范的呀，将来把妈妈安置好了，我就去你的山区学校当一名教师，到时候可得收下我呀！"

林阳笑了说："还真是不错的想法！做正式的教师也行，做短期的志愿者也行，我都欢迎！"

吴小雨说："一言为定，你可不许反悔！那我从今儿就不叫你林叔了，改叫你林老师，将来正式成了你的部下时就叫林校长！"

两个人都笑了起来。从那时起这林叔叔的称谓就变成了林老师。

送走梅姨母女，林阳慢慢整理着办公室里要带走的东西，空闲时随手打开了那个水蓝色的纸盒。

那是一个手工陶瓷的水杯，看上去做得很有情调，自然又古朴。半米半绿色的冰裂釉面上画着一株老树、几棵青草，还有几处随意的篱笆。背景是一片红霞漫天，夕阳里一个女子挽着一个白发老头的背影，似乎正在向夕阳深处走去……

林阳拿着水杯在自己手里把玩了几下又放回了盒子里，嘴里自言自语了一句："这个吴小雨！"


东方的天幕上泛起了一丝丝灰白色的光亮，林阳掏出手机看了一下时间，已经是凌晨，看看手机上依然没有移动信号，现在也只能当手表用了。黄宇辰此刻把身体蜷曲在门板上睡得正甜。林阳打上应急灯跑到屋顶的边缘处查看了一下水情。一夜之间操场上已是一片汪洋。从露出水面的小半截单杠判断，洪水此时已经淹过了教室的大半截窗户，而且丝毫没有停歇的意思。洪水消退无望，看来只有到天亮之后继续等待救援了。

可能是林阳重新返回时手里的应急灯晃醒了黄宇辰，黄宇辰揉了揉眼睛一骨碌坐了起来。

"怎么样？睡了一会儿？"林阳冲黄宇辰笑了笑。

"啊，睡着了。洪水退了点没？"

"嘿嘿，不但没退反倒涨了不少。我刚看了一下，已经淹没大半截窗户了。咱们脚下这块屋顶成了名副其实的孤岛。如果上游的下泄流量不再加大，流域再没有更大的降水，我们在房顶全部被淹掉之前等来救援应该是没有问题的。怎么样，害怕吗？"林阳笑了一下，微光里能看见他笑时露出的两排白牙。

"没有。校长不怕我也不会怕！"

"对，不怕就对了。人这一生总是要碰上这样那样恐惧的事情，所谓的恐惧其实就是要和你一决高低。你不战胜它就会被它战胜。这种比拼只有胜负没有平手。过一会儿就要天亮了，你要不要再睡一会儿？"

"不要，瞌睡虫现在已经没影儿了。"黄宇辰转过头来冲林阳笑着说道。

"那好哇！那我们就一块儿聊聊天儿。"林阳一边说着一边在门板上坐了下来。

"怎么样？再过半年你的支教志愿期就结束了，对于未来，有什么打算吗？"

"打算……也算有，也算没有，也许会考研，也许会找工作，也没准儿会再回梅花坞，很重要的因素在女朋友身上。其实有些想法两个人也未必合拍，就比如这次山区支教。有时分歧也会太大，不过真想不处了又有些割舍不下，感情在那儿，毕竟已经谈了三年多了。"黄宇辰抬起头，把目光投向远方的天幕。

"你想的是对的。感情的事情就应该这样，一旦你觉得它是真正的感情，就要千方百计地想办法珍惜和呵护。两个人毕竟不是一个人，想法可以调整，相互影响，协调统一。不统一也没关系呀，不是还有思想互补一说吗？但是有一条，感情的事情最好不要中途离场、轻言放弃。年轻人年轻气盛，往往为了点儿小问题一个不和就轻易分开了。可是转了一圈儿，当一段新的感情萌发时你又会感到此感情已经非彼感情了。"林阳说着心里想起了当年的宋雪娃。

黄宇辰不住地点着头，目光依旧留在远方的天际。

林阳接着说："平心而论，我们学校里的那几名教工人都是不错的，可是我更喜欢你们这三个大学生志愿者。这不仅是因为你们年轻、充满青春的朝气，更重要的是你们的到来让我感到无比欣慰、力量倍增，让我振奋，由此看到了希望，也让我知道了这世界上毕竟还有许多人的血是热的。所以某种意义上我要感谢你们几位才是！"林阳说到动情处，抓住黄宇辰的肩膀使劲儿捏了两下。

"哪里，校长太客气也太抬高我们了。就像您说的，一个人来到这个世界一回，总要为这个世界做点什么才好。我不愿意一天浑浑噩噩地过日子，毕了业就跑到这儿当起了志愿者。那么多的落后地区，之所以要到梅花坞来，就是听说了校长您的传奇经历。一个身家不菲的富翁放弃了自己的公司、专业和蒸蒸日上的事业，跑到穷乡僻壤兴办一个不知名的学校，当一名普通的教书匠、孩子王，我很想看看这一切究竟是受一种什么力量的驱使。和您相处后，看您整日里对那些孩子们关怀备至，又当校长又当教师，管了教学又管生活，还要和县上乡上那些人逢迎周旋，一天忙得团团转却不知疲惫，我想来想去终于想明白了：这就是爱心和激情，责任和担当，是一种理想主义的情怀！无论是什么时代都是需要理想主义者的，他们才是社会的第一推动力。像您这样年纪的人都可以为理想主义而激情四射、奋不顾身，我们青年人有什么理由整天叽叽歪歪、怨天尤人，过浑浑噩噩的日子呢？"

黎明的微光里，林阳侧脸注视着黄宇辰，在这张青春四溢的脸上，他似乎看到了自己的过去，看到了自己的青春时代。更让他欣喜的是，他还看到了自己曾为之忧心忡忡的未来。

林阳又一次使劲儿捏了下黄宇辰的肩膀动情地说："我得感谢这场洪水把我们隔在这里，才有机会让我们谈了这么多。想想真是，要是在平时我们能静下来谈心的时间还真是不多。你刚说了我那么多，其实我是当之有愧的。你说我激情四射，可你不知道这激情四射后面的无奈和力不从心。就像你说的，一个善良的愿望实施起来也会遭遇重重艰难、阻力，甚至还要用不正常甚至不正当的手段去铺平道路。这就是我们面临的现实。我们每一个个体的能力都是有限的，我们左右不了社会，左右不了时代，也左右不了现实，唯一可以左右的就是我们自己，就是我们自己的这颗心。你想好了的事情并且义无反顾地做下去，人生就能做到无怨无悔。说到人生就免不了要说到目标。有一万个人就会有一万个目标。有理想的，有现实的，有面向社会的，有围绕自我的，林林总总。其实，人生的目标，是一个变量，是一个取决于时间、理想、认识和自我能力的多元函数。随着这些变量的变化，人生的目标也在变化，或延伸，或收缩。不管怎么变化，把目标定在你认为最应该也最值得的方向而且为之不断努力，你的人生就值了。

"你说的理想主义色彩我是认同的。现实就是滤色镜，滤掉了理想的色彩。而理想是彩光镜，为现实涂上色彩。无论时代、社会如何变化，理想主义者都会永远存在。而对于当下社会的浮躁和功利而言，理想主义正是我们这个时代最大的需求。没错，人生也好，社会也好，理想主义者的结局不排除悲剧的可能，但是没有理想主义的时代将注定成为一场历史的悲剧。只有理想主义的情怀才能让人向善去恶、从善如流，才能让你感到你为之奋斗和努力的是一个光明的世界。

"最近读书，一个当代著名女作家的一句话让我震撼又欣慰。她说：'世界上有另一种光明，光明的获取不在仰望的时刻而是在低头的一瞬。'我们不是也在做着和那个俄罗斯老妇人一样性质的工作吗？我们卑微的奋斗、渺小的努力不正是为了获取我们心头的光明的同时，也为世界送上光明吗？"

曙色里，林阳目光如炬。黄宇辰用热切的目光注视着他的校长。


多少天来的乌云终于在这个早晨散去了，此刻风停雨住，久违的太阳在下游方向的水天之际喷薄而出。

太阳升起来了，满是波光的水面上，在山的方向出现了一个小黑点，最初像一只瓢虫，进而又像一片树叶，终于看清了！"啊，校长快看哪，是冲锋舟！我们的救兵来了！"黄宇辰又喊又跳地欢呼了起来。

"嘿，还真的是！"

林阳双手叉腰舒了一口长气，满是兴奋的脸上涌起了久违的血色。

两人欢呼了一阵后，正商量着如果船上有空间的话这些器材和教材哪些应该带走，说话间脚下的屋顶却不安地震动了起来。这硕大的屋顶先是纵向震动然后开始慢慢地做横向旋转。

林阳愣了一瞬间，随即冲黄宇辰大喊："不好，房子要垮塌了！"然后抓起门板上的救生圈不容分说地套在了被惊呆的黄宇辰身上。

"快，我们不能留在屋顶上！房子垮塌时会把人吸进旋涡里！抓好救生圈，抓住门板，你就是安全的！"林阳冲黄宇辰喊着。

两人刚刚离开屋顶，身下的水流就改变方向旋转了起来。这座质量不怎么过关的校舍被洪水冲刷、浸泡了近一天一夜之后，最终还是没有挺住，在一声巨响中彻底垮塌了。

在校舍垮塌的一瞬间，林阳使尽全身的力气把抓着门板的黄宇辰推出了旋流……

九点钟，深圳证券交易所，石彤公司的上市仪式。

　　西装革履、胸帕上插着鲜花的徐嘉惠满面春风地敲响了上市的锣声，接下来他把锣锤交给礼仪小姐，然后微笑鼓掌向来宾示意。于是一阵掌声四下响起。

　　北京，雍和宫。

　　正殿之下，衣着简朴、气质高雅的卢琪正把一束点燃了的香烛插上香炉。插好后她后退了两步，恭敬、虔诚地闭目低头、双手合十。

　　中学课堂上，吴小雨领着学生在朗诵课文：

　　"东临碣石，以观沧海。水何澹澹，山岛竦峙。树木丛生，百草丰茂。秋风萧瑟，洪波涌起……"

　　学生跟读间，吴小雨的目光投向了窗外。望着窗外操场周边的绿树草地和玻璃上的蒙蒙雨丝，她的心一下子变得恍惚了起来。窗外的景色渐渐变成了南方的山间细雨，还有那个令她神往已久的山区学校。这是吴小雨心中的一个梦想和愿景，她热切期盼着，未来的某一天能够成为那座山区学校中的一员，成为那个林老师或者叫林校长的手下，整日里陪伴着他、守护着他，直到终老。

　　校舍垮塌的瞬间，被水箱棚倾泻而下的砖石瓦块击中头部的林阳再次睁开眼睛时，眼前已经变成了一片红色的汪洋。

　　这一刻，林阳不知为什么一下想起了童年，想起了和父亲在老家一起奔跑嬉戏的河滩，耳边似乎响起了童年时自己那一声声稚气的歌唱。

　　血水沿着他的前额流下来遮住了眼睛，抬眼望去，红色的天空、红色的水面、红色远方，啊，还有一轮红色的太阳！红色，鲜血的颜色、生命的颜色，眼前的一切告诉他的心：这是一个生命的世界！

一瞬间，林阳觉得这世界变得格外宁静，宁静得只能听到自己心的呼唤。

啊，红色的太阳，那个鲜血一般殷红的太阳！

天哪，看那轮血红的太阳，那不就是"观心宝石"吗？林阳在心中一声惊呼！

是的，这就是父亲讲的"观心宝石"，那个传说中的"观心宝石"，那个能照见心红血热的"观心宝石"！

我今天终于找到了！